KB068273

미스터 션샤인

Mr. Sunshine

1

미스터 션샤인

Mr. Sunshine

1

드라마 원작소설

극본 김은숙 ㅡ 소설 스토리컬처 김수연

RHK
알에이치코리아

차
례

두
발
의
총
성

가로등 점등식을 구경하려는 사람들로 종로의 거리는 붐비었다. 그와 달리 대로변 옆에 세워진 일본식 고급 요리옥 화월루의 풍경은 고즈넉했다. 석양이 지는 저녁, 화려한 기모노 차림의 게이샤들이 조용한 미소를 띠우며 손님을 맞았다. 일본인 낭인들의 비호를 받으며 로건이 2층의 다다미방으로 들어섰다. 방 안에서 로건을 맞이한 건 조선의 외부대신 이세훈이었다.

로건과 세훈의 앞으로 거나한 술상이 차려졌다. 양팔에 게이샤 여인들을 낀 채 두 사람은 탐욕으로 번들거리는 눈빛을 주고받았다.

"미국의 기술력이 오늘날 조선을 밝히니, 조선은 미국에게 감사해야 하오."

7

"여부가 있겠습니까? 자, 조선을 대표하여 술을 한잔 올리지요."

로건이 일본어로 말하자 세훈 역시 일본어로 맞장구치며 술을 따랐다. 개인용 화로 위에서 붉은 고기가 연기를 내며 익어갔다. 음식을 집어 먹던 로건이 인상을 쓰며 기침을 해댔다.

"연기 때문인가 봅니다."

로건의 옆에 앉아 있던 게이샤가 기민하게 일어나 나무로 된 창을 활짝 열어젖혔다. 열어놓은 창문으로 저 멀리 불을 밝히기 위해 발전기 돌아가는 소리가 들리기 시작했다. 로건이 흡족하게 웃으며 잔을 들었다.

"근대 국가로 거듭나기 시작한! 우리 미개한 조선을 위하여!"

그 순간 탕, 탕─!

명쾌한 총성과 함께 창문 밖에서 날아온 총알이 로건의 심장에 박혔다.

'총이……. 하나 더 있다?'

화월루와 마주한 건물의 지붕 위에선 복면의 남자가 생각하며 빠르게 총을 재장전했다. 로건의 심장에 박힌 총알은 하나. 그러나 총성은 두 번이었다.

기습을 받은 화월루의 낭인들이 마당으로 나와 총알이 날아온 방향을 향해 총을 난사해댔다. 갑작스러운 총격전에 놀란 이들의 비명이 여기저기 울렸다. 낭인이 쏘아올린 총알 중 하나가 남자의 옆을 스쳤다. 남자가 디디고 선 기왓장이 파열음을 내며 부서졌다.

몸을 낮춘 남자가 낭인들을 향해 총을 겨누었다. 그때였다. 남자의 뒤편에서 총알이 날아와 남자가 겨누고 있던 낭인의 가슴에 박혔다. 이어 발사된 총알들 또한 정확히 낭인들을 쓰러뜨렸다.

로건을 겨누었던 또 하나의 총이 남자를 돕고 있었다. 뜻밖의 공조였다.

'꽤 좋은 솜씨다.'

남자는 뒤돌았다. 남자를 도운 저격수가 반대편으로 달리며 몸을 피하고 있었다. 남자는 그와 반대 방향으로 지붕을 타고 도망치기 시작했다. 지붕에서 지붕으로, 그리고 또 다른 지붕을 넘으며 남자는 담장을 타고 빠르게 달렸다. 몰려나온 낭인들이 갈라지며 남자와 저격수를 뒤쫓았다.

로건은 미국인이었으나 일본에 미국과 조선의 정보를 팔아넘겨 자신의 이득을 취하고 있었다. 불명예스러운 일이었던데다 미국에게 조선은 중국에 면한 태평양에서 자신들의 입지를 결정지을 전략적 요충지였다. 그러니 상부에서는 로건을 내버려둘 수 없었다. 백악관에서는 스페인과의 전투를 승리로 이끌고 돌아온 남자에게 조선으로 가 로건을 살해하라는 명령을 내렸다. '상냥한 말과 채찍'을 들고서.

'저격이 성공하면 미국인, 실패하면 조선인. 그게 이번 발령의 이유였겠지.'

남자의 이름은 유진 초이. 미 해병대 태평양 사령부 대위였다. 유진은 조선에서 태어났고, 오래전 미국으로 떠났다. 조선으로 다시 돌아온 유진의 저격은 다행스럽게도 성공이었고, 그는 계속해서 미국인이었다.

낭인들을 피해 화월루 건물의 골목을 빠져나온 유진은 어느덧 중절모를 눌러쓴 채 대로를 걷고 있었다. 점등식을 기다리던 행인 중 하나가 주위를 두리번거리며 중얼댔다.

"방금 이상한 소리 못 들었어? 총소리 같은……."

"총소리? 발전기 소리 아니고?"

망설임 없이 유진은 행인들 사이로 섞여 들었다. 주변을 살피던 유진의 걸음이 일순간 느려졌다. 유진의 깊고 검은 눈에 고운 한복을 차려 입은 여인이 들어왔다. 은빛이 감도는 비단 장옷을 얼굴에 두른 여인의 얼굴이 단아했다. 한 발짝씩, 유진과 여인의 거리가 점차 가까워졌다. 옷깃을 스치며 두 사람이 서로를 지나쳤다. 몇 발짝 더 가지 못하고, 유진이 멈춰 서며 돌아섰다. 총을 장전할 때와 같이 덜거덕거리며 유진의 발목을 붙잡는 것이 있었다.

'화약 냄새다.'

'저 사내.'

붙들린 것은 유진만이 아니었다. 여인 또한 걸음을 멈춘 채, 천천히 고개를 돌렸다.

멈춰 선 두 사람의 시선이 지나는 행인들 사이로 비껴 나갔다. 어둠이 시야를 방해했다. 그때 두 사람 사이를 희미한 빛이 갈랐다. 한순간 가로등이 점등되며 거리가 환해졌다. 모여 있던 이들이 술렁였다. 모든 것이 분명해지는 환한 빛이었다. 시끌벅적한 군중 속, 마침내 두 사람은 서로를 똑바로 마주 보았다.

'저 여인……. 여인?'

유진은 조금 전 지붕 위에서 자신을 도왔던 저격수를 떠올렸다. 재빠르며 자그마했던 체구는 마주한 여인의 것과 꼭 같았다. 유진의 표정이 아연해질 때였다.

'사람이 죽었다!', '양이가 죽었다!' 하는 외침이 거리에 울려 퍼졌다. 크게 소란이 일며 거리의 사람들이 무리 지어 움직이기 시작했다. 거리를 헤집으며 낭인들이 몰려와 막무가내로 사람들을 수색했다. 총을 가졌을 만한 사내들 위주였다. 낭인 무리를 살핀 유진이 다시 여인을 보았다.

여인은 빠르게 움직이며 사람들 사이를 빠져나가고 있었다. 생각보다 몸이 먼저였다. 유진은 고운 비단의 색을 뒤쫓았다.

인적이 드문 곳에 다다라서야 여인은 걸음을 늦췄다. 건물 사이로 지나는 행인들이 보일 뿐, 여인을 뒤쫓는 이는 보이지 않았다. 여인이 겨우 숨을 돌리며 안심하던 그때, 뒤편에서 낮은 목소리가 들려왔다.

"나를 찾는 거면 이쪽이오."

분명 아무런 기척도 느끼지 못했다. 여인은 아랫입술을 꽉 깨물며 놀란 마음을 진정시켰다. 골목 뒤편에서 나오는 유진의 발걸음이 여유로웠다. 모습을 드러낸 유진을 노려보며 여인이 답했다.

"귀하를 찾은 적 없소."

보이는 것만큼이나 지체 높은 말투였다. 여인의 답에 유진은 흥미로워졌다. 당황한 것이 분명할 텐데 여인에게선 그런 내색이 전혀 없었다.

"찾던데."

"오해요."

"어느 쪽으로 가시오."

"그건 왜 묻소."

"그쪽으로 걸을까 하여. 사방에 낭인이고 우린 서로 무언가를 들킨 듯하니."

부드럽고 낮은 유진의 목소리에는 남다른 위압감이 있었다.

'들킨 건가?'

여인의 눈빛이 흔들렸다. 들켰다고 하기엔 남자가 말했듯 들킨 건 자신만이 아니었다. 여인은 침착하게 유진을 바라보았다.

'동지인가?'

표적은 하나였고, 저격수는 둘이었다. 눈앞의 남자가 같은 목표물에 총구를 겨눈 이라 공조하였으나 동지인지, 적인지 아직 확실한 판단을 하기엔 일렀다. 여인이 얼굴을 가리고 있던 장옷을 휙 어깨로 내렸다. 여인의 얼굴이 단번에 드러났다. 좁은 콧망울과 분홍빛의 단정한 입매가 유진의 눈에 들어왔다. 유진을 올려다보는 여인의 눈은 예리하게 빛나고 있었다. 자신의 얼굴을 살피는 유진을 본 여인이 코웃음을 쳤다.

"사람을 잘못 본 모양이오. 하나 이방인이니 목숨은 구할게요."

이방인. 미국에서 숱하게 들었던 그 말에 유진의 미간이 좁혀졌다. 양장을 하였을 뿐, 유진의 생김새는 지나는 이들과 다를 바 없었다. 그러니 대번에 이방인이라 단정 짓는 여인이 이해되지 않았다.

"희귀한 의복. 존대이나 불손한 말투. 무엇보다, 살피나 여전히 알아보지 못하는 눈빛. 귀하는 내가 누군지 모르지 않소."

여인의 말에는 위엄이 넘쳐흘렀다.

"조선에선 그 어떤 사내도 감히 나를 노상에 이리 세워놓을 순 없거든."

자신이 무엇을 놓친 것인가. 여인의 말을 여전히 이해하지 못한 유진이 찌푸리며 되물으려던 때, 주변을 지나던 약방 주인과 지게꾼이 여인을 발견하곤 달려왔다. 그들은 한참 어려 보이는 여인을 향해 웃어른을 대하듯 공손히 인사했다.

"아이고, 애기씨!"

"편안하셨습니까, 애기씨. 이 밤에 우짠 일이십니까. 함안댁도 대동 안 하시구!"

여인의 말을 뒷받침이라도 하듯 길가에 선 여인에 안절부절못하는 태도들이었다. 여인이 유진을 보며 들으란 듯 답했다.

"그이들은 심부름 중이야. 약방에서 만나기로 했네."

보따리를 바리바리 싸 든 채 여인을 모시는 이들이 곧 도착했다. 함안댁과 행랑아범이었다. 약방 주인과 지게꾼이 두 사람을 아는 체하자 행랑아범이 정신없이 말했다.

"왜들 이러고 섰어? 여도 무신 일 났어? 시방 진고개는 지금 난리가 났어야."

"진고개에 왜 그 왜각시 술집 안 있습니까. 거서 양이가 죽어가 저짝은 지금 불구경은 구경 축에도 못 낍니다."

함안댁이 덧붙이자 약방 주인과 지게꾼이 놀란 눈을 했다.

"이런. 날도 궂고 가두도 어수선하니 서둘러야겠네."

여인은 마치 처음 듣는 소식인 듯 서두르면서도 한편으로는 침착하게 자리를 벗어나려 하고 있었다. 유진은 가만히 여인이 하는 양을 보았다. 더 붙잡는다고 붙잡힐 여인도 아닌 듯했다. 여인이 유진을 가리키며 지게꾼을 향해 말했다.

"길을 잃었다 하니 살펴주고."

"예. 살펴 가셔요. 애기씨."

지게꾼이 고개 숙이며 인사하자 여인은 다시 장옷을 머리 위에 둘러썼다.

"어딜 찾으십니까, 나으리?"

"미 공사관이 어디요. 어느 쪽으로 걸어야 할지 알려주시겠소?"

방금 전까지 여인과 조선말로 대화를 나누던 유진의 입에서 나온 말은 영어였다. 전혀 알아들을 수 없는 서양말에 지게꾼의 얼굴이 황당함으로 물들었다. 그러나 유진의 눈은 멀어져 가는 여인의 뒷모습을 보고 있었다.

총을 쏘고, 저와 눈을 마주치며 시선 한 번 흐트러지지 않던 여인의 뒷모습.

'조선이 변한 건가. 아니면 저 여인만 특별한 것인가.'

유진은 생각하며 주변을 둘러보았다. 그 눈빛은 지도 위에 작전지로 표시된 조선 땅을 보던 때와 같이 무미건조했다. 가로등이 켜진 조선의 거리는 많이 변해 있기도, 또 다름없기도 했다. 그뿐. 조선에 대한 유진의 감흥은 별다른 것이 없었다.

여인의 뒷모습을 바라보며 흔들리던 유진의 표정은 어느새 단단해져 있었다. 낯선 미국 땅에서 살아남으려 어미가 묶어주던 댕기 머리를 제 손으로 자르던 날 이후로 유진에게 조선은 태어난 곳 이상의 의미를 가지지 못했다. 어미와 아비가 이곳에서 죽었고, 아홉의 자신도 죽어가고 있었다.

이 조선 땅에서.

하늘을 보는 소년

    산은 험하고 등에 진 나무는 무거웠다. 제 몸보다 몇 배는 높은 땔감을 지게에 진 유진의 나이는 고작 아홉이었다. 그러나 어리다고 하여 종從된 삶을 비껴갈 순 없었다.

    야무진 걸음으로 험준한 산기슭을 내려오던 유진은 문득, 하늘을 올려다보았다. 하늘을 마주하자 눈이 시려 절로 인상이 찌푸려졌다. 그러나 유진은 똑바로 하늘을 볼 수 있을 때까지 보았다.

    바위에 앉아 쉬고 있던 선비가 그런 아이의 모습을 가만히 지켜보았다. 옆에서 선비를 보필하며 쉬고 있던 행랑아범이 유진에게 무엇을 그리 보느냐 물었다.

    "하늘을 봅니다."

    유진의 말에 선비 또한 고개를 들어 하늘을 보았다. 푸른 하늘 위로 까마귀 한 마리가 소리를 내며 날고 있었다.

"하늘이 뭘 어째서."

행랑아범이 뜻을 알 수 없다는 듯 묻자 유진은 그제야 행랑아범을 보며 답하였다.

"검은 새 한 마리가 온 하늘을 망칠 수도 있구나 싶어서 봅니다."

유진의 답에 선비의 눈가가 깊어졌다. 행색을 보아서는 어느 집 종일 텐데, 보통은 아닌 듯싶었다.

"어느 댁 종놈이냐."

"……어찌 그러십니까."

"땅을 보고 살거라. 하늘은 멀다. 종놈 눈길이 멀면 명이 짧은 법이다."

선비는 왕의 스승이었을 만큼 학식이 깊음은 물론이고, 청렴결백하여 세간에서도 명망 높은 고사홍이었다. 유진은 사홍의 시선을 피하지 않고 가만히 보았다. 사홍의 말은 하나의 틀림도 없이 사실이었고, 그것이 유진의 운명이었기 때문이다. 어린 유진의 입매에 쓸쓸한 기운이 감돌았다.

"소인도 압니다."

꾸벅 고개 숙여 사홍에게 인사한 유진은 다시 나무를 짊어진 채 산을 내려갔다.

산에서 내려온 유진이 주인집 대문을 밀고 마당 안으로 들어섰다. 대궐 같은 기와집의 주인은 김 판서였다. 널따란 마당에 수십의 가노들이 죄인마냥 두려움에 떨며 서 있었다. 분위기를 읽은 유진이 지게를 내려놓고 긴장한 기색으로 눈을 굴렸다.

"간밤에 꿈이 좋더니 이게 웬 횡재란 말이야. 감히 종놈이 도주할 궁리를 해? 것도 네놈이! 딱 네놈이!"

툇마루에 선 김 판서가 소리치며 웃어댔다.

김 판서는 얼마 전 이세훈과 호화로운 술상을 펼쳐놓고 술잔을 기울였다. 조정의 실세인 이세훈을 앞에 두었으니 덕담만 오가지는 않았다. 때마침 술상을 봐주고 가던 여노비 하나가 이세훈의 마음을 동하게 했다. 이세훈의 마음을 눈치챈 김 판서가 이세훈의 집으로 여노비를 보내겠노라 약조했다. 지아비가 있는 여인이었으나 노비 여인의 정절은 이세훈이 약속한 한성판윤 자리에 비할 바가 아니었다.

김 판서의 앞에 무릎이 꿇린 채 있는 이들은 이세훈이 원했던 여노비와 그의 남편이었다.

"아버지……. 어, 어무이……!"

그리고 그 두 사람은 유진의 부모였다. 가노들 사이를 뚫고 나온 유진의 외침에 시선이 쏠렸다. 가노들의 얼굴에 안타까움이 스쳐 지났다. 김 판서가 부인을 이세훈에게 넘기기로 한 사실을 안 유진의 아비가 도망칠 궁리를 하다 김 판서에게 그 사실을 들켰다. 도망치려다 잡힌 노비의 결말은 비극뿐이었다.

유진의 아비는 장정들에게 못매를 맞아 허름한 옷이 죄 뜯겨나가 있었다. 피범벅이 된 얼굴이 엉망이었다. 유진의 어미 옆으로 풀어 헤쳐진 짐 보따리가 바닥을 구르고 있었다. 하늘을 바라보던 유진의 눈에 바닥이 보였다. 유진을 본 김 판서가 눈을 희번덕거리며 외쳤다.

"저놈도 몰랐을 리 없을 터, 끌고 와라!"

유진의 어미가 까무러치듯 놀라며 유진은 아무것도 모른다고 소리쳤으나 소용없는 일이었다. 김 판서의 명을 받은 장정들이 유진을 끌고 나와 바닥에 내팽개쳤다.

"부모의 죄가 곧 자식의 죄다. 네놈은 똑똑히 지켜보고 종놈이 법을 어기면 어찌 되는지 뼈에 새겨라."

그리 말한 김 판서가 유진의 아비를 더욱 쳐라 외치자, 장정들이 의식이 가물가물한 유진의 아비를 멍석에 말았다. 장정들의 발길질에 멍석에서, 아니 유진 아비의 몸에서 나는 소리가 질퍽했다. 아비는 이를 악물고 비명을 참으나, 대신 그 광경을 지켜보는 어미의 울음소리가 커졌다. 마당에서 나는 모든 소리가 유진에게는 악몽이었다.

유진이 달려가 무리 한끝에 서 있던 김 판서의 아들을 붙잡았다.

"도련님, 제발 아비 좀 살려주십시오. 도련님. 저리 맞으면 죽습니다."

살벌한 분위기에 허옇게 얼굴이 뜬 안평이 매몰차게 유진을 떼어놓았다. 노비 하나 살리자고 저까지 나설 이유도 없을 뿐더러, 아비의 눈에 나면 저까지 경을 치는 수가 있었다. 그 사이 피에 젖은 멍석을 보며 김 판서가 눈 하나 깜박하지 않고 말했다.

"죽여라. 재산이 축나는 건 아까우나 종놈들에게 좋은 본을 보이니 손해는 아닐 것이다."

도망치려는 종들에게 본보기도 되는 데다 이세훈에게 넘길 여노비에게 서방이 없어지는 일이니 김 판서에겐 득뿐이었다. 누군가의 죽음이.

어린 유진의 가슴속에서 분노가 솟구쳐 올랐다. 유진은 바닥의 지겟작대기를 주워들고 김 판서를 향해 달려들었다. 그의 어미가 유진을 말리려 유진의 이름을 목 놓아 외쳤다. 그러나 유진은 김 판서의 앞까진 가지도 못한 채 김 판서를 지키고 있던 장정들에게 붙잡혀 땅에 패대기쳐졌다. 풀썩 유진의 작은 몸이 힘없이 쓰러졌다. 유진의 아비를 향하던 모진 발길질이 유진을 향했다.

그런 유진을 보는 어미의 가슴이 미어졌다. 남편은 죽어가고 있었고, 아이만이라도 살려야 했다. 어미의 눈에 독기가 어렸다.

유진의 어미가 안평의 부인인 호선에게로 내달렸다. 곱게 차려 입은 호선의 머리에 옥비녀가 꽂혀 있었다. 유진의 어미가 호선의 옥비녀를 잡아 빼 댓돌에 내리쳤다. 쪼개진 비녀의 끝은 잘 벼려진 칼과 같았다. 유진의 어미는 그 날카로운 끝을 호선의 목에 겨누었다.

막을 새도 없이 벌어진 일이었다. 제 목에 닿은 서늘한 기운에 호선이 기겁하며 울부짖었다. 놀란 안평이 뒤로 나자빠졌다. 김 판서도 놀라 장정들을 보냈으나, 유진의 어미를 막을 수는 없었다. 장정들의 움직임에 비녀 끝을 부인의 목에 더 가깝게 가져다 대며 유진의 어미가 외쳤다.

"움직이지 마. 움직이면 아씨는 죽습니다!"

그 말을 증명하듯 유진의 어미는 손에 쥔 비녀를 내려 호선의 목을 그었다.

"아악!"

호선의 목에서 피가 뚝뚝 흘러내렸다. 유진의 어미가 비녀를 고쳐 쥐며 외쳤다.

"대감마님은 대감마님 자손 지키세요. 나는 내 자식 지켜야겠으니까."

호선은 김 판서 가문의 대를 이을 아이를 배고 있었다. 잔인하게 사람을 죽이라 명하던 김 판서도 제 자손의 생사 앞에서는 초조한 기색이었다. 유진의 어미는 그 틈을 놓치지 않았다. 호선의 가슴 섶에서 노리개를 뜯어 유진에게 던졌다.

"쌀 서 말은 받을 거야. 그 밑으론 팔지 마. 그거 들고 얼른 달아나."

제 새끼만은 살려보려는 어미의 발악이었다.

"다신 돌아오지 마. 가, 어서!"

"어무이……!"

애끓는 어미의 말이 유진의 가슴에 사무쳤다.

김 판서가 그제야 분개하며 장정들을 유진에게 보냈다. 장정들이 유진에게 다가가려 하자 유진의 어미는 비녀의 끝을 부인의 배로 가져다 댔다. 제 부인과 자식이 죽게 생기자 안평이 기겁을 하며 유진의 등을 떠밀었다. 더 큰 사달이 나기 전에 유진을 내쫓으려는 것이었다.

유진은 도무지 떨어지지 않는 발에 어찌해야 할지 몰라 서있었다. 그런 유진을 보는 어미의 눈에 핏발이 어렸다. 눈에 넣어도 아프지 않을 제 아이였다. 더 오래도록 제 품에 안고 살아야 할 아이. 커다란 유진의 눈과 마주한 어미의 눈에서, 그제야 후드득 눈물이 쏟아져 내렸다.

"가. 제발, 너라도 살아야 개죽음 안 되는 거야. 멀리, 아주 멀리 가. 유진아."

어미가 던진 분홍빛 노리개를 꼭 쥔 채 유진이 대문을 향해 달리기 시작했다.

격분한 김 판서가 활을 집어 들었다. 사람이 잡지 못하면 화살로라도 직접 쏴 죽일 생각이었다. 그러나 화살은 유진을 빗겨 나갔다.

저 멀리 유진이 보이지 않을 때까지 눈으로 쫓던 유진의 어미가 혼절한 호선과 함께 바닥에 주저앉았다.

"죽이세요."

아이를 떠나보냈으니 이제 생에 아무것도 남지 않은 셈이었다. 어미는 이제 죽음도 두렵지 않았다. 보는 이의 마음마저 미어지는 청이었다. 김 판서는 입꼬리를 올려 그런 유진의 어미를 비웃었다.

"마음은 굴뚝이나 네년에게 내 입신양명이 달렸으니 참는 것이다."

김 판서는 유진의 아비를 향해 활시위를 당겼다. 누런 명석 밖으로 진하게 피가 배어 나오기 시작했다. 붉은 피가 마당을 적셔갔다. 참혹한 광경에 모여 있던 가노들이 숨을 삼키는 사이, 죽음을 바라던 유진의 어미가 일어나 달리기 시작했다.

마당 한편에 있는 우물 쪽이었다. 바닥을 알 수 없는 우물 속으로 유진의 어미는 제 몸을 던졌다.

여인의 한처럼 깊은 곳에서부터 물소리가 들려왔다. 우물을 쌓은 돌 틈에 여인의 치맛자락이 찢겨 나부꼈다. 혼절해 있던 호선이 깨어나며 악을 질렀다. 산통이었다. 뱃속의 아이가 태어나려 하고 있었다. 누군가는 죽었으나, 누군가는 태어났다. 누구에게나 비극인 시대와 함께.

필사적으로 도망치며 산 중턱을 오르던 유진은 고개를 돌렸다. 바람이 유진의 땀에 젖은 머리카락을 훑었다. 피 냄새가 코끝을 스치는 듯했다. 선연한 고통이 유진의 가슴을 찢을 듯 할퀴었다. 유진은 이를 악물었다. 유진의 아비도, 어미도 더는 이 세상에 없었다.

✦

하루아침에 어미와 아비를 잃고, 추노꾼들에게 쫓기는 신세가 된 유진은 달리고 또 달렸다. 산을, 강을, 밭을 건넜다. 작은 한 몸 편히 숨을 곳이 없었다.

밤낮을 가리지 않고 도망쳐 도착한 곳이 산속의 가마터였다. 가마터 부엌에 들어선 유진은 더는 참지 못하고 주린 배를 채우려 닥치는 대로 입안에 음식을 욱여넣었다. 눈으로는 경계하면서 손으로는 음식을 집었다. 얼마 만에 배를 채우는 것인지, 아무리 먹어도 다 채워지지 않는 느낌이었다.

"찬이 입에 맞아?"

뒤편에서 들리는 물음에 유진이 놀라 돌아보았다. 가마터의 주인인 은산이었다. 그는 부엌에서 나는 소리에 도둑이 든 것인가 확인하려고 나온 것이었다. 그러나 손에 쥔 장죽이 무색하게도 부엌에서 은산이 발견한 건 굶주린 어린아이였다.

"그렇게 처먹으면 체한다. 우물은 저짝이다."

혀를 찬 은산은 설렁설렁 가마 앞으로 가 불을 지폈다.

유진은 은산의 눈치를 보다 아예 주저앉아 부엌의 음식들을 해치웠다. 배가 부르니 그제야 가마터의 모습도 가마 앞에서 불을 지키고 있는 은산의 모습도 눈에 들어왔다. 그는 조선 최고의 도공이었다. 무뚝뚝한 얼굴과 달리 그의 손끝에서 만들어지는 도자기들은 섬세하고 아름다워 조선 최고라 칭해졌다. 그 도자기를 갖고자 하는 이들이 조선, 청, 일본을 가리지 않고 줄을 지어 찾아올 정도였다.

유진은 은산의 앞으로 가 노리개를 내밀었다.

"쌀 서 말은 받아야 하는데 두 말 반 값만 받겠습니다. 나머지 밥값입니다."

"이걸 사서 내가 얻다 쓰냐, 이놈아. 차고 다니랴?"

"되파시면 이문을 남기실 수 있습니다."

"어서 났어. 꼬라지가 딱 도망친 종놈 아니면 부모 버린 백정인데. 네놈이 이걸 어디서 훔쳤을 줄 알고 되파냐, 이놈아."

"훔친 거 아닙니다."

노리개를 쥔 유진의 손에 힘이 들어갔다.

"어무이 목숨 값입니다."

"됐다. 갖고 꺼져라."

잠시 멈칫했던 은산이 손을 내저었다. 어린아이가 산속까지 주린 배로 도망쳐 왔다면, 그 사연은 어림짐작만으로도 기구할 만했다. 은산은 복잡한 일에 휘말리고 싶지 않았다. 은산이 내쳤으나 유진은 물러서지 않고 말했다.

"하면 두 말 값만 주시고 하루만 재워주십시오."

그저 잠시라도 추노꾼을 피해 고단한 몸을 누일 수만 있다면 바랄 게 없을 듯했다.

유진은 간절했다. 더 물러설 곳도, 도망칠 곳도 없었다. 너라도 가서 살라는 어미의 말만이 가슴 깊이 사무치고 있었다. 살고 싶지 않아도 살아야 했다. 어미와 아비의 죽음이 개죽음이 되지 않으려면 그래야 했다.

"너무……. 고단합니다."

유진의 한마디가 은산을 붙들었다. 아이는 아이답지 않게 지쳐 있었다. 가만히 은산이 유진을 보던 그때에 금발벽안의 사내가 가마터로 들어섰다.

요셉은 선교를 위해 조선에 들어온 미국인이었다.

요셉을 본 유진이 뒷걸음질 쳤다. 저를 잡으러 온 추노꾼을 보았어도 이만큼 놀라지는 않았을 것이다. 요셉은 유진이 난생 처음 보는 생김새를 하고 있었다. 유진에게는 사람이 아니라 도깨비로 여겨질 정도로 괴이한 생김새였다.

"미쿡 배 왔어. 내가 오늘 돈 있어. 도자기 팔아주십시오, 예?"

유진이 정신을 차리지 못하는 사이 요셉이 은산에게 도자기를 달라고 졸랐다. 고국인 미국으로 돌아갈 방편으로 도자기를 쓸 요량이었다.

어느 정도 각오는 하고 선교를 하러 왔지만, 조선에서의 선교 활동은 요셉이 생각한 것 이상으로 팍팍한 것이었다. '양이와 화친하지 않겠다' 못 박고 쇄국정책을 펼치는 대원군이 조선을 지키고 있었기 때문이었다. 언제 불란서의 신부들처럼 죽임을 당할지 몰랐다.

미국의 군함이 막 조선 앞바다에 도착해 있었다. 미국으로 돌아갈 절호의 기회였다. 은산의 도자기라면 군함을 이끄는 제독의 마음을 사로잡을 수 있을 것이 분명했고, 배에 올라탈 수도 있을 것이다.

놀란 눈으로 유진은 요셉과 은산의 대화를 지켜보았다. 분명 자신이 쓰는 말과 같은 조선말이었으나 요셉의 서툰 조선말은 생경하기만 했다.

"돌아가라고 글쎄. 가. 너도."

찬 표정으로 고개를 저으며 은산은 요셉과 유진 모두에게 축객령을 내렸다.

물러나 있던 유진이 본능적으로 움직였다.

"미국이, 어딥니까?"

유진이 요셉의 소매를 꽉 붙잡았다. 도망칠 수 있는 곳이라면 어디든 좋았다. 살아남을 수만 있다면. 갑작스럽게 붙잡힌 요셉인 당황한 눈으로 유진을 내려다보았다. 어린 소년은 초라하고 무력해 보였다. 그러나 눈만은 반짝이고 있었다. 요셉은 천천히 입을 열었다.

미국은 조선과는 다른 말을 쓰고, 조선과는 다른 힘을 가진 나라였다. 먼 곳에서 폭음이 터졌다. 가마터 하늘 위로 검은 새 떼가 날아올랐다.

조선의 문호 개방을 요구하는 미군함이 광성보 앞바다에 쏘아올린 포가 땅을 뒤흔들었다. 그곳에서부터 치열한 전투가 시작되고 있었다. 한 발의 포격을 시작으로 오래전 쌓아올린 요새는 순식간에 무너졌다. 조선 수군의 시신이 바다 위를 떠다녔다. 전력의 차이가 너무 컸다. 치열한 싸움이라 부를 수도 없었다. 그러나 이 전투를 치열하게 만든 건 조선군이었다.

조선군은 참패의 와중에서도 물러서지 않고 결사항전 했다. 패배가 빤히 보이는 상황이었으나 단 한 명의 탈영병도 나오지 않았다. 조선의 문 앞에 총을 들이미는 침입자에게 한 발도 물러나지 않았다.

요새가 무너지고, 육지에 상륙한 미군은 조선군을 향해 총을 난사했다. 총알은 너무나도 쉽게 조선군의 허술한 갑옷을 뚫고 그들의 몸에 박혔다. 그러나 조선군은 몇 번이고 다시 일어나고, 또 일어났다. 총에 대항하기엔 너무나 조악한 창과 칼이 쉽게 부러지고, 창과 칼도 없는 이는 돌과 흙으로 대항하였다. 얼마 남지 않은 조선의 병사들이 또 미군에 대항해 싸웠고, 죽어갔다.

처참한 전투였다. 구슬픈 비가 조선군의 피가 되어 조선 땅을 적셨다. 비 내리는 광성보에 성조기가 꽂혔다. 이백사십삼

명의 조선인이 미국 군함에 대항하다 목숨을 잃었다.

끝까지 저항하다 살아남은 스물 남짓의 조선인은 포로가 되었다. 미국이 원하는 것은 화친이었다. 그러나 화친은 곧 나라를 파는 것이라는 게 편전에 앉은 이의 생각이었다.

"포로로 잡힌 자들은 임무를 다하지 못하고 살아남아 그리 되었으니 비겁한 자들이다. 조선의 조정은 그들을 환영치 않으니 돌아오지 말라."

조선인은 조선을 지키려고 하였으나, 조선은 조선인을 지켜주지 못하였다. 참혹했다. 산 중턱의 언덕은 무덤이 되어 있었다. 무덤에 묻힌 이들의 죽음은 모두 의로운 죽음이었다. 이 땅에 발붙이고 살아갈 이들을 위해 바친 목숨이었다. 그럼에도 나라에 버림받은 죽음이었다.

그리고 그 밤, 조선의 문 앞에 선 미군처럼 유진을 쫓는 추노꾼들이 가마터에 들이닥쳤다. 은산은 산 아래에 내려가 침입자들에게 처참히 죽어간 형제를 기리고 오는 길이었다. 추노꾼들은 도망친 어린 노비를, 유진을 찾고 있었다. 은산은 장죽을 들어 매서운 솜씨로 추노꾼들을 쫓아냈다. 은산은 자신의 가마터를 둘러보았다. 도자기를 넣는 나무 상자 바깥으로 옷자락이 삐죽이 튀어나와 있었다. 유진이었다. 유진은 몸을 구긴 채 식은땀만 줄줄 흘려대며 상자에 숨어 있었다.

추노꾼들의 기척이 사라지자 유진이 창백한 얼굴로 상자에서 빠져나왔다.

"썩 꺼지라고 했지."

은산이 유진을 향해 일갈했다. 어린 유진의 몸은 두려움에 덜덜 떨리고 있었다. 이대로 죽는 것인가 싶었다. 죽음을 목전에 두고 유진은 더욱 살고 싶었다. 다시 한 번 내쳐진 유진의 가슴속에서 무언가 치밀어 올랐다. 상자 속에 웅크리고 있던 몸처럼 가슴 한편에 밀어두었던 서러움이었다. 유진이 아무리 영민하다한들 아홉의 아이가 견디기엔 너무 벅찬 하루하루였다.

"아비는 매 맞아 죽고, 어미는 우물에 몸을 던졌습니다. 보셨다시피 추노꾼들에게 쫓기고 있고요. 잡히면 맞아 죽고 안 잡히면 굶어 죽습니다. 조선 팔도엔, 제가 살 곳이 없습니다. 제발 저 좀, 살려주십시오."

유진의 입에서 한 마디, 한 마디가 뜨겁게 토해졌다. 김 판서댁 대문을 나오면서부터 참고 참아왔던 굵은 눈물이 툭, 툭, 유진의 눈에서 떨어졌다.

냉담한 표정 뒤에 숨기고 있을 뿐, 울분으로 가슴이 뜨겁기로는 은산도 마찬가지였다. 조선 팔도에 유진만 살 곳이 없는 게 아니었다. 조선인이 살 곳이 사라져 가고 있었다. 은산은 깊은 한숨을 내쉬었다. 때마침 애가 닳은 요셉이 다시금 가마터를 찾았다.

미군은 승리했고, 군함은 승전보를 울리며 고국으로 향할

터였다.

　은산의 눈길이 땟국물을 줄줄 흘리고 있는 유진을 훑었다. 이내 결심한 듯 요셉을 향해 툭 말을 던졌다.

　"도자기를 줄 테니. 이놈을 데려가."

　"그게 무슨……."

　"네놈들이 죽인 조선 백성 목숨 값으로, 애 데려가라고. 미국인지 뭔지 네 고향에."

　언제 또 추노꾼이 들이닥칠지 모르는 이곳 또한 유진이 살 곳은 아님은 분명했다. 은산의 말에 유진의 눈이 번뜩 뜨였다. 쥐구멍에 든 빛이었다. 그 빛이 지옥에서 샌 빛이라 해도 유진은 가 볼 요량이었다. 다른 빛도 길도 없었으니까. 요셉이 황당해하든 말든, 은산은 더는 말하지 않았다. 유진이 큰 소리로 은산을 향해 고맙다 인사했다.

　유진은 제 품에 간직하고 있던 노리개를 한 번 더 내놓았다.

　"이건 어르신 쓰십시오. 이 은혜는 반드시 크게 갚겠습니다. 목숨을 걸고서라도 제가 꼭."

　굳은 의지가 담긴 목소리였다. 은산은 유진이 내린 노리개를 유진에게 던지듯 되돌려주었다. 노리개를 꾹 쥔 채 유진은 돌아서는 은산의 뒷모습을 보았다.

　혼자 남은 유진에게 처음으로 건네진 호의였다. 살아남는다면, 살아남아 또 한 번 이 땅에 돌아올 일이 있다면, 반드시 이 은혜는 갚으리라 유진은 다짐했다.

총을
쥔
꽃

'그 남자……'

 가파른 산 위의 연습터를 찾은 애신은 거리에서 만난 남자
를 떠올렸다. 분명히 지붕 위에서 함께 총을 쏘던 자였고, 그
자 역시 애신을 알아보았다. 동지였으면 서둘러 비꼈어야 하
고, 적이었으면 더욱 서둘러 비꼈어야 했다. 그런데 남자는
같은 쪽으로 걷자고 했다.

 '대담한 자인가, 대책이 없는 자인가.'

 그을린 갈색 피부에 짙은 눈동자. 자신이 누군지 전혀 알아
보지 못하던 남자는 떠올릴수록 의문스러웠다. 그 남자 때문
인지 덕분인지, 애신의 첫 저격은 실패로 돌아갔다. 목적한
바는 이루었으나 불편한 기분이었다. 애신은 자세를 바로 하
며 한쪽 눈을 감았다. 저 멀리 적을 대신할 이가 빠진 사발들

이 주르륵 줄에 매달려 있었다.

"표적은 하나, 저격수가 둘이었습니다. 저를 믿지 못하여 다른 쪽에서도 움직인 듯싶습니다."

탕, 총소리와 함께 애신이 쏜 총알이 정확히 사발에 가 박혔다. 산산조각 난 사발 조각들이 바닥을 뒹굴었다. 뒤쪽에 앉아 있던 승구가 그 조각들을 보았다.

"다른 쪽?"

"활빈당? 혹시 스승님의 의병 중에 누군가? 그도 아니면 강원도 '목단설'이나 지리산 '추설' 쪽이 아닐는지요. 뭐 대책 없는 자이긴 하나 동지가 있는 걸 확인했으니 전 괜찮습니다."

말하며 애신은 다시금 방아쇠를 당겼다.

"표적이 같다 하여 동지인 것은 아니다."

사발이 깨지는 소리와 함께 총을 내린 애신이 승구를 바라보았다. 승구에게는 이제 비단 저고리를 입은 애신보다 무명천으로 만든 연습복에 총을 든 애신이 더 익숙했다. 그럼에도 승구는 염려스러웠다.

"설사 오늘 동지라 하여도 내일도 동지란 법이 없다. 그러니 아무도 믿지 말아라. 나 또한 포함이다."

애신은 알지 못했으나 애신의 아비 또한 그렇게 죽었다. 함께하던 동지의 배신이 그를 죽음으로 몰아넣었다. 생과 사가 오가는 일이었다. 죽음을 각오하는 것과 마주하는 일은 달랐고, 두려움은 때로 쉽게 각오를 좀먹었다. 애신은 차게 말하는 승구를 가만히 보았다. 승구의 염려를 애신이 모르는 것도 아니었다.

"안 믿은 지 꽤 됐습니다."

"어?"

"집도 절도 없는 사람 뭘 보고 믿습니까."

"가거라, 그만."

"예, 스승님. 하면 오늘은 이만 하산하겠습니다."

표정 하나 바뀌지 않은 채 하는 애신의 장난에 승구가 혀를 찼다. 승구가 애신의 스승이자 동지가 된 지도 벌써 십여 년이었다.

✦

갓난아이였던 애신은 천둥이 무섭게 내리치고, 비가 쏟아지던 스산한 어느 밤, 낯선 이의 품에 안겨 동경을 떠나 한성에 도착했다. 조선을 지키기 위해 일본에서 애신의 부모와 함께 싸우던 이의 품이었고, 보자기에 곱게 싸인 두 개의 유골함과 함께였다.

애신의 어미와 아비가 든 유골함이 나란히 사홍의 앞에 놓였다.

"……상완이 사랑하는 여인에게서 낳은…… 어린 것입니다. 계집아이입니다."

아들의 유골함을 보는 사홍의 몸이 떨렸다. 함안댁이 달려나가 배고픔에 악을 쓰듯 울어대는 애신을 받아들었다. 애신이 처음으로 친조부인 사홍을 만나던 순간이었다.

애신은 그날부터 사홍의 집에서 자랐다.

갑오개혁으로 신분제도가 사라지고 노비가 풀려났어도, 단발령이 내려와 머리카락을 짧게 자르게 되었어도, 조선이 조선인의 것이 아니라 다른 이의 것이 되어간다 하더라도. 모든 것이 단번에 지워지지는 않았다.

반상班常의 구별은 사라졌으나, 사홍은 여전히 지체 높고 존경받는 어르신이었다. 그의 막내 손녀인 애신 또한 조선인들이 귀애하는 '애기씨'로 자라났다. 너도나도 양이의 것을 받아들이는 때에, 애신이 고수하는 붉은 댕기 머리와 고운 한복 차림은 조선인들의 자부심이 되기에 충분했다.

그러나 그런 애신이 자라나 읽는 서책은 '격조 있다'할 만한 것은 아니었다. 애신은 논어 사이에 끼워진 조보朝報를 읽고 있었다. 정자에 앉아 글씨를 읽어 내려가는 애신의 눈이 반짝거렸다. 애신이 알고 싶은 것은, 더는 지나간 옛 이야기가 아니었다.

'오늘도 세상은 변하고 있구나.'

격변하는 세상은 애신도 변하게 하고 있었다.

애신은 조보가 끼워진 논어를 품에 들고 정자에서 내려와 자신의 방으로 향했다. 순간 방문을 열던 애신이 동작을 멈췄다. 반쯤 열린 문틈 사이로 비치는 풍경이 엉망이었다. 서랍이란 서랍은 농 안의 서랍까지 열려져 있고, 숨겨두었던 조보들이 모두 나와 있었다.

"애기씨! 시방 대감마님께서⋯⋯!"

사홍이 부른다는 소식을 알리러 왔던 함안댁의 얼굴도 방 안을 보곤 굳었다.

"시상에 이게 다⋯⋯ 설마 아니지예? 기별지는 아니지예?"

"딱 글렀지?"

"아이고 우짭니까."

어쩐지 애신을 찾는 사홍의 표정이 엄하기 그지없었다. 함안댁은 아찔한 표정으로 애신을 재촉했다.

그 길로 애신은 사홍의 앞에 무릎을 꿇고 앉았다. 턱, 사홍이 애신의 앞으로 조보 뭉치를 던졌다. 애신의 뒤로 애신의 백모인 조씨 부인과 그녀의 딸인 애순, 함안댁이 서 있었다.

"네가 기어이! 보름에 한 번 아파牙婆가 드나드는 이유가 이거였더냐! 내 세상사에 눈 돌리지 말라 그렇게 일렀거늘!"

예상대로 사홍의 서슬 퍼런 꾸지람이 떨어졌으나 애신은 굳게 입을 다문 채 아무런 답도 하지 않았다. 고집스럽게 다물린 애신의 입매를 보며 사홍은 자신의 아들을 떠올렸다. 세상사에 휩쓸려 상완은 사홍보다 먼저 이승을 떠났다. 그러니 애신은 그저 이 집 안에 머무르며 안온한 삶을 살기를 사홍

은 누구보다 바랐다. 그러나 애신은 그의 뜻과는 다르게 자라
고 있었다. 마치 제 아비처럼.

"반가班家의 아녀자가 벼슬을 할 것도 아니고 어찌 기별지
를 가까이 하는지 알다가도 모르겠습니다. 할아버님."

애신의 사촌인 애순이 얄밉게 덧붙였다. 애신이 조보를 본
다는 사실을 사홍에게 고해바친 것도 모두 애순이었다. 조씨
부인이 그런 애순에게 눈치를 주며 애신을 엄하게 타일렀다.

"무얼 하고 있어. 얼른 할아버님께 잘못했다고 말씀드리지
않고."

조씨 부인의 말에 애신의 입이 겨우 떨어졌다.

"…잘못했습니다."

"안 믿는다."

"…진심입니다."

"거짓이다."

애신은 잘못을 고하면서도 잘못이라 생각하지 않았다. 그
것을 못 알아볼 리 없는 사홍이 엄한 목소리로 물었다.

"황후께서 일찍 돌아가신 연유가 무엇인지 아느냐."

"나라에 힘이 없어서가 아닐는지요."

"틀렸다. 양이를 가까이 하시더니 국사를 간섭하시고 임금
의 일에 나선 까닭이다."

사홍의 말에 애신이 제 치맛자락을 꾹 쥐었다. 애신은 힘주
어 말했다.

"조선은 변하고 있습니다."

"틀렸다. 조선은 변하고 있는 게 아니라 망하고 있는 것이다."

누군가는 목숨을 걸고 지키려 했던 조선이었다. 그러나 미국의 함대 앞에 무너졌던 조선은 열넷의 일본 수군 앞에서도 무너져 내렸다. 그렇게 아무 힘도 없이 백성도, 영토도, 주권도 빼앗기고 있었다.

그러나 애신은 굽히지 않고 답했다.

"달에 한 번 기별지만 읽겠습니다. 천민도 신학문을 배워 벼슬을 하는 세상이온데 계집이라 하여 쓰일 곳이 없겠습니까."

"쓰이지 마라. 아무 곳에도 쓰이지 말라 이러는 것이다."

조부의 염려를 애신이 모르는 것은 아니었다. 그러나 제 안위보다 조국의 안위가 염려스러웠다.

"학문이 그만하면 되었다. 기별지는 허락 못 한다."

사홍의 가차 없는 반대에 애신은 분해졌다. 어디로 향하는 것인지 알 수 없는 분노였으나 애신은 차오르는 눈물을 꾹 참으며 떨리는 목소리로 답했다.

"싫습니다."

애신에게 조선은 망하는 것이 아니라 변하는 것이어야 했다.

"싫어?!"

"청이고, 법국이고, 덕국이고 앞다투어 조선에 들어옵니다. 왜인들은 쌀까지 퍼갑니다. 조선의 운명이 이럴진데……."

"이러니 금하는 것이다, 이러니! 이 나라엔 왕이 없다더냐!

조정 대신들이 없어? 아니, 설사 다 없어도 너는 안 된다. 이 집안에서 조선의 운명 걱정은 네 애비, 네 큰애비로 되었단 말이다!"

사홍의 목소리에도 노기가 어렸다. 떠나보낸 자식들에 이어 애지중지 키운 애신까지 사지로 내몰고 싶지 않았다. 세상 사의 흐름이 세차고 시끄러웠다. 쓸려나가기 더없이 좋았다. 그러나 애신은 더는 답도 않고 앉아 있었다. 고집을 꺾지 않겠다는 결연한 의지가 보였다.

"단정히 있다가 혼인하여 지아비 그늘에서 꽃처럼 살란 말이다. 나비나 수놓으며 살아. 화초나 수놓으며. 그게 그리 어렵단 말이냐!"

"그럼, 차라리 죽겠습니다."

흔들림 없이 내뱉어진 애신의 말에 충격을 받은 사홍의 눈가가 떨렸다. 애신에게는 물러섬이 없었다. 애신이 당장 무엇을 하려는 것도 아니었다. 그저 배우겠다는 것이었다. 옛 성인들의 말이 아닌 변하는 세상의 것들을 익히고자 하는데 조부는 그것마저 안 된다고 한다.

"그럼 죽어라."

이번엔 애신의 눈에 충격이 어렸다. 물러설 수 없기로는 사홍도 마찬가지였다.

사홍과 애신, 둘 중 누구도 양보할 수 없는 싸움이었다. 그날로 애신이 식음을 전폐하고 드러누웠다. 죽으라는 조부의 말대로 정말 죽을 작정인 사람 같았다. 나흘이 지나자 아침저녁으로 상을 봐주는 함안댁마저 죽겠다고 난리였다. 애기씨 따라 자신도 따라죽겠다는 함안댁의 울음소리가 마당에 울려 퍼졌다.

정자에 앉아 서책을 보고 있는 사홍에게 행랑아범이 다가와 고했다.

"벌써 나흘째 곡기를 끊으시고 물 한 모금 안 갖다 대십니다."

행랑아범의 걱정스러운 목소리에도 사홍은 눈 하나 깜박하지 않았다. 서책을 넘기는 손이 한가롭기까지 했다. 행랑아범의 눈초리에 원망이 어렸다. 함안댁까지 죽겠다고 난리를 부리니 줄초상이 나는 건 아닌지, 행랑아범의 속만 타들어가는 듯했다. 요지부동인 겉과는 달리 속이 타들어가는 것은 사홍도 마찬가지였다. 종이만 넘길 뿐, 머릿속이 복잡하여 글자한 자 제대로 읽고 있지 못했다.

신문물이 흘러든 나라는 경박해졌다. 위정자들은 매국노와 다를 바 없고, 젊은 선비들은 목적을 잃고 사방으로 흩어졌다. 그런 조선이 사홍은 몹시 언짢았다. 그렇게 날로 위태로워지는 조선이. 그런 조선을 위해 목숨을 바쳤던 아들도. 또제 애비처럼 몸을 숨긴 투사로 그 모든 시간을 지나갈 모양인 애신도.

애신마저 잃고 싶지 않다는 마음이 그리 큰 욕심이었던가.

"그토록 막았건만. 기어코 간다면, 더는 막을 수가 없다면,

살 길을 가르쳐야겠지."

정자 위로 바람이 스쳤다. 가벼이 부는 봄바람도 사홍의 마음을 가볍게 하지는 못했다. 무거운 표정을 지우고, 사홍이 행랑아범을 불러 세웠다.

"멧고기가 먹고 싶으니 장 포수를 들라 이르게."

산길이 험했다. 치맛자락을 꼭 쥔 채 산을 오르는 애신의 숨이 턱끝까지 찼다. 고집을 꺾지 않을 테면 죽으라던 조부가 정말로 저를 죽일 셈인가. 조부의 명대로 장 포수의 뒤를 따르긴 했으나 이대로 가면 숨이 차 죽을 듯싶었다. 그럴 리 없겠지만 앞서가는 장 포수의 등 뒤에 매달린 총도 자꾸만 시아에 밟혔다.

마침내 장 포수와 애신이 다다른 곳은 장 포수의 움막이었다. 지푸라기를 엮어 제멋대로 지은 움막은 엉성하고, 너저분했다. 차는 숨과 궁금증을 삼키며, 애신은 경계하는 눈으로 주변을 살폈다. 그런 애신을 보며 장 포수가 수통을 내밀었다.

"개울이 멉니다. 아껴 드세요."

장 포수는 조선에서 제일가는 포수 중 한 명이었다. 수통을 건네는 승구의 손에 화상자국이 선명했다. 신미년에 미군의 함대와 싸우다 아비를 잃고 깨끗한 손도 잃었다. 애신은 물을 마시려다 멈칫했다. 집을 나서던 때부터 산길을 오르던 내내 사홍이 왜 저를 장 포수에게 보냈을까 생각했지만, 아무 답도 내지 못했다.

"애기씨. 지금 이 시간부터 소인이 애기씨의 스승입니다."

"……스승?"

자신이 알고 있는 스승의 뜻이 맞는지 애신이 기가 차 반문했다. 포수인 그가 제게 알려줄 수 있는 것이 무엇이 있단 말인가.

"총포술입니다."

"총포술? 내게 말인가!"

놀라 되묻는 애신의 목소리에 경계심 대신 생기가 돌았다. 꽃처럼 살라던 사홍의 말이 애신의 귓가에 아른거렸다. 총을 � 꽃은 없었다. 흥분으로 애신의 가슴이 빠르게 뛰었다. 총은 제 몸을 지키기에도, 누군가를, 또 조선을 지키기에 가장 좋은 도구였다. 비록 사홍은 애신이 제 몸 하나만을 지키길 바라 장 포수에게 애신을 맡긴 것이었으나 애신의 생각은 달랐다. 화초 같기도, 그림 같기도 했던 제 인생이 쓰일 곳이 생긴 것이다.

'총이 있다면…….'

조선을 무너뜨리려는 이들도 많았지만, 그만큼 지키려는 이도 많았다. 지키는 데에도 여러 방법이 있었다. 신문에 글을 쓸 수도 있었고, 야학으로 가르침을 줄 수도 있었다.

그러나 애신이 생각하기에 글만으로는 부족했다. 조선의 왕은 다른 나라 공사관에 몸을 맡기고, 글로 조선을 구하고자 했다. 그러나 대국들은 그것을 담보로 줄지어 조선을 간섭했다. 왕이 쓰는 글조차 조선을 구하는 데에는 미력했다.

'……그러니 나는 총포로 할 것이다. 죽음을 각오해야 할지라도.'

장 포수에게 건네받은 총을 쥔 애신의 손에 땀이 뱄다. 그렇게 승구는 애신의 스승이 되었다. 그리고 애신의 각오는 어느덧 총알이 되어 로건을 향해 쏘아졌다. 깊은 산속에서 오래도록 연습해온 것이었다.

검은 눈동자

산에서 내려온 애신을 기다리고 있는 건 마당에서 실랑이를 벌이고 있는 행랑아범과 미 공사관에서 온 역관이었다.

"미국인이 죽어서 조선도 입장이 난처해졌습니다. 정말 송구하지만, 애기씨를 본 이들도 있고 해서 애기씨도 오셔야……."

역관 관수의 말에 행랑아범이 경을 칠 듯 노하며 소리쳤다.

"뭣이 어째? 애기씨를 뭐 어쩌고 어째? 이 댁이 뉘 댁인지 몰라 시방?"

관수도 한성에 사는 조선인이니 고사홍 대감댁 애기씨를 모르지 않았다. 관수도 사홍의 은혜를 입은 숱한 한성 사람 중 하나였다. 그러나 모르지 않아서 모셔 가려 하는 것이었다. 로건의 저격 사건을 조사하던 중 그날 거리에서 애신을 봤다는 이들이 있었다. 물론 애신을 의심하는 자도, 부르자는 자도 없었지만, 관수의 생각은 달랐다.

관수 또한 애신을 믿기에 가능한 생각이었다. 하나는 당연하게도 애신이 용의자일 리 없다는 믿음이었고, 둘은 사리분별이 바른 애신이니 수사차 부른다고 해도 저어하지 않을 것이라는 믿음이었다. 법 앞에서 누구나 평등해야 했다. 거기에 애신이 무엇인가 목격한 게 있다면, 도움을 받아 곤란을 겪고 있는 수사를 진척시킬 수 있으니 더욱 좋은 일일 터였다. 조선 내에서 일어난 미국인 살해 사건인지라 조선은 미국에게 압박을 받고 있었다. 무슨 수를 써서라도 용의자를 하루라도 빨리 색출해낼 필요가 있었다.

"금일 명일은 어렵고 모레는 어떤가."

흥분한 행랑아범의 뒤에서 나타난 애신의 목소리가 또렷했다. 애신을 발견한 관수의 얼굴에 화색이 돌았다. 애신의 자태가 곱고 단정했다.

"그리 전하겠습니다. 애기씨. 이리 찾아뵙게 되어 송구합니다."

"이해하네."

애신의 말에 관수의 얼굴에는 뿌듯함마저 어렸다. '역시 애기씨'라는 생각 때문이었다. 그러나 관수를 돌려보낸 후 애신의 표정은 잔뜩 굳어 있었다.

"나를 보았다고 고할 자라……."

두말할 필요 없이 '그자'였다. 서로 무언가 들킨 듯하니 같이 걷자던 그 대담한 남자. 애신은 여유로운 얼굴을 떠올리곤 기가 찬 표정을 지었다.

"허, 이자가!"

동시에 의문이 깊어졌다. 남자의 정체도, 의도도 어느 것 하나 쉬이 짐작되는 바가 없었다.

미국 공사관 마당 안으로 꽃가마 한 대가 유유히 들어왔다. 애신의 가마였다. 가마 옆을 지키며 걸어 들어오는 행랑아범과 함안댁의 입이 벌어졌다. 고 대감댁도 한성에서는 크고 좋은 집에 속했으나 대국의 공사관은 그 규모부터 달랐다. 높고 길게 뻗은 기와는 끝이 가늠되지 않았다. 잘 관리되어 정돈된 묘목들은 풍치를 더하고 있었다. 가마 밖으로 발을 내민 애신 역시 공사관의 위용에 놀라움을 금치 못했으나 더욱 고개를 빳빳이 들었다.

안쪽에서 일을 보고 있던 관수가 애신과 일행을 발견하곤 달려 나왔다.

"오셨습니까, 애기씨. 안으로 드시지요."

관수가 웃으며 애신을 건물 안쪽으로 안내했다. 그러나 애신이 움직이지 않았다. 애신의 시선은 창가에 고정되어 있었다. 제복을 잘 차려입은 유진이 창가에 기대 서 애신을 바라보고 있었다. 생각지 못한 두 번째 만남에 애신은 눈을 찌푸렸다.

"저자도 여기 불려온 것인가."

애신의 물음에 관수가 애신의 시선이 닿는 곳을 바라보았다. 관수가 웃으며 고개를 저었다.

"저 나으리는 불려온 것이 아니라 원래 여기 계십니다."

"그게 무슨 소린가. 원래 여기 있다니."

"여기 근무하십니다. 저 나으리가 영사대리십니다. 이 사건을 탐문 중이시고요."

그 정체가 대단히 놀라웠다. 애신의 머릿속이 복잡해졌다. 미국 공사관의 영사대리라면 두말할 것 없이 미국의 편이었다. 그러나 남자가 죽인 건 미국인이었고, 그런 자가 또 이 사건을 탐문 중이었다. 애신을 바라보는 유진의 눈길은 마치 애신과 마주한 적 없는 것처럼 건조했다. 애신은 피하지 않고 유진을 뚫어져라 보았다. 서로를 보는 시선에 알 수 없는 긴장감이 어렸다.

유진의 외양을 보고, 유진이 미국인일 거라 생각하는 이는 아무도 없었다. 관수를 따라 걸음을 옮기는 애신의 발걸음이 아무도 눈치채지 못할 만큼 빨라졌다. 여전히 밝혀지지 않는 남자의 정체를 밝히고 싶었다.

공사관 내부의 사무실은 화려했다. 붉은 휘장이 매달린 창가에 유진이 서 있었다. 커다란 성조기가 책상 옆에 자리해 있었다. 애신은 유진 쪽으로는 시선도 주지 않은 채, 도도하게 걸어가 가장 상석의 자리에 앉았다. 원래라면 유진의 자리였으니 당황한 관수이지만, 애신 또한 지체 높은 이였기에 그저 유진의 눈치만 보았다.

"왜 보잔 건지 여쭙게."

동지인가, 아니면 그저……. 단호한 말투와 달리 애신의 시선은 혼란스러운 머릿속처럼 갈 곳을 잃고 허공에 머물러 있었다.

"며칠 전 가로등이 켜지던 밤 종로 거리 일각에서 이상한 것, 혹은 이상한 자를 목격한 바가 없나 해서."

애신은 관수에게 말을 전했으나, 유진은 애신 쪽으로 시선을 건네며 답했다.

"어제 일도 가물가물인디 참말로. 자넨 뭐 거시기 한 거 있는가?"

행랑아범이 전혀 모르겠다는 투로 함안댁을 보며 물었다. 함안댁은 이곳에 애신이 불려온 것이 못마땅하여 어깃장을 놓으며 답했다. 그런 행랑아범과 함안댁을 훑어본 유진이 애신에게 노골적인 시선을 던졌다.

"셋 모두에게 한 질문이오."

정면을 바라본 채 애신은 잠시 입술을 꾹 물었다. 제복을 입은 사내는 거침없고, 무례했다. 적어도 조선인 중에 제게 이렇게 무례한 이는 없었다.

"작금의 조선엔 이상한 것투성이라. 지금 내 앞에도 서 있고."

유진을 보며 애신은 굽히지 않고 말을 이었다.

"구체적으로 어떤 걸 보았어야 하는지 여쭐게."

"나으리, 애기씨께서……."

중간에 낀 관수는 어쩔 줄 몰라 쩔쩔맸으나, 유진은 그런 애신이 역시나 흥미로웠다. 조선 여인이라고는 믿기지 않는 당돌함이었다. 그러니 낮에는 이리 고운 옷을 입고 머리를 땋은 여인이, 밤에는 총을 쥐고 지붕 위를 달려 다녔던 것이겠지만. 유진이 피식 웃으며 애신을 보는 사이, 함안댁이 정신 없이 늘어놓았다.

"보소. 우리 애기씨는 이상한 거 보고 그라실 분이 아이라예. 걸으실 때도 앞만 딱 보고 걸으시고, 눈도 구슬맹키로 반짝반짝하고! 우리 애기씨는 암것도 모리는 애기라예, 애기!"

애신에게 해를 가하려는 것도 아닌데 함안댁은 정말로 애신을 아이 취급하며 애신을 싸고돌았다. 시끄럽게 목소리를 높이는 함안댁에 유진은 탐탁지 않아 하며 답했다.

"질문과 답이 안 맞는데."

"미안하오. 아무것도 몰라서."

그럼에도 함안댁의 말이 맞다는 듯 애신은 시치미를 뗐다. 이대로 애신을 감싸는 두 사람이 곁에 있다면, 제대로 된 이야기는 불가능할 게 뻔했다. 유진은 영어로 관수에게 행랑아범과 함안댁을 내보내라 전했다. 갑작스러운 영어에 함안댁과 행랑아범은 물론이고 애신까지도 잠시 표정이 굳었으나,

곧 관수가 유진의 말을 해석했다.

"뭐라카노. 애기씨를 여 혼자 기시게 하고 나가란 말이가!"

함안댁이 흥분하며 외치자, 애신이 차분하게 함안댁을 물렸다.

"나가 있게. 걱정들 말고."

"걱정이 와 안 됩니까. 애기씨가 무신 꼬부랑말을 알아요, 글을 알아요. 입도 쩍 못 떼고 일자무식잉께……."

싸고돌다 못해 바보 취급이었다. 애신의 발끈한 눈빛에 함안댁이 헛기침을 하며 입을 다물었다. 도무지 물러설 것 같지 않던 함안댁이 나서 행랑아범과 함께 사무실 문을 나섰다. 관수가 두 사람을 몰고 나가며, 문을 닫았다.

무겁게 문이 닫히는 소리와 함께 적막이 돌았다. 이제 사무실 안에는 그 밤의 일을 아는 유진과 애신, 두 사람만 남아 있었다.

"무식하게 안 보이니 걱정 마시오. 쭉 그림 같소."

그림 같다는 말을 하는 유진의 말투에 비웃음이 어려 있었다. 도도하던 애신의 표정이 흐트러지며 유진을 흘겼다. 그러나 유진으로선 어느 정도 진심이었다. 꼿꼿하게 허리를 편 채, 손을 모으고 앉아 있는 애신의 모습은 궁 어딘가의 벽에 걸린 초상화라고 해도 좋을 만한 분위기가 있었다. 애신을 보던 유진은 잠시 창문 너머에 시선을 던졌다.

"그럼 본론으로 돌아가서, 범행 날엔 전등 점등식이 있었소.

발전기 소리가 커서 총소리가 묻혔고 거사 후엔 인파에 섞여 자취를 감추기도 적절했소. 그래서 일부러 그날로 잡은 거요. 맞소?"

마치 정말로 탐문이라도 해보겠다는 듯한 질문이었다. 애신은 코웃음 치며 답했다.

"그걸 왜 나한테 묻는 거요."

"그저 도움을 청한 거요."

"도울 생각 없소."

한 발짝씩 유진이 애신의 곁으로 다가갔다. 또박또박 답하는 애신을 유진이 응시했다.

"총알이 날아온 방향은 두 방향이었소. 정말 한쪽도 보지 못했소?"

"못 봤소."

두 사람의 시선이 가까워져 있었다. 유진의 손이 올라가 반대편의 애신에게로 향하며 복면과 같이 애신의 입매를 가렸다. 커다란 손. 그 위로 애신의 검은 눈동자가 유진을 비쳤다.

"난 본 것도 같은데."

무게감 있는 유진의 목소리가 애신을 향해 던져졌다. 고요한 호수와 같던 애신의 눈동자에 파문이 일었다. 그러나 애신은 떨림을 숨기고 유진과 같이 손을 들어 유진의 하관을 가렸다.

"수상한 게 그런 거라면 나도 본 것도 같소만."

손바닥에 의해 서로의 얼굴이 가려져 있었으나, 그로 인해 오히려 그 밤에 본 얼굴이 서로임을 확신할 수 있었다. 그날 밤의 두 사람처럼, 두 사람 사이로 눈빛만이 오갔다.

애신만 유진의 정체가 궁금한 것이 아니었다. 전혀 물러서는 기색 없는 애신이, 유진도 무척이나 궁금했다. 애신을 보는 유진의 눈이 더욱 깊어졌다.

먼저 손을 내린 것은 유진이었다. 유진이 손을 내리자 애신도 천천히 손을 거두었다.

"정체가 뭐요."

"이방인이 상관할 바 아니오. 그러는 귀하는 정체가 뭐요. 활빈당이오? 의병이오?"

유진의 눈빛 하나 놓치지 않겠다는 듯 뚫어져라 바라보며 애신이 물었다. 애신의 물음에 유진이 낮게 되물었다.

"그쪽이면, 편이 같소?"

그제야 애신은 시선을 피했다. 자신은 유진에 대해 아직 아는 게 많이 없었는데, 자신은 다 들킨 기분이었다.

"무슨 소린지 모르겠소, 미안하오. 자꾸 아무것도 몰라서. 내 그림 같은 거 말고는 할 줄 아는 게 없소."

당황하여 하는 변명조차 평범하진 않아서 유진은 애신을 보았다.

"귀하는 여기서 무슨 일을 하시오. 영사대리라는 거 보면 그저 역관은 아닌 듯한데."

"여기서는 질문은 나만 하오."

선을 긋는 유진에 애신은 더욱 혼란스러워졌다. 게다가 어쩐지 분해졌다. 애신이 유진을 노려보았으나, 유진은 더 볼 일 없다는 듯 자리를 정리했다.

"그만 가봐도 좋소."

말만 '가봐도 좋다'는 것이지 축객령이었다. 또 한 번의 무례에 애신은 치맛자락을 꾹 쥐고는 자리에서 일어섰다.

창가에 선 유진은 공사관 건물 마당을 빠져나가는 가마에 시선을 두었다. 가마 안에 타고 있을 애신을 떠올리며 유진이 관수를 향해 여상하게 물었다.

"이유가 뭐요."

"예? 뭐가 말씀이십니까?"

"저 여인, 애기씨라는. 왜 다들 알고, 왜 다들 감싸는지."

"아. 애기씨요. 그걸 말씀 안 올렸구나. 애신 애기씨는 최고의 명문 사대부 고 씨 가문의 막내 애기씨입니다. 노블우먼 noblewoman이지요."

어느덧 유진의 시야에는 마당을 손질하는 고용인들만이 남았다. 어렵지 않게 짐작할 수 있는 바였으나, 묘한 기분이었다. '노블우먼.' 유진은 입안에서 단어를 곱씹었다.

"매년 봄 보릿고개 땐 그 집에선 백 리 안에 굶는 이가 없도록 곳간을 열어 구휼미를 내시니 인근 백 리 안에 목숨을 빚지지 않은 이가 없지요."

대감댁에 빚을 진 것은 관수 역시 마찬가지였기에 관수는 신이 나 떠들었다.

"보셔서 아시겠지만 애기씨께서 워낙 인물도 좋으신데다, 워낙 세상 물정을 모르셔서 한성 바닥 조선인들은 죄 애기씨를 귀히 여깁니다."

잠자코 듣고만 있던 유진이 관수의 설명을 납득할 수 없다는 듯 관수를 바라보았다.

"어찌 그러십니까?"

"세상 물정을…… 모른다?"

"예에. 그저 귀하기만 하시니."

세상 물정을 몰라도 너무 몰라 총을 쥔 것인가. 유진은 웃을 수도 없어 고개를 저었다. 그저 이제 와 궁금해지는 것은 그 귀하신 분이 왜 그리 험한 일에 나섰나 하는 것이었지만, 그마저도 유진으로서는 더는 궁금해하지 않아도 될 문제였다. 유진의 목적은 로건을 죽이는 것 하나였다.

의병 잔당의 소행으로 이루어진 저격 사건. 이쯤 하면 형식적인 수사는 종료였다. 그럴 예정이었다.

치
맛
자
락
의
붉
은
피

흔들리는 가마 안에서 애신은 유진의 눈을 떠올렸다. 가만
히 손을 올려 제 입가를 가려 보자, 방금 전의 긴장감이 다시
찾아오는 듯했다. 그러나 여전히 아무런 갈피를 잡을 수 없
었다.

"조선인이 출세했구먼. 양이들 대장 노릇도 다 하고."

"개화를 일찍 했는갑지요."

가마 바깥에서 행랑아범과 함안댁의 대화 소리가 들렸다.
그 뒤로 엄청난 굉음이 고막을 흔들었다. 애신이 가마의 쪽문
을 열었다. 멈춰 선 가마 밖으로 빠르게 지나가는 전차가 보
였다. 전차가 지나가는 풍경은 언제 보아도 애신의 눈을 사로
잡았다. 말이나 소가 끄는 것도, 사람이 미는 것도 아닌데 전
차는 그 어떤 바퀴 달린 것들보다 빨랐고, 커다랬다.

전차를 탄 사람들조차 신기한 듯 들뜬 표정으로 창밖을 내다보고 있었다. 댕기 머리를 한 꼬마들이 전차를 따라 내달렸다. 그러나 전차는 아이들을 뒤로 하고 저 멀리 사라졌다. 요란하게 사라지는 전차를 보며 함안댁이 혀를 찼다.

"저거 때문에 인력거꾼 수입이 줄었다 카대요. 진고개 눈깔사탕 장수 땜에 엿장수는 엿 돼버렸고요."

함안댁의 말에 애신이 소리 내 웃었다.

"함안댁. 가마를 돌리게."

"와예. 오데 가실랍니꺼?"

"말 난 김에 진고개 눈깔사탕이나 먹으러 가볼까 해서."

애신의 말에 함안댁의 눈이 번뜩였다. 애신의 가마가 진고개로 향했다.

진고개 거리로 들어서자 유카타와 기모노를 차려 입은 일본인들이 거리를 메우며 북적였다. 사탕가게 앞은 줄지어 늘어선 가마들로 문전성시였다. 가마꾼들은 그 옆에 서 눈깔사탕을 하나씩 입에 물고 있었다.

함안댁과 행랑아범의 손에도 눈깔사탕이 쥐어졌다. 처음 눈깔사탕을 먹어본 함안댁과 행랑아범은 눈을 번쩍이며 그 맛에 놀라 소리쳤다. 두 사람의 호들갑에 애신도 맛나다는 소문이 거짓은 아닌가 싶은 마음으로 눈깔사탕을 입에 넣었다.

"세상에!"

감탄이 저절로 나오는 단맛이었다. 눈깔사탕을 입안에 넣고 우물거리는 애신의 입가에 미소가 떠올랐다.

맑고 고운 미소였다.

그 아이 같은 미소를 반대편 건물의 테라스에서 유카타 차림을 한 채 지켜보는 이가 있었다. 넓은 어깨에 가슴부터 팔에 이르기까지 곳곳마다 패인 상처를 가진 사내였다. 덥수룩하게 기른 머리카락과 수염마저 그의 거친 성미를 드러내는 듯했다. 동매는 홀린 듯 애신을 바라보고 있었다. 한눈에도 거칠어 보이는 동매였으나, 그 눈빛만은 아련했다.

"저 조선 계집은 딱 봐도 양반집 계집 같은데?"

"조선 양반 계집은 농락하기가 쉬워. 정절을 잃으면 제 목숨을 끊으니까."

건물 아래쪽에서 떠들어대는 일본말 소리에 동매의 눈썹 한쪽이 일그러졌다. 눈깔사탕 가게 인근 점포의 장사치들이었다. 비단 한복을 입은 애신은 눈에 띌 수밖에 없었다. 아직 아물지 않은 볼 쪽의 상처가 일그러지며 동매의 얼굴을 더욱 험악하게 만들었다.

시선을 거두지 않은 채로 동매는 뒤편에 앉아 있는 호타루에게 물었다.

"오늘 내 운세가 어떠냐."

붉은 기모노를 입은 호타루가 조용히 붓을 집어 들었다. 가느다란 세필붓이 움직이며 점괘를 적었다.

'재회.'

그러다 호타루의 붓이 다시금 움직였다.

'아니 만났어야 좋을.'

돌아선 동매는 흰 종이 위의 글자를 보곤 입꼬리를 올렸다. 쓴웃음이 동매의 입가에 잠시 어렸다 사라졌다. 호타루의 마음까지 씁쓸해지는 표정이었다.

무표정하게 붉게 타며 저무는 해를 바라보던 동매의 얼굴에 잔혹함이 어렸다. 순간, 2층의 테라스 아래로 동매는 훌쩍 몸을 날렸다. 허리에는 기다란 칼이 채워져 있었다.

그 칼을 빼어들며 동매가 장사치들 앞으로 다가섰다. 애신을 보며 희롱하던 장사치들의 얼굴에 웃음기가 가셨다. 칼을 빼든 동매의 등장에 사람들이 웅성거렸다.

"싸움이 날 모양인가?"

"싸움이 아니라 뭐가 또 거슬린 모양입니다. 저 칼 찬 자가 구동매라고 여기 일대를 꽉 잡고 있는 오야붕인데……."

행랑아범에게 답하던 사탕 장수의 말은 더는 이어지지 못했다.

사람을 베었다고 하기엔 너무나 부드러운 소리를 내며 동매의 기다란 칼이 장사치들의 몸을 베어냈다. 비명도 지르지 못한 장사치의 몸에서 왈칵 하니 피가 솟구쳤다. 솟구친 붉은 피가 동매의 얼굴에 튀었다. 얼굴에 닿아오는 피 냄새에 동매의 눈빛이 더욱 거칠어졌다. 흡사 피 냄새를 맡은 맹수 같았다.

고개를 돌릴 틈도 없이 애신은 그 장면을 눈도 깜박이지 못한 채 지켜보았다. 동매가 천천히 고개를 돌려 애신을 보았다. 동매의 얼굴에서 뚝, 뚝, 일본인 상인들의 피가 흘러 내렸다. 애신은 잠시 숨을 멈췄다.

피를 흘리는 저이의 얼굴을 애신은 알고 있었다.

"저, 저놈. 그때 그 가마 그놈 아입니까? 애기씨가 살려주신?"

함안댁이 놀라 외쳤다.

애신을 바라보는 동매의 눈이 깊어졌다. 오래도록 이 날을 기다려왔던 것 같기도 하고, 기다리지 않았던 것 같기도 했다. 그러나 확실한 것은 저 얼굴이 그리웠다는 것이다. 피를 보인 것만으로도 모욕을 당했다고 생각하는, 저 곱고, 귀하고, 차가운 얼굴이.

십여 년 전.

반촌 거리는 대낮부터 시끄러웠다. 소란스러움에 길을 가던 가마가 멈춰 섰다. 가마의 쪽창을 열고 함안댁이 애신에게 고했다.

"무신 사달이 났는가 길에 사람들이 그득합니다. 행랑아범이 알아보고 있으이까네 쪼매만 기다리소."

애신의 어린 눈에 호기심이 어렸다. 쪽창 밖을 내다보아도 지나는 사람들의 웅성임만 들려올 뿐, 사람들에 가려 무엇 때문에 소란인지 알 수 없었다. 그때, 고개를 돌리던 애신의 시야에 소년이 들어왔다.

골목 뒤에 숨은 소년은 애신의 또래였으나 애신과 달리 흙투성이에 지저분한 차림새였다. 거뭇거뭇한 때가 잔뜩 묻어 얼굴이 다 가려질 정도였으나 소란이 이는 쪽을 바라보는 소년의 눈빛만은 너무나 선명했다. 극도의 분노와 슬픔이 일렁이고 있었다. 애신은 다 읽기도 힘든 강렬한 감정들이 담긴 소년의 그 눈에 사로잡혔다. 애신의 시선을 느낀 소년이 애신을 바라보았다.

마침 길가에 나갔다 돌아온 함안댁이 목소리를 낮춰 말했다.

"반촌서 백정 계집이 양민 사내를 찍어 죽였답니다. 그래서 그 백정 양주가 잡혀 나와 이 사달이 났다 카네요. 아들내미는 도망쳤다카고요."

함안댁 뒤편으로 자신을 쏘아보고 있는 소년이 보였다. 어린 애신의 마음이 안타까워졌다.

"못 떠난 게야."

"예?"

애신은 소년을 제 가마에 태웠다. 애신의 가마 안보다 이 반촌 거리에서 더 안전한 곳은 없었다. 가마에 올라탄 소년은 애신을 뚫어져라 보았다. 애신도 그런 소년을 살폈다. 가까이서 보니 소년의 꼴은 더욱 엉망이었다. 반듯한 이목구비는 흙

먼지만 뒤집어쓴 것이 아니라, 군데군데 핏자국에 멍 자국까지 있었다. 아파 보였다. 그 상처들을 하나하나 훑어 내리는 애신의 시선에 입을 꾹 다물고 있던 소년이 입을 열었다.

"괜찮습니다. 막무가내의 매질이 외려 덜 아픕니다."

가슴속에 얼마나 울분이 쌓였는지, 목소리만 들어도 알 것 같았다. 소년은 조금만 건드려도 와르르 쏟아져 내릴 듯했다. 분을 삼키며 소년이 애신에게 물었다.

"……왜 저를."

"잡히지 말라고."

"그니까 애기씨가 왜……."

"사람 목숨은 다 귀하다 했다."

흉터 하나 없는 보드라운 볼, 작고 고운 손, 단정하게 빗은 머리. 자신과는 너무나 다른 모습을 한 애신을 보던 소년의 동공이 커졌다.

소년은 백정이었다. 짐승보다 못한 것이 짐승을 도축하는 백정의 삶이었다. 평민에게조차 말을 걸려면 바닥에 꿇어 엎드려야 하고 말을 걸기 전까진 입을 뗄 수도 없었다. 백정인 사내들은 칼을 들었으나 누구도 벨 수 없으니 날마다 치욕이었다. 백정인 어미는 늘 무릎을 꿇고 빌었다. 그러나 돌아오는 건 늘 욕설과 모진 매질이었다. 그러다 어미는 겁간을 당하였고, 겁간한 자를 향해서야 드디어 칼을 휘둘렀다. 그 죄로 지금 길거리에서 돌팔매질을 당하며 죽어가고 있었다.

벌레에게도 그리 잔인하지는 않을 것이었다. 사람 목숨이 귀하다 했다면, 어미와 아비는, 그리고 자신도 사람이 아니었다.

그런데 애신은 소년에게 사람 목숨은 다 귀하다고 말했다. 반들반들한 눈으로 저를 보는 애신에게 소년이 물었다.

"……누가요?"

"공자께서."

애신의 답에 소년은 아랫입술을 꽉 깨물었다. 입술 아래로 피가 몰렸다. 어미는 사람이 오가는 길가에서 짓밟히는데, 가마 속 애기씨는 공자의 배움을 따르고 있었다. 우스웠고, 화가 났고, 대부분은 상처였다.

상처투성이인 소년의 손이 애신의 치맛자락을 잡았다. 애신이 놀라 소년을 보았을 때, 소년은 치맛자락을 제 입으로 가져다 대었다. 그리고 보란 듯이 입가에 묻은 피를 치맛자락으로 닦아냈다. 애신이 몸을 굳히며 치맛자락을 움켜쥐었다. 고운 비단에 붉은 피가 묻어 나왔다.

"호강에 겨운 양반 계집."

소년의 목소리가 가슴속에서부터 끓어올라 뜨거웠다.

치맛자락을 쥔 애신의 손이 떨렸다. 난생 처음 당한 모욕이었다. 애신의 머릿속에선 거울이 깨진 듯, 선명한 균열이 생겨났다. 깨진 파편들이 어린 애신을 아프게 할퀴어댔다.

'호강에 겨운 양반 계집…….'

그 말이 얼마나 오랫동안 애신을 괴롭혀왔는지, 소년은, 동매는 모를 것이다. 잘 준비를 하며 옷을 갈아입은 애신은 깊이 생각에 빠졌다.

"하이고 은혜도 모리는 놈. 지가 누구 덕에 목숨줄 붙잡고 사는 줄도 모리고, 그 귀한 목숨 갖고 그리 흉측한 짓을 하고 자빠졌어, 으이구."

펼쳐진 이부자리의 구김을 지우며 함안댁이 낮에 본 동매에 대해 궁싯거렸다. 애신은 세숫대야 속 물에 손을 담갔다. 낮에 동매가 벤 이의 핏자국이 제 손에도 묻은 듯했다. 그 옛날 동매가 치맛자락에 남기고 간 핏자국이 제 손에 옮은 듯도 했다. 물 안에서 손을 움직이며 애신은 고개를 저었다.

구름 한 점 없는 오후. 쨍한 햇살이 사무실 안으로 들이쳤다. 유진은 공사관 사무실 의자에 느슨하게 앉아 차를 마셨다. 국화차 향이 코끝에 잔잔히 퍼지며 향기로웠다. 은은한 향기를 맡으며 유진은 애신을 떠올렸다.

정확히는 사무실을 나서던 애신의 저고리 앞섶에 매달려 있던 색색의 노리개를 떠올렸다. 언젠가 유진의 어미가 호선에게서 뜯어 유진에게 던져주었던 것도 그러한 노리개였다.

부유한 양반집 여인네들의 상징이었다. 부드러운 향기에 말려 올라가던 유진의 입매가 내려앉았다. 어쩐지 씁쓸해지는 기분은 떠오른 어미에 대한 기억 때문이었다.

약과가 든 접시를 들고 사무실 안으로 들어서던 관수가 유진을 살피며 물었다.

"무슨 생각을 그리하십니까?"

"……어디를 갈까 생각 중이오."

생각에서 빠져나온 유진이 내려놓은 찻잔을 바라보았다. 주저하는 것은 아무것도 없었으나, 유진은 선뜻 길을 떠나지 못하고 있었다. 자신을 버린 조선을 오래 잊었고, 잊으려 했고, 거의 다 잊어간다 생각했다. 그러나 나라는 잊어도 잊지 못할 감정들이 유진의 가슴속에 켜켜이 쌓여 있었다.

"노리개를 쫓아 원수에게 갈까, 사발을 쫓아 은인에게 갈까……. 이렇게 날이 좋으니 그저 소풍이나 갈까……."

"예?"

"난 계속 어딘가 멀리 가고 있소. 어디가 제일 먼지 모르겠소. 아님, 다 온 건지."

모든 것을 홀홀 털고 어디인지 모를 목적지에 다다를 날이 오긴 할 것인가. 유진은 생각하며 고개를 내저었다.

맞은편에 앉은 관수가 알아들을 거라 생각해서 하는 말은 아닌 듯했다. 관수는 제 상관을 보았다. 외양만 보고 새로 온 미 공사관의 주인이 조선인이라 생각해 반가웠던 것도 잠시였다. 유진은 미국인이었고, 조선말을 할 줄 알았으나 이따금 뜻을 알 수 없는 말로 관수를 당황시켰다. 까탈을 부리는 상관은 아니었으나, 모시기 까다로운 면이 있었다. 유진이 표정을 풀며 말했다.

"일단은 배가 고프니 밥부터 먹으러 갑시다."

관수가 반기며 유진과 함께 공사관을 나섰다.

두 사람이 밥을 먹으러 온 곳은 장터의 국밥집이었다. 확실히 이럴 때 보면 유진은 미국에서 오래 산 이 치고는 조선 음식을 잘 먹는 편이었다. 마주 앉아 국밥을 떠먹던 관수가 유진의 눈치를 보며 입을 열었다.

"나으리, 제가 생각을 좀 해봤는데요. 그 죽은 미국인 말입니다. 로건 테일러……. 뭔가 이상하지 않습니까?"

로건의 이름에 잠시 멈칫하던 유진이 이내 아무렇지 않은 척 밥을 떠 입에 넣었다. 관수가 목소리를 낮추고 주변을 살피며 은밀한 목소리로 말했다.

"제 생각엔 그자의 죽음 뒤에 나으리랑 저만 모르는 뭔가 거대한 내막이 있는 듯합니다."

유진의 숟가락이 멈췄다.

"들어보십시오. 조선 조정의 외교 고문이었고 친일파로 유명했으니 이자의 죽음에 얽힌 나라만 미국, 조선, 일본 세 나랍니다. 한데 이상하리만치 조용하달까요? 혹시, 이자를 쏜 범인이 미국인인 건 아닐까요?"

과연 그럴 듯한 추리였다. 유진에게는 곤란한 추리이기도 했다. 유진은 전혀 모르겠다는 듯한 얼굴로 말했다.

"미국이 무슨 이유로."

"아, 그럼 일본이네!"

유진이 제 얘기를 들어주는 듯하자 관수는 신나서 제 생각을 떠들었다. 관수의 의심은 조선이 아닌 두 나라에게 향해 있었다.

"로건의 장례식 날에도 말입니다? 그 양반네 집에 무신회가 들이닥쳐서 집을 발칵 뒤집어 놨다지 뭡니까. 분명 뭘 찾는 게지요. 미망인과 아이들은 지금 알렌 공사님 댁에 머물고 있고. 분명 뭘 피하는 게지요."

"무신회?"

듣고만 있던 유진이 되물었다.

"예. 구동매라는 자가 이끄는 조직인데, 딱 보심 아실 겁니다. 티가 참 많이……!"

계속될 것 같던 관수의 이야기가 끊겼다.

관수는 목에 닿아온 차고 날카로운 촉감에 기겁하며 숨을 몰아쉬었다. 갑작스럽게 다가와 관수의 목에 칼을 들이민 것은 유카타 차림의 낭인들이었다. 낭인들이 관수에게 말했다.

"역관 양반. 통역이 필요해. 죽기 싫으면 얌전히 따라 와."

"아, 이자들이 그 무신회요?"

놀라는 기색도 없이 유진은 그저 낭인들을 훑으며 물었다.

"일어나. 넌 밥이나 먹어. 끼어들지 말고."

일본어를 알지 못하는 관수는 이 상황을 알 수 없어 그저 질린 채 유진만을 보았다. 유진이 관수를 데려가도 상관없다는 듯 낭인들을 향해 손을 내저었다. 낭인들이 짐짝을 들고 가듯 관수를 질질 끌었다. 국밥집 주인과 주변의 손님들은 그 광경을 보며 제게도 불똥이 튈까 숨죽였다. 허리에 칼을 찬 낭인들에게 대항할 수 있는 이는 없었다. 낭인들에게 끌려가며 관수가 유진 쪽을 향해 살려달라 외쳤다. 그러나 그 외침도 점점 멀어지고 있었다.

관수가 사라진 쪽에 잠시 시선을 두던 유진이 다시 고개를 숙이곤 무슨 일이 있었냐는 듯 국물을 한 술 떴다. 국물을 뜨는 유진의 귀로 주인과 손님들의 대화가 들려왔다. 저마다 안타까워 어쩔 줄 몰라 했으나 어찌 할 수 있는 바도 없었다.

"저걸 어째. 저리 끌려가 돌아온 자가 없다던데⋯⋯."

"어제도 진고개에서 뭐가 구동매 눈 밖에 났는지 칼부림이 났다잖아."

상 위에 숟가락을 내려놓은 유진이 자리에서 일어섰다.

미 공사관의 역관으로 일하는 관수를 끌고 간 것을 보면 무신회라는 자들은 영어를 할 줄 아는 이가 급히 필요한 게 분명했다. 유진의 걸음이 진고개를 향했다. 어느덧 해가 저물고 있었다. 진고개 거리의 밤은 낮과는 다른 모습이었다. 대부분의 점포들은 문을 닫고, 불을 밝힌 점포들은 모두 일본인의 것이었다. 조선 땅이었으나 조선인의 세상이 아니었다. 훈도시 바람으로 거리를 휘젓는 이도 있었다. 희한하고 망측한 광경이었다. 유진이 눈을 찌푸리며 주변을 둘러보았다.

붙잡혀 가던 관수가 유진을 발견하곤 반색하며 나으리를 외쳤다. 희게 질린 얼굴의 관수를 본 유진이 낭인들의 앞을 가로막았다.

"밥이나 먹으랬지. 끼어들지 말고."

낭인 중 하나가 칼을 빼 들며 유진에게 겨누던 그때, 유진은 순식간에 허벅지에서 차고 있던 총을 들어 조준했다. 탕, 시원한 소리와 함께 낭인이 들고 있던 칼이 날아갔다.

기습적인 공격에 놀란 것도 잠시, 낭인 무리가 일제히 칼을 빼들었다. 낭인의 손에서 벗어난 관수가 후다닥 유진의 뒤로 붙었다. 날카로운 칼날이 사방에서 들이밀어지며 유진을 둘러쌌다.

살았다 싶었는데, 오히려 유진이 무리의 성질을 건드리고 말았다. 관수가 유진의 등 뒤에서 덜덜 떨었다.

"나으리가 총알 한 방에 열을 맞추지 않는 한 우린 이제 죽었습니다."

"그래서 먼저 쏜 거요. 조선 경무청에서 총소리 들으라고. 무엇보다 잘 쏘지 않았소?"

관수는 피가 마르는데 유진은 여유롭게 물었다. 관수는 아찔해졌다.

"나으리 이런 성격이셨습니까?!"

"올 때까지만 살아 있어 봅시다."

유진이 총을 든 채 낭인들을 향해 물었다.

"구동매가 누구요."

낭인들의 칼날이 유진에게 더욱 가깝게 들이밀어졌다. 경계하며 유진이 다시금 물었다.

"다시 묻겠다. 구동매가……."

"내가 구동매요."

낭인들의 뒤편에서 이름을 밝히는 조선말이 들려왔다. 동매의 등장에 낭인들이 칼을 내리며 양편으로 갈라졌다. 유진은 동매를 살폈다. 과연 무신회를 이끈다는 자답게 무척이나 거칠고 사나운 기운이 있었다. 소매 끝에 드러난 팔목에는 역시나 기다란 상처가 새겨져 있었다.

"이 밤에, 것도 진고개에서 총을 함부로 꺼내셨다간 큰일 치르십니다, 나으리. 장례식 땐 인사를 못 드릴지 모르니 미리 통성명이나 하시죠."

존대를 하고 있으나 하대를 하고 있는 것과 다를 바 없이 건들거리는 어투였다. 그래도 소문과 달리 칼부터 휘두르고 보는 안하무인은 아닌 듯했다.

"미 공사관 영사대리 유진 초이요."

느릿한 동작으로 여유를 부리던 동매가 찌푸리며 물었다. 마주친 눈빛에서 동매는 본능적으로 상대가 보통이 아님을 감지했다.

"조선에 그런 성도 있던가."

"이분은 조선인이 아니라 미국인이십니다."

동매의 말에 뒤편에 서 있던 관수가 대신 답했다. 조선말을 하고, 조선인의 외양을 한 미국인이라니 더욱 이해할 수 없는 설명이었다.

"통역이 필요한 연유가 무엇이오."

"돈입죠, 나으리. 일은 하고 일당을 못 받았는데 의뢰인 얼굴을 볼 수가 있어야지요. 아. 죽었던가? 총 맞아서."

로건의 이야기에 유진은 마른침을 삼켰다. 유진으로선 상부의 명을 받아 죽였을 뿐이지만, 확실히 로건에겐 자신이 모르는 무언가가 더 있는 것이 분명했다. 쌍꺼풀 없는 커다란 눈이 유진을 천천히 훑었다.

"로건 나으리를 경호하다 죽은 낭인 넷이 내 식굽니다. 대금을 치러야 할 마님이 알렌 공사 댁에 머물면서부턴 도무지 연락할 방도가 있어야지요. 해서 편지라도 써 간청해볼까 하던 참입니다. 어떻게, 미국인 나으리께서 도우시겠습니까?"

"아, 그런 문제면 미안하오. 돕고는 싶으나 나는 작문에 소질이 없소."

무척이나 미안하다는 얼굴로 실없는 소리를 하는 유진에

동매의 얼굴이 파삭 일그러졌다.

동매가 일본으로 도망쳤다가 일본도를 쥐고 조선으로 돌아와 처음 한 일은 다른 게 아니었다. 자신이 도망친 백정의 자식임을 알리는 것이었다. 자신의 어미에게 돌을 던졌던 여인들을 찾아 가차 없이 목숨을 끊고, 평생을 고통 속에 살라 다리를 베었다. 자신의 아비와 달리, 자신은 누구든 벨 수 있었으니까.

그러니 자신을 업신여기는 이라면 누구든 벨 준비 또한 되어 있었다. 유진이 자신을 무시한 것인가, 하면 그런 것만은 아니었다. 속내가 어떻든 유진은 이 일에 더는 끼어들 의사가 없음을 밝히고 있었다. 다만 심기가 불편했다.

그러나 아무리 무신회를 이끄는 동매라 한들 미국인, 그것도 미 공사관의 영사대리를 기분대로 처리할 수는 없었다.

돌아서는 유진의 뒷모습을 지켜보며 동매는 칼자루를 고쳐 쥐었다.

나룻배의 동행

죽은 로건을 둘러싼 움직임이 심상치 않았다. 조선과 일본, 미국 세 나라를 오가는 이였으니 일이 복잡한 것은 당연할지도 몰랐다. 그러나 그렇다고 하더라도 유진이 발 들일 이유는 없었다. 이미 작전에 성공한 유진에게 중요한 것은 로건을 둘러싼 음모 같은 게 아니라, 자신이었다. 자신이 이제 어디로 가면 좋을지. 조선 땅에 발을 붙이게 된 이상 유진은 어디든 가게 될 것이었다.

고민 끝에 다음 날 유진이 향한 곳은 나루터였다. 유진은 넘실대는 강물이 제 마음 같아서 한참을 바라보다 말 위에서 내렸다. 유진이 강가에 말을 매어 두던 때, 나루터 앞 주막의 주인인 홍파가 다가와 물었다.

"배 타시려고?"

홍파의 물음에 고개를 든 유진은 놀란 눈이 되었다. 말을 건 홍파의 뒤편에 애신이 서 있었다.

배를 타러 온 애신도 생각지 못한 만남에 놀란 얼굴이었다. 유진의 곁으로 온 애신이 경계하며 유진을 향해 낮게 물었다.

"무슨 짓이오. 내 뒤를 밟은 거요?"

"누가 보아도 당신이 내 뒤에 있소."

유진의 답에 애신은 할 말을 잃은 듯 시선을 피하곤 나룻배가 띄워진 곳으로 허리를 세우고 걸어갔다. 유진은 그런 애신을 보며 홍파에게 가마터로 갈 사공을 불러달라 청했다. 가마터가 목적지라는 말에 홍파가 코웃음을 쳤다.

가마터에 있는 은산을 찾아 나라도 신분도 가리지 않고 찾아드는 이들이 한둘이 아니었다. 은산이 만든 백자를 얻겠다고 석 달 넘게 주막에 머무른 이도 있었다.

"황은산 소문도 못 들으셨나. 여서 석 달 열흘을 죽쳐도 간장 종지 하나 못 얻어 떠나는 이가 부지기수요. 그 덕에 나야 먹고 살아 좋지만."

"그 도공 함자가 황은산이오?"

"도공 이름도 모르고 도자기 청하러 왔단 말이에요, 지금?"

유진의 말에 홍파가 혀를 차는데, 나룻배에 차분히 앉은 애신이 유진을 힐끔 바라보곤 말했다.

"나를 몰라본 이가 황은산인들 알까."

애기씨다운 새치름한 목소리였다. 홍파는 그제야 애기씨도 아시는 분이냐 물으며 유진을 달리 보았다. 유진이 애신을 보자, 애신이 그제야 유진과 눈을 맞췄다.

"노를 저을 줄 아시오?"

몰라도 안다고 대답해야 할 상황이었다. 유진은 애신의 뜻을 알아차리고 주저함 없이 노를 쥐었다. 말을 타고 와 직접 노를 잡을 생각은 없었으나 유진은 묵묵히 노를 저었다.

나룻배가 강물을 밀며 앞으로 나아갔다. 배 앞머리에 물이 부딪히며 나는 점벙점벙 소리가 맑았다. 유진의 시선이 애신의 보기 좋게 올라 온 광대를 비껴갔다.

"신세 졌소."

애신은 노를 젓는 유진의 소맷자락을 보고 있었다. 잔물결의 떨림이 배 위로 고스란히 닿았다. 유진의 목소리에 애신은 시선을 멀리했다.

"갚으시오."

언제나 지는 법 없는 여인이었다. 한 폭의 그림 같은 강 너머 산기슭의 정취는 고운 한복을 입은 여인과 어울렸다. 허리를 세운 채 시선을 비끼는 법 없는 여인은 볼 때마다 그림 같았다. 검은 코트를 두르고 지붕 위를 넘어 도망치던 그 순간조차도 그러했다.

"기회가 있다면."

"있지 않겠소. 마음만 있다면."

"······가마터엔 무슨 일로."

"취조가 아직 덜 끝났소? 이방인이 상관할 바 아니오."

이미 모진 풍파를 다 겪어 세상일에 무심한 유진에게 자꾸만 궁금증을 불러일으키는 여인이었다. 그러나 애신의 답은 더는 물을 수도 없이 쌀쌀했다. 유진은 더 묻지 않고 노를 저었다. 반가운 은인을 만나러 가는 길, 애신을 만난 것은 어떠한 우연인지. 혹은 인연인지. 셈하기는 이른 시기였다. 좁은 배 위로 침묵과 함께 볕이 내려앉았다. 따사로운 가을볕이 강물과 오가는 시선을 비추며 반짝였다. 강 너머 산기슭만이 그림이 아니었다. 나룻배의 두 사람도 그림의 일부가 되어 있었다.

가마터에 도착하자 보이는 것은 은산과 은산의 일본인 제자인 고였다. 은산과 고는 가마에서 도자기를 꺼내 금이 간 것들을 골라내고 있었다. 애신에게는 익숙한 광경이었으나 유진에게는 아니었다. 그러나 제자인 고와 밉지 않은 실랑이를 벌이는 은산은 수십 년 전, 투박한 말투로 요셉에게 저를 데려가라고 말하던 그 은산이었다. 희끗하게 세어버린 머리카락과 수염에서 세월의 흔적이 고스란히 느껴졌으나 저를 살린 은인이 분명했다. 눈가가 뜨거워지는 것을 유진은 애써 참았다.

인기척을 느낀 은산이 돌아보았다.

"……애기씨야 오실 길 왔는데, 개화하신 이 나으리는 어떻게 오신 겐가. 홍파가 그냥 보냈을 리는 없고."

눈물을 참아낸 유진이 한 일은 웃는 일이었다. 여전히 잘 살고 있는 듯한 은인이 너무나 반가웠다.

"애기씨 노꾼이오."

"노꾼이 노나 지키지 여까지 왜 기어 올라오셨나."

"대단한 도공이 있다길래 와봤는데 오늘은 안 계신가 보오."

퉁명스럽고 쌀쌀한 태도마저 유진은 반가웠다. 웃는 낯으로 능청스럽게 말하는 유진에 은산은 기가 막혀 얼굴을 찌푸렸다.

"하, 나! 초면에 이런 신소리 하는 놈은 또 첨일세."

"많이 안 늙으셨소."

"이건 또 뭔 뚱딴지 같은 소리야. 나 아시오?"

"성격 참 이상하시오. 이놈저놈 하다 존대라. 딱 봐도 내가 막 하대할 이로는 안 보이나 보오?"

실실 웃으며 약을 올리는 유진에 은산이 뒷목을 잡았다. 유진을 향한 화는 괜한 애신에게 향했다.

"어서 이런 놈을……!"

"장 포수가 안부 전하라셨네. 무탈하시고 여전하시다고."

그러나 애신도 화를 내기에 호락호락한 상대는 아니었다. 은산은 안부를 전한 장 포수를 걸고 넘어졌다. 승구의 아비가 은산의 벗이었다. 아비 잃은 승구를 아들처럼 대했는데 어느덧 자신에게 맞먹고 있다며 은산이 역정을 냈다.

은산이 무슨 말을 하든 즐겁다는 듯 유진의 입꼬리는 줄곧 올라가 있었다. 그마저도 은산은 비웃음을 산 듯해 기분이 좋지만은 않았다. 헛기침을 한 유진이 은산의 언짢은 눈초리를 모른 체하며 도자기나 하나 달라 넌지시 물었다. 물론 어림없는 소리였다.

"누가 판대?"

빽 소리를 지르며 은산은 제자인 고를 닦달했다. 애신의 편에 보낼 사발들을 챙기러 가는 은산의 뒷모습을 유진은 넋 놓고 바라보았다. 웃음이 나기도, 어쩐지 울음이 날 것 같기도 한 기분이었다. 애신은 그런 유진을 살폈다.

가마터에 온 이후, 유진의 표정은 내내 낯설었다. 몇 번 본 얼굴이 모두 무겁고 진지했는데, 지금의 유진은 마치 아이 같았다. 아이와 같이 천진한 미소가 스쳐서 애신은 놀라고 말았다.

'그러나 아이라고 하기엔…….'

가마터의 도자기 상자를 내려다보는 유진은 너무 서글픈 얼굴을 하고 있었다.

유진은 도자기 상자 안에 웅크린 채 이제 죽겠구나, 내일은 살 수 있을까, 생각하던 어린 시절로 돌아가 있었다. 상자 속은 너무 비좁았고, 어두웠고, 실낱같은 빛이 스며드는 갈라진 나무 틈이 유일한 숨구멍이었다. 유진은 지난날을 떠올리며 천천히 눈을 감았다 떴다. 애신은 유진의 슬픈 얼굴을 보았다. 보는 이로 하여금 도무지 시선을 뗄 수 없게 만드는 옆모습이었다.

유진에게만 애신이 이상한 것이 아니었다. 애신에게도 유진은 이상한 사내였다. 동지라고 생각했으나, 아닌 듯했고. 무엇이 기쁜지, 무엇이 저렇게까지 슬픈지. 무엇 하나 가늠하기 힘들었다.

은산이 다시 돌아오지 않았다면, 애신과 유진은 계속해 자리에 꼼짝없이 서 있었을 것이다.

가마터를 나와 돌아가는 나룻배에는 사발이 든 보따리가 추가되어 있었다. 보따리에 든 사발은 죄 금이 가고 깨져 상품으로는 가치가 없는 것들뿐이었다.

"포수와 연이 있고, 손수 깨진 사발들을 사러 이 길을 오가는 거면……. 사발의 쓰임이 뭘 담기보단, 사격 연습용인가 보오."

노를 젓던 유진이 애신에게 물었다. 애신은 배 아래로 흐르는 강물을 내려다보고 있었다. 해가 강물에 가까이 내려와 있었다.

"무슨 얘긴지 모르겠소."

"무슨 얘긴지 아는 얼굴인데."

시치미를 떼는 애신에 유진은 답하며, 가만히 젓던 노를 물

위에 튕겼다. 물방울들이 애신의 얼굴에 닿았다. 볼에 묻은 물을 슥 닦으며 찌푸리자 유진은 어깨를 으쓱했다.

"오해요. 그저 노가 서툰 거요."

그 말에 애신은 앉은 자리에서 몸을 좌우로 기우뚱거렸다. 애신의 움직임에 배가 흔들렸다. 노를 젓던 유진이 돌아보자 애신은 아무 일도 없었던 척이었다. 정말이지 한번을 그냥 넘어가는 법이 없는 여인이었다. 유진은 새어 나오는 실소를 삼켰다.

"귀하는 가마터에 왜 간 거요. 딱히 도자기가 목적은 아닌 듯하던데."

"얼굴을 보러."

"도공과도 아는 사이 같진 않던데."

"나는 아오. 그가 잊은 거지."

"무슨……."

"러시아제 볼트액션 소총은 총신이 길고 반동이 심해 체구가 작으면 다루기 어렵소."

더는 물을 수 없게 유진은 다른 이야기를 돌렸다. 애신은 빠르게 눈을 깜박였다.

"하나 독일제보다 명중률이 높아 유효 사거리 밖으로 벗어나도 감만 있으면 실패할 일이 드물 거요. 쏘는 연습보다 제대로 드는 연습을 먼저 해야 하오."

애신에게는 불리하고, 동시에 유용한 주제였다. 의도를 알기 힘들어 애신은 빤히 유진을 바라보았다.

"추천하는 거요. 물론 무슨 얘긴지 모르겠지만."

"당연히 모르오."

유진의 말을 모두 잘 담아 두었으면서도 애신은 모르겠다고 하며 옷매무새를 다듬었다. 옷깃에 달린 노리개와 손가락의 옥반지가 부딪혔다. 노리개에 눈이 간 유진의 미간이 저도 모르게 좁혀졌다.

'애신 애기씨는 최고의 명문 사대부 고 씨 가문의 막내 애기씨입니다. 노블우먼이지요.'

조선 팔도 어디에 가도 뒤처지지 않을 만큼 곱게 차려 입었음에도 방금 전까지 총에 대한 이야기를 해서일까. 처음 만난 순간의 기억 때문일까. 유진은 자꾸만 애신의 신분을 잊곤 했다.

"그런 노리개는……. 얼마나 하오."

"값이 말이오?"

"한 삼십 년 전이면."

"삼십 년 전이라. 그래도 쌀 한 가마 정도는……."

쌀 한 가마라는 말에 유진은 피식 웃어버렸다. 뒤틀린 웃음이었다. 쌀 서 말은 받을 거라던 어미의 목소리가 귓가에 여직 생생했다. 강가에 노을과 함께 유진의 입가에 쓸쓸함이 번졌다. 느릿해지던 손이 결국 멈춰지고, 유진은 생각에 잠겼다. 마당가에 핀 들꽃을 바라보며 다음에 태어나면 들꽃으로 태어나고 싶다던 어미의 웃던 얼굴. 그때에 이미 유진은 어떤 슬픈 예감에 가슴이 저릿했던 것 같다.

"노는 안 젓기로 하는 거요?"

애신의 목소리에 유진이 생각을 떨쳐내곤 돌아섰다.

"잠시 생각이 멀리 갔었소."

"……변복과 차별을 두려고 평소엔 장신구를 하는 편이오."

유진의 생각이 멀리 간 것은 노리개 때문인 듯싶었으나 그 마저도 확실치는 않았다. 그러나 미 공사관에서 일하나 그날 밤의 일로 자신을 더는 추궁하지 않는 것, 모른다 하면서도 도움이 될 만한 총 이야기를 해주는 것, 이 가마터를 찾은 것. 애신이 유진을 동지라 여길 많은 이유들이 있었다.

그래서 애신은 입을 열었다. 동지여서, 동시에 유진이 궁금해서. 유진의 답도 듣고 싶었다. 누구인지, 어떤 생각을 하고 있는지. 많은 것들이 궁금했다.

"신문에서 작금을 낭만의 시대라고 하더이다. 그럴지도. 개화한 이들이 즐긴다는 가배, 불란서 양장, 각국의 박래품들. 나 역시 다르지 않소. 단지 나의 낭만은 독일제 총구 안에 있을 뿐이오."

유진은 곧게 앉아 비로소 자신을 드러낸 애신을 바라보았다. 단호하고, 굳은 표정은 결의에 차 있었다.

"혹시 아오, 내가 그날 밤 귀하에게 들킨 게 내 낭만이었을지."

말하며 애신이 유진을 향해 살포시 웃었다. 애신이 유진에게 처음으로 보인 미소였다. 그 자그마한 미소가 유진의 가슴에 파문을 일으켰다. 잔잔한 강물 위에 분 바람이었다. 노를 쥔 유진의 손에 힘이 들어갔다.

"조선 최고 사대부 애기씨가 갖기엔 과격한 낭만 같은데."

"맞소."

바람을 맞으며 묻는 유진에 애신이 신이 난 아이처럼 고개를 끄덕였다.

"반갑소."

그리고 손을 내밀었다. 경계를 하느라 딱딱하던 애신의 표정에 생동감이 넘쳐났다. 유진으로서는 받을 수 없는 반가움이었으나 애신은 말 그대로 반가웠다. 이리 만난 동지가.

"사발 필요하면 얘기하시오. 이리 가까이 동지가 있을 줄 몰랐소."

그제야 유진은 애신의 오해를 알아차렸다. 천진하게 웃는 애신의 웃음이 붉은 노을 아래 부서졌다. 곱다는 생각이 절로 들었으나 모든 것은 오해에서 비롯된 것이었다. 제게 와서는 안 될 웃음이었다. 그러나 유진은 부인하지 않았다. 잠시나마 그 웃음을 담아두고 싶어서였다. 답지 않은 욕심이었다. 오해마저 낭만적인 애신이라.

함안댁과 행랑아범을 대동하고 애신은 양복점을 찾았다. 애신은 해마다 양복점에서 양복을 지었다. 자신의 정혼자에게 지어 보낸다는 명목이었다. 오로지 독일제 총구에 낭만을 담은 애신이었으나, 그를 아는 이는 얼마 되지 않았고 대외적으로 애신은 유진의 말대로 사대부 애기씨일 뿐이었다. 애기씨에게 정혼자가 있는 건 이상한 일도 아니었다. 실은 진작 혼례를 치렀어야 했다. 그러나 다행인지 불행인지 애신의 정혼자는 유학길을 떠난 후 감감 무소식이었다.

양복점 견습생 종민이 양복을 내밀며 눈치를 보았다.

"희성 도련님은 아직이신가 봅니다. 애기씨는 이리 해마다 옷을 지으시는데."

종민은 당연하게도 이 양복들이 희성에게 전해지리라 믿고 있었다. 애신은 애써 둘러댔다.

"대장부가 큰 뜻 품고 바다까지 건넜으면 학업이 더 중하지 않겠는가."

"참으로 마음도 고우십니다. 애순 아씨도 그리 말씀하시고 사셨는데……."

"언니가? 그게 무슨 말인가?"

"애순 아씨께서 양혜洋鞋(주로 가죽으로 만드는 서양식 신) 한 켤레를 맞추셨는데 값은 애기씨 오시면 주실 거라고 달아놓고 가셔서……."

근심 어린 종민의 말에 뒤를 지키고 섰던 함안댁이 혀를
찼다. 조씨 부인이 알면 난리가 날 터였다. 여기저기 자신의
이름을 팔고 다니는 애순이 애신이라고 맘에 드는 것은 아니
었으나, 그렇다고 양복점 견습생을 곤란하게 할 수도 없었다.
대신 값을 치르려 하는데, 퍼뜩 떠오르는 것이 있었다.

"양혜는 제물포에 있는 본점에서 만든다고 들었는데, 맞
는가?"

"예, 애기씨."

"하면 내 그 값 낼 터니 언니와 같은 걸로 하나 더 맞춰 주
게. 내 직접 본점에 찾으러 갈 것이니 기별만 하고."

제물포는 예전이라면 한성 중심부에서 이렇게 쉬이 가겠다
고 할 수 있는 곳이 아니었다. 말을 타고 달려 한참인 거리였
으나 기차를 타면 얘기는 달라졌다. 애신은 이 기회에 기차를
타볼 생각이었다. 얼마나 빠른지 몸소 경험해보고 싶었다.

애신의 말에 종민의 얼굴이 화색이 돌았다.

"양혜는 당혜唐鞋(조선시대 부녀자가 신던 갖신)와 문수가 다릅
니다. 잠시 안으로 드시지요."

종민의 안내를 받으며 애신은 양복점 재봉실로 들어섰다.

커다란 재봉틀과 가봉된 양복들이 줄지어 있고, 알록달록
한 실과 단추들이 테이블 위에 늘어져 있었다. 애신은 의자에
앉아 당혜를 벗었다. 버선발을 한 애신의 양혜 치수를 잴 때

84

였다. 재봉실 한편의 커튼이 열리며 사내가 나왔다. 어깨 위로 핀이 꽂힌 양복을 입은 사내는 유진이었다.

유진도, 애신도 또 한 번의 우연에 놀란 눈이 되었다. 유진과 눈이 마주친 애신은 고개를 숙여 발끝만 보았다. 당혜를 벗은 흰 버선발이 어쩐지 부끄럽게 느껴졌다. 잰 손놀림으로 애신의 문수를 확인한 종민이 애신의 당혜를 집었다.

"두게."

당혜를 신겨주려는 종민을 애신이 저지했다. 혼자 신겠다는 애신의 뜻을 알아들은 종민이 먼저 재봉실 밖으로 나섰다. 결국 멀뚱히 선 유진과 버선발의 애신만 한 공간에 남았다. 애신은 서둘러 당혜를 신었다.

"옷을 몇 벌 안 챙겨와서."

서두르는 애신에 유진이 묻지도 않은 말을 했다. 내심 유진과의 만남이 반갑던 애신이었다. 유진의 말에 놀라 시선을 들었다. 유진이 미국에서 왔다는 사실이 새삼 떠올랐다. 저도 모르게 서운한 말투가 나갔다.

"조선에 짧게 머물 모양인가 보오."

"길게 머물려고 맞추는 거요."

그러나 유진의 대답은 잠시나마 스쳤던 서운함을 가시게 하는 것이었다. 애신은 빠르게 유진을 칭찬했다.

"잘 어울리오."

"양복 색이 뭔지도 모르는 것 같은데."

그제야 당혜를 다 신은 애신이 일어서며 유진의 양복을 제대로 보았다. 제대로 보아도 역시 잘 어울렸다. 애신의 칭찬에 유진이 픽 웃었다.

"이리 만나기도 흔치 않고……. 공사관에도 근무하고, 양이들 말도 썩 잘하는 듯하니, 혹시 내 뭐 하나만 물어도 되겠소?"

유진은 가볍게 고개를 끄덕였다.

"러브가 무엇이오."

갑작스러운 질문은 유진을 꽤나 당황시키는 것이었다. 유진의 눈이 저절로 애신의 맑고 투명한 눈으로 향했다.

'러브'는 애신이 포목점 윤가네 딸, 남종에게서 들은 단어였다. 남종은 목화학당을 다니며 서학을 배웠다. 애신은 제대로 들어본 적도 없는 양이들의 말을 남종은 꽤나 하는 듯했다. 양이들의 말로는 '잉글리쉬'라고 했었다. 애신이 잉글리쉬는 배워 어디다 쓰려고 하나 물었을 때, 남종은 '러브'를 할 것이라고 했었다. 벼슬 말고, 러브. 벼슬 말고 하겠다는 것을 보면 벼슬보다 좋은 것임이 분명했다.

그래서 애신은 할 수 있다면 저도 '러브'를 해보고 싶었다. 우선은 무엇인지 알아야 할 테니 새로이 만난 동지에게 묻고 싶었다.

"안 해봐서 잘 모르겠소. 한데 그건 왜 묻는 거요."

"하고 싶어 그러오."

당찬 애신의 말에 유진은 멍해졌다.

"벼슬보다 좋은 거라 하더이다."

"생각하기에 따라선. 한데 혼자는 못 하오. 함께 할 상대가 있어야 해서."

"아, 그럼 같이 하지 않겠소?"

너무나 쉬이 물어오는 애신에 유진은 입을 다물었다. 그저 애신을 보고만 있자, 애신은 제가 함께하기엔 모자란 것인가 싶었다.

"아녀자라 그러오? 내 총도 쏘는데."

"총 쏘는 거보다 더 어렵고, 그보다 더 위험하고, 그보다 더 뜨거워야 하오."

"꽤 어렵구려."

"왜 내게 청하는 거요."

"동지니까."

간단하고 명료한 답이었다.

"미국인과 낭인 넷이 죽었고, 귀하도 나도 진범을 알고 있소. 그럼에도 귀하는 날 잡아넣지 않았지. 혹시 동지 말고 다른 연유가 있소?"

그러나 그 간단하고 명료한 것이, 유진은 아니어서. 유진은 쓸쓸해지는 마음을 추슬렀다.

"그자는 왜 쏘려고 했소."

"그자는 왜 쏘았소."

말을 돌리는 유진에 애신이 되물었다.

"미국의 품위를 떨어뜨렸소."

"조선의 품위도 떨어뜨렸소. 미개한 조선을 일본이 개화시키니 좋은 거 아니냐며 일본의 간섭을 개화라 포장하는 데 일조했소."

짧은 시간 애신의 낭만적인 오해를 받았으나 그뿐이었다. 유진은 차갑게 답했다.

"애초에 조선이, 떨어질 품위가 있었던가?"

애신 혼자 품고 있던 믿음이 마주한 유진에 의해 할퀴어졌다. 굳은 애신의 곁으로 유진이 다가섰다.

"처음부터 진범은 필요 없었소. 정황만 필요했을 뿐. 저격 사건은 의병 잔당들의 소행 정도로 마무리될 것이오. 목적한 바를 이미 이루어서."

습관처럼 애신은 치맛자락을 꽉 쥐었다.

'목적한 바……'

애신은 되뇌었다. 자신의 믿음이 합리적이지 못했던가 하면 아니었다. 유진은 애신이 동지라 믿어버릴 많은 이유를 가지고 있었다. 무엇 때문에 마주한 사내를 동지라 믿어버렸는지 후회하기엔 이미 뒤늦었다. 유진은 그저 스스로 소개한 대로 미 공사관의 대리일 뿐, 다른 누군가가 아니었다.

양복점 본점으로 가 양혜를 찾은 애신과 일행은 사람들로
바글거리는 기차에 올랐다. 사람이 많은 만큼 기차 안은 시끌
벅적했다. 일본 말과 청나라 말까지 섞여 더 정신이 없었다.
애신은 기차의 창문부터 출입구, 지붕까지 찬찬히 살폈다.

애신을 알아본 기차 안 조선인들이 너도나도 인사를 건네
며 자리를 양보하려 들었다.

"애기씨, 안녕하셨어라. 이쪽 자리에 앉으셔요."

"앉게. 내 자리는 저 뒤 칸이네."

일어선 이를 앉히며 애신은 다음 칸으로 향하는 문을 열었
다. 들어서자 뒤쪽은 텅 비어 있고 앞쪽에는 조선인들이, 그
뒤로 일본 군인들이 세 줄 정도 앉아 있었다.

군복에 총으로 무장한 일본 군인들은 낄낄대며 조선인들을

희롱했다. 총구를 여기저기 들이밀며 총을 쏘는 시늉을 하고 있었다. 혹여나 변을 당할까 조선인들은 분을 참으며 일본 군인의 눈에 띄지 않게 몸을 숨겼다.

애신의 표정이 차갑게 굳었다. 결국 이 기차 또한 조선의 발전을 도모해준다는 구실로 일본이 얻어낸 수탈의 결과물이었다. 거들먹거리는 일본 군인들을 참아주기 힘들었다. 애신을 발견한 일본 군인들은 좋은 먹잇감이라도 발견한 양 입맛을 다셨다. 군인 무리 중 하나인 츠다가 걸어오는 애신을 향해 총구를 겨누었다.

"겁먹은 얼굴도 예쁜가 한번 볼까?"

"아이고, 애기씨!"

겨누어진 총구에 애신은 걸음을 멈추었을 뿐, 놀라는 기색조차 없었다. 함안댁이 기겁을 하며 외치자 주변의 조선인들이 더 놀라며 수군댔다. 겁 없이 총구를 직시하는 애신에 츠다가 약 올리듯 총을 더 내밀었다.

"오, 이 계집 보게. 왜, 만져보고 싶어?"

닿을 듯 가까워진 총구에 애신은 그대로 츠다가 내민 총을 받아들었다.

"이렇게 하는 건가?"

질문과 동시에 애신이 빠르게 총을 장전했다. 철컥하는 소리에 일본 군인들이 크게 당황했다. 총을 잡은 애신의 눈은 차가운 분노로 들끓고 있었다.

"어디 쏘면 죽는 것이냐. 여기? 여긴가?"

애신이 든 총의 총구가 츠다의 심장을 짚고, 머리를 향했다. 애신이 실수로 총을 발사시킬까 겁이 난 야마다가 총을 빼앗으려는데, 뒤에서 다가온 손이 먼저였다.

"애기씨는 이게 뭔 줄 아시고……. 아이고, 나으리. 이 귀한 걸."

변복을 한 승구였다. 애신의 손에서 총을 빼앗아 얼른 츠다에게 넘기며 승구가 연신 굽실거렸다. 그렇게 대치 상황에서 벗어난 애신은 반대편으로 사라지는 승구를 보았다. 그를 쫓고 싶었으나 뒤쪽이 소란스러웠다. 고개를 돌리자 수십의 군화를 신은 발이 보였다.

"참말로 양놈들은 얼굴은 허옇고 눈깔이 퍼런 게 꼭 도깨비마냥 그렇네."

행랑아범이 멍하니 중얼거렸다. 제복을 갖춰 입고 각을 맞춰 선 미군들이었다. 미군들은 수군거림 속을 일사분란하게 걸어 들어와 일본 군인들의 맞은편 자리를 차지했다.

"어째서 미군이 조선 땅에……."

애신은 아연해졌다. 아무리 힘없는 조선이라고 한들, 이렇게 타국의 군대가 갑자기 발을 들이밀 순 없었다. 청의 군대도, 일본의 군대도 주둔하기 위해 구실을 만들었다. 자신이 무엇을 놓친 것인지, 불안한 애신의 마음과 달리 기차는 힘찬 기적 소리를 내며 달리기 시작했다.

달리는 기차 안에서 애신의 머릿속은 복잡했다. 기차가 역에 도착할 때까지 애신은 내내 깨어져버린 제 바보 같은 믿음을 추슬렀다.

그사이 기차가 역에 도착했다. 애신과 일행들이 짐을 챙겨 내릴 때였다. 땅에 발을 딛자마자 애신의 눈앞에 총구가 들이밀어졌다. 이번엔 한 개가 아니었다. 사방을 둘러싼 총만 네 개였다. 뒤따라 내리던 함안댁과 행랑아범이 놀라 뒷걸음질 쳤다.

총구는 애신에게만 들이밀어진 게 아니었다. 먼저 내린 삼등칸의 손님들은 이미 몸수색을 당하고 있었다. 아낙들은 치마를 위로 훌렁 까발리며 자신들의 결백을 밝히고 있었다. 미군 중 하나가 다가와 애신의 치마 속 또한 수색하려고 했다.

"어딜 감히 손을 대는겨, 어딜! 손모가지를 뿐질러 버릴라!"

행랑아범이 미군의 손을 쳐내며 소리쳤다. 그러나 행랑아범의 말이 통할 리 없었다. 이 땅의 주인은 조선인이었으나 주인 행세는 다른 이들이 하고 있었다. 애신은 피가 차게 식는 기분이었다. 미군이 다시금 애신의 팔을 잡아끌려고 할 때였다.

어수선하던 분위기가 일순간 차분해졌다. 모여 있던 미군들이 다가오는 사내를 향해 일제히 자세를 갖추며 경례했다.

"기차 안에서 미군의 총이 사라져 수색 중이오. 협조해주셔야겠소."

경례를 받으며 유창한 조선말을 하는 이는 애신에게는 이제 아주 익숙한 이였다. 군용 코트를 두른 유진의 어깨에 군장이 반짝였다. 몇 번 보아 제법 잘 아는 얼굴이라 생각했는데, 미 군복을 입은 유진은 낯설었다.

"군인⋯⋯이었소? 한데 어째서 조선인이 양이들 군복을 입고 있는 거요."

"조선인이라고 한 적 없소."

동지가 아니라 하였고, 이제는 조선인이 아니라고 한다. 애신은 더 놀랄 수도 없을 것 같은데, 유진은 자꾸만 애신의 생각을 깨뜨렸다.

"미 해병대 대위, 유진 초이요."

그리고 그 순간 애신은 불안의 정체를 마주했다. 머릿속에 되뇌던, 유진의 '목적한 바'가 무엇인지 정확히 깨달았기 때문이었다.

로건 테일러의 죽음은 미국에게 좋은 빌미가 되어주었다. 미국은 자국민 보호를 명분 삼아 군대를 보냈다. 미국은 작전대로 로건 테일러를 제거하였을 뿐만 아니라 전략적 요충지인 조선 땅에 주둔하게 된 것이다. 청과 일본에 이어 미국까지. 조선을 노리는 이들의 입은 커다랗고 많았다. 애신은 그 가운데서 주먹을 꾹 쥐었다.

"목적한 바가, 이거였소? 그 미국인의 죽음을 빌미로 미군이 조선 땅에 들어오는 거?"

"더 보태지 않아도 될 것 같소, 그럼 이제 수색에 협조해……."

"감히 조선 땅에서 조선인을 겁박하는 것이오?"

애신은 앞으로 나아가면 나아갔지, 물러서는 법이 없었다.

"진짜 총을 분실하긴 한 게요? 아니면 또 무언가를 얻어낼 요량으로……."

그리 말하며 애신이 한 걸음 떼자, 총구를 겨누고 있던 미군들은 순식간에 총을 장전했다. 철컥하는 소리가 연이어졌다. 애신조차 당황하며 멈춰 설 수밖에 없었다.

"화물칸에 실린 저격용 소총 상자가 뜯겨 있었소. 그중에 딱 한 자루만 사라졌소. 어떻게 쓰일 것 같소."

파란 눈에 둘러싸인 채 애신은 마른 침을 삼켰다. 변복한 차림새의 승구가 머릿속에 스쳤다.

"주목받지 마시오."

유진은 고개를 돌리지 않은 채 눈짓으로만 주변을 둘러보며 애신을 향해 건조한 목소리로 말했다.

"미군의 총은 양반, 상놈 안 가리니까. 민주적이라."

유진을 치켜 보는 애신의 시선에 유진의 이름표가 들어왔다. 가슴에 수놓아진 필기체의 영자. 애신은 그 순간, 유진의 의중은커녕 이름조차 읽지 못했다. 단 한 글자도.

불리하게 돌아가는 상황에 애신은 유진을 노려보았다. 유진과 애신 사이에 팽팽한 긴장감이 감돌았다.

"제가 협조하죠."

한껏 고조된 분위기를 파고든 목소리는 뜻밖에도 무척 요염했다. 애신과 유진의 시선이 단번에 여인을 향했다. 몸에 달라붙는 원피스를 입은 여인은 머리부터 발끝까지 흐트러짐 없는 차림새였다. 여유롭고 매혹적인 미소를 지으며, 여인이 애신에게 말을 걸었다.

"저와 바꿔 입으시겠습니까. 보시다시피 제 옷은 어디 숨길 곳이 없어서요."

"그래 보이오. 한데 왜 협조하는 거요."

"애기씨께서 상것들처럼 치마를 뒤집어 보일 수도 없고 곤란하시지 않겠습니까. 무엇보다 전 이렇게 지체할 시간이 없습니다. 파티 준비를 해야 해서. 글로리 빈관의 사장 쿠도 히나입니다."

애신이 '가장 조선다운' 모습을 하고 있다면 히나는 개화를 온몸으로 흡수한 사람인 양 신식의 세련됨을 한껏 뽐내고 있었다. 조선 최초의 서양식 빈관의 주인장다운 모습이었다. 히나는 능숙한 영어로 미군들을 향해 대한제국에 오신 걸 환영한다고 말하며 뒤편에 선 귀단을 시켜 손 팻말을 들게 했다. 커다랗게 'WELCOME(환영)'이라 적힌 팻말을 보고 굳어 있던 미군들마저 잠시 긴장을 풀고는 인사를 받았다.

생경한 광경에 애신은 얼떨떨해졌다. 히나는 유진을 향해 옷을 갈아입을 수 있도록 특등칸을 내달라 요청했다.

히나와 애신은 특등칸으로 들어가 옷을 갈아입었다. 두 여인은 등을 돌린 채 소리 없이 각각 저고리와 단추를 풀었다. 닫힌 커튼 틈새로 들어오는 햇빛이 어둑한 실내를 비췄다. 알수 없는 긴장감이 감돌았다. 히나에게서 받아든 양장은 애순도 즐겨 입는 것이었지만, 눈으로만 보았지 이리 입어보는 것은 처음이었다.

"도와주어 고맙소."

"별말씀을요. 조선이 이 모양이라 애기씨께서 욕보십니다. 조선이 이 모양이라 저야 덕을 봅니다만."

히나는 거울에 얼굴을 비춰 보며 머리를 정돈했다. 애신은 힐끗 바닥을 보았다. 미군을 향해 귀단이 흔들어 보이던 손팻말이 놓여 있었다. 군인들이 환호한 것을 보면, 좋은 뜻이리라 추측할 수 있었다. 타국의 군대를 환영하는 여인이 반갑지만은 않았지만, 혼란한 시기니 각자의 사정이 있는 것까진 어쩔 수 없었다.

"모두가 욕을 보는 것보다야 낫지 않겠소. 아녀자의 몸으로 어찌 그 큰 빈관의 사장이 된 거요."

"상속받았습니다. 사장이던 일본인 남편이 죽어서."

애신이 손을 멈추고 돌아서며 사과했다.

"미안하오."

"사과 마셔요. 아비 손에 팔려간 혼인이었습니다. 보시다시피 조선에서 꽤 빼어난 미모였던지라."

스스로의 말대로 히나의 미모는 수많은 이들 속에서도 단연 돋보였다. 한 폭의 초상화 속 여인처럼 자그마한 얼굴 안에 이목구비가 뚜렷하게 자리 잡고 있었다. 그렇다고 해도 제 입으로 그리 말하는 히나가 확실히 보통은 아니라고, 애신은 생각했다. 저를 돕겠다고 나설 때부터 그랬다.

"아까 보니 양이들 말도 유창하던데."

"동경에 있을 때 영길리 신사와 연애를 하였지요. 양이들에게 젊은 미망인은 인기가 많답니다. 슬픈 이야기 속 주인공 같다나요? 새드 엔딩은 언제나 오래 남는 법이니까요."

히나가 슬픈 이야기 속 주인공이라면, 애신도 한번쯤 그 이야기를 듣고 싶을 만큼 히나는 매혹적이었다. 히나의 솔직함과 당당함은 애신이 이전에는 어떠한 여인에게서도 본 적 없는 것이었다.

"새……. 그것이 무엇이건데 오래 남소."

"슬픈 끝맺음이지요."

히나의 입꼬리가 올라가며 여운을 남겼다.

특등칸 안으로 노크 소리가 흘러 들어왔다.

유진이 특등칸으로 들어왔다. 화난 옆모습으로 꼿꼿하게 서 있는 애신은 댕기 머리를 올린 채, 양장을 입고 있었다. 상상하기 힘든 모습이었으나 생각보다 잘 어울리는 것도 사실이었다. 애신은 유진에게는 시선도 주지 않은 채 함안댁을 물렸다. 누구도 들어서는 안 될 말들이 아직 남아 있었다. 적어도 애신은 그랬다.

"보시다시피 총은 없소."

확실히 숨길 곳 없는 옷이었다. 유진이 성큼 애신의 앞으로 다가왔다. 갑작스러운 위압감에 애신이 오히려 물러서려 했으나 유진의 말이 더 빨랐다.

"참는 법을 배워야 할 기요. 앞으로의 조선에신."

쓰디쓴 충고였다. 애신은 분한 마음으로 유진을 책망했다.

"나의 총은 힘이 없는데 귀하의 총은 군대를 주둔시키는구려."

"실력은 출중했소."

"내가 오해를 했소. 동지라고."

그 오해가 단지 동지가 아닌 것으로만 끝났어도 괜찮았으련만, 유진은 심지어 조선을 삼키러 온 미국의 군인이었다. 적군이었다.

"귀하는 내게 아니라고 말할 기회가 아주 많았을 텐데."

"활빈당, 의병, 딱 둘만 동지요?"

유진을 추궁하던 애신이 눈을 깜박였다.

"잠깐이지만 뜻이 같았던 적이 없지 않았는데."

두 사람 다 숨을 멈추자, 특등칸의 내부는 더없이 고요해졌다.

뜻이 같았던 적은 언제였을까. 애신은 되짚었다. 실은 추측

가능한 너무 많은 순간들이 있었다. 처음 지붕 위에서 마주친 순간부터 지금까지.

유진은 담담히 덧붙였다.

"오자마자 벌어진 일이라 두서없이 처리하는 중이오. 두서가 없으니 수색 정도로 끝날 거요. 파헤치는 게 아니라 덮고 있단 뜻이오. 조선이나 우리나 일이 커져서 좋을 건 없을 듯해서. 조심히 가시오."

유진이 애신에게서 멀어지며 뒤돌아섰다. 애신은 지금 불편한 것이 마음인지, 몸에 붙는 양장인지 분간하기 힘들었다. 여전히 분했고, 그러나 묘했다. 아군인가, 적군인가. 아군이라 생각하면, 적군이었고, 적군이라 생각하면, 허리에 찬 권총을 애신에게 들이밀 것 같진 않았다. 애신은 조선인의 외양을 한 이방인의 뒷모습을 뚫어져라 보았다.

서양식으로 높게 쌓아 올린 건물에서 새어 나오는 불빛이 주변을 환히 밝혔다. 글로리 빈관에서 나오는 불빛이었다. 입구에는 'Welcome to Korean Empire(대한제국에 오신 것을 환영합니다)'이라 쓰인 커다란 현수막이 걸려 있었다. 넓은 홀에선 미군들을 환영하는 파티가 열리는 중이었다. 조선에선 여전히 흔치 않은 노란머리의 장정들이 군복을 입은 채 각자의 자리에서 파티를 즐겼다. 그 가운데 유일한 검은 머리, 검은 눈동자가 유진이었다.

유진은 한편의 테이블에서 카일과 모처럼 긴장을 풀고 담소를 나눴다. 이번 일로 조선에 들어온 미군은 총 64명. 그중 한 명인 카일은 유진과 함께 스페인 전쟁을 승리로 이끌며 소령이 된 유진의 상관이자 동료였다. 치열했던 전투에서 카일은 팔에 부상을 입고, 더는 총을 쏠 수 없는 몸이 되었다. 하지만 목숨이라도 구할 수 있었던 건 유진 덕분이었으므로 유진에게는 큰 빚을 진 셈이었다.

프런트 데스크 앞에 선 히나는 이야기를 나누는 유진과 카일을 유심히 바라보고 있었다. 정확히는 유진을 보고 있는 것이었다. 처음 히나가 유진을 빈관에서 마주한 날, 히나는 곤란을 겪고 있었다. 손님의 난동으로 피를 본 히나를 위해 유진은 담담한 얼굴로 손수건을 내밀었다. 나서서 도움을 준 것도, 모른 체한 것도 아닌 유진의 담백한 태도가 히나의 호감을 샀다. 거기에 생각지 못한 국적까지. 조선에서 태어나 타국에서 살아남은 이방인들의 만남이었다.

"뭘 그리 보고 계셔요? 아씨도 양이들은 신기하셔요?"

서빙을 하던 귀단이 히나에게 다가와 물었다.

"봐버렸지 뭐야."

히나의 표정이 묘해졌다. 히나는 기차역에서 보았던 유진을 떠올리고 있었다. 유진과 애신의 사이에 오가던 시선은 미

해병 장교와 곤란한 상황에 처한 애기씨의 것이 아니었다.

"다른 여인을 볼 때 어떤 눈빛인지. 협조를 한 게 아니라 방해를 한 건데 결국……. 더 가까이 가더구나."

애신의 한복을 입은 히나를 지나쳐 특등칸 안으로 들어가던 유진까지. 낮의 기억을 되짚는 히나의 말은 귀단을 아리송하게 만들었다.

"도통 무슨 말씀이신지."

"내가 어떤 여인을 꽉 물지도 모른단 뜻이다."

어두운 색 기모노를 입은 히나의 붉은 입꼬리가 올라갔다. 홀 안의 조명처럼 화려한 웃음에도 독한 말은 가려지지 않았다.

총을 들었으면 들었지 서양식 빈관에 머무를 것 같진 않은 애신이 글로리 빈관을 찾은 것은 애순을 찾아오라는 조씨 부인의 심부름 때문이었다.

입구에 들어서자 멋들어지게 양장을 차려 입은 남녀들, 각지에서 온 생김새가 다른 외국인들이 홀 안을 누비고 있었다. 애신은 화려한 광경에 눈을 빼앗겼다. 한복을 차려 입은 애신은 풍경 속에서 홀로 이질적이었다.

"애기씨?"

두리번거리는 애신을 발견한 건 히나였다. 히나의 부름에 돌아본 애신의 입가가 굳었다. 히나는 화려한 꽃무늬가 수놓인 기모노 차림이었다.

"어서 오세요. 귀한 걸음 해주셔서 영광입니다. 어머, 영광. 글로리에 걸맞은 인사였지요?"

눈가를 찡긋거리는 히나의 인사가 애신은 달갑지 않았다. 딱딱한 어투로 애신은 이곳 빈관에 온 용건을 밝혔다. 그러나 히나는 애신의 용건을 듣고도 가배나 한잔하고 가라는 말로 애신을 이끌었다. 히나가 가리키는 테이블에는 사내들만 모여 앉아 있었다. 애기씨가 섞일 자리가 못 됐다. 히나는 못마땅한 애신의 표정을 보고 손을 가려 웃었다.

"조선의 모든 권력은 사내들에게 있으나 그 사내들은 언제나 글로리 빈관에 있답니다."

자랑스럽게 말하는 히나에 애신은 언짢은 표정을 숨기지 않았다.

"조선의 모던 보이, 댄디 보이, 룸펜. 조선의 보이란 보이들은 죄다 글로리로 몰려들지요."

"과히 그렇구려."

애신이 바라보고 있는 곳에는 유진이 있었다. 히나 또한 입구로 들어서던 유진을 발견했다.

"고애순이란 부인만 찾아오신 건 아니셨나 봅니다. 귀부인들께선 이미 귀가하셨답니다. 찾으시는 부인께선 더 일찍 가셨고요."

"대체 부인네들이 이곳에서 무엇을 하는 거요."

"사내들이 하는 것과 별반 다르지 않습니다. 밥, 술, 연초, 노름, 침대, 기대, 그대. 없는 것이 없지요. 이곳엔."

그중 어느 것도 애신이 연관되고 싶은 것은 없었다. 애신은 황급히 이 장소에서 벗어나려 했다. 애신과 눈이 마주친 유진은 다가와 애신에게 이곳에 머무는 이유를 설명했다. 왜 애신에게 설명해야 하는지 스스로 납득하기 힘들었으나, 그대로 두면 애신이 또 다른 식의 오해를 할 것 같았고, 그것만은 막고 싶었다.

"난 여기 묵소. 난 군인이오. 장교들은 여기 묵으라 해서. 식사도 해결해야 하고, 편하오. 숙소요……."

갑자기 조선말에 서툰 사람처럼 중언부언하는 유진에게 애신은 그저 형식적인 인사만 남긴 채 걸음을 빨리했다. 뒤편의 히나가 편히 지내신다니 다행이라며 답을 받지 못한 유진에게 답을 해주었다. 방으로 올라가려 계단을 밟는 유진의 발을 붙잡은 건 히나의 중얼거림이었다. 돌아보자 문밖으로 뜻밖의 만남이 이루어지고 있었다.

불편한 자리를 피해 나온 애신이 맞닥뜨린 건 동매였다. 애신이 타고 온 가마 안을 물끄러미 보던 동매가 애신을 향해 인사했다.

"오랜만에 뵙습니다, 애기씨. 그간, 무고하셨습니까?"

그간이라면, 동매가 진고개 거리 한복판에서 사람을 베던 날 이후만은 아닐 것이다. 애신은 답하지 않은 채 시선을 피했다. 가마를 지키고 섰던 함안댁이 동매에게 왜 앞을 막아서냐 으름장을 놓았다. 제 아무리 위세를 부려 봐야 어린 시절 도망치던 백정 놈일 뿐이었다. 함안댁의 무시에 동매는 그저 소리 내 웃었다. 그러나 눈은 전혀 웃고 있지 않았다. 허리에 찬 칼을 손에 잡는 동매의 분위기가 서늘했다.

무미건조한 애신의 목소리가 동매를 멈추게 했다.

"소식은 들었네. 돌아왔다고. 돌아와서, 그리 산다고. 보기도 보았고."

조보에 적힌 기사를 읽는 듯했고, 노여움조차 없었다. 처음부터 노여워할 기대도 없었다는 듯이. 동매는 조용히 이를 악물었다.

"세상이 변했습니다. 애기씨. 조선 바닥에서 제 눈치 안 보는 어르신들이 없습니다. 한데, 애기씨 눈엔 전 여직, 천한 백정 놈인가 봅니다."

동매에게 애신은 언제나 가마 안에 곱게 앉아 있던 애기씨였다. 이렇게 변한 세상에서 보아도 애신은 여전히 고왔고, 동매는 그것이 사무쳤다.

"그렇지 않네. 내 눈에 자넨 백정이 아니라 그저 백성이야. 그러니 바로 알게. 내 눈빛이 어땠는지는 모르겠으나 내가 자넬 그리 본 것은 자네가 백정이라서가 아니라 변절자여서니."

충격을 받은 동매를 두고 애신은 문이 열린 가마에 올라탔다. 닫히는 가마 문틈 사이로 동매와 애신의 시선이 오갔다. 동매는 못 박힌 듯 서 가마를 보았다. 이전에도 이렇게 가마 속 애신과 시선을 나눈 적이 있었다. 그때는 백정이었는데, 지금은 변절자였다. 동매는 어떻게 해도 가마에 탄 애기씨와는 어깨를 나란히 할 만한 존재가 되지 못했다.

가마가 골목을 돌아 나가고도 한참 후에야 동매는 빈관 안으로 들어왔다. 계단 위로 올라가는 군복 입은 사내의 뒷모습이 보였다. 검은 머리에 미 군복을 입은 사내라면, 한 명뿐이었다. 히나가 동매에게 다가와 봉투를 내밀었다. 글로리 빈관의 뒤를 봐주는 대가였다. 무신회를 이끄는 동매와 여인의 몸으로 빈관을 운영하는 히나는 좋은 동업자라 할 수 있었다.

"방금 올라간 자에 대해 알아?"

봉투를 받으며 묻는 동매에 히나는 묘한 웃음을 지었다. 방금 전 창밖으로 애신과 동매의 만남으로 지켜보며 유진 또한 동매를 아느냐 물었던 것이다.

"자리 한번 만들까? 둘이 관심사가 같은 듯싶은데."

"나에 대해 물어?"

"글쎄. 누구에 대해 물은 걸까. 구동매인가. 아니면 고애신인가?"

순순하던 동매의 눈이 사나워졌다. 첫 만남부터 방관하듯 여유롭던 태도도 미국 군인이라는 신분도 마음에 들지 않던 사내였다. 본능적으로 감지한 위험이었다.

"둘 다 싫구나? 그래도 죽이진 마. 나에 대해 묻는 날도 있지 않을까 싶어서."

히나의 시선이 계단 끝 쪽에 가 있었다. 동매는 유진이 없는 그곳을 노려보았다. 낭인 무리가 빈관으로 들어서며 동매를 향해 허리를 숙였다.

동매는 빈관 한편에 마련된 테이블에 앉아 낭인에게 보고를 받았다.

"미망인은 일절 바깥출입이 없었습니다. 그와 미망인의 접촉도 없었고요."

동매는 로건이 가지고 있던 물건을 찾고 있었다. 일본 공사관의 하야시 공사가 의뢰한 일이었다. 장례식 날에 로건의 집을 뒤졌으나 아무런 소득도 없어 현재는 그 부인의 행적만을 감시 중이었다. 부인이 '물건'을 가지고 있다면 누구와 만나는지도 중요한 단서가 될 수 있었다. 미 공사관 영사대리인 유진 또한 주시하고 있는 대상이었다.

"그래도 혹시 모르니 방을 뒤져 볼까요?"

낭인의 물음에 동매는 고개를 저었다. 유진은 만만한 상대가 아니었다. 함부로 방을 뒤져 봐야 책만 잡힐 수 있었다. 때마침 뚜벅뚜벅 무거운 걸음소리와 함께 유진이 내려왔다.

"방을 뒤졌던데."

유진은 막 엉망이 된 방을 보고 내려오던 참이었다. 방 안은 옷장, 서랍, 짐 가방, 침대 시트, 베갯속까지 죄다 뒤집어져 있었다. 가장 돈이 될 만한 노리개는 침대 위에 고스란히 남아 있었다. 단순한 도둑이 아니라 목적이 있는 침입이었고, 유진은 그 범인으로 동매의 무리를 짐작하고 있었다.

"우리는 아직 아닌데. 방금 의논만 했는데."

동매는 어깨를 으쓱였다.

"나으리께 관심 있는 자들이 저희 말고도 더 있나 봅니다. 미국 나으리 방을 뒤질 정도의 배포면……. 의병? 활빈당?"

동매가 내세운 용의자들에 유진은 조금 전 보았던 애신을 떠올렸다.

"뭐 짚이는 거라도 있으십니까, 나으리?"

"받아야 할 게 일당만은 아닌 모양이오. 대체 뭘 찾는 거요. 의병, 활빈당이 찾는 걸 무신회도 찾는 거 같은데. 같이 찾읍시다."

"혼자 찾겠습니다."

자리에서 일어나며 동매는 유진에게 경고했다.

"누구 손에 있든 갖고 있는 자는 반드시 죽을 겁니다, 나으리."

고개를 뒤로 하며 동매는 제 무리를 이끌고 휘적휘적 빈관 밖으로 향했다. 로건 테일러를 둘러싼 복잡한 일에 유진은 엮이지 않으려 하는 데도 자꾸만 엮였다. 유진의 고심이 깊어졌다. 홀 안에 서 마주친 애신의 잔상이 아른거렸다.

✦

　로건 테일러 살해 사건 조사를 마무리한 미 공사관은 총기 분실 사건을 조사하느라 또다시 분주해졌다. 공사관으로 당일 기차에 탔던 조선인 승객들이 불려 왔다. 역관인 관수가 승객들의 증언들을 모았다. 함께 탔으나 중간에 없어진 자를 찾아내는 것이 관수의 목표였다. 유진은 뒤에서 이들의 증언을 들으며 관망했다.

　어느 정도 증언들이 모이자 관수는 사람을 불러 용모파기를 그리게 했다. 용모파기가 완성됐을 때, 그 확인을 위해 관수가 나서 불러 모은 승객 중에는 애신이 포함됐다.

　"그날 기차에 있던 이들이 애기씨도 계셨다고 해서 제가 또 뫼셔 왔습니다."

　뿌듯한 얼굴로 관수가 애신을 안내했다. 관수로서는 제 할 일을 한 것이지만 유진은 난감했다. 또 한 번 불미스러운 일로 미 공사관에 불려오게 된 애신의 심기는 여러모로 불편했다. 움막에서 승구가 훔쳐온 그 신식 총을 함께 살펴본 것도 지금 애신이 불편한 이유 중 하나였다. 불편함을 감추지 않으며 애신이 사무실로 들어와 자리에 앉았다. 난감했으나, 막상 애신을 마주한 유진의 눈에는 반가움이 어렸다.

"이번에도 수상한 자를 목격한 바가 없소?"

형식적인 절차였을 뿐이나, 애신은 날이 서 있었다.

"보았소. 미국인인지 조선인인지, 적인지 아군인지, 정체도 속도 알 수 없는 그런 수상한 자를."

유진은 시선을 내렸다. 언제나 단정한 자세로 꼿꼿하게 앉은 여인은 유진을 늘 곤란하게 했다. 실은 곤란할 것도 없이 답은 정해져 있는데 자꾸만 곤란해지는 것은 제 마음 때문인 듯했다.

"이번엔 진범이 필요한가 보오."

"진범을 안단 소리로 들리는데."

"모르오."

"총만 가져가면 총알은 어떻게 할 작정인가?"

불쑥 던져진 질문에 애신은 시선을 피했다.

"진범을 잡아 물어보시오. 내게 묻지 말고."

"안 잡힐 거라는 확신. 최소한 공범이라는 얘긴데."

낮게 던져진 그물을 헤치고 애신은 유진을 빤히 보았다. 돌아가는 길은 애신에게 맞지 않았다. 특히 맞은편의 사내와는 더는 돌고 싶지도, 헷갈리고 싶지도 않았다.

"돕자는 건지, 망치자는 건지. 공격이라 하자니 가볍고, 그렇다고 걱정도 아니고. 내내 궁금했소. 전에 답을 못 들어서. 나를 진범으로 몰아 잡아넣었으면 됐을 것을 왜 이제 와 이러는 거요. 진짜 속내가 뭐요."

따져 묻는 애신에 유진은 눈썹 한쪽을 올렸다.

"지금도 늦지 않아서?"

"이게 본심이오?"

"지금부터가 본심이오. 누군가 내 방을 뒤졌소. 혹시 내 방을 뒤진 자들과 한패요?"

유진은 애신의 표정을 살폈다.

"로건이 조선의 품위만 손상한 것이 아닌 듯해서. 내 방을 뒤진 자들이 찾고 있는 거에 대해 아는 게 있소?"

"없다면 믿을 거요?"

"윗선이 누구요."

도리어 유진이 애신을 캐내려 들고 있었다. 치맛자락을 꽉 쥐며 애신은 목소리를 높였다.

"지금 뭐하자는 거요."

"보호요."

보호. 활빈당과 의병만 동지냐고 묻던 유진의 목소리가 겹쳐 들렸다. 여전히 이해할 수 없기는 마찬가지였다. 그들이 아니면, 누가 또 애신의 동지가 될 수 있겠는가.

"날 왜……."

"할 수 있으니까."

미국인이기에 가능한 일이었다. 때문에 애신에게 손가락질 받긴 하였으나, 애신을 보호하고자 함은 유진의 진심이었다.

애신의 눈동자가 흔들렸다. 이 사내를 자꾸만 믿고 싶어지는 것은 사내의 이런 언행 때문일 것이다.

"이것까지가 내 본심이오. 아마……. 질투일 거요."

보호와 질투. 어느 것 하나 이 상황에 어울리는 말은 아니었다. 혼란스러워하는 애신에게 유진은 용모파기를 내밀며 애신이 아는 자인지 확인했다. 애신은 고개를 저었다. 면식은 있으나 아는 자는 아니었다.

"편들지 마시오. 현재로선 가장 유력한 용의자요."

"편? 이자를 말이오? 이자는 기차에서 조선인들을 희롱하던 일본 군인이었소."

용모파기 속 얼굴은 일본군 츠다였다. 황당해하는 애신에 유진은 관자놀이를 짚었다. 증인으로 불려온 조선인 승객들의 복수라면 복수였다. 어느 쪽을 향해서든.

미군의 잃어버린 총기를 찾는 일은 미궁에 빠져 있었다. 그러나 단지 승객들의 거짓 증언 때문만은 아니었다. 수사를 지휘하는 유진이 진심으로 범인을 찾고자 하는 의지가 없음에 더 큰 문제가 있었다.

공사관 건물을 나온 유진과 카일은 군복을 벗고 편안한 차림으로 거리를 걸었다. 관수도 함께였다. 유진이 수사를 진행

하는 동안 카일은 처음 밟은 동양의 신비로움에 흠뻑 젖어 있었다. 기모노를 입은 게이샤들이 두 사람의 옆을 지나자 카일은 흥미로워하며 인사를 건넸다.

"조선의 여인들은 어떻게 저런 까만 눈동자로 색깔을 구분하는 거지?"

카일이 대단한 의문이라도 품은 듯 끊임없이 중얼거렸다.

"여인들을 보니까 생각났는데. 유진, 너 그거 알아? 조선 여인들의 눈동자가 말이야……."

나란히 걷던 유진의 곁으로 카일의 얼굴이 가까워졌다. 유진의 눈동자 색 또한 검다는 것을 카일은 그제야 깨달았다. 유진은 별다른 대꾸 없이 고개를 돌렸다. 어디선가 도움을 청하는 울음소리가 들려왔다. 정신없이 도와달라 외치고 있는 것은 조선인 소년이었다.

"도와주세요, 나으리. 누이가, 저기서, 왜놈들이……."

소년은 유진의 앞에서 헐떡이다 이내 울음을 터뜨렸다. 카일이 고개를 빼 보자, 한쪽에서 소년의 누이로 보이는 소녀가 일본군 둘에게 밀쳐져 쓰러져 있었다.

"상대가 무장 중이니까 우리도 무기가 될 만한 걸 찾아보자. 총은 안 돼. 문제가 커진다고."

조금 전까지도 정신없이 굴던 카일이 목소리를 낮추며 무기를 찾으러 사라졌다. 소년이 여전히 유진의 옷깃을 붙잡고 있었다.

"그만 당겨."

"도와주십시오, 나으리! 제발요. 누이가 죽습니다. 네? 나으리……!"

작은 손에서 어찌 그리 센 힘이 나오는지 유진은 쉬이 소년을 뿌리치지 못했다. 무릎을 꿇고 울며 매달리는 소년 도미의 모습에서 유진은 자신의 어린 시절을 보았다. 어미를 살리기 위해 안평에게 가 제발 그 아비를 말려달라고 간청하던 때의 기억이 생생했다. 유진은 한숨을 내쉬었다. 지나치고 싶었는데, 지나치기 힘들었다.

유진은 도미와 함께 골목을 돌았다.

수미를 겁박하고 있는 일본 군인은 기차에서 애신을 희롱하던 이들과 같았다. 츠다는 수미의 손에 들린 비단 주머니를 빼앗으려 했으나 수미는 죽을힘을 다해 비단 주머니를 쥐었다.

"이거 제 돈 아닙니다. 심부름 돈입니다. 이거 잃으면 저 죽습니다."

이미 한차례 손찌검을 당한 수미의 머리는 풀어 헤쳐져 있고, 얼굴에는 상처가 선명했다. 츠다는 일본어로 고성을 지르며 수미의 따귀를 갈겼다. 찰싹, 하는 파열음이 날카로웠다. 고통에 수미가 힘을 잃고 비단 주머니를 놓치자 야마다가 그것을 주워 들었다.

"달러야, 달러! 이게 웬 횡재야."

보다 못한 도미가 손에 쥔 돌로 츠다의 머리를 내리쳤다.

불시의 습격에 당한 츠다의 머리에서 피가 흘러 나왔다.

"아……! 이, 이…… 조선놈들이!"

악을 쓰는 츠다를 뒤로한 채 유진이 바닥에 내팽개쳐진 수미를 일으켜 세웠다. 유진은 도미와 수미를 츠다와 야마다로부터 떨어지게 했다. 피가 흐르는 부위를 붙잡고 있는 츠다의 얼굴을 확인한 유진은 곧바로 그를 알아보았다. 용모파기 속 일본군이었다. 능청스럽게 혀를 차는 유진에 더욱 열이 오른 츠다가 소리치며 주먹을 날렸다.

"이 새끼, 죽고 싶어?"

"그럴 리가."

동시에 유진도 주먹을 날렸다. 순식간에 츠다는 물론이고, 옆에 선 야마다까지 나가떨어졌다. 군인이라면 싸울 총이나 칼이 필요할지 몰라도, 유진은 군인이기 이전에 맨몸으로 미국 땅에 떨어져 살아남은 이였다. 검은 눈의 이방인으로서 살아남기 위해 벌인 숱한 싸움의 이력들이 유진의 몸 구석구석 새겨져 있었다.

뻗어져 나가는 팔과 다리의 몸놀림부터 달랐다. 수미와 도미는 서로 부둥켜안고 덜덜 떨며 싸움을 지켜보았다. 상대가 되지 않자 결국 츠다는 품에서 칼을 꺼내 들었다. 칼을 휙휙 유진을 향해 내저으며 츠다는 야비하게 입꼬리를 올렸다.

"졌으면 그냥 인정 좀 해."

"닥쳐, 조선 놈! 죽여버리겠어!"

조선인에게 당했다는 사실에 더욱 악에 받친 츠다가 칼을
고쳐 쥐며 달려들었다. 차마 보지 못해 수미는 눈을 질끈 감
았다. 그러나 탁, 땅에 떨어진 소리를 낸 건 츠다가 쥐고 있던
칼과 츠다였다. 복부를 가격 당한 츠다는 비명조차 지르지 못
한 채 바닥을 뒹굴었다.

"이거…….. 안 도와줘도 되겠는데?"

어디선가 홍두깨를 찾아온 카일이 바닥을 뒹구는 일본 군
인들을 보며 중얼댔다. 카일은 제법 친절한 얼굴을 하고 남매
를 향해 괜찮냐고 물었다. 도미는 딸꾹질이 나올 지경이었다.
일본 군인만큼이나 알 수 없는 말을 하는 서양의 도깨비가
무섭고 낯설었던 것이다. 수미가 겨우 괜찮다고, 고맙다고 인
사했다.

츠다와 야마다를 상대하느라 흙먼지가 묻은 옷을 털어내며
유진이 카일에게로 왔다.

"오, 유진. 이 소녀 영어를 해."

유진을 본 수미와 도미의 얼굴이 환해졌다. 덜덜 떨던 두
사람은 겨우 진정한 듯, 유진을 향해 쉴 새 없이 고개를 숙여
인사했다. 처음 일본 군인을 공격한 건 유진이 아닌 도미였
다. 어린 소년의 손에 돌이 쥐어진 것은 안타까웠으나, 도미
는 앞으로도 많은 날들을 살아남기 위해 싸우게 될 것이다.
그러니 살아남으려면 싸울 수 있어야 했다. 유진은 도미를 내
려다보았다.

"앞으로 네 싸움은 네가 하는 거야. 방금 아주 잘했어."

담담한 칭찬에 도미는 츠다를 향해 돌을 던졌던 손을 꾸욱 쥐었다.

유진과 카일은 골목을 돌아 나와 마저 길을 향했다. 참으로 하루도 조용히 넘어갈 날 없는 조선에서의 나날이었다. 유진은 몰려드는 피곤함에 크게 숨을 몰아쉬었다. 카일이 손에 든 홍두깨를 보며 도대체 어디에서 난 것이냐 물을 때였다. 양반 하나가 유진의 곁을 스쳤다. 유진은 걸음을 멈췄다.

'도련님, 제발 아비 좀 살려주십시오. 도련님. 저리 맞으면 죽습니다.'

'저리 가, 저리.'

도미가 유진에게 매달리듯 유진이 매달렸던 김 판서의 아들 안평이었다. 멈춰 선 유진에 카일이 재촉했다.

"유진?"

"기억 안 날 줄 알았는데. 봐도 몰라볼 줄 알았는데. 딱 보니 알겠다."

부모를 살리려 몸부림치던 그날의 기억들이 마치 다시 한 번 재연되었다. 과거는 순식간에 유진을 집어삼켰다. 핏자국으로 물들어 지워지지 않는 그 기억들에 매여 유진은 차마 돌아보지도 못한 채였다. 밝은 대낮, 거리 한복판에서 살인을 저지르게 될지도 몰랐다.

커다란 뱃고동 소리와 함께 동경에서 온 커다란 여객선의 뱃머리가 제물포항 선착장에 드리워졌다. 일본과 조선을 오가는 이들이 배에서 쏟아져 내렸다. 그들을 마중 나온 이들, 짐꾼들까지 더해지며 북적거렸다. 반들반들한 고급 구두에 완벽하게 재단된 양장 차림, 그 위에 코트까지 걸친 사내가 트렁크를 끌며 육지를 밟았다. 한눈에 보아도 잘나가는 모던 보이인 그를 지나는 여인들은 꼭 한 번씩 힐끔거렸다.

사내가 크게 숨을 들이켜 항구의 냄새를 맡았다. 바닷가의 짠 내와 함께 바람에 실려 오는 냄새들은 무척이나 익숙하고 그립기도 한 것이었다.

"아, 조선 냄새."

희성은 한껏 고향의 향취를 음미했다.

십 년 만에 돌아온 조선이었다. 도망치듯 떠난 동경에서 여흥으로 가득 찬 생활을 영위했던 희성이었으나 이곳 조선은 언제나 그립고, 돌아오고 싶은 곳이었다. 그럼에도 돌아올 수 없었던 이유는 괴로움이었다.

희성의 발걸음은 자연스럽게 본가가 아닌 글로리 빈관으로 향했다. 빈관에 도착했을 땐, 이미 해가 져 날이 어둑했다. 점점이 가로등 불빛이 희미하게 빛났다.

희성이 빈관 안으로 들어서자 언제나처럼 우아하게 차려입은 하나가 희성을 맞이했다.

"전망이 제일 좋은 방으로 하나 내주고."

"조선 분이시군요."

"보기에 아주 좋은 그대는 이름이 어찌 되오. 난 김희성이오."

제 소개를 하며 희성이 손을 내밀었다. 하나는 손을 맞잡는 대신 자연스럽게 '303호'가 적힌 열쇠를 희성에게 건넸다. 빈관을 지키고 있다 보면 하나에게 수작을 걸어오는 이는 많았고, 하나는 한량 같은 인사들에게 선을 긋는 일에 매우 능숙했다. 희성은 머쓱한 기색도 없이 말을 이었다.

"십 년 만에 돌아온 한성은 이리 환해지고, 북적이고, 내 증조부의 집은 이렇게 빈관이 됐구려."

하나의 커다란 눈에 '혹시' 하며 놀라는 기색이 어렸다. 그 변화를 알아차린 희성이 다시금 손을 내밀며 하나에게 악수를 청했다.

"김희성이오."

"조선 제일 갑부집 도련님을 이리 뵙습니다. 쿠도 히나예요."

선뜻 히나가 희성의 악수를 받아들이며 인사했다.

"이름을 못 들을 뻔했단 생각이 드는데."

"얘기하려고 했답니다."

뻔뻔한 히나의 답이 싫지 않아 희성은 그저 수염을 쓸며 웃었다. 희성은 여인들의 아름다움을 숭배했고, 당연히 여인들에게 관대했다. 과연 글로리 빈관을 이끄는 주인답다는 인상이었다. 희성은 열쇠를 받아 303호로 향했다.

트렁크를 내려놓은 희성이 테라스 창문을 열어젖혔다. 테라스 밖으로 나서자 가로등 불빛을 타고 따닥따닥 붙은 낮은 지붕들이 내려다보였다. 위로는 변함없이 기울어가는 달이 떠 있었다.

"달이 참 밝네요."

바로 옆 테라스에 상념에 젖은 304호의 손님이 서 있었다. 희성은 그에게 습관적으로 일본어로 말을 걸었다.

"달이 참 밝다고, 제가 일본말로 얘기했어요. 저는 저런 아름답고 무용한 것들을 좋아한답니다."

희성의 주절거림에 그제야 304호 테라스에 나와 있던 유진이 희성을 보았다. 유진은 내내 안평의 얼굴을 곱씹고 있었다. 당장 죽이지 못한 것은 왜일까. 뜨겁게 달아오른 분노는 쉬이 가라앉지 않았다.

"아, 조선분이시구려. 반갑소. 김희성이오."

테라스 너머로 유진에게 희성이 손을 내밀었다. 유진은 내밀어진 손을 보았다. 밤중임에도 희게 빛나는 손은 대충 보아도 험한 일 한번 안 해본 손이었다.

유진은 흰소리를 해대는 희성의 손을 잡는 대신 돌아 제 방으로 들어갔다. 냉랭한 옆방 손님에 희성은 홀로 남아 입맛을 다셨다. 희성은 주머니 속에서 회중시계를 꺼내 시간을 확인했다.

"이런. 벌써 시간이 이렇게나……. 내 반드시 가야 할 곳이 있는데."

희성은 시계를 다시 주머니 안에 넣으며 걸음을 옮겼다. 어쩐지 시계가 점점 더 무거워지는 것 같다고 희미하게 중얼거리는 희성의 얼굴에 그늘이 졌다.

날이 밝아 빈관을 나온 희성이 먼저 간 곳은 '해드리오' 간판이 붙은 가게였다. 무엇이든 해준다고 하여 '해드리오'인 가게는 전당포이기도 했다. 회중시계를 맡기고 나오던 희성은 문 앞에서 마침 말에서 내리던 유진과 마주쳤다.

"어! 304호 아니시오. 예서 보니 또 반갑기 그지 없……."

그러나 희성이 말을 다 마치기도 전에 유진은 함께 온 관수에게 기다리라 말하고는 가게 안으로 들어가 버렸다. 제대로 무안을 당했으나 희성은 그저 실없이 웃어버렸다.

가게로 들어간 유진을 맞이한 건 험악한 인상의 두 장정이었다. 처음 보는 손님인 유진을 경계하며 일식이 희성이 맡기고 간 회중시계를 챙겨 넣었다.

"보자. 팔러 오셨는가. 사러 오셨는가. 찾으러 오셨는가."

"미국 공사관에서 봤서예."

일식이 묻는 사이 뒤늦게 유진을 알아본 춘식이 빠르게 속닥였다.

"전직 추노꾼이라 들었소. 찾을 사람이 있소. 삼십 년 전 강화도에 살던 양반 김 가. 대지주였소. 그의 아들 김 가. 그의 며느리 윤 가. 태어났다면 그의 손주 몇."

거두절미하고 용건을 말하는 유진의 기세가 퍽 사나웠다. 유진의 용건을 들은 일식과 춘식이 찌푸렸다. 대번에 누구인지 알아차렸기 때문이다. 딱 보아도 유진이 그 집안을 좋은 이유로 찾는 것도 아닌 듯했고, 그 집안이 좋은 일로 찾아올 사람이 있는 집도 아니었다.

유진이 달러를 탁자 위에 내놓자 일식은 은근슬쩍 달러를 제 쪽으로 끌었다.

"그 댁은 뭐 찾고 말고 할 것도 없어라. 한성 사람 열에 아홉은 아는 댁잉게. 소작농들 등쳐 묵고, 관직하면서 해 처묵고, 암튼 조선서 임금님 다음으로 돈이 많당께요."

일식이 끌어가려는 달러를 유진은 꾹 눌렀다. 아직이었다.

"계속 해보시오."

"우덜이 조선 팔도의 전설이던 시절에 노비 딱 한 명 놓쳐 봤는디, 그 댁 노비였지라. 아홉 살이랬나, 열 살이랬나……. 갸는 아마 죽었을 거여."

탁하니 유진의 손에서 힘이 빠졌다.

"그기 놓친 겁니까. 그때 상자에 삐져나온 옷자락 보고도 그냥 가자 해놓고. 행님 덕분에 죽기 딱 직전까지 맞았다 아입니까. 내는 아직도 요가 쑤신다, 쑤셔."

춘식이 앓는 소리를 하며 등허리를 두드렸다. 유진은 굳은 얼굴로 일식과 춘식을 보았다. 저를 쫓던 추노꾼들. 그들을 피해 유진은 머나먼 바다까지 건너야 했다. 도망친 노비를 잡아다 제 배를 불리던 습성대로 여전히 돈에 눈이 멀어 추잡스러운 일도 마다하지 않는 듯했다. 그런 그들이 알고도 자신을 놓아주었다는 사실을 유진은 납득하기 어려웠다.

"왜 살려준 거요. 그 아홉 살 노비."

"아, 상자가."

유진이 몸을 구겨 넣고 있던 상자 밖으로 옷자락만 삐져나와 있던 것은 아니었다. 상자는 덜덜 떨리고 있었다. 안에서 얼마나 떨고 있으면, 저렇게 상자가 떨릴까. 어린 노비를 잡으러 갔던 일식은 그 모습에 잠시 마음이 약해졌다. 그래서였다. 보고도 모른 척하고 떠난 건.

알지 못하는 사이에 유진은 그들에게 빚을 지고 있었다. 이 땅에서 살아남아 다시 돌아오기까지 유진은 생각보다 더 많은 이들에게 빚을 졌다. 아련한 눈빛으로 유진은 늦은 인사를 건넸다.

"고마웠소."

"와 벌씨로 고맙다카지? 아직 그 집 오텐지 안 갈키 줬는데."

유진이 자리에서 일어나며 춘식에게 물었다.

"이제 들으려고. 어디요, 그 집."

가게 밖으로 나온 유진은 기다리던 관수를 두고, 홀로 말을 몰았다. 복수하기 좋은 날이었다. 비가 왔어도, 날이 흐렸어도 좋은 날이었을 것이다. 한 가지 안타까운 점은 이 모든 일의 원흉이라 할 수 있는 김 판서가 10년 전 병으로 세상을 떠나 버린 것이었다. 그러나 괜찮았다. 김 판서의 아들이 살아 있었고, 그 부인이, 김 판서의 손자가 살아 있었다.

말을 몰고 온 안평의 집은 일식과 춘식의 말대로 많이 해 처먹은 덕인지 궁궐과도 같이 넓은 기와집이었다. 이전의 김 판서댁보다도 가세를 넓힌 듯했다. 유진은 비릿한 웃음을 머 금고 대문 안으로 들어섰다.

"도통 모르는 분인데 뉘시오."

대청마루에 서 있던 안평이 유진과 마주쳤다. 문을 열고 나오는 중년 여인의 목에는 선명한 상처가 남아 있었다. 유진의 어미가 유언처럼 남긴 상처였다.

"거 누구냐니까."

"저건 군복……, 아니에요? 조선 군복은 아닌 듯한데……."

부인의 말에 안평이 앞쪽으로 나오며 유진을 살필 때였다. 저벅저벅 유진이 두 사람을 향해 큰 보폭으로 걸었다. 유진은 주머니에 품고 있던 노리개를 꺼내 부인에게 들이밀었다.

"아니, 이런 미친놈을 보았나! 어딜 감히!"

갑작스러운 행동에 안평이 소리를 내질렀다. 굳어 있던 부인은 노리개를 확인하고는 기겁하여 뒤로 나자빠졌다.

"왜 이러시오, 부인. 낮술을 자셨소?"

"그, 그때……. 그……."

숨이 턱하니 막힌 듯 부인은 제대로 말을 잇지 못했다. 살기등등한 유진의 눈과 마주친 부인은 두려움에 울먹거렸다.

"그때 도망쳤던…… 종놈……. 최가 아들……."

더듬더듬 말하는 부인에 안평은 그제야 유진을 알아차렸다. 군복을 입은 사내가 그 어린 종놈이라는 것에 놀라기도 전에 안평은 뒷걸음질부터 쳤다. 유진이 이번에는 안평을 향해 다가오고 있었다. 오지 말라 악을 쓰는 안평은 그때나 지금이나 한심한 인간이었다. 아니, 유진에게는 인간도 아니었다. 그저 원수였다.

이런 사람들에게 빌빌 기고도, 개죽음을 당한 어미와 아비가 불쌍해서라도 유진은 반드시 복수를 해야 했다.

"내 부모의 시신. 수습은, 했나?"

"무, 뭐?"

덜덜 떠는 안평의 이마 정중앙에 유진은 총구를 겨누었다.
안평은 오줌이라도 지릴 기세로 덜덜 떨어댔다. 유진의 눈에
실핏줄이 섰다.

"묻어주기는 했어?"

유진은 당장이라도 손가락에 힘을 주어 안평의 목숨을 끊
어놓고 싶었다. 한 번이면 됐다. 한 발이면 안평은 저 세상으
로 갈 것이다. 또 한 발이면, 안평의 부인도 끝을 낼 수 있겠
지. 그러나 그것만으로 복수를 했다고 할 수는 없을 것이다.
유진은 그저 깊숙이 쏘지 못할 총구를 들이밀었다.

"버, 버렸지. 아랫것들 시신들……. 그땐 다 그렇게 했어……."

"그땐 다 그렇게 했어도 묻어줬어야지. 적어도 사람이면, 그
랬어야지. 어디야. 어디다 버렸어."

"어디다 버리긴 어디다 버려. 뒤진 종놈들 내다 버리,
아……, 아니, 아랫것들이 운명을 달리하면 매번 거시기 하는
곳에다……. 말하자면 합장이지, 합장."

끓어오르던 분노는 이내 얼음장처럼 차가워졌다.

유진은 지난날 김 판서가 대청마루에 뒷짐을 진 채 서서
했던 말을 되뇌었다.

"부모의 죄가 곧 자식의 죄다."

그것은 아마 유진이 할 수 있는 최고의, 아니 유일한, 복수가 될지도 모르겠다. 제 머리에 총을 댔을 때와는 또 다른 안평의 얼굴과 혼비백산하는 부인을 보면 충분히 그랬다.

"기억나? 수습한 장소를 반드시 찾아야 할 거야. 그렇지 않으면 내가 할 수 있는 모든 것을 다해 이 집안을 박살 내버릴 거니까. 당신 아비가 그랬던 것처럼. 그런 시대야. 잡히면 잡히는 대로 다 꼬투리가 되니까."

"아, 알아보겠네! 내 약속함세!"

"반드시 찾아서 미국 공사관으로 기별해."

"거, 거긴 왜……."

총을 거둔 유진의 눈이 여전히 형형했다.

"나는 미 해병대 대위 유진 초이다."

안평과 부인의 얼굴이 희게 질렸다. 유진은 총을 든 채 들어왔던 길대로 마당을 가로질러 나갔다.

그 시각, '해드리오'에서 나온 희성은 사홍의 집 앞에 와 있었다. 정혼자인 애신을 보기 위해서였다. 기다랗게 이어진 담장을 걷는 희성의 발걸음이 가벼웠다. 손에 들린 작은 꽃다발의 향기를 맡으며, 희성은 궁금함을 참지 못하고 까치발을 들어 담장 너머를 훔쳤다. 마당 안에는 막 빨래를 마친 이불 홑

청들을 너는 일손들로 분주했다.

담장 안쪽을 살피던 희성의 입에서 흔치 않은 탄식이 새어 나왔다.

"……이런."

단정하게 머리를 땋고, 발그레한 뺨을 올려 웃고 있는 여인이 있었다. 희성은 단번에 알 수 있었다. 저 여인이 자신의 정혼자였다. 바람이 불 때마다 흰 이불이 흔들리며 애신의 얼굴이 사라졌다가 또 나타났다. 희성은 시선을 빼앗겼다. 마음마저도 그 순간, 빼앗긴 듯했다. 희성이 사랑하는 달과 별, 꽃과 나비……. 아름답지만 무용한 것들에 견주어도 좋을 만큼, 애신은 그린 듯 아름다웠다.

"이런 내 진작 올걸."

그사이 인기척을 느낀 행랑아범이 뉘시냐 외쳤다.

"거, 뉘시냐니까! 어찌 남의 댁 담장을……. 도, 도련님 아니신게라? 희성 도련님 아니신게라?"

"오랜만일세."

대문 밖의 소리에 애신이 시선을 던졌다. 웃음 짓던 희성과 애신의 눈이 마주쳤다. 행랑아범이 달려 나와 희성을 맞이했다. 열린 대문으로 들어온 희성을 애신은 그저 꼿꼿이 선 채 보았다.

"반갑소. 그대의 정혼자 김희성이오."

꽃과 함께 내밀어진 희성의 목소리가 부드러웠다. 애신이

십여 년간 숱하게 들어온 이름이었다. 김희성. 그러나 본인에게 듣기는 처음이었다. 애신의 얼굴에서 미소가 완전히 사라져 있었다.

"꽃이 마음에 안 드시오? 꽃이 아니면, 그렇담 내쪽이구려. 내가 마음에 안 드시오?"

여유롭던 희성도 아무 대답 없는 애신 앞에서는 조바심이 일었다.

"미안하오. 내 걸음이 많이 늦었소."

애신의 머리카락 한 올에도 닿을 수 없는 사과였다.

"십 년이오. 십 년 늦은 걸음을 이리 법도도 없이 한 것이오. 날을 잡아 다시 오시오."

"날을 잡아 다시 오면 그땐 화가 좀 풀리겠소."

"화가 난 게 아니라 놀라는 중이오. 생각했던 그대로의 사내라."

냉랭하게 답하며 애신은 아예 찌푸렸다. 꽃도, 그 꽃을 쥐고 있는 손도 탐탁지 않았다.

"희고 말랑한 약골의 사내."

애신의 맹렬한 비난에 희성은 숫제 웃음을 터뜨리고 말았다. 하하, 소리 내어 웃는 희성에 애신은 더욱 눈살을 찌푸렸다.

"그대는 생각했던 그대로가 아니오."

웃음이 잦아들자 희성의 얼굴에 애달픔이 깃들었다.

동경으로 유학을 떠나던 날, 희성은 괴로운 결심을 하나 했었다. 그 결심이 눈앞의 여인을 한없이 기다리게 만들었다.

희성의 조부인 김 판서는 유학을 떠나는 희성에게 회중시계를 건넸다. 희성에게 돈을 대주기 위해 김 판서는 가지고 있던 땅 중 일부를 팔았다. 소작농이 소작을 하던 땅이었다. 별다른 대비책도 없이 하루아침에 밥줄이 끊긴 소작농이 김 판서댁을 찾아 난리를 부렸다. 김 판서는 가차 없이 그자를 내쳤다. 소작농이 피눈물을 토하는 소리가 희성의 귓가에 어지럽게 울려 퍼졌다. 귀가 찢겨 나갈 듯했다. 그 모든 것이 희성의 유학 값이었고, 회중시계 값이었다. 그럼에도 김 판서는 눈 하나 깜짝하지 않았다. 소작농을 내친 김 판서는 오히려 희성에게 교훈을 일러주었다.

김 판서는 자신이 쌓아 올린 것들을 희성이 지켜주기를, 더 불려주기를 당부했다. 그것이 누군가의 피눈물로 쌓아 올린 것이라고 하더라도 말이다. 그러려면 가진 것에 만족하지 말고 가질 수 있는 것에 한계를 두어서는 안 된다고 했다. 마치 회중시계의 시간처럼 무한히, 무한히.

그리고 그날부터 시계의 시간들이 무한히 희성을 갉아먹었다. 희성은 돌아올 수 없었다. 조부의 바람처럼 되고 싶지 않았으므로.

그러나 모두 변명일 뿐이었다. 그저 자신이 나약해 애신을 오래 기다리게 했다. 희성은 저의 나약함을 꿰뚫듯 직시하는 애신을 보았다.

"그대는, 꽃 같소."

애신은 그대로 돌아섰다. 움직이지 않으면, 희성의 말대로 화병의 꽃처럼 보일까 싶었다.

희성이 다녀간 이후로 애신의 심경은 더욱더 복잡해졌다. 보호니, 질투니 파문만 던져대는 미국인을 생각하기로도 복잡했던 머릿속이었다.

희성이 한성에 돌아왔으니 언제 혼례를 치르게 될지 몰랐다. 십 년을 기다린 것은 상관없었다. 덕분에 애신도 저의 일을 할 수 있었다. 그 사내의 손에 든 게 고작 꽃인 것이 문제였다. 연습터에 도착한 애신은 사발을 향해 총구를 겨누고는 집중했다. 애신은 망설이지 않고 방아쇠를 당겼다. 탕, 탕, 경쾌한 소리와 함께 연이어 사발들이 산산조각이 나며 깨졌다. 반동에 의해 흔들린 총구를 바로 하는 애신의 심정이 착잡했다.

'그대는 생각했던 그대로가 아니오. 그대는, 꽃 같소.'

애신의 입가가 비틀렸다.

"그게 이 정혼을 깨려는 이유요."

자그마한 가늠쇠 사이로 더욱 먼 곳의 사발을 겨누며 애신은 방아쇠를 당겼다. 날아간 총알은 이번에도 명중이었다.

'날이 더없이 화사하오. 꽃 같은 오늘, 꽃 같은 그대, 꽃가마 타고 내게 와주시오.'

집으로 돌아온 애신을 기다리고 있는 건 희성이 보낸 편지와 화려한 꽃가마였다. 글로리 빈관에서 일하는 귀단이 직접 애신을 모시러 왔다. 애신은 기가 찼다. 함안댁이 방 안에 꽂아놓은 꽃조차 신경에 거슬려 내다 버리려던 참이었다.

희멀건 손과 능글대던 웃음. 반들거리던 구두코. 애신은 그런 것들이 참기 힘들었다. 그냥 돌려보내기만 해서는 매일같이 이렇게 귀단이나 가마꾼들만 괴롭혀댈 게 분명했다.

"꽃이 없으면 작문을 못 하시오?"

빈관에 자리한 카페에서 유유자적하게 앉아 커피를 홀짝이던 희성이 애신을 올려다보았다.

"내 원체 아름답고 무용한 것들을 좋아하오. 와주어서 무척 기쁘오."

"어찌 이런 곳에서 만나자 하는 거요."

애신을 만난 후, 희성은 더는 혼인을 피해 어머니와 아버지로부터 도망 다니지 않아도 되겠다 싶었다. 그러나 되레 길가에서 희성을 만난 어머니는 그를 쫓아내기 바빴다. 집 근처에 얼씬도 하지 말라는 어머니는 다급해 보였다. 무슨 사정인지는 몰라도 집에 갈 수 없는 신세가 되었다. 집보다 빈관에서의 자유로운 생활이 편한 희성으로서는 마다할 이유가 없는 떠돌이 신세였다.

개화와는 담을 쌓은 듯한 애신은 이 빈관이 못마땅한 듯했지만. 찌푸리는 애신에 희성은 웃음으로 답했다. 꽃같이 고운 애신을 보니 저절로 기분이 좋았다. 애신이 저와 같지 않으니 유감일 따름이다.

"내가 또 잘못을 한 모양이오. 아님 내가 별별 이유로 다 싫은 거거나."

"나는 혼인을 물릴 방법만 궁리 중이오."

"찾지 마시오. 그러기엔 나는 그대가 맘에 들어서."

에둘러 말하는 법이 없는 애신이었고, 잘도 유들유들하게 구는 희성이었다. 한눈에 애신에게, 처음 본 자신의 정인에게 반해버린 희성의 마음은 진심이었으나 더는 그런 장난스러운 말들을 받아주지 않겠다는 듯 애신은 코웃음을 쳤다.

"이제 와서."

십 년이 지났다고, 애신은 어제도 분명히 희성에게 짚어주었다.

"처음엔 기다렸소. 다섯 해가 지나니 하루가 멀다 하고 추문이 담을 넘었소. 할아버님은 걱정하시고, 큰어머님은 욕을 하셨소."

"그대는 무얼 했소."

"실망했소."

동경에 있는 내내 어서 돌아오라 전보를 보내던 제 부모님
이 떠올라 픽 웃던 희성의 얼굴이 굳었다.

"서로 얼굴 한번 본 적 없다 하나 집안끼리의 약조도 나와
의 약조인데, 여인과의 약조 하나 못 지키는 사내가 뭔들 지
켜낼까."

애신은 희성을 한심해하는 얼굴도 아니었다. 얼굴도 본 적
없는 사내에게 가졌던 일말의 기대는 십 년의 세월 동안 흔
적조차 없이 사라져 버렸다.

"그래서 잊었소. 내가 저를 잊고 살 듯, 저도 나를 잊고 사
는 게지 했소."

"내 생각을 하긴 했단 얘기구려."

"지금이라도 그리 살자는 얘기요."

희성은 굳어 있던 표정을 풀었다. 애신의 말이 모두 맞았
다. 어떻게 이루어진 혼약이었든 약조를 피해 도망간 건 자신
이었다. 그래서 희성은 더욱 그 잘못을 바로잡고 싶었다.

"그럼 이건 어떻소. 혼인을 유예합시다. 나야 어차피 나쁜
놈이니 내가 방패가 되어드리리다."

"진심…… 이오?"

장난스러운 사내가 또 장난을 치는 것은 아닌지 애신은 의
심스러운 눈초리로 물었다. 당연한 말이겠지만 자신에 대한
신뢰가 영 없구나, 생각하며 희성은 입꼬리를 올렸다.

"진심이오. 대신 나와 동무가 되는 건 어떻겠소."

그제야 애신은 의심을 조금 풀고, 희성에 대해 다시 생각해
보려고 했다. 말이 안 통하는 막무가내는 아닌 것 같아 애신
은 희성을 가만히 들여다보았다. 매일 새로 다듬는 듯한 수염
을 희성은 천천히 쓰다듬었다.

"오셨어요, 나으리! 쳇대를 내드릴까요?"

막 빈관 입구로 들어오는 손님을 맞이하는 귀단의 목소리
가 간드러졌다. 무표정한 얼굴로 들어서던 유진과 고개를 돌
린 애신의 시선이 마주쳤다. 애신은 자리에서 벌떡 일어섰다.

"이만 가봐야겠소. 미 공사관에서 나를 찾는다 하여."

도망칠 궁리였고, 유진과 다시 대화 나눠볼 구실이었다.

"미 공사관에서 그대를 왜……."

"가배 잘 드시오."

성의 없는 인사만 남기고 애신은 유진에게로 갔다.

"공사관에서 또 나를 찾는다 들었소. 내 갈 터이니 앞장서
시오."

이미 함께 남을 속이고, 자리를 피해 함께 걷는 일 정도는
해봤으니 유진이 눈치껏 함께 나가주리라는 믿음도 있었다.
애신의 믿음대로 유진은 별다른 부언 없이 돌아섰다.

도무지 접점을 알 수 없는 두 사람이었다. 그러나 희성도
애신이 유진을 반갑게 여기며 이 자리에서 도망쳐 나간 것
정도는 알았다. 십 년을 동경으로 도피해 있던 벌이라면 벌이
었다.

애신이 앞장서라는 대로 순순히 앞장선 유진은 정처 없이 앞으로 걸었다. 상점에 달린 커다란 유리벽에 비친 유진의 옆모습을 보며 애신은 그 뒤를 따랐다. 노을이 하늘과 강 위로 붉게 퍼지던 나룻배 위의 유진이 자연스럽게 떠오르는, 알 수 없이 쓸쓸한 얼굴이었다. 애신은 자꾸만 보게 되는 유진의 쓸쓸함이 신경 쓰였다. 유진이 애신에게 자주 들키는 것인지 아니면 그가 그런 사람인지. 어차피 속내를 알 수 없는 미국인이라는 생각이 스쳤지만, 애신의 걸음은 계속해서 유진을 뒤쫓고 있었다.

"얼마나 더 앞장서야 하는 거요."

뒤도 돌아보지 않고 묻는 유진에 애신은 퍼뜩 정신을 차렸다.

"아, 왼쪽으로."

왼쪽 길로는 기다란 성벽이 펼쳐져 있었다. 한성을 둘러싼 견고한 성벽 아래로 오늘도 변해가는 한성의 모습이 내려다보였다. 성벽 앞에 선 유진은 그제야 얼떨결에 여기까지 왔구나 싶어졌다. 그것이 어이가 없기도, 조금 분하기도 했다.

"한성 바닥에서 귀하를 세워둘 수 있는 사내는 없다더니 마주 앉아 가배도 할 정도면, 뜻이 같은가 보오. 동지요?"

희성의 반들반들한 얼굴을 떠올리면, 유진은 분한 마음이 더 클 듯했다.

"동무요."

"사내와 동무도 하오?"

"해볼까 하오. 그 사내와는 동무가 최선일 거요."

동지라는 말보다 동무라는 말에 더 기분이 나빠졌다. 유진은 한쪽 눈썹 끝을 올렸다. 도대체 그치와 애신은 어떤 사이일까. 희성이 유진과 애신의 사이를 예상할 수 없었듯, 유진 또한 희성과 애신의 사이를 예상하기 힘들었다. 그렇다고 유진이 애신에게 캐물을 수 있는 사이도 아니었다.

그런 유진을 아는지 모르는지 애신은 유진의 가슴팍에 달린 이름표를 가리켰다.

"이 글자 아오. 내 학당에 다니오. E……. 그리고……."

이제 막 배우기 시작한 잉글리쉬는 아직 한참 먼 모양이었다. 애신은 미간을 좁히며 유진의 이름을 읽기 위해 애썼다. 유진은 방금 전까지의 분했던 기분도 잊은 채 속으로 끙끙대는 애신을 보았다.

"매우 뒤에 있는 알파벳으로 된 이름이었구려. 내 아직 F까지밖에 못 배웠소."

솔직하게 실토하는 애신이 귀여워 유진은 웃음을 흘렸다. 자존심이 상한 애신이 발끈했다.

"내 확실히 구사할 줄 아는 잉글리쉬가 없는 건 아니오……. 웨얼 알 유 프롬?"

애신이 또박또박 발음하며 물었다. '어디서 왔습니까?' 하고. 그 물음은 유진을 미국에 데려다 놓았다. 미국에 사는 동안 내내, 평생을 들어온 말이었다. 그렇게 물으면 유진은 대체로 대답하지 못했다. 처음에는 떠나온 조선이 싫어서였고, 이후에는 유진이 내내 미국에 살았기 때문이었다. 유진은 그곳에 계속 있었는데도 늘 사람들은 유진에게 어디에서 왔냐고 물었다.

"대체 그건 왜 그렇게들 묻는지……. 나 다 이용했으면 그만 가봐도 되겠소?"

"아, 미안하오!"

기분 상한 것이 분명해 보이는 유진에 애신은 사과부터 했다. 이번에는 유진이 도와준 것이고, 애신이 확실히 빚을 졌다. 그 사과에 유진은 진심으로 화가 나 애신을 매섭게 보았다.

"그렇게 제대로 사과하면 진짜 딱 이용인데."

"아……. 내 지난번 나룻배 태워준 거 이리 갚았다……."

"누구 맘대로. 아직 갚을 마음 없소. 오늘은 당신이 내게 신세를 진 거요."

차갑게 답하고는 유진은 성큼성큼 성벽을 따라 내려가기 시작했다. 애신의 시야에서 유진의 뒷모습이 안 보일 때쯤, 유진의 발걸음은 느릿해져 있었다. 분명히 빈관으로 가는 길이었지만, 어디로 가고 있는지 확신이 서지 않는 느낌이었다.

분해진 것도, 또 애신이 신세를 졌다며 인연을 만들어버린 것도 자신답지 않았다. 유진은 천천히 가슴을 쓸어내렸다. 여전히 제 배만 불리며 비겁하게 살아가는 안평과 그의 부인,

그리고 그 덕에 떵떵거리고 살 핏줄까지. 조선 땅에서 느낄 것이라고는 분노와 슬픔뿐이라 여겼다. 그런데 그곳에 어울리지 않는 인물이, 감정이 들어선 듯했다. 유진은 잠시 뒤돌았다. 성벽은 너무 멀었고, 거리는 분주했다.

유진은 다시 빈관을 향해 걸었다.

그
쪽
으
로

걸
을
까

하
여

며칠간 동매의 심기는 불편하다 못해 불길한 수준이었다.
동매를 모시는 낭인들이며 게이샤들 모두 눈치를 보기 급급
했다. 동매는 화를 다스리며 일본 공사관으로 향했다. 늦은
밤이었다. 곧이라도 폭발할 듯한 이 분노는 갈 곳 잃은 분노
이기도 했다. 애신의 정혼자가 애신을 찾아왔다. 애신을 감시
하기 위해 붙여둔 그 집 일하는 이에게서 들은 소식이었다.
애신의 정혼자 소식에 동매의 숨이 멈출 뻔하였다고 해도 애
신은 눈 하나 깜박하지 않을 것이다. 아니, 오히려 동매의 숨
이 실제로 멈추지 않은 것을 안타까워할지도 몰랐다. 남들에
게는 어떨지 몰라도 동매에게만큼은 정이 없는 여인이었으니
까. 그렇게 또다시 동매는 애신을 생각하고 말았다.

　하야시 공사는 사무실에서 이발사를 불러 수염을 다듬는

중이었다. 힐끗 동매를 본 하야시가 서류부터 찾았다. 그는 로건이 가지고 있던 문건에 혈안이 되어 있었다. 그 서류에 걸린 이권이 너무나 많았다. 동매는 그저 시키는 일을 할 뿐 이었지만, 이번 일은 확실히 곤란했다. 문건이 있기는 한지 의문이 들 만큼 종이 끝자락조차 찾아내지 못하고 있었다.

"죽은 자는 말이 없고, 미망인은 별 행도가 없으시니. 지금 으로선 찾을 게 아니라 나타나길 기다리는 게 최선인 듯합니 다. 돈이 되는 거면 누구 손에 있건 돈 줄 놈을 찾기 마련 아 니겠습니까."

하야시가 신경질적으로 조선인 이발사의 손을 쳐냈다.

"애가 타니 그러지. 리노이에가 내일 조선에 입국한다. 서류 에 대해선 함구해. 같은 조선인이라고 작당 말고."

"말 참 서운하게 하십니다. 소인 한동안 일본인이었는데."

하야시의 말에 동매는 비릿한 웃음을 감추며 리노이에를 떠올렸다. 리노이에, 이완익. 그는 작금의 가련한 조선을 만드 는 데 크게 일조한 인물이었다. 제 이익을 위해서라면 조선을 통째로 일본에 갖다 바치는 것도 개의치 않는 그였으므로 '같 은 조선인'이라고 특별히 무언가를 작당해주지는 않았다. 저 를 무시하는 이라면 조선인이라고 하여도 끔찍히 싫은 동매 였으니 그런 점에서는 잘 맞는다 할 수도 있었다.

동매가 그와 작당을 한다면 이번에도 다른 이유가 아니라 돈 때문일 것이다. 하야시의 수족처럼 부려지는 것도 다른 이유가 아니라 오직 돈뿐이었다. 더군다나 완익은 제 것도 아니었던 나라를 혼자 팔아넘긴 덕에 조선 그 누구보다 많은 부와 권력을 쥐고 있었다. 동매에게 줄 것이 많다는 이야기였다.

날이 밝자 동매는 무리를 이끌고 제물포항으로 향했다. 이미 일본에 줄을 댄 권력가들이 나와 배에서 내리는 완익을 향해 허리를 숙이고 있었다. 거만한 표정으로 완익은 그들 사이를 절뚝거리며 지났다. 신미년에 있었던 미 군대와의 전투에서 조선과 조선인을 등지려 하는 완익을 향해 포수의 어린 아들이 쏜 총알이 완익의 남은 생을 거추장스럽게 했다. 완익은 뒷줄에 선 덕문에게 가방을 맡기고는 동매의 인사를 받았다.

"이리 중한 행차에 불러주시니 소인놈 영광입니다, 나으리."

일본 공사관과 궁에서 나온 이들이 없었다. 저를 무시하는 처사에 완익은 이를 갈았다.

"하야시가 찾고 있는 게 뭐니."

완익이 잡스러운 질문을 생략하고 날카롭게 물었다. 동매는 완익의 정보력에 내심 놀랐다. 과연 허투루 보아서는 안 될 인간임이 확실했다. 동매는 마른침을 삼켰다.

"폐하께서 몰래 로청은행에 예치한 비자금 예치증서란 게 사실이디?"

로건이 가지고 있던 문서에 모두들 달려들 수밖에 없는 이유였다. 조선의 황제가 만들어놓은 비자금. 누군가에게는 나라를 다시 세워볼 마지막 희망이었고, 누군가에게는 나라를 삼킬 더없이 좋은 구실이었다. 동매는 고민할 것도 없이 능청스럽게 완익이 맘에 들어할 만한 답을 내놓았다.

"찾으면 기별을 드릴까요, 나으리. 소인 요새 향수병이 생겨, 오늘부터 조선인입니다. 나으리."

"칼 재주 비상하단거이 다 헛소리구나야. 대가리가 더 비상하재니."

"칼 쓰는 놈은 칼로만 쓰시는 겁니다, 나으리. 기차역은 이쪽입니다."

"뭐이야, 그간 철로가 완공되었네?"

일본을 등에 업고 완익이 더 세를 키우는 게 두려웠던 조선의 황제는 완익을 일본으로 보냈다. 완익은 그사이 변한 주변을 살피며 역을 향해 걸었다. 불편한 걸음조차 그 꼬장꼬장한 성미를 나타내는 듯했다. 바다에서 불어온 바람에 벽에 붙어 있던 벽보가 팔랑였다. 다 해진 벽보 속에는 누군가의 용모파기가 그려져 있었다.

완익은 벽보를 뜯어 꾸깃꾸깃하게 접어 그 품에 넣었다. 뒤편에 선 동매는 가만히 벽보 속 여인을 새겨 넣었다.

도착한 기차역에는 출발을 앞둔 기차가 세워져 있었다. 완익이 문득 동매에게 물었다.

"한성에 빈관도 하나 생겼다던데."

"신식으로 좋게 잘 지어서 연일 성업 중입니다. 거기 묵으시렵니까."

"며칠 묵겠다고 묻겠니? 좋은 건 가져야지."

완익의 눈이 탐욕으로 드글거렸다.

미 공사관 건물 앞으로 줄을 맞춰 선 일본 군인들이 들어섰다. 군화를 신은 발들이 일제히 땅에 발을 구를 때마다 바닥에서 소리가 울려 퍼졌다. 근처에 있던 조선인들이 놀라며 길 밖으로 비켜섰다. 곧이라도 무슨 일이 벌어질 것 같은 불안감이 행인들을 떨게 했다.

갑자기 들이닥친 일본 군인들에, 건물 앞에서 보초를 서던 미군 둘이 빠르게 상황을 안쪽에 보고했다. 안쪽에서 미군들이 신속히 나왔다. 무장한 미군들이 대열을 갖추고 일본 군인들과 대치했다. 일본 군인의 앞에는 성난 얼굴의 츠다가 있었다.

사무실 창가에 서 밖을 내다보던 유진이 츠다를 발견하고는 찌푸렸다. 느닷없이 찾아온 이유가 뻔했다. 그때 사무실 안으로 후다닥 작은 소년이 달려 들어왔다. 유진에게 도움을 받은 이후 미 공사관 주변을 어슬렁거리던 도미가 뒷담을 넘어온 것이었다.

"지금 공사관 밖에 왜놈들이……."

숨이 차 상황을 알리던 도미의 눈가가 벌게졌다. 도미가 왈칵 눈물을 터뜨리며 고개를 숙였다.

"저 때문에 나으리가…… 죄송합니다. 다 제 탓입니다. 제가 약해서 나으리가 도와주신 건데……"

"네가 약해서가 아니라 조선이 약해서야."

유진은 울먹이는 도미의 정수리를 내려다보았다. 도미가 소맷자락으로 눈물을 닦았다.

"미국은 강대국이야. 일본에 지지 않아. 내 조국은 나를 지킬 거고."

"그게 무슨 말입니까?"

"어렵게 들리겠지만 울지 말란 얘기였어."

유진은 낮고 자상한 목소리로 도미를 위로했다.

유진이 저벅저벅 긴장이 흐르는 군인들 사이로 걸어 나가자 앞에 서 있던 츠다가 눈을 부라렸다. 카일은 난감한 얼굴로 유진을 돌아보았다.

"얘네 널 잡으러 온 것 같아."

골목에서 유진에게 호되게 당한 이후, 츠다는 유진을 생각하며 이를 갈았다. 그러다 뒤늦게 기차역에서 미 군복을 입고 들어서던 미군 중에 유진이 있었다는 것을 깨달았다. 유진이 미군이라는 것을 알게 되자 불같은 성미의 츠다는 망설임 없이 무기를 챙겨 들고, 병사들을 이끌었다. 야마다의 만류도 소용없었다.

"진짜 미군이었군. 어떻게 할 거야, 이제."

야마다가 걱정스럽게 물었다. 윗선에 보고도 없이 미군을 도발하는 건 무척이나 위험한 일이었다. 그러나 츠다는 독이 오를 대로 올라 있었다. 츠다는 데리고 온 조선인 역관, 형기에게 말을 전하게 했다.

"미군이 우리 대일본 제국의 황군에게 상해를 입혔다. 이는 일본에 대한 도발이므로 가해자를 잡아 죄를 물을 것이다."

일본말을 형기가 조선말로 통역하면 그 말을 관수가 미국말로 통역해 유진과 카일에게 전했다. 유진은 느긋하게 뒷짐을 지고 영어로 답했다. 장난스러운 유진의 말을 역관들이 애써 유감이라는 말로 정리했다. 그럼에도 츠다는 유진의 태도에 발끈하며 날뛰었다.

"유감? 다 필요 없고, 가운데 저 새끼! 당장 잡아가서 족칠 거니까 잔말 말고 따라오라고 해!"

"저, 지금, 당장 같이 가서 조사에 임하시는 건 어떻게 생각하냐고……."

형기가 덜덜 떨며 날뛰는 츠다의 말을 통변했다. 관수나 형기나 가운데에 껴 난감한 상황이었다. 그러나저러나 카일은 웃으며 흔쾌히 잡아갈 수 있으면 잡아가라는 태도로 응했다. 츠다는 그 웃음에 불이 지펴졌다. 광분한 츠다가 총을 들었다. 그러자 뒤에 있던 일본 군인들이 일시에 총을 장전했다. 미군들 또한 지지 않고 총을 장전하며 일본군을 겨눴다. 순식간에 한층 더 얼어붙은 분위기에 일본 측 역관과 관수의 숨이 멎었다. 이제 더는 물러설 곳 없는 일촉즉발의 상황이었다. 유진은 작게 한숨을 쉬며 대열의 앞으로 나왔다.

"츠다 하사, 야마다 하사."

유진의 일본어보다 두 사람은 유진이 자신들의 이름을 안다는 데 더 놀랐다.

"미 공사관엔 없는 정보가 별로 없소. 하니 지금부터 내 얘기 잘 들으시오. 아는지 모르겠지만 귀관들은 방금 미국에, 선전포고를 했소. 맞소?"

조곤조곤 물어오는 유진에 츠다와 야마다의 표정이 굳었다. 찾아온 것도, 먼저 총을 든 것도 분명히 일본군이었다.

"조준 사격도 필요 없이 허공에 딱 한 발. 전쟁의 시작일 거요. 먼저 쏘겠소? 아님 내가 먼저 쏠까."

츠다가 아무리 미친개와 같이 물불을 가리지 않는다 하여도 미국과의 전쟁이라는 말에는 찬물을 뒤집어쓴 것처럼 번쩍 정신이 들었다. 궁지에 몰린 츠다가 분한 마음으로 유진을 노려보았다. 야마다는 큰소리로 뒤편의 군인들에게 명령했다.

"지금 즉시 전원 공사관으로 복귀한다. 튀어!"

심상찮은 기류에 일본 군인들이 허겁지겁 미 공사관 건물을 빠져나갔다.

"가는 분위기인데? 네가 이겼어?"

"어. 상냥한 말과 커다란 채찍으로."

미국인이기에 가능한 승리였다. 유진은 츠다와 일본군이 돌아가는 모습을 바라보며 카일의 물음에 답했다.

"이제 총만 찾으면 평화롭겠어."

총을 찾는 일에 미진한 유진을 겨냥한 카일의 말에 유진은 조금 난처한 듯 코를 찡긋거렸다.

한차례 소동을 뒤로 하고, 사무실에 앉은 유진의 얼굴에는 고민이 가득했다. 훔치기도 어렵고, 일도 커질 게 분명한 미군의 총을 가져간 사람들은 단지 도적이 아닐 확률이 높았다.

애신도 총을 쏘는 이였고, 총기가 없어지던 날의 기차에서 유진은 애신을 보았다. 애신이 훔친 것 같진 않았지만, 애신이 관련되어 있을 순 있다. 총이 필요한 집단에는 의병도 분명히 포함되었으니까. 애신이 나루터에서 은산에게 '장 포수'라는 자의 안부를 전하던 일이 떠올라 유진은 머릿속이 복잡했다. 총을 쫓아도 될 것인지. 당연히 해야만 하는 일인데 망설이는 제 자신이 낯설었고, 동시에 변명할 여지도 없었다. 유진은 애신이 걱정됐다.

문을 열고 들어온 관수가 유진에게 종이 한 장을 내밀었다. 총기 문제로 골머리를 앓고 있을 유진을 위해 관수가 직접 조사해온 일이었다.

"그걸 어찌 쓰든 쓸 줄 아는 자들이 행방도 알지 않겠습니까? 해서 총과 가장 가까운 일들, 즉 포수들 명단을 뽑아보았습니다."

유진은 멍하니 문서를 보는 척하다 물었다.

"명단에 장 포수란 이도 있소?"

"어찌 아십니까? 아, 나으리께서도 그쪽으로 생각을 하신 겁니까?"

반가워하며 묻는 관수에 유진의 고민은 더욱 깊어졌다. 계속 피하고 미룰 수만도 없는 노릇이었다.

유진은 장 포수가 지낸다는 움막 앞에서 장 포수를 기다리고 있었다. 그러나 움막에 나타난 이는 장 포수가 아닌 애신이었다. 총포 훈련을 막 마치고 돌아오던 애신은 거칠거칠한 연습복을 입고 머리를 위로 틀어 올린 채였다.

"반갑지 않은 얼굴이오."

유진의 말에 애신이 경계하며 답했다.

"귀하가 여기엔 무슨 일로."

"총이 사라졌으니 총과 관련된 자들부터 탐문 중이오. 포수들이야 1순위고. 내가 여기 있는 것보다 대가댁 영애가 이 산중에 있는 것이 누가 봐도 더 이상한데."

유진은 쉽게 애신과 장 포수의 관계를 추측할 수 있었다. 애신이 그렇게나 반가워하던 '동지' 중 하나일 것이다. 총기를 장 포수라는 자가 훔쳐 갔다는 것은 더욱 명확해졌다.

"이상할 것 없소. 할아버님께서 멧고기가 드시고 싶다 하여……."

"직접 잡으신 모양이요."

"혹시 아오. 이제부터 잡을지."

총을 보며 놀리듯 묻는 유진에 애신은 총을 장전하는 것으로 답했다.

"내 스승의 뒤를 캐는 거요? 아님 내 뒤를 캐는 건가?"

"그랬으면 혼자 오진 않았을 거요. 알다시피 내 명령에 움직일 총 든 사내들이 조선 땅에 많이 들어와 있어서."

그 일이라면 언제 들어도 분하여 애신은 입술을 물며 흔들림 없이 가늠쇠 사이로 유진을 보았다. 여전히 애신을 헷갈리게 하는 자였다. 애신을 돕겠다는 것인지, 아니면 방해하겠다는 것인지. 아군이 되겠다는 것인지, 적군이겠다는 것인지. 대충 중간 어디쯤이라 생각하고 넘어가줄 수 없는 것은 목숨이 달린 일이어서다. 애신 혼자만의 목숨도 아니었다.

"하면 왜 온 것이오."

"처음엔 호기심이었고, 그 후엔 방관이었고, 지금은 수습이오."

"무슨 말이오. 정확히 설명하시오."

"조선으로 오면서 생각했소. 조선에서 아무것도 하지 말자고. 내가 무언가를 하게 되면 그건, 조선을 망하게 하는 쪽일 테니까."

단 한 발, 유진이 총을 쏘았을 뿐인데 미국의 군대가 조선 땅에 들어섰다.

"이미 그리하였소."

"고작 그리한 거요."

단호한 유진에 애신은 찌푸리며 물었다.

"귀하의 말대로라면 난 그때 잡혀갔어야 맞소."

"그래서 온 거요. 그랬어야 했는데 호기심이 생겼소. 조선이
변한 것인지 내가 본 저 여인이 이상한 것인지."

깊어진 눈과 목소리가 애신을 흔들었다.

"잡아넣지 않는 걸로 방관했고, 총을 찾지 않는 걸로 편들
었소. 지금 그걸 수습 중이고. 당분간은 애기씨로만 지내시오.
여기 출입도 삼가고. 오늘은 나 혼자 왔지만, 다음엔 미군들
이 들이닥칠 것이오. 답이 됐소?"

애신의 동지는 되어주지 않을 사내였다.

그럼에도 애신에게 유진은 여전히 적군도 아니었다. '이미
그리하였는'데도. 얼마 전 함안댁에게서 유진이 일본 군인들
에게서 조선인 남매를 구해주었다는 이야기를 들었다. 애신
은 정면을 향하던 총을 내렸다.

"그럼 그건 왜 그런 거요. 조선 여인을 도와준 거. 일본 군
인들과 싸웠다던데."

"이길 수 있어서."

"아까 총 들이댔을 때 움찔하는 거 내 다 보았소."

"그땐 질 것 같아서."

간단하고도 명료한 답이었다. 유진을 보던 애신이 물었다.

"어느 쪽으로 가시오."

"……."

"그쪽으로 걸을까 하여."

마주한 두 사람 사이의 시선이 맞부딪쳤다. 어느 쪽이라 묻
는다면, 유진은 선뜻 답하기가 어려웠다. 아마도 애신이 걷는
그쪽일 듯하여.

잠시 후, 연습복을 갈아입고 나온 애신이 유진과 함께 산길
을 내려왔다. 두 사람 사이에 침묵이 돌았으나 어색하지는 않
았다. 종종 나뭇가지 밟히는 소리가 여백을 메워주었다. 애신
을 보필하려 따라왔던 함안댁과 행랑아범이 멀리서 두 사람
을 따르고 있었다.

"그건 왜 하는 거요."

"무엇을 말이오."

"조선을 구하는 거."

앞을 보며 걷던 애신이 멈춰 섰다.

"오백 년을 이어져 온 나라요. 그 오백 년 동안 호란, 왜
란……. 많이도 겪었소. 그럴 때마다 누군가는 목숨을 걸고 지
켜내지 않았소."

늘 차분하던 애신의 얼굴에 격정이 일었다. 유진은 떨리는
눈으로 그 격정을 지켜보았다.

"그런 조선이 평화롭게 찢어발겨지고 있소. 처음엔 청이, 다음엔 아라사가, 지금은 일본이, 이제 미국 군대까지 들어왔소. 나라꼴이 이런데, 누군가는 싸워야 하지 않겠소?"

유진은 시선을 내려 흙이 묻은 비단신의 앞코를 보았다. 고개를 들자 애신이 유진을 뚫어질 듯 쏘아보고 있었다. 그 눈이 무척이나 검었다. 조선의 여인들은 어떻게 저런 까만 눈동자로 색깔을 구분하냐던 카일의 질문이 떠올랐다. 그 검고 빛나는 눈으로 그들은 색만 구분하는 것이 아니었다. 너무나 많은 것을 보고 있었다. 보지 않았으면 하는 것들까지도.

"그게 왜 당신인지 묻는 거요."

"왜 나면 안 되는 거요."

유진은 입을 다물었다. 애신이 보지 않았으면 하는 이유가 있다면, 그것은 명백한 걱정이었다.

"혹시 나를 걱정하는 거면."

"내 걱정을 하는 거요."

뜻밖의 답이었다. 답을 하는 유진의 눈빛이 뜨거웠다. 먼저 피하는 법 없던 애신조차 데일 듯한 온도에 조금 물러서며 먼 곳을 보았다. 나뭇가지 위의 새들이 하늘을 향해 날아오르고 있었다.

"내일은 비가 올 모양이오. 새들이 낮게 나니 말이오."

푸드덕대는 새들을 향해 잠시 시선을 던졌던 유진은 다시금 애신을 물끄러미 보았다.

눈깔사탕

빗방울이 땅을 적시기 시작하자 행인들의 걸음이 다급해졌다. 투둑투둑 빗방울이 건물마다 난 창문을 두드리고 있었다. 지물포에 도착한 동매는 주인에게 스윽 종이를 내밀었다. 일본어로 적힌 글씨는 호타루가 사다달라 부탁한 것들이었다. 지물포 주인은 종이를 확인하고는 물건을 가지러 자리를 떴다.

동매는 주인을 기다리며 열린 문밖으로 비 오는 하늘을 보았다. 입안에 문 눈깔사탕이 달았다. 애신을 미소 짓게 하던 맛이었다. 혀로 사탕을 안쪽으로 밀자 한쪽 볼이 불룩하게 튀어 올랐다. 사탕을 물고 장난을 치던 동매의 표정이 굳었다. 지물포 앞에 애신의 가마가 도착해 있었다.

애신은 고개를 숙이며 비를 피해 처마 밑으로 들어섰다. 지물포 문턱을 넘으려던 애신의 꽃신이 멈칫했다. 동매는 물고 있던 사탕을 상스럽게 뱉어냈다. 다디단 사탕을 물고 애신을 떠올렸던 마음을 들킨 것만 같았다.

지물포 주인이 애신을 향해 인사했다. 애신 역시 주인에게 필요한 물건들이 적힌 종이를 건넸다. 지물포 주인이 물건을 찾으러 사라지자, 애신과 동매 사이에 어색한 공기가 남았다. 빗소리조차 불편한 숨소리들을 숨기지 못했다.

"뭔 비가 이렇게……. 아이고야."

문턱에 서 장옷에 묻은 물기를 털어내며 뒤늦게 들어서던 함안댁이 동매를 발견하고는 놀라 신음했다. 동매와 마주치지 않는 쪽으로 비켜서려던 함안댁의 발이 세필붓이 담긴 나무통과 쌓여 있는 공책을 건드렸다. 붓통이 넘어지며 붓들이 데구르르 굴렀다.

"옴마야, 이기 와 넘어지노."

당황한 함안댁이 붓과 공책을 주워 담으며 일을 수습하려 했으나 마구잡이였다.

"여긴 내가 수습할 테니 주인을 불러오게. 셈을 치러야 할 듯싶어."

차분히 말하는 애신에 함안댁이 계면쩍어하며 주인을 부르러 향했다.

다시 애신과 둘만 남은 동매는 발끝으로 툭, 세필붓을 굴려 한데 모았다. 가만히 동매의 하는 양을 보던 애신은 서둘러

자리에 앉아 제멋대로 모아져 있던 붓과 공책을 줍기 시작했다. 애신의 치맛자락이 동매의 손끝까지 닿을락 말락 할 만큼 넓게 펼쳐졌다.

붓을 주워 담던 동매의 손은 어느덧 애신의 치맛자락 앞에 멈춰 있었다. 공책을 줍던 애신이 움직이자, 붉은 치맛자락이 동매의 손끝에 닿았다. 어린 날, 이 치맛자락에 제 피를 닦았다. 이미 수십 번 칼날에 베인 상처투성이의 손이었는데, 동매는 어쩐지 칼날에 베인 듯 따가웠다. 따끔거렸다.

습관처럼 치맛자락을 정리하려던 애신의 눈에 동매의 손이 들어왔다. 애신이 화들짝 놀라 동매를 보았다. 그저 제 손이 닿았을 뿐인데 애신은 돌연 동매가 치마라도 들춘 듯한 표정이었다. 따끔거리던 손끝이 아렸다.

애신은 얼른 제 치마를 잡아당겼다. 그러나 치맛자락은 팽팽해질 뿐, 애신 쪽으로 오지 않았다. 동매는 치맛자락을 꽈악 쥐고 있었다. 놓치지 않겠다는 양.

"무슨 짓인가!"

"아무것도요. 그저……. 있습니다. 애기씨."

가마 안의 아이처럼, 빗속을 걷는 광인처럼 젖어들던 동매의 눈이 어느덧 무미건조해졌다.

"제가 왜 조선에 돌아왔는지 아십니까?"

답하지 않는 애신의 얼굴에 불안이 서렸다. 어미가 돌팔매질을 당하고 있던 때, 가마 안에서 저를 살피던 애신의 새카만 눈을 동매는 기억하고 있었다. 동매에게 내밀어졌던 손도, 동매를 뿌리쳤던 손도.

"겨우 한 번. 그 한순간 때문에."

"……."

"백 번을 돌아서도 이 길 하나뿐입니다. 애기씨."

투박한 동매의 고백이 애신에게 아프게 던져졌다. 동매는 치맛자락을 놓고 자리에서 일어나 저벅저벅 지물포 문밖을 나섰다. 비가 동매의 뒤를 따랐다. 애신은 그 자리에 굳은 채, 일어서지 못했다.

집으로 돌아와서 어깨에 묻은 빗물을 털어내던 동매는 제가 물건도 챙겨 나오지 않았다는 것을 깨달았다. 뒤늦은 깨달음이었다. 동매의 빈손을 본 호타루는 기가 막혀 동매를 흘겼다. 호타루의 손가락이 동매의 손바닥 위에 글씨를 써 내려갔다. 돌 석자였다. 동매는 할 말이 없어 그저 쓰게 웃었다.

"돌대가리라고? 아니거든."

동매의 애기씨를 호타루도 알았다. 이렇게 감추려 해도 감춰지지 않는 슬픈 얼굴을 할 때의 동매는 아마 애기씨를 생각하는 것일 터였다. 돌아서는 동매의 등을 호타루가 약하게 때렸다. 호타루에게 아프지 않은 매를 맞으며 동매가 우두커니 섰다.

"……아파."

힘없이 중얼대며 동매는 잠시 바닥을 보았다. 기다랗게 내려진 동매의 머리카락에서 물이 뚝뚝 떨어졌다. 그날 밤, 애신은 동매의 손이 쥐었던 비단 치마를 불태워버렸다. 불에 탄 것은 치마만이 아니었다. 바닥에 자그맣게 생긴 물웅덩이는 빗물이라기보다 동매가 흘린 눈물에 가까웠다.

새가 낮게 나니 비가 오겠다던 애신의 말대로 비가 내렸다. 유진은 창가에 서 빗소리를 들었다. 지붕에 부딪혔다 처마 아래로 떨어지는 빗줄기가 아련했다. 관수의 안내를 받으며 공사관 마당 안으로 허름한 차림의 남자가 걸어 들어오고 있었다. 누군가 싶어 뚫어져라 보던 유진의 손이 약하게 떨렸다.

아버지를 멍석에 말아 발길질을 하던 장정 중 하나였다. 안평이 유진의 경고를 잊지 않고, 장정을 보낸 것이다. 장정은 걸으면서도 오가는 미군들의 모습에 주눅이 든 듯 사방을 두리번거리고 있었다. 어린 유진을 내팽개치던 사내는 그야말로 거대한 산과 같았는데, 이제 보니 그저 굽은 등에 초라한 행색을 한 늙은 사내일 뿐이었다.

"네……, 네가 유진…… 이냐?!"

유진을 발견한 장정이 더듬거리며 물었다. 유진은 쓴웃음을 삼켰다.

"이게 얼마만이냐……. 어찌 이리 잘 커서……. 어찌 이런 곳에……."

"그래서 반가워?"

빗줄기보다 차가운 일갈에 장정은 더는 입을 열지 못했다.

"본론만 해. 어디야. 내 부모를 버린 곳."

"네가 원망하는 것도 알겠다만, 그땐 세상이 다 그래서……."

"본론만 하라고."

"……강화도 어디 뒷산에 버렸는데……. 오래전 일이라 정확히는……."

어물거리는 장정에 유진의 얼굴에 노여움이 스쳤다.

"정확히 기억해내야 할 거야. 살고 싶으면."

아니라면 당장에라도 숨통을 끊어놓을 준비가 되어 있었다. 유진은 벌벌 떨고 있는 장정을 위협했다.

바로 다음 날, 유진은 장정을 앞세워 강화도로 향했다. 걸어가는 장정의 뒤로 유진이 천천히 말을 몰았다. 산 중턱에 오르자 시선 닿는 곳마다 돌무덤이 쌓여 있었다. 을씨년스럽기도, 그 죽음들을 생각하면 처참하기도 한 무덤가였다. 한 사내가 무덤가를 돌며 여기저기 막걸리를 뿌렸다. 승구였다.

"혹시 남는 술 있으면 한두 잔만 나눌 수 있겠습니까. 경황 없이 오다 보니 빈손입니다."

말에서 내린 유진이 승구에게 다가가 물었다.

"술값은 조선 주재 미국 공사관으로 오시면⋯⋯."

유진이 말을 채 끝내기도 전에 승구가 술병을 건넸다.

술병을 들고 유진은 장정과 함께 다시 제 어미와 아비의 무덤을 찾아 헤맸다. 바로 어제 비를 맞아 축축하게 젖은 돌무덤들은 짐승들의 무덤처럼 허술하고, 여기저기 패여 있었다. 그 무덤 사이를 지나며 유진의 가슴도 파헤쳐지는 듯했다.

"이 근처 어디였는데⋯⋯."

유진의 눈치를 보며 장정이 무덤들을 기웃거렸다.

"이 골짜기긴 한데. 정확히는⋯⋯. 30년 세월이니."

"30년을⋯⋯. 한 번을⋯⋯ 안 와봤단 소리네. 기억했어야지! 그렇게 때려죽였으면 어디 잘 묻어주기라도 했어야지! 기억해! 기억해내!"

헤매는 장정을 지켜보던 유진이 결국 장정의 멱살을 잡아채 흔들었다. 거칠고 진한 감정들이 뒤섞였다. 유진의 눈 흰자위에 핏발이 섰다.

"미안하다. 내 이렇게 빌게. 상전들 눈치에 어떻게 와보겠냐⋯⋯. 법으로야 없앴다지만 천것은 천것이여. 종놈으로 난 놈은 여직 종놈이다. 제발⋯⋯. 한번만 용서해줘. 유진아, 응⋯⋯?"

손을 모아 비는 장정의 멱살을 쥔 유진의 손에 힘이 풀렸다. 풀려난 장정이 컥컥거리며 기침을 해댔다. 초라하고 비루했다. 그러나 초라하고 비루한 삶마저도 빼앗긴 것이 유진의 어미와 아비였다. 살아 돌아올 수 없는 이들이었다. 맞아 죽고, 우물에 몸을 던져 죽어 더 처참할 수 없다 생각했는데, 죽음 이후마저 참혹했다.

유진은 무릎을 꿇고 그 자리에 주저앉았다. 가슴속에 응어리져 있던 것이 울컥 목구멍을 타고 뜨겁게 올라왔다. 유진은 목 놓아 울부짖었다.

해가 지며 황혼이 무덤가에 드리워졌다. 무덤에 누운 이들을 충분히 기리기 위함인지 승구는 여전히 돌무덤 앞에 앉은 채였다. 곰방대에 담뱃잎을 채우던 승구는 소리 없이 걸어오는 유진에 고개를 들었다.

"그쪽은 누굴 찾아온 거요. 저쪽 골짜기는……."

"맞소. 노비였던, 내 어머니, 아버지요."

유진이 향하던 곳은 노비들을 합장하던 무덤이었다. 부모가 노비였으니 유진도 노비였다. 승구는 미 공사관으로 저를 찾으러 오라던 유진의 말이 떠올라 더욱 의아해졌다. 아무리 세상이 달라졌다 한들 노비 출신이라고 하기엔 너무나 훤하고 멀끔한 차림새이기도 했다.

"왜 그리 보시오. 노비의 자식이 꽤 번듯합니까?"

"……그래서 술값 받으러 가볼까 생각 중이오."

"오시오."

유진은 승구의 솔직함에 가볍게 웃음을 흘렸다. 먼 곳을 바라보는 유진의 얼굴에는 금세 쓸쓸함이 자리했다. 이 산을 찾는 이 중에 사연 없는 이가 몇이나 될까 싶지만, 승구는 유진의 사연이 알고 싶어졌다.

빈관으로 돌아온 유진에게 히나는 304호라 쓰인 키와 함께 서신을 하나 건넸다. 서신의 겉면에 'From Joseph to Eugene(요셉이 유진에게)'라 적혀 있었다. 요셉으로부터 도착한 편지였다. 유진은 반가움에 그 자리에서 바로 봉투를 뜯었다.

조선에서 온다는 소식, 공사관에서 들었다. 나는 지금 함경도에 있다.

한성에 언제 갈지는 모르겠지만, 되도록 서두르려 한다.

고귀하고, 위대한 자여. 조선에 온 걸 환영한다. 네 존재가 신이 있다는 증거야.

편지를 읽어 내려가는 유진은 막연한 그리움에 가슴이 먹먹해졌다. 유진의 이름을 알게 된 요셉은 미국에도 동음의 이름이 있다며 멋진 이름을 가졌다고 해주었다. Eugenēus. 고귀하고 위대한 자. 가족이 없는 유진에게 자신을 미국으로 데려갔던 요셉은 어느덧 가족 같은 존재가 되어 있었다.

'보고 싶구나, 유진. 주님이 항상 함께하시길.'

마지막 문장을 읽은 유진은 뭉클해졌다. 희미한 웃음을 지으며 유진이 편지를 접었다. 유진을 보고 있던 히나의 가슴마저 술렁이게 만드는 미소였다.

"좋은 소식인가 봅니다."

"기다리던 소식이요."

"기다리던 소식엔 웃기도 하시는군요. 도통 웃질 않으셔서."

히나의 말에 유진은 조선에 돌아와 웃었던 생각들을 떠올렸다. 애신의 이상함에, 당돌함에, 사랑스러움에 웃었던 순간들만이 떠올라 유진은 난감해졌다. 골똘한 유진의 생각을 읽을 듯 묘한 눈으로 보는 히나에 유진은 편지를 접어 넣었다.

"전할 내용이 더 있소?"

"그건 아닌데, 글로리에 오시는 힘 좀 있다는 사내들은 모두 당신을 궁금해한답니다. 검은 머리의 미국인, 그것도 군인이니."

"힘 좀 있다는 사내들이 궁금해하는 정보를 물어다 주는 것도 주인의 일이오?"

"내가 무언가를 묻는다면 그건, 전부 여자로서 묻는 겁니다."

벨벳으로 만들어진 원피스를 입은 히나의 미소가 요염했다. 유진이 딱딱한 표정을 짓자 히나는 능숙하게 되물었다.

"계속 편하십니까. 저희 빈관에서? 주인으로 묻는 겁니다."

"불만 없소."

"방이 뒤져졌다던데……."

"잃은 것이 없소."

"개중에 다행입니다만, 보통 잃은 게 없으면 들킨 거라도 있기 마련이던데."

덧붙은 이야기는 의미심장했다. 유진은 곧장 제 방으로 올라갔다. 유진은 신경을 곤두세우고 방 안을 둘러보았다. 낡은 트렁크와 옷장의 군복들, 군화와 구두, 미국에서 가지고 온 책 몇 권. 단출한 짐이 다였다. 뉴욕의 거리에서 산 오르골도 제자리에 놓여 있었다. 흩어져 있던 짐들 사이로 노리개가 반짝였다. 어미가 던져준 노리개.

유진은 노리개를 집어 들었다. 방을 뒤지고 간 자에게 들킨 게 있다면, 그것은 아마 자신의 과거일 것이다.

'법으로야 없앴다지만 천것은 천것이여. 종놈으로 난 놈은 여직 종놈이다.'

조선 땅에서는 여전히 출생과 신분이 사람들을 옭아매고 있었다. 그러나 하나의 말대로 미국인에 군인인 유진이었다. 이전에 노비의 자식이었다고 한들 이제 와 유진을 함부로 대할 수 있는 이들은 없었다. 다만, 유진은 감히 어떤 사내도 노상에 세워둘 수 없다는 애신이 생각나 답답해졌다. 노비 출신이라는 것을 알게 되면, 애신은 어떤 표정을 지을까 잠시의 생각만으로도 마음이 어두워졌다. 테라스 밖에서 방을 비추던 달조차 오늘은 구름에 가려 희미했다.

✦

　공사관으로 출근한 유진에게 분실한 총을 찾는 일 외에 또 다른 임무가 생겼다.

　"저 부인의 경호를 내가?"

　유진으로서는 꺼림칙한 임무였다. 황당한 표정으로 유진은 마당에 선 로건의 부인을 보았다. 부인의 옆으로는 갓난아이를 업은 수미도 있었다.

　"집이 팔려서 오늘 계약을 하러 가야 한대. 자국민 보호는 우리의 주 업무이고. 무슨 문제 있어?"

　시치미를 떼는 카일에 유진은 찝찝한 기분으로 사무실을 나섰다.

　마당으로 나서자 잠시간의 기다림도 참기 힘든 듯 로건의 부인은 제자리를 신경질적으로 왔다 갔다 하고 있었다. 수미가 업고 있던 아이가 울기 시작하자 부인의 신경이 더욱 날카로워졌다. 수미는 어쩔 줄 몰라 하며 업고 있는 아이를 어르고 달랬다. 그러나 미열이 있는 아이는 괴로운지 더 크게 울 뿐이었다. 결국 부인이 수미의 머리통을 내리쳤다.

　"대체 언제까지 울릴 거야! 어? 이 쓸모 없는 조선 계집!"

　"아임 쏘리……. 아임 쏘리……."

　얼얼한 머리통을 만지지도 못한 채 수미는 고개 숙이며 아이의 등을 토닥였다.

"미세스 테일러. 조선인을 폭행해선 안 됩니다."

그 모습을 본 유진이 부인에게 경고했다. 부인은 유진의 말을 대놓고 비웃었다.

"이깟 노비 계집을?"

"그들은 노비가 아니라 노동자입니다."

"같은 조선인이라 편드는 거야, 지금?"

"같은 미국인으로서 품위를 지키라는 겁니다."

부인에게 조선은 그저 무례하고 미개한 나라였다. 조선인들은 더럽고 천했으며 그러한 조선인들이 남편마저 죽음으로 몰아넣었다. 도저히 봐줄 수가 없었다. 열을 내는 부인에 유진은 한숨처럼 고개를 돌렸다. 다행인지 불행인지 때마침 부인을 모실 인력거가 도착했다.

부인과 함께 온 곳은 그녀의 집, 그러니까 로건의 집이었다. 유진은 부인에게 왜 경호가 필요했는지 알 것도 같았다. 로건이 가지고 있던 문건을 찾기 위해 아예 로건의 집을 매입하려는 완익의 옆을 동매가 지키고 서 있었다. 완익조차 조선인의 외양에 미군 군복을 입은 유진이 희한했다. 그러나 우선은 계약이 먼저였다.

동매의 낭인 무리와 유진이 데리고 온 미군들이 서로를 마주 본 채 대치하는 가운데, 테일러 부인은 완익과의 계약을 진행했다. 부인은 집을 처분한 돈으로 미국에 돌아갈 생각이었다. 한시라도 빨리 이 조선 땅에서 벗어나고 싶다는 듯 사인을 하는 부인의 손이 다급했다.

계약을 마치고 모두가 빠져나간 빈집에는 동매와 유진만이 남았다.

"찾고 있다던 건 찾았소?"

"집이 이리 크니 같이 찾으시겠습니까, 나으리. 여기 없지 싶긴 한데."

떠보듯 묻는 유진에 동매는 여유롭게 답했다.

"그런 걸 뭐하러. 무엇보다 난 그게 뭐든 찾을 생각이 없어서."

동매와 유진이 서로를 탐색하는 눈빛을 주고받는 사이, 낭인이 다가와 동매에게 속삭였다.

"김희성이라는 자가 지금 글로리에 묵고 있답니다."

김희성이라는 이름에 동매는 대번에 사납게 눈을 치떴다. 애신의 정혼자. 동매는 여기저기 새로운 주인을 찾아 모시며 사는 장사꾼답게 금세 표정을 바꾸고 유진에게 인사했다.

"선약이 있는 걸 잊었습니다. 하면 몸조심하십시오 나으리."

"매번 그리 내 몸 걱정을 해주고."

가려던 동매는 웃음을 터뜨렸다.

"미워야 하는데 맘에 들어 큰일이네."

유진이 들으라는 듯 내뱉고 동매는 걸음을 재촉했다.

유진과 동매는 결국 글로리 빈관 문 앞에서 다시 마주쳤다. 달갑지 않은 우연에 거북해진 두 사람이 로비에 들어설 때였다.

"어! 304호 아니시오!"

유진을 보며 반갑게 외치는 이는 희성이었다. 희성은 제 양복 주머니에 궐련갑을 넣으며 유진을 반겼다. 그 옆에는 하나가 함께였다.

"오늘은 동무 분이랑 같이 계시는구려. 반갑소, 김희성이오. 304호 옆방에 묵소."

못 말린다고 할 만한 친화력이었다. 유진은 찌푸렸고, 동매는 허리에 찬 칼을 가만히 쥐었다.

'이자구나.'

동매는 갈색 양장을 차려 입고 유들유들하게 구는 희성을 노려보았다. 애신의 정혼자는 어떤 이일까 궁금했고, 얼굴도 모르는 이를 가능하다면 베어버리고 싶었다. 그러나 그의 이름이 탐이 나지는 않았다. 자신은 절대로 갖지 못할 자리였다. 애신의 마음 하나를 탐내는 것만으로도 백정의 자식으로 태어나 너무 많은 것을 탐내고 있었다.

묵묵부답인 동매에 희성은 동매의 차림을 보고는 아차 싶었다는 듯 손을 거두었다.

"일본분이신가?"

"조선말을 할 줄 아는 자입니다. 인사해. 애신 애기씨의 정혼자 나오리셔."

대신 히나가 동매를 소개했다.

'애신 애기씨의 정혼자.'

동무라더니, 정혼자였다. 유진의 손이 총으로 향했다. 적을
만난 사내의 본능적인 움직임이었다. 칼과 총이 제게 당장에
라도 향해질 수 있다는 것을 알 리 없는 희성이 계면쩍게 웃
었다.

"조선에선 이렇게 소개하는 게 편하더이다. 아, 그나저나.
일전에 보니 내 정혼자를 공사관에 오라 가라 하던데 대체
무슨 일이오."

동매의 시선이 곧장 유진을 향했다. 자리에 없는 애신을 사
이에 두고 세 남자의 시선이 은밀하게 그리고 정신없이 얽혔
다. 붉은 드레스를 입은 히나가 그 사이를 파고들었다.

"허리에 찬 것들 꺼내실 요량이면 나가서 해주시겠어요?"

그제야 정신을 차린 동매와 유진은 살며시 손에서 힘을 풀
었다.

"아……. 둘 사이가 좀 그런 거요? 그렇다고 동무끼리 다투
는 일에 무기를 들어서야 되겠소. 그러지 말고 이리 만난 것
도 인연인데 셋이 술이나 한잔……."

"술 싫어하오."

가라앉은 유진은 그대로 돌아서 계단으로 향했다. 머쓱해
하면서도 희성은 남아 있는 동매에게 마저 물었다. 동매는 실

없어 보이는 희성을 위아래로 훑었다.

"내가 오늘 술을 마시면 누구 하나 죽일 거 같아서. 아…….
둘인가?"

동매는 계단으로 올라가는 유진의 뒷모습을 끝까지 지켜보
고는 또한 돌아서 빈관을 나가버렸다. 영문을 모르는 희성만
이 다시 히나와 남았다. 두 사람 사이 감정의 골이 아주 깊은
가 보다고 희성은 멋대로 정리했다.

합
시
다,
러
브

"그래서 움막엔 미군이 왔다 갔고, 너에겐 정혼자가 왔다고?"

상 위에 턱하니 삼계탕이 올려졌다. 승구는 숟갈로 삼계탕 국물을 휘저었다. 애신과 승구는 사람들의 눈을 피해 홍파의 주막에 따로 방을 잡고 앉아 있었다. 반쯤 열린 장지문 사이로 다소곳하게 앉은 애신이 시무룩해졌다.

"예. 하니 당분간 움막은 안 가시는 게 좋을 듯합니다."

"나야 당분간이지만 혼인을 하면 너는 영 오기 힘들 것인데."

무릎 위에 올려놓은 손을 꽉 쥐며 애신은 고개를 저었다.

"싫습니다. 전 그리는 못 삽니다."

"못 살면. 가문과 가문의 약속인데."

"도망갈 겁니다. 영길리든 법국이든 덕국이든. 조선 밖에서도 조선을 위하는 길이 있을 겁니다."

170

정혼이 정해진 이후로 내내 생각해왔던 것이니 단호한 애신의 답에는 막힘이 없었다. 애신의 고집을 모르지 않는 승구는 놀랍지도 않다는 반응이었다.

"그래. 네 뜻은 알았으니 일단 가까운 데부터 다녀오너라."

"어디요?"

"미 공사관."

툭, 문틈 사이로 승구가 내민 것은 기다랗고 묵직했다.

"훔친 총이다. 돌려줘야지. 우리는 도적이 아니다."

"우리라뇨, 스승님. 훔친 건 스승님인데 왜 반납은 제가 합니까?"

"넌 늘 내 편이라며."

뻔뻔한 태도에 애신은 어처구니가 없었으나 결국 이것도 애신이 받아들여야 할 임무였다.

임무를 수행하기 위해 애신은 며칠 후 오랜만에 변복 차림을 했다. 눈만 남긴 채 얼굴을 모두 복면으로 가리고 인적 없는 골목을 소리 없이 지났다. 어둠이 자신을 잘 숨겨주길 바라며 애신은 지붕 위에 발을 내디뎠다. 맞은편으로 미 공사관 건물이 내려다보였다. 정문 쪽에는 미군들이 보초를 서고 있었다. 정면 돌파는 노출 위험이 큰 상황이었다. 후문이라고 상황이 나은 것은 아니었다. 미군들의 숙소가 인접해 있어, 들킬 경우 더 많은 인원을 상대해야 했다. 건물을 빈틈없이 살피던 애신의 시선이 한곳에 가 닿았다. 다른 담벼락에 비해 조금 낮은 담벼락. 그 뒤로 넘으면 곧바로 유진의 사무실이었다. 애신은 지붕을 박차며 달려 나갔다.

사무실에 잠입해 총을 두고 나왔으니 애신은 이제 무사히 돌아가기만 하면 됐다. 애신은 가벼운 몸놀림으로 담을 뛰어넘어 사뿐히 바닥에 착지했다. 만족하며 고개를 들려던 애신의 시야에 두 사람의 발끝이 보였다.

"예, 저도 저렇게요. 여기로 넘어갔다, 넘어옵니다. 그런데 이분은 누구시지⋯⋯."

도미가 애신을 가리키며 설명하다 의아한지 중얼댔다.

애신은 일어서지 못한 채 그대로 굳어버렸고, 유진은 단번에 변복한 채 담벼락을 넘은 이가 애신임을 눈치챘다. 유진은 고개를 갸웃하는 도미의 어깨를 짚었다.

"축하해. 너 방금 공사관에 취직됐어. 공일은 쉬고, 모레부터 출근해."

도미가 신나하며 방긋 웃었다.

"정말입니까?"

"정말이고, 작게 말하고. 지금 본 이 장면은 비밀로 하고."

"예에, 나으리. 전 아무것도 못 봤습니다."

애신이 뻔히 보이는데도 도미는 유진의 말이라면 무엇이든 맞다는 듯 수긍했다. 그럼 모레 뵙겠다며 인사하고 돌아가는 도미의 발걸음이 가벼웠다. 도미가 가고도 애신은 여전히 이러지도 저러지도 못하고 있었다. 하필, 유진이었다. 이제 와 도망쳐봐야 소용없었다. 그러나 다행이기도 했다. 하필 애신을 발견한 사람이 유진이어서.

일어서려는 애신보다 빠르게 유진이 무릎을 굽히고 앉았다. 급히 숨을 들이쉴 만큼 가깝게 유진의 얼굴이 애신 쪽으로 다가왔다. 애신이 다 놀라기도 전에 유진은 휙 애신의 얼굴을 가린 복면을 당겨 풀어냈다.

"이게 무슨……!"

"쉿. 가까이 오는 발소리가 들리오. 걸읍시다. 자연스럽게."

나직하게 속삭인 유진이 애신의 팔을 잡아 일으킨 후, 끌고 가듯 애신을 걷게 했다. 뒷모습만 보아서는 그저 평범한 두 사내가 걸어가는 듯한 모습이었다. 애신과 유진의 뒤로 사람들이 지났다.

"그래, 정혼자가 돌아왔다고. 내 그저 동무인 줄 알았지 뭔가. 아주 미인이던데. 그럼 곧 혼인을……. 내 그것이 궁금하였네."

마치 친우와 대화하는 듯한 말투였다. 그렇게 담벼락을 둘러 나온 두 사람은 거리에 섞여 들었다. 애신이 우뚝 멈춰 섰다. 뒤쪽에 오는 이들은 이제 없었다.

"멀어졌소."

"진심인데."

"무엇이 말이요."

"진짜 궁금해서 물은 거란 뜻이오."

밤잠을 설칠 만큼 궁금했다는 것을 애신이 아는지 모르겠다. 정혼자에 대한 이야기는 피하고 싶은 것인지 애신은 답이 없었다.

"일행이 기다리고 있어 가야 하오. 늦어서 걱정하고 있을 게요."

"공사관 담을 넘은 현행범이, 뻔뻔하기까지."

긴장이 풀린 애신이 픽 웃었다. 유진에게 또 신세를 져버렸다. 그러나 유진은 더한 신세를 지게 할 셈인지 떠나려는 애신의 앞을 가로막았다.

"바래다주겠소. 혼자 걸으면 위험할 거요."

"함께 걸으면 눈에 띌 거요."

"그러니까. 조선에서 제일 안전한 곳은 내 옆이오. 눈에 띄는 건 나일 테니."

유진은 애신보다 앞서 걷기 시작했다. 애신은 그런 유진의 너른 뒷모습을 잠시 보다가, 코트 깃을 세워 최대한 얼굴을 가리며 유진을 뒤따랐다. 그렇게 한적한 거리를 두 사람이 나란히 걸었다. 종종 사람들의 말소리, 인력거가 지나가며 내는 덜그럭 소리 같은 것들이 두 사람 사이에 섞여 들었다.

바로 직전까지도 복면을 쓰고 담벼락을 넘던 애신은 우습게도 평화로운 기분을 느꼈다. 자신의 옆에 선 사내와 발을 맞춰 걷는다는 일이 그런 기분을 느끼게 했다. 조선 땅에서 미국인에 군인인 유진과 자신이 나란히 걸을 일이 얼마나 있을 것인가. 아마 없겠지. 그러한 생각들이 파도처럼 밀려들어 애신의 평화를 흐트러뜨렸다. 파도가 지났다 간 자리에는 서글픔만이 남았다.

"궁금한 게 있소."

발걸음을 늦추며 애신이 유진을 향해 물었다.

유진은 지그시 애신을 보았다. 애신과 함께 걷는 이 시간이 유진에게도 알 수 없는 위안이 되었다. 조선에서 함께 걸을 누군가가 있다는 것이. 요셉에게서 온 편지를 열어 보았을 때 뭉클했던 마음처럼. 유진은 요셉에게 쓸 답장을 생각했다. 아마도 시작은 '함경도는 벌써 겨울이겠습니다. 추위를 많이 타시니 걱정입니다. 잘 지내십니까' 정도가 될 것이다. 그리고 '저는 조선에서의 모든 날들이 평안합니다' 하고 쓸 것이다.

"러브 말이오."

애신의 자그마한 입이 '러브'를 발음하고 있었다. 지그시 애신을 보는 유진의 시선이 흔들렸다.

'평안하지 않습니다.'

유진은 머릿속 편지의 내용을 고쳤다.

"아직 생각 중인 거요? 보시오. 본인도 답이 없으면서."

유진은 입을 벙긋거리다 이내 애신이 오해를 하게 내버려 두었다. 사실은 답이 있었고, 답을 하고 싶었다. 어쩌자고. 유진의 마음이 어찌 됐든 개의치 않는다는 듯 애신은 인사했다.

"고맙소. 나란히 걷는다는 것이, 참 좋소. 나에겐 다시없을 순간이오. 지금이. 여기서부터는 따로 갑시다."

티 하나 없이 솔직한 인사고, 고백이었다. 유진은 돌아서는 애신의 코트 자락을 쥘 뻔한 손을 간신히 내렸다. 가지 말라고 붙잡을 뻔했다. 더 걷자고 청할 뻔했다. 저기 멀리까지 나란히.

그러나 유진은 고개를 끄덕였다. 애신이 멀리 사라졌다. 유진의 코트 주머니에 애신이 쓰고 있던 복면이 남아 있었다.

빈관 방으로 돌아온 유진은 희미한 조명이 켜진 테이블에 앉아 요셉에게 편지를 써 내려갔다.

조선에서 저는 저기가 어딘지도 모르면서

저기로, 저기 어디 멀리로, 자꾸만 가고 있습니다.

한성에는 언제 오십니까. 보고 싶습니다.

쓰고 보니 이 편지는 마치 고해성사 같아서, 부치지는 못할 것 같습니다.

거기까지 쓴 유진은 잉크병에 만년필을 담갔다. 그리고 한참 동안 그 옆에 가지런히 놓인 복면을 바라보았다.

날이 밝아 사무실로 출근한 유진은 책상 위의 꾸러미를 확인했다. 둘둘 말린 천을 벗겨내자 드러난 기다란 총은 도난당했던 그것이었다. 유진은 능숙하게 레버를 당겨 총을 장전하며 방아쇠를 당겼다. 그러나 예상했던 명쾌한 소리는 들려오지 않았다. 어딘가 부족한 소리를 내며 방아쇠가 헛돌았다. 유진은 찌푸리며 총을 확인했다. 돌아오는 과정에서 총이 상한 듯했다.

어쨌든 총기를 찾았다고 보고를 하기 위해 유진은 카일을 찾아 공사관 마당으로 나왔다. 카일은 관수에게 조선말을 배우는 중이었다. 카일에게 총을 넘기고, 다시 사무실로 돌아서려는데 관수가 누군가를 보고 아는 체를 했다.

문 앞에서 병사들에게 가로막힌 이는 유진과 함께 부모님의 무덤을 찾아갔던 장정이었다. 장정은 유진에게 나무 비녀를 하나 건넸다.

"너 만나고 왔다 했더니 마누라가 이걸 갖다 주라고…….
느이 부모 수습할 적에 마누라가 챙겨뒀었다고……."

오래된 나무 비녀의 표면이 거칠었다. 조금만 세게 쥐어도 바스러질 듯 삭아 있었다. 초라한 비녀를 꽂고도 들꽃처럼 환히 웃어주던 어미의 얼굴을 그리며 유진은 눈을 흐렸다. 어미를 향한 그리움이 울컥 밀려들었다. 어떤 분노도 그리움을 이

겨내지 못했다. 그런 유진을 보며 장정이 머뭇거렸다.

"내 이제 와서 이런 말이 다 뭔 소용인가 싶다만……. 이리
된 이상 나도 다 털어버리고 싶다. 네 엄니, 아부지 그리 만든
놈은 따로 있어."

"무슨 소리야."

"그 작자가 김 판서 대감이랑 작당해서 느이 부모 그리 된
거야. 넌 어려서 몰랐겠지만……. 그 작자가 네 어미를 엄청
탐냈어."

처음 안 사실이었다. 그저 노비의 삶이 지긋지긋해져 도
망치려고 한 줄 알았다. 그뿐인 줄 알았는데 원흉이 따로 있
었다. 울긋불긋해지는 유진의 얼굴을 보며 장정은 고개를 숙
였다.

"그저…… 살려고 그랬다. 우리 것들이야 주인이 시키는 대
로 한 죄밖에 더 있냐. 내 죄를 물을 거면 그놈 죄도 물어. 그
자는 떵떵거리며 아직까지 잘 사니까. 그 작자가 바로, 외부
대신 이세훈이야."

외부대신 이세훈.

유진도 아는 자였다. 로건을 저격하던 날 밤, 화월루. 로건
의 맞은편에 앉아 있던 자였다.

"외부대신 행차시다!"

커다란 외침에 저잣거리를 지나던 이들이 양쪽으로 갈라졌다. 허름한 행색의 조선인들은 너 나 할 것 없이 고개를 조아리며 세훈이 지나기를 기다렸다. 가마꾼을 내세운 화려한 가마 행렬은 왕의 행차와 같은 위세를 뽐내고 있었다. 세훈은 가마 위에 앉아 고개를 조아린 이들을 깔보며 수염을 쓰다듬었다. 큰 소리로 사람들을 물리던 호위의 목소리가 높아졌다.

"웬 놈이냐! 대한제국 외부대신 이세훈 대감이시다! 당장 비켜서지 못하겠느냐!"

군복 차림의 유진이 몰고 오던 말이 가마를 막아서고 있었다. 유진은 말 위에서 세훈을 내려다보았다. 부모의 원수들은 하나같이 탐욕스럽고, 하찮은 인간들이었다. 그것이 더욱 유진을 참담하게 했다. 치밀어 오르는 울분을 유진은 목구멍 안으로 삼켰다. 가슴 한구석이 뜨거웠다.

앞뒤로 가마를 지키던 호위무사들이 전방으로 뛰어나와 유진과 맞섰다. 꼼짝 않던 유진은 오히려 고삐를 틀어 말을 움직였다. 말이 성을 내듯 앞발을 들어 호위무사들을 위협했다. 당황한 호위무사들과 가마꾼들이 뒷걸음질 쳤다. 가마가 흔들거리자 허리를 세우고 위풍당당하던 세훈이 볼품없이 비틀댔다.

말 위에 선 유진을 향해 세훈이 손가락질을 하며 욕설을 지껄였다. 그러나 아랑곳 않고 유진은 세훈을 비웃으며 말을 내달렸다. 있는 힘껏 달린 말이 훌쩍 가마를 뛰어 넘었다. 날 아오르다시피 한 말에 놀란 가마꾼들이 가마를 놓친 채 나뒹굴었다. 그 바람에 세훈도 가마에서 떨어져 바닥을 굴렀다. 얼마 전 내린 비로 바닥이 진흙이었다. 하필 물웅덩이에 떨어진 세훈의 발이 축축했다. 조아리던 이들이 슬쩍슬쩍 세훈을 보며 킥킥댔다. 관복은 엉망이었고, 세훈의 면이 상해도 제대로 상했다.

호위들이 뒤늦게 대감마님을 부르며 세훈을 부축했다. 세훈은 아픔도 잊고 역정부터 냈다.

"저, 저 미친놈이 누군지 알아오너라! 내 저놈을 찢어 죽일 것이다!"

세훈이 고래고래 소리를 질러댔으나 말을 탄 유진은 이미 유유히 사라지고 있었다.

선술집에 홀로 앉아 유진은 술을 따랐다. 낮의 일을 떠올리며 마시는 술맛이 썼다. 독한 술에 목구멍이 타는 듯했다.

"술 안 좋아하신다면서요, 나으리."

유진에게 말을 걸어온 것은 낭인 무리를 이끌고 온 동매였

다. 오늘은 누굴 만나도 달갑지 않았다. 유진이 떨떠름하게
답했다.

"당신을 안 좋아하지만, 말 시키면 대꾸하는 것과 마찬가지
랄까."

"안 좋아하는 사람이 많으신가 봅니다, 나으리. 오늘 저자에
서 외부대신을 욕보이셨다던데."

"말이 말을 안 들었을 뿐이오."

시치미를 떼며 유진은 술잔을 비웠다. 동매는 유진과 조금
떨어진 옆자리에 자리를 잡았다. 어둑한 선술집에 꺄르르, 하
는 여인들의 웃음소리가 울려 퍼졌다. 양장을 입은 여인과 기
모노를 입은 여인이 한데 섞여 들어오는 무리의 중심에는 희
성이 있었다.

"어! 304호와 그의 동무 아니시오!"

악수조차 해주지 않는 두 사람을 희성은 매번 반가워하고
있었다. 치사하게 두 사람만 술을 마시고 있었냐며 가벼운 핀
잔과 함께 농을 던지는 희성에 유진과 동매는 기막힌 표정이
되었다.

결국에는 희성이 두 사람 사이를 비집고 앉아 술잔을 기울
이기 시작했다. 도저히 어울리지 않는 세 사람이 함께 술을
비웠다. 세 사람이 비운 술병들이 줄을 지었다. 희성은 취기
가 오른 듯 뜨끈거리는 이마를 짚으며 미동도 없는 유진과
동매를 나무랐다.

"아니, 어쩌면 이렇게 술만 마시지? 동무끼리 여직 화해를 안 하셨소?"

"동무 아니오."

"아, 미안하오. 동매랬지. 난 김희성이오."

동매는 찌푸리며 술잔 대신 칼을 집어 들까 고민했다.

"근데 같이 술잔 비웠으면 그게 동무요."

희성은 윙크라도 하듯 눈을 찡긋거렸다. 유진과 동매가 동시에 잔을 내려놓았다. 희성은 저를 달가워하지 않으면서도 자리를 비우지 않는 둘이 재미있었다. 이것과 저것, 할아비인 김 판서가 짚단처럼 마당에 쌓아두었던 누군가의 눈물, 땀, 권력 같은 것들만 아니라면 희성은 대체로 모든 일에 흥미가 많은 편이었다.

"한데 둘은 왜 싸운 거요."

"안 싸웠소, 아직은."

그렇다면 곧 싸우게 되리라는 것인가, 동매는 유진을 힐끗거렸다. 희성이 가볍게 물었다.

"그럼 둘이 싸우면 누가 이기오? 아니, 진짜 궁금해서."

"누가 이기든 당신은 결과를 모를 거요. 그전에 누가 죽이든 당신을 죽일 것 같소."

유진은 진심이었으나 동매는 농담으로 취급했다. 둘에게 질문을 던지는 것에 재미를 붙인 희성이 또 다른 질문을 유진에게 던졌다.

"그럼 조선인과 미국인이 물에 빠졌소. 그럼 누굴 구할 거요."

"아마 내가 죽이지 싶소."

경망스럽기 그지없는 희성에 유진은 이를 갈았다. 희성은 그만두지 않고 되레 동매에게도 같은 질문을 던졌다. 이번에는 조선인과 일본인 중 누구를 구할 거냐는 질문이었다. 사납게 저를 노려보는 동매에 희성도 더는 웃지 않았다. 취한 저만 재미있는 농담이었나 싶었다.

"그럼, 이렇게 둘이 빠지면?"

동매와 저를 가리키며 희성이 유진에게 물었다. 제정신이 아닌 듯한 희성에 유진은 낮게 혀를 찼다.

"당신은 왜 자꾸 물에 빠지는 거요."

"후……. 나는 죽었소. 익사했소. 아무도 나를 구하지 않았소."

방금 전까지도 즐거워하던 희성은 우울한 얼굴로 술잔을 들이켰다. 제 양팔에 함께하는 여인들만큼이나 참으로 화려한 사내였다. 차림새도, 기분도. 종잡을 수가 없었다. 한없이 가벼운 듯하다가도 감상에 젖은 얼굴에는 근심이 어려 있었다. 깨어 있을 때도 그리 쓸모 있어 보이는 사내는 아니었는데, 취한 이에게 무엇을 바랄까 싶어 유진과 동매는 그저 희성을 내버려두었다. 세 사내의 밤이 어떠한 밤이었다, 정의 내릴 수도 없이 깊어가고 있었다.

모두 퇴근했어야 할 저녁, 공사관 사무실의 불이 밝혀졌다. 유진을 만나러 온 수미 때문이었다. 유진은 수미를 응접용 소파에 앉혀 놓고 따뜻한 차를 놓아주었다. 수미는 어쩔 줄 몰라 하며 꾸벅였다. 유진의 시선은 수미가 품에 꼭 안고 있는 강보에 가 있었다.

"아…… 마님께서 이건 더럽다고 아기를 새 비단 강보에 싸서 떠나셔서……."

"음. 도미를 보러 온 거야? 도미는 해 지기 전에 갔을 텐데."

수미는 고개를 저었다. 강보를 만지작거리며 이야기를 꺼내는 수미는 무척이나 신중했다.

"그게…… 바깥 나으리께서 아이랑 놀아주시고 나면 꼭 강보가 망가져 있곤 했거든요. 그래서 처음엔 강보나 새로 박음질해주려 했던 건데…… 마님은 모르셨어요. 바깥 나으리께서 중한 것들을 어디에 숨기시는지. 저는 그래서 알게 됐고요."

듣고는 있었지만 수미가 하고자 하는 말이 무엇인지 유진은 파악하지 못했다. 말을 마친 수미는 강보를 펼쳐 귀퉁이를 잡고 확 찢었다. 부드득, 강보가 뜯겨 나갔다. 그 속에는 로건이 숨겨놓은 서류가 들어 있었다. 수미가 서류를 꺼내 유진에게 건넸다. 심각한 얼굴로 그것을 받아든 유진은 찬찬히 서류를 확인했다.

상하이 로청은행에 300만 원이 들어 있다는 예치증서와 황제의 서명이 적힌 출금증이었다.

"중한 겁니까? 돈이 됩니까?"

조심스럽게 묻는 수미에 유진은 끄덕였다. 왜 로건이 가진 서류를 못 찾아서 다들 안달이 나 있었는지, 미 영사대리인 자신의 집까지 뒤졌는지 유진은 비로소 알게 되었다. 서류 끝에 '이 예치금은 황제 폐하의 지시에 의해서만 처분될 것'이라고 영어로 쓰여 있었다. 그 글귀를 읽으며 유진은 조선의 황제도 꽤 애가 닳아 있겠구나 싶었다.

다들 그토록 찾아 헤매는 서류가 하필 왜 제게 왔는지, 이것은 무슨 운명의 장난인지 싶어 어두워지는 유진의 얼굴과 달리 수미의 얼굴에는 화색이 돌았다.

"아, 그럼 나으리 가지셔요. 저랑 도미를 구해주신 답례입니다."

어떻게든 은혜를 갚고 싶었던 수미다. 그러나 잠시의 선행에 대한 답례치고는 너무 과했다. 그리고 이것을 두고 보은이라고 할 수 있을지 유진은 판단하기 힘들었다. 중요도 하고, 돈도 되지만, 동시에 가지고 있다는 이유만으로 죽을 수도 있었다. 소용돌이의 한가운데로 별안간 내던져진 기분이었다. 유진은 어쩌면 조선의 운명을 바꿔놓을 서류를 손에 쥐었다.

바깥으로는 겨울을 알리는 밤바람이 매섭게 불었다. 공사관 건물 위에 매달린 성조기가 커다란 소리를 내며 펄럭였다.

스크램블 에그와 샐러드, 커피까지 갖춰진 글로리 빈관의 아침 식사는 제법 미국의 그것과 비슷하게 차려져 있었다. 유진은 근심 어린 표정으로 포크를 들어 샐러드를 뒤적였다. 생각이 너무 많아 입안에 무언가를 넣기조차 껄끄러웠다.

"커피가 다 식었네요. 다시 올리라 이르겠습니다."

히나가 다가와 세심하게 식사를 살폈다.

"그보다, 구동매라는 자 말이오."

"조식에 곁들이기 맛난 이야기는 아닌데, 들으시겠어요?"

분명히 동매는 그 로건이 가지고 있던 것이 누구의 손에 들어가든 죽음을 면치 못할 것이라 했었다. 그자와는 이렇게 적이 되는 것인가 싶었다.

히나는 동매를 떠올리며 애매한 미소를 띠었다. 우여곡절 많기로는 누구에게도 지지 않아 쉽게 타인을 동정하지 않는 히나조차 때때로 동매는 가여웠다. 셀 수 없이 사람을 베어 지금의 자리에 온 잔인함을 생각하면 가엾다는 말을 입 밖에 내서는 안 되겠지만, 적어도 히나에게는 그렇게 여겨질 때가 있었다.

"너무 사연 많은 사내라. 태어나 보니 백정의 아들이었다, 부터 시작해야 할까요?"

"……무신회였다, 부터 합시다."

"같이 듭읍시다. 으, 머리야. 술병이 나서 종일 잤지 뭐요. 304호는 괜찮소?"

뒤편에서 온 희성이 끼어들었다.

"기억이 안 나나 본데 혼자만 많이 드셨소."

"자꾸 물에 빠졌으니 구해달라셔서 아주 혼이 났습니다. 아침부터 어딜 가시나 봅니다."

히나가 밉지 않게 핀잔을 주며 아침부터 말끔하게 차려 입은 희성을 훑었다. 희성은 유진의 맞은편에 앉으며 답했다.

"내 잠은 바깥에서 자도 명색이 양반인데 부모님께 아침 문안은 여쭙는 게 도리라 나선 길인데. 갈 땐 가더라도 모닝 가배는 한잔 해야지 않겠소. 자, 들을 준비되었소. '무신회였다, 부터 합시다' 까지 들었소."

능글맞게 대화를 이어나가는 희성에 유진은 자리에서 일어났다. 아침부터 희멀건 한량과 노닥거릴 기분은 아니었다.

빈관 문이 열리며 희성을 모시러 온 집사가 들어섰다. 집사를 발견한 희성이 아쉽다는 듯 입맛을 다셨다.

"벌써 왔는가. 연초 한 대 태우고 있게. 금방 나가겠네."

"예, 도련님."

곧바로 조아리며 고개 숙여 나가는 집사는 유진에게도 낯이 익었다. 유진은 미간을 모으며 기억을 더듬었다. 떠오르는 건 안평의 집 풍경이었다. 복수를 다짐하며 안평의 집으로 찾아갔던 그날, 그 집 마당에서 놀란 채 유진을 보던 사내. 조각들이 끼워 맞춰지며 유진의 입꼬리가 비틀렸다.

"혹시, 신미년 생이요?"

"그걸 어떻게……."

"당신의 아버지 함자가 혹시, 김안평이오?"

"……내 부친을 아시오?"

희성이 얼떨떨해하며 되물었다. 유진의 얼굴에 살기가 어렸다.

"아……. 내 그런 눈빛에 익숙하고. 304호에게도 무슨 잘못을 한 모양이구려. 누구요. 내 아버지요, 내 조부요."

더 묻지 않아도 이미 안다는 듯 희성은 단념한 투였다. 희성의 눈동자에 물기가 어렸다. 애수에 젖은 눈동자와 마주한 유진의 온몸에 힘이 들어갔다. 김 판서의 핏줄이, 어미가 살고자 인질로 삼았던 뱃속의 아이가, 눈앞에 있었다. 애신의 정혼자라는 이름을 달고.

희성은 성곽 돌벽에 팔을 괴고 한성의 전경을 내려다보았다. 한성의 정취도 희성의 마음에 내려앉은 어둠을 거둬가지는 못했다. 경멸을 담아 묻던 유진의 목소리가 희성의 머릿속에 맴돌았다. 찬 공기 사이로 희성은 깊은 한숨을 내쉬었다. 희성의 한숨에 이어 희성의 옆에서도 한숨이 이어졌다. 희성처럼 팔을 괸 채 한숨을 쉰 작은 소년은 도미였다. 눈이 마주치자 도미가 힘없이 중얼거렸다.

"속이 답답해서요."

"나와 같구나."

"나으리께서도 취직을 하셨습니까?"

"……나보다 낫구나. 한데 어찌 한숨이냐. 누가 텃세라도 부리는 것이냐. 형이 혼내줄까?"

희성이 따스한 눈으로 물었다.

"반댑니다. 자꾸 은혜만 입어서요. 어찌 갚아야 하나 걱정이 태산입니다."

어린 소년이 기특하고, 또 저보다 나아서 희성은 웃음을 터뜨렸다.

"네가 형을 해야겠구나. 이 아우는 업보만 태산입니다, 형님."

장난스럽게 말하며 웃는 희성이었으나 눈에는 여전히 슬픔이 가득했다. 더는 도망칠 수도 없어서 더욱 그러했다.

가마터로 향하는 다리 위에서 유진은 감당하기 힘든 감정들을 속으로 삭히며 견디는 중이었다. 김 판서와 안평에 대한 분노는 희성에게 이어졌다. 그가 정말로 김 판서의 손자로 태어나 호의호식하고 살았다는 것도, 심지어는 애신의 정혼자라는 사실도. 모든 사실들이 유진을 뒤흔들어 놓았다.

한편에서 일을 보던 고가 애신에게 소리쳤다.

"스승님은 출타 중이시므니다."

"알고 왔네. 늘 주던 것으로 챙겨주면 되네."

두 사람이 대화가 가까이 들렸다. 유진은 숨을 멈춘 채 애신의 옆모습을 바라보았다. 죄 없는 여인이었으나, 원수의 정혼자였다. 시선을 느낀 애신이 유진을 발견하고는 작게 미소지었다.

"이리 보니 반갑소. 해 있을 때 보니 말이오."

어두운 밤, 나란히 걸었던 일은 애신에게 진한 잔상을 남겼다. 생각에 잠긴 유진은 그저 애신을 뚫어져라 볼 뿐 조용했다. 애신을 지나치지 않고는 앞으로 나아갈 수 없는 다리 위였다. 아니라면 뒤돌아서야 했다.

"한데 여긴 어쩐 일로……."

"아직 유효하오?"

"무엇이 말이오."

"같이 하자고 했던 거. 생각이 끝났소."

유진의 시선은 곧았으나 깊이를 알 수 없는 눈동자 속은 떨리고 있었다. 묘한 긴장감이 두 사람 사이에 감돌았다. 애신은 유진의 말을 기다리며 천천히 눈을 깜박였다.

"합시다, 러브. 나랑 같이."

휘몰아치는 감정들 속에서 건져낸 이 말들의 저의를 유진 스스로도 짐작하지 못했다. 복수의 시작인지, 질투의 끝자락인지. 알 수 없었다. 갑작스러운 제안에 애신은 선뜻 입을 열지 못했다. 잠시간의 침묵을 깨고, 애신이 활짝 웃었다.

"좋소."

애신의 웃음은 구름 사이를 가르는 한 줄기 빛이었다. 빛이 유진의 가슴속을 비췄다. 가슴속이 너무 어두워 그 빛이 유진은 그저 눈부셨다.

"대답이 늦은 만큼 신중했길 바라오. 이제 뭐부터 하면 되오."

"……통성명부터."

"아, 나는 고가 애신이오. 귀하의 이름은 익히 아오. 유진 초이. 곧 읽을 수도 있을 게요."

"최유진이오."

삼십 년 만에 처음 내어보는 조선에서의 성과 이름이었다.

'유진아!'

'멀리, 아주 멀리 가. 유진아.'

제 이름은 어미의 유언과 같아서 유진의 눈가가 뜨거워졌다.

"다 왔나. 여긴가."

중얼거리는 유진을 애신은 넋 놓고 보았다. 또, 그 슬픈 얼굴이었다.

"조선에선 최가였소?"

"미국에서도 최가였소. 미국인들은 최를 초이라 발음하오."

"아. 배워도, 배워도 아직 멀었소. 그럼 또 무엇을 하면 되오."

"악수."

전쟁터에서 그을린 유진의 손이 내밀어졌다.

"미국식 인사요. 악수는 내 손에 당신을 해할 무기를 들지 않았단 뜻이오."

유진의 설명에 뜻이 마음에 든다며 애신이 손을 맞잡았다. 처음 맞잡은 애신의 손은 작고 야무졌다. 부드럽고도 단단했다. 꽉 쥐어야만 느낄 수 있는 손바닥의 희미한 굳은살은 유진과 같은 위치에 자리했다. 사격 훈련을 얼마나 열심히 했는지 알 수 있었다. 벼슬보다 더 대단하다는 러브를 시작하게 되어 들뜬 애신이 물었다.

"러브가 생각보다 쉽소. 시작이 반이라 그런가?"

마음 한편을 내어준 애신은 여과 없었다. 경계도, 의심도 허물어진 그곳에는 영롱한 보석처럼 빛나는 순수함만이 남았다. 애신의 순수한 눈동자가 유진을 멍하게 만들었다.

"근데 이 손은 언제 놓소."

"당신이 손에 무기를 들고 싶을 때?"

"적어도 지금은 아니구려."

유진의 손을 꼭 잡은 채, 애신이 웃었다. 바람이 지나며 나뭇잎들이 우수수 바닥으로 떨어졌다. 시간이 흐르고 있었으나, 유진은 시간이 멈추기를 바랐다. 백 년 정도는 이 순간이 계속되기를 바랐다. 그러나 신은 호락호락하지 않아서 유진의 바람은 쉽게 무너졌다.

등 뒤에서 상자를 든 홍파와 고가 인기척을 내며 다가왔다. 애신은 잡았던 손을 놓았다.

"강 건너에 일행이 기다려서……."

유진도 손을 거두며 가볍게 목례했다.

"잘 가고. 학당 공부 너무 열심히 하지 마시오."

애신은 갸웃하며 목례를 하고, 홍파를 따랐다.

홍파가 노를 젓는 나룻배에 앉아 애신은 배의 난간을 붙잡았다. '러브'를 시작해서인가. 강물에 비친 하늘도, 구름도, 산도. 모든 것이 어여뻤다. 햇빛에 강물이 반짝이듯 애신의 마음도 반짝였다. 문득 난간에서 손을 떼 유진과 맞잡았던 손을 확인했다. 거칠고, 따뜻했던 사내의 손이 애신의 마음을 쥔 듯했다.

읽
지
못
한
편
지

   손에 열쇠를 들고 304호로 향하던 유진은 단번에 인상을 찌푸렸다. 303호 문 앞에 희성이 멍하니 서 있었기 때문이었다. 꽂아놓은 키를 돌려도 열리지 않아 망연자실해 있던 참이었다. 유진은 그런 희성을 지나쳐 제 방문을 열었다. 그러나 덜그럭거리는 소리만 낼 뿐, 유진의 방문도 열리지 않기는 마찬가지였다. 유진은 열쇠에 쓰인 숫자를 확인했다.

   "키가 바뀐 모양이오."

   그제야 열쇠를 확인한 희성은 '304'라 쓰인 숫자를 보고는 유진의 방문 앞으로 다가섰다. 직접 유진의 방문에 들고 있던 키를 꽂아 돌렸다. 철컥 소리를 내며 문이 열렸다.

   "그쪽은 직접 여시오."

   딱딱하게 말하며 유진은 들고 있던 303호 열쇠를 희성 쪽으로 던졌다. 툭, 열쇠가 바닥 위로 떨어졌다. 희성은 바닥 위로 떨어진 열쇠만 보고 섰다.

"받을 줄 알았소."

"내가 내 아버지의 아들이라, 내 조부의 손자라 싫은 것이오?"

"원래도 안 좋아했소."

"아. 그런 것이었구려. 처음부터 그냥 꾸준히 싫었던 거구려. 다행이오."

유진의 칼 같은 답에 희성은 그제야 엷게 웃음을 흘렸다. 그러나 그것이 오히려 유진의 심기를 거슬렀다.

"당신은 뭐가 그리 좋고 다행이지? 왜 늘 그렇게 웃는 건데."

날이 서 묻는 유진에 희성이 쓰게 웃었다.

"안 웃는 날도 있소. ……누군지 말해주지 않겠소? 누구의 횡포였는지. 내 조부요, 내 아버지요."

"그걸 왜 나한테 물어. 그게 궁금했으면 당신 부모한테 물었어야지. 문안인사 간다고 했던 거 같은데. 나만 만만한가? 편안하시오? 그대 부모들은?"

쏘아붙인 유진은 뒤도 돌아보지 않고 방 안으로 들어가 버렸다. 거칠게 닫힌 문이 거센 소리를 냈다. 소리가 아팠다. 손톱에 박힌 가시처럼 따끔거렸다. 그러나 심장에 못이 박힌 이가 문 안에 있었다.

계단 쪽을 힐끔거리던 하나는 테이블을 손가락으로 툭, 툭

치다 이내 어깨를 으쓱했다.

"방 키를 바꿔 줘도 안 와보고. 아, 구질구질해."

히나는 미련을 떨쳐내며 계단 쪽을 보는 일은 관뒀다. 입구
문에 달아놓은 종이 울리며 완익이 들어온 건 그때였다. 완익
이 절뚝거리며 빈관 안으로 들어섰다. 히나의 커다란 눈에 당
혹스러움이 스치다 이내 경멸이 어렸다. 새로 온 손님을 맞이
하려는 귀단을 히나가 물렸다.

"가서 일 보렴. 이 손님은 금방 가실 거야."

귀단은 어물거리며 물러났다. 완익은 빈관 로비의 내부를
따져보고 있었다.

"듣던 거보다 빈관 규모가 제법입매. 그간 어찌 지냈니."

"그간 남편을 잃고 미망인이 되었지요. 얼굴 뵌 지 족히 십
년은 넘은 듯합니다. 리노이에 상."

"내가 공사가 다망해 장례에도 참석하지 못했다."

"장례식은 성대했는데 어린 미망인이 자주 울다 까무러치
니 기뻐 운다는 이도 있고, 슬퍼 운다는 이도 있고, 소문이 흉
흉했습니다."

히나는 비아냥거리며 요염하게 입꼬리를 말아 올렸다. 완
익은 그런 히나가 마음에 들지 않아 표정을 구겼다.

"제물포항이며 기차역이며 네 애미 얼굴이 붙어 있던데. 네
짓이네?"

"석 달에 한 번씩 삯꾼들을 사서 전국 팔도로 보냈는데, 붙

은 걸 보셨다니 그간 제가 헛돈을 쓰진 않은 모양입니다."

"쓸데없는 짓 말고 빈관 운영에나 신경 쓰라. 네 애미가 퍽
도 살아 있겠다야."

함부로 말하는 완익을 당장에라도 찌르고 싶어져 히나
더는 웃지 못했다. 완익은 그런 히나는 신경도 쓰지 않았다.

"제일 조용한 방이 어디니. 내 이 빈관을 좀 써야겠다."

"내 빈관은 친일파, 친미파, 친러파, 애국지사, 길 가던 똥개
까지 다 환영입니다만 딱 한 사람, 리노이에 상만은 출입금지
입니다. 저는 리노이에 상의 말을 들을 이유가 일 원 반 푼어
치도 없거든요. 호적이 쿠도 가에 있어서. 나가주세요."

독이 든 포도주와 같이 히나의 기모노 색은 짙었다. 그러나
완익은 독을 문 뱀이었다. 저보다 어리고, 감정이 뻔히 드러
나는 어린 계집의 독 따위에 당할 인사가 아니었다.

"그게 다 뉘기 덕이니. 내가 너를 그 늙은이한테 시집 아이
보냈으면, 네깟 계집이 이 큰 빈관의 주인이 될 수 있었겠니?
따로 기별할 테니 그리 알고 준비해라."

하긴 그래야 완익다웠다. 짜증스럽게 갈무리하는 완익에
히나는 천천히 고개를 돌렸다. 저 독사를 물어 죽이려면 같은
독으로는 안 될 일이었다. 발톱을 숨긴 맹수쯤은 되어야 했
다. 어느 날 발톱을 내밀어 독사의 목을 찌를 수 있게.

"제 남편 쿠도의 사인은 아직도 비밀에 싸여 있답니다. 조
심하세요. 여기 드나들면서 뭘 드시게 될 줄 아시고."

범상치 않은 이야기였다. 완익은 이번만은 히나를 물러서게 할 수 없음을 깨달았다. 적어도 지금은 아니었다.

다음 날, 히나의 방에 찾아와 차를 대접받던 동매가 히나의 눈치를 보며 물었다.

"진짜야?"

때마침 찻잔을 집어 들고 차를 마시려던 중이었다. 들어올린 찻잔을 쉬이 입가에 가져다 대지 못하는 동매를 보며 히나가 답했다.

"뭐가. 남편의 사인? 왜, 무서워? 나한테 잘못한 거 있어?"

"마셔보면 알겠지."

"마시게?"

히나의 도발을 여유롭게 받으며 동매는 차로 입을 축였다.

"이리 아등바등 살아 그대 손에 죽는 게 내 운명이면, 죽어야지."

"화난다. 이 멋진 사내도……. 그 무심한 사내도……. 어째서일까."

제가 먼저 시작한 장난이었으나 히나는 오히려 쓸쓸해져버렸다. 답지 않게 약한 모습을 보이는 히나에 동매는 차를 한 모금 더 들이켜며 의문을 표할 뿐이었다.

"내가 고애신을 묻는다면 그건 그대 잘못도 있어."

"이 시시껄렁한 농지거리 끝에 왜 그 이름이 나와. 다신 그러지 마."

동매는 애신의 이름에 즉각 반응하며 눈을 치켜떴다. 히나
는 웃을 수도, 울 수도 없이 동매를 보았다. 바보같이 우직했
고, 우직해서 바보 같은 사내였다. 평생 가도 이해조차 받을
수 없는 마음을 간직한 사내였다. 동매의 독기 가득한 순애는
지켜보는 이를 외롭게 만드는 구석이 있었다. 찻잔을 내려놓
으며 동매는 얘기를 돌렸다. 이완익 대감과 히나가 아는 사이
일 줄은 동매도 예상하지 못했다.

"내 아버지야."

"……그의 딸이었어?"

"안 닮았지? 안 닮았다고 해줘."

그냥 아는 사이가 아니었다. 쿠도 가에 어린 나이에 시집
가 늙은 남편을 먼저 보내고, 글로리 빈관의 여주인이 되기까
지. 호락호락한 삶이 아니었을 것은 동매도 알았지만, 완익의
여식이라고 하니 동매조차 입이 벌어졌다. 완익이 어떤 자인
지는 동매도 숱하게 들었고 이제는 옆에서 지켜보고도 있었
기에, 동매는 히나가 왜 저리 간절한 눈으로 완익과 자신이
닮지 않기를 바라는지 알고 있었다.

"전혀."

동매의 단호한 답에 히나는 안도하면서도 쓸쓸한 표정을
감추지 못했다.

"그래서 나 개인 경호원이 필요해. 더는 안 뺏겨."

"뭘 뺏겼는데?"

"내 엄마, 내 청춘, 내 이름."

히나의 눈이 아득해졌다. 동매는 기차역에서 완익이 떼어
내던 용모파기를 떠올렸다. 그 여인이 히나와 닮았던가. 아마
그랬던 것 같기도 하다.

"……빼앗긴 이름은 뭐였는데?"

"이양화."

"예쁜 이름이네."

무언가를 많이 빼앗겨본 이로서, 아니 빼앗길 것조차 없이
빈털터리였던 이로서 동매는 히나의 허탈함과 더는 빼앗기지
않으려는 오기를 모두 이해했다.

"근데 어쩌지? 내 낭인들이 이미 그의 경호원이라."

그러나 심정적으로 히나의 편인 것과 실제로 누군가의 편
이 되는 것은 현실의 문제였다.

"내가 돈을 더 내면?"

"이완익 대감의 경호비를 이완익 대감에게 받는다고 생각
해? 그대가 아무리 돈이 많아도 일본보다 더 낼 수는 없을
텐데."

"그 작자 오래 살겠네."

뒤늦게 깨달은 히나가 이를 갈았다. 동매는 자리에서 일어
섰다.

"그러게. 내가 받은 만큼 일하는 사람이라. 마침 만나러 가

는 길이고."

"몸에 좋고 맛있는 거 먹지 마."

히나의 말에 동매는 가볍게 웃었다. 동매는 반쯤 마시다 남긴 찻잔만을 남기고 방을 나섰다. 히나는 찻잔의 표면을 손가락으로 매만지며 한동안 자리를 지켰다. 넓은 방 안에 홀로 남은 히나의 몸집이 자그마했다.

늦은 밤의 화월루에 중요한 손님이 찾아와 있었다. 주인은 화월루의 게이샤 중 가장 눈치가 빠른 게이샤 두 명을 완익과 동매의 방에 보냈다. 그중 한 명은 로건이 죽던 날 밤에도 술시중을 들던 게이샤였다. 완익은 게이샤들이 따라준 술잔을 쭉 들이켜고는 내려놓았다.

"못 찾았다 그 말이니?"

로건이 가지고 있던 증서는 여전히 오리무중이었다. 동매도 더는 수가 없었다. 사방팔방을 뒤지며 할 만큼 했다. 이쯤하면 증서는 이미 없거나, 그 증서가 무엇인지도 모르는 이의 손에 들어가 있는 게 분명했다.

"그게 일본 손에 넘어가면 일본은 경의선 철도를 얻어낼 것이고 그 철로는 조선을 박살내며 러시아로 곧장 일본군을 실어 나르겠지비. 그게 의병 놈들 손에 가면 철로를 폭파할 다

이너마이트를 살 군자금으로 쓰일 테고."

"그게 대감 손에 들어오면 어찌 됩니까."

"조선의 황제를 잠 못 들게 할 수 있다. 그걸 내래 직접 해야 갔다 그 말이야. 알게?"

"만고의 역적이 여기 계셨네."

"천한 백정 놈이 뭔 상관이니. 찾기나 해라."

동매는 입안에 남은 쓴 술기운을 삼켰다. 동매의 눈빛이 매섭게 변하며 완익을 노려보았다. 완익의 무시에 기분이 더러웠고, 한편으로는 실소마저 새어 나왔다. 완익 또한 양반들에겐 중인 나부랭이라 손가락질받던 이였다. 거기에 제 이익을 위해서라면 나라도, 백성도 모두 팔아넘기는 천하의 악인. 그런 자에게도 동매는 '천한 백정 놈'이었다.

"거 자격지심 있는 놈한테 말 참 섭섭하게 하시네. 이 천한 백정 놈 손에 그 증서가 들어오면 대감께서도 잠 못 드시려나 문득 궁금해지게 말입니다."

"너, 너 지금 무스거 하자는 기야!"

"저 같은 놈들이야 원래 수틀리면 상도 엎고 윗사람도 패고 그러는 거 아니겠습니까."

동매의 반항에 완익이 고함을 쳤다. 제 아무리 완익이 권력가라고 한들 그것은 권력이 필요한 이에게나 무서운 것이다. 완익이 나라를 버린 게 이익을 위해서라면 동매는 그저 백정이 아닌 삶을 살고자 함이었다. 칼을 들고도 짐승 외에는 베지 못하던 제 어미, 아비와 달리 동매는 언제든, 누구든 벨 수 있었다. 자신을 백정 취급한다면 완익도 예외는 아니었다.

"그간의 거래는 없었던 걸로 하겠단 얘기 이리 곱게 드리는 겁니다. 나으리."

자리에서 일어서는 동매의 바짓자락이 펄럭였다.

수업을 마친 학생들이 모두 집으로 돌아간 목화학당 교실에는 남종과 애신만이 남아 있었다. 애신보다 먼저 영어를 배우기 시작한 남종이 애신의 나머지 공부를 도와주었다. 남종의 손에 들린 알파벳 카드를 보는 애신의 눈이 반짝였다. 영어를 배우고자 하는 애신의 의욕은 어느 때보다 높았다.

지난번 배운 알파벳은 A에서부터 F까지였다. 남종의 질문에 애신은 막힘없이 A부터 F까지 알파벳을 읊었다.

"잘 하셨습니다. 그럼 오늘은 G, H, I, J, K, L에 대해 배워 보겠습니다. 다들 여기서 L을 제일 좋아합니다."

L이 쓰인 카드를 짚으며 남종이 설명했다.

"L은 러브거든요."

러브라는 단어에 애신이 뚫어져라 카드를 보았다. 드디어 러브의 L을 배우게 된 것이다. 유진은 천천히 하라 하였으나 애신은 마음이 급했다. 제대로 러브를 하고 싶었다.

"총 쏘는 거보다 더 어렵고 더 위험하고 더 뜨거워야 하는 그 러브?"

"예…… 뭐…… 영 틀린 말은 아니긴 한데……. 암튼 애기 씨는 좋으시겠습니다. 정혼자 도련님과 러브를 하시면 되시 잖습니까."

남종이 얼굴을 붉히며 몸을 꼬았다. 애신은 물끄러미 그런 남종을 보고는 고개를 저었다.

"아, 그건 내 이미 다른 자와 하기로 하였다. 나와 딱 맞는 자를 찾았지. 시작한 지 며칠 안 되었다. 막상 해보니 어렵지 도 않고."

뿌듯한 얼굴로 답하는 애신에 남종은 사색이 되어 주변을 두리번댔다. 교실에는 둘뿐이었지만, 지나가는 누군가라도 들 었을까 걱정이 된 것이다. 영문을 모르는 애신은 그저 뿌듯한 얼굴로 어깨를 으쓱거렸다.

"아이고, 애기씨! 그러면 큰일 나십니다! 러브는 사랑思量입 니다. 사내와 여인이 서로 애틋이 그리는 마음 말입니다!"

"뭐?"

애신은 너무 놀라 말을 이을 수 없었다.

'도대체 무슨…….'

이해가 되지 않아 머리가 멍해졌다.

애신은 집으로 돌아와 머리를 싸매고 누웠다. 같이 러브를 하자던 유진의 얼굴과 좋다고 답하던 자신의 목소리가 눈앞에 아른거렸다. 왼쪽으로, 오른쪽으로. 몸을 제 아무리 뒤척여도 지난날은 떨쳐지지 않았다. 무언가를 하게 되면 조선을 망하게 하는 쪽으로 걸을 것이라던 사내였다. 망하게 하려던 것은 조선이 아니라 나였구나. 그러한 생각을 하며 애신은 자리에서 일어났다. 조금이라도 빨리 이 일을 바로잡아야 했다.

애신은 한 자, 한 자, 자신을 닮아 또박또박한 필체로 붓을 놀려 유진에게 보낼 서신을 써 내려갔다.

공사관 사무실에 아침부터 행랑아범이 들었다. 갑작스러운 방문에 놀라는 것도 잠시, 유진은 행랑아범에게 용건을 물었다. 행랑아범은 저고리 품에서 서신을 조심스럽게 꺼냈다. 지난 밤 행랑아범을 방으로 부른 애신이 은밀히 부탁한 서신이었다.

"애기씨가 이것을 전하라 하셨소. 이것을 건네는 애기씨 낯빛이 세상 어두웠소."

염려스럽게 건넨 서신의 겉면에는 유진의 이름이 적혀 있었다.

'Eugene Choi(유진 초이).' 제법 그럴 듯하게 순서에 맞춰 쓴 필체였다. 영어를 배우고 있다더니 정말이구나 싶었다. 무슨 일로 서신을 다 썼을까 싶어 궁금했고, 낯빛이 어두웠다니 걱정스러웠다. 동시에 당황스러웠다.

행랑아범이 나간 후, 유진은 편지를 펼쳤다. 마치 애신처럼 또박또박 적힌 글자들을 유진은 천천히 훑었다. 유진의 얼굴에 근심이 어렸다. 읽을 길이 없는 편지. 유진은 마음이 복잡하고도 아팠다. 그 편지가 마치 애신과 저 사이에 놓인 길고 긴 장막 같았다.

✦

빈관 방문을 열고 나오던 유진은 문 앞에 선 동매와 낭인들에 멈춰 섰다. 유진과 눈이 마주친 동매가 비열하게 입꼬리를 올렸다.

"오늘입니다."

"뭐가 말이오."

"방 뒤지는 거."

히나가 부리는 글로리 빈관의 여종 귀단이 동매를 찾아왔었다. 동매가 어떤 문서를 찾아 헤매던 것을 귀단도 알고 있었다. 귀단은 유진의 방에서 영어가 적힌 문서를 보았다고 했다. 유진은 막지도, 말리지도 않고 문 옆으로 비켜섰다. 방 안을 급습한 낭인들은 옷장과 침대, 테이블, 가방 등을 닥치는 대로 뒤집어엎었다.

눈 하나 깜박 않고 지켜만 보고 있는 유진에 동매는 오히려 신경이 곤두섰다.

"잘 숨기셨나 봅니다, 나으리. 당황도 안 하시고."

"내 방만 뒤지는 거요, 303호도 뒤지는 거요. 일인지 사감思
感인지 궁금해서."

"일도 사감도 칼로 하는지라 별반 차이가 없습니다. 나으리."

거친 낭인의 손길에 유진의 오르골이 시끄러운 소리를 내
며 바닥을 굴렀다. 유진이 가지고 있는 몇 안 되는 아끼는 물
건이었다. 가만있던 유진의 얼굴에 짜증이 배였다.

"당신의 남자들은 조심성이 없네."

"워낙 못 배운 애들이라."

미간이 좁아진 유진을 보며 동매는 피식 여유로운 웃음을
흘렸다. 낭인 하나가 다가와 동매에게 문서를 건넸다. 방 안
을 샅샅이 뒤졌지만 영어가 적혀 있는 종이는 이 봉투뿐이었
다. 낭인이 동매에게 건네는 봉투를 본 유진은 곤란해졌다.

"그건 개인적인 서신이오. 나도 아직 못, 안 읽었소."

어림없는 소리였다. 동매는 아랑곳하지 않고 봉투에서 문
서를 꺼내 들었다. 문서가 아니라 서신이었다.

"하면 제가 읽어……. 드려야겠네."

국문으로 쓰인 서신을 보며 동매의 움직임이 멈췄다.

당황하던 유진은 안도했다. 동매가 글을 읽지 못하리라 생
각한 탓이었다.

"귀하와 함께 도모하고자 했던 일에 변수가 생겼소. 빠른
시일 내에 쌍방의 입장을 정리했으면 하오. 피할 생각 마시
오……. 서신을 보는 즉시 답신하시오……."

그러나 동매는 애신이 보내온 서신을 즉각 읽어 내렸다. 동매가 글을 읽을 줄 안다는 것이 유진으로서는 충격이었다. 자존심 상하는 일이기도 했다.

"며칠 격조했다고 동지라도 생기신 모양입니다, 섭섭하게. 뭘 도모도 하시고, 변수도 생기시고. 보통 변수가 생기면 변고를 당하고 뭘 피하면 피를 보던데."

"그런…… 내용이었군……."

뒤늦게 내용을 파악한 유진이 중얼거렸다. 어쨌든 동매가 찾던 문서는 아니었다. 동매는 허탕을 쳤다는 사실이 짜증스러워 손에 쥔 서신을 한 손에 꾸욱 쥐었다. 구겨진 서신이 유진의 손에 되돌아왔다.

"나으리를 싫어하는 게 저 하나만은 아닌 것 같으니 꼭 몸 조심하시고요. 제 차례도 오기 전에 험한 꼴 당하실까 걱정이 돼서요."

유진을 향해 인상을 쓰며 기분 나쁜 충고를 남기고 동매는 우르르 낭인들과 방을 떠났다.

동매와 낭인들이 정문으로 빈관을 나가는 사이, 히나는 웨이터와 함께 뒷문으로 들어섰다. 히나는 장갑을 벗으며 창밖으로 지나가는 동매의 무리를 보았다.

"304호가 확실해?"

"예. 뭐가 막 깨지는 소리도 들리고 험악했습니다."

사나운 표정으로 히나는 계단으로 향했다. 때마침 유진이 계단 아래로 내려오고 있었다. 히나는 유진을 살피며 얼른 물었다.

"소란이 있었다 들었습니다. 다치신 데는 없으신가요?"

"무신회가 소란을 떨면 보통 누가 다치는 모양이오."

"다치면 다행인데 보통은 누가 죽습니다."

"그런데도 안 나와본 거요?"

"제가 어느 편을 들 줄 아시고."

날카로운 히나의 답에 멍하니 신음하던 유진은 들고 있던 오르골을 히나에게 내보였다.

"이거. 망가졌는데 고칠 만한 곳이 있겠소?"

"오르골은 조선에선 드문 물건이라 장담할 수는 없지만 번 사창 출신의 솜씨 좋은 대장장이가 있긴 합니다."

"오르골?"

"아, 그 뮤직 박스를 일본에선 오르골이라 부릅니다."

유진은 곧장 히나가 알려준 대장간으로 향했다. 히나는 유진이 향하는 뒷모습을 바라보았다. 유진이 빈관 주인인 자신에게 화가 나지 않은 것은 다행이었지만, 서운하기도 했다. 화라도 내주었으면 싫어진 마음을 깨닫고 히나는 자조했다. 테라스에 홀로 앉았던 희성이 초라하다 생각했었는데, 이 빈관에서 가장 화려한 옷을 입고 홀로 초라한 사람은 자신 같았다.

히나는 쓴웃음을 지었다.

✦

대장장이는 유진이 건넨 오르골을 이리저리 살폈다. 처음 보는 물건이었다. 작은 상자에서 노랫소리가 흘러나온다고 하니 신기하기도 했다. 무신경한 대장장이의 손길을 보며 유진은 미심쩍어졌다.

"고칠 수 있겠소?"

"처음 보는 물건이긴 하나 기계란 게 원리는 대부분 비슷하오. 고치려면 뜯어서 속을 봐야 하는데 그래도 되겠소?"

"고치기만 하면 상관없소."

"사나흘은 걸릴 테니 돌아가 기다리시오. 고치면 기별을 드리겠소."

별달리 다른 방법도 없는 터라 유진은 대장장이에게 오르골을 맡기고 자리에서 일어섰다. 유진의 발밑에 무언가 밟혔다. 발을 치우자 스프링 하나가 땅에 푹 박혀 있었다. 스쳐 지나려던 유진이 나사를 다시 보았다. 땅에 박혀 있는 나사의 모양이 유진에게 익숙했다. 조선에서는 흔치 않은 나사였다. 도난당했다 되돌아온 총의 그것이었다. 유진은 이 허술한 인사에게 제 소중한 것을 맡겨도 될지 잠시 의심했다. 허나 다른 방도가 없지 않은가.

"정말…… 고칠 수 있겠소?"

"싫은 놈들 물건은 더러 조립을 덜 해주기도 하는데, 걱정 마시오. 여기서 어떤 가락이 나오는지 나도 듣고 싶으니."

대장장이가 무심히 답하며 오르골을 들고 안으로 들어갔다. 유진은 스프링을 주워 주머니에 넣었다. 미군의 총이라 일부러 조립을 덜한 것인가, 생각하며 유진은 대장장이가 들어가는 모습을 지켜보았다.

質
투
의

끝
자
락

공사관 사무실 책상에 앉은 유진은 가만히 구겨져버린 애신의 서신을 보았다. 그러나 아무리 보아도 서신을 읽을 수 없었다. 낮게 한숨을 쉬는 유진의 얼굴에 그늘이 졌다. 관수가 미 공사관 사람들을 위해 집필한 '간단조선회화' 책 사이에 서신을 끼워 넣으려던 차였다. 어디선가 인기척이 들렸다. 유진은 기민하게 반응하며 몸을 돌렸다. 몸을 돌리자 보이는 건 변복한 애신이었다. 애신의 눈이었다.

애신은 확하니 유진을 벽 쪽으로 밀쳤다. 무어라 말을 할 사이도 없이 애신의 가려진 얼굴이 유진의 코앞으로 다가왔다.

"우리 처음 만났던 골목 기억하시오? 기억하면 끄덕이시오."

놀란 눈으로 유진이 고개를 끄덕였다.

"그 근처에 약방이 하나 있소. 그리 오시오. 한 식경 주겠소."

제 할 말을 마친 애신이 넘어올 때와 같이 가볍게 뛰어 올라 담장을 넘어 사라졌다. 바닥에는 유진이 놀라 떨어트린 관수의 서책과 애신의 편지만 남아 있었다.

잠시 후, 유진은 애신과 약방에서 만남을 가졌다. 천장 위에 매달아 놓은 약재들을 보며 고개를 돌렸던 유진이 애신을 마주했다. 애신은 유진을 노려보고 있었다. 무언가 억울하고, 분한 듯 그러면서도 쉬이 말이 나오지 않는 듯했다.

"왜 답신을 안 한 거요. 아범이 분명 서신을 전달했다 했는데."

"아직 못 읽었소."

"읽던데. 아까도 손에 들고 있던데. 지금 날 피하는 게요?"

"아니오. 그저, 못 읽었소."

"거짓말 마시오. 핑계가 성의가 없지 않소!"

"러브의 뜻을 안 모양이오."

서신을 읽지 못했다는 유진의 말을 핑계라고만 여기는 애신이었다. 유진은 쓸쓸함을 삼키며 조용히 되물었다. 뜨끔한 애신이 발뺌했다.

"무슨 소리요. 뜻이야 진즉에 내 알고 있었소."

"그럼 왜 나를 보자 한 거요."

"경고해주려고. 내가 귀하를 죽일지도 몰라서."

애신이 비장하게 답했다. 그러나 유진은 피식 웃었다. 누가 보아도 러브의 뜻을 이제 알아 따지러 온 애신이었다. 러브 때문에 죽는 건가, 하며 애신을 놀리자 애신은 약이 올라 어쩔 줄 몰랐다.

"아니라니까! 그냥 귀하가 죽었으면 좋겠어서 그러오."

"뭐 그렇게까지 미울 수가 있소. 먼저 하자고 한 사람이 누군데."

애신은 재빠른 손놀림으로 유진의 총을 빼앗아 들었다. 총구를 자신에게 겨누는 애신을 유진은 빤히 보았다. 언젠가 이런 순간이 올까 싶었다. 두 사람이 한편이 되지 못한다면. 그러나 유진은 태연하게 물었다.

"사용할 줄 아시오?"

"모르오. 하나 난 뭐든 빨리 배우는 편이오."

"그래서 L까지 빨리 배웠나 보오. 학당에서."

계속해서 장난스러운 유진에 약이 오를 대로 오른 애신이 결국 철컥 소리를 내며 총을 장전했다. 빠르게 배우는 수준이 아니라 가르쳐주지 않아도 해내는 수준이었다. 유진이 그제야 조금 긴장하며 주춤했다. 애신이 놓치지 않고 유진을 몰아세웠다.

"지금부터 묻는 말에 제대로 답하시오. 귀하는 조선에서 아무것도 안 할 것이라 했는데, 나와 러브를 하자 했소. 혹여, 그게 조선을 망하게 하는 쪽으로 걷고자 함이오?"

총까지 겨누며 답을 듣고자 하는 애신이 유진은 그저 귀여웠다. 유진은 웃음을 흘렸다. 웃음 사이로 쓸쓸한 눈빛이 스며들었다.

"조선까지는 아니었고…… . 누구 한 사람은 망하게 하고 싶었는데. 지금 생각하니 이건…… . 내가 망하는 길이었소."

"망하는 길로 굳이 왜."

"모르겠소. 복수의 시작이었는지, 질투의 끝자락이었는지."

"복수의 시작이란 게 무슨 뜻이오. 내게 원한이 있소?"

"질투의 끝자락은 이해가 되는 거요?"

"고백으로 들었는데, 두 번째고. 아닌가. 세 번짼가?"

애신을 놀리려던 유진이 오히려 굳어버렸다. 두 사람의 시선이 총 사이로 아슬아슬하게 교차했다.

"어디서부터…… 센 거요."

"보호요, 부터? 그전에 더 있었소? 내 센다고 셌는데."

낯이 뜨거워 유진은 어서 이 자리를 벗어나고 싶었다. 배신감마저 들었다. 아무것도 모른다더니. 그림 같은 거 말곤 할 줄 아는 게 없다더니. 애신은 다 알고 있었다. 순진한 애신을 놀리던 유진은 되레 놀림을 받고 있었다. 유진의 허탈한 웃음과 함께 '탕' 하는 총소리가 약방 안을 뒤흔들었다.

마주하고 있던 두 사람이 동시에 바깥쪽을 보았다. 다시 한 번 총소리가 거리에 울려 퍼졌다. 애신은 재빨리 유진을 끌어당기며 약방의 불을 껐다.

일본 군인이 기모노를 입은 게이샤의 머리채를 잡은 채 불꺼진 약방을 지났다. 애신과 유진은 숨을 죽이고 창밖으로 그 모습을 지켜보았다. 행패를 부리고 있는 군인은 츠다였다. 그리고 게이샤는 애신도 본 적 있는 얼굴이었다.

'붉은 기모노를 입은 게이샤가 창문을 열면 그게 신호다.'

그 게이샤는 로건을 저격하던 밤 창문을 열었던 바로 그이였다. 화월루에 잠입한 조선인 동지였다. 정체가 탄로난 것이었다. 애신은 피가 식는 것을 느꼈다.

"온갖 정보와 고관대작들이 드나드는 곳에 조선 년이 일본 년인 척 숨어서 그간 뭘 빼돌렸을까?"

머리를 질질 끌며 츠다가 성을 냈다. 안 그래도 유진과의 일로 심기가 사나운 츠다였다. 비열하게 물으며 기모노를 입은 소아의 뺨을 여러 차례 갈겼다. 맨몸으로 끌려나온 소아가 악에 받쳐 외쳤다.

"그냥 죽여, 죽이라고!"

처절한 몸부림이었다. 길을 가던 조선인들은 공포에 떨었다. 소아를 구하려던 조선인 한 명이 이미 츠다가 멋대로 갈긴 총에 맞아 피를 흘리며 바닥에 널브러졌다.

약방에서 고스란히 그 광경을 목격한 애신은 괴로움에 입술을 깨물었다. 다행인지 불행인지 애신의 손에 유진에게서 빼앗아 든 총이 있었다. 어두운 곳에서 애신의 눈이 번득였다.

"이것 좀 빌려주시오."

"그러지 마시오. 준비 없이 나가면 귀하의 목숨만 위험해질 뿐이오. 저 여인 하나 구한다고 조선이 구해지는 게 아니오."

"구해야 하오. 어느 날엔가 저 여인이 내가 될 수도 있으니까."

애신은 이를 악물며 자리에서 일어섰다. 유진은 애신을 막아설 수 없음을 직감했다.

"그 총엔 다섯 발밖에 없소."

"두 발이면 되오."

숨을 죽인 채 애신은 걸음을 옮겼다.

밤이 내려앉은 거리는 어두웠다. 드문드문 길을 밝히는 전등 아래로 츠다와 소아의 모습이 나타났다 사라졌다. 기척을 죽이고 단숨에 그 둘에게 간격을 좁혀 다가간 애신이 거리를 가늠했다. 첫 발은 가로등이었다. 제 모습을 숨길 만한 어둠을 만들어야 했다.

탕, 총소리와 함께 가로등의 전구가 파사삭 부서졌다. 갑작스러운 총소리에 놀라 츠다가 뒤를 돌아보았다. 그러나 이미 애신은 어둠 속에 몸을 숨긴 후였다. 그리고 즉시 방아쇠를 당겼다. 츠다의 손등을 향해서였다. 손등을 스치는 고통에 츠다가 소리 지르며 소아를 놓쳤다. 소아는 그 틈을 타 츠다의 반대편으로 도망쳤다.

"어떤 새끼야! 나와, 나오라고! 미개한 조선 연놈들! 다 죽여버리겠어!"

츠다는 미친개처럼 날뛰며 사방팔방에 총을 쏘아댔다. 그렇게 갈겨댄 총에 거리에서 이를 지켜보던 조선인들 중 한 명이 악도 지르지 못한 채 쓰러졌다. 눈앞에서 벌어진 참경에 애신의 눈가가 벌게졌다. 분노가 애신을 집어삼켜버린 순간, 애신은 뚜벅뚜벅 골목에서 나와 츠다를 향해 총을 겨눴다.

그때 약방에서 나온 유진이 애신의 손목을 잡아 총을 빼앗아 들었다. 그리고 그대로 츠다를 향한 총구를 내리지 않은 채 어둠 속을 걸어 나가기 시작했다. 그곳이 어느 쪽인지 알 수도 없이, 생각할 겨를도 없이 애신을 등지고 유진은 걷고 있었다.

츠다는 여전히 총을 쏴대며 미쳐 날뛰고 있었다. 츠다를 향해 걸어 나가며 유진은 숫자를 셌다.

"삼, 이, 일……."

츠다의 총에 있던 마지막 총알이 거리를 굴렀다.

"제로."

유진의 모습이 어둠 속에서 드러났다. 동시에 유진은 자신의 왼팔에 총을 쏴 상처를 냈다. 화끈한 고통을 유진은 낮은 신음과 함께 참아냈다.

"너, 너 이 새끼! 너 뭐야! 네 새끼가 아니었는데!"

걸어오는 유진을 보며 츠다가 광분했다. 방아쇠를 당겼으나 총알이 모두 빈 총에서는 철컥거리는 소리만 날 뿐이었다. 츠다의 앞에 선 유진은 츠다가 풍기는 술 냄새에 인상을 찌푸렸다.

"잘 들어, 하사. 널 누가 쐈는지는 중요하지 않아. 네가 누굴 쐈는지가 중요하지."

츠다는 혼란한 눈으로 유진을 보았다.

"넌 이제 끝났어. 방금 넌 미군을 쐈거든."

냉정하고도 찬 목소리 뒤로 삐익, 하는 호각소리가 귓가를 울렸다. 골목 뒤편에서 경무청 순검들이 헐레벌떡 뛰어오고 있었다. 유진과 츠다를 지켜보던 애신은 황급히 몸을 피했다. 순검들이 총격전을 벌인 유진과 츠다를 연행했다.

골목을 빠져나온 애신은 눈을 질끈 감았다. 지금 생각하니 이건 유진이 망하는 길이었던 것 같아서. 감은 눈 사이로 왼팔에 총을 쏘던 유진의 모습이 떠오르며 애신의 마음을 어지럽혔다. 그 아픔이 제게까지 전해오는 것 같았다. 죄책감과 걱정이 애신을 흔들었다. 눈앞이 이 밤처럼 캄캄했다.

애신과 유진의 도움으로 간신히 츠다에게서 벗어나 도망친 소아는 홍파의 주막으로 몸을 숨겼다. 주막의 주인인 홍파와 은산과 승구, 그리고 또 다른 의병 동지가 소아를 둘러싼 채 앉았다. 근심이 무겁게 방 안에 내려앉았다. 홍파가 내준 한복으로 옷을 갈아입은 소아의 얼굴은 지난밤 츠다에게 맞아 생긴 멍으로 얼룩덜룩했다.

"애기씨가 널 도와? 애기씨가 현장에 계셨단 말이냐?"

승구의 물음에 소아가 끄덕이며 답했다.

"예. 거점으로 쓰시는 약방 근처였기에 그리 짐작됩니다. 확실히 총 솜씨도 애기씨셨고요. 하나 의아한 건 애기씨와 함께 있던 사내입니다. 일전에 방을 뒤졌던 그 조선인 외양의 영사대리, 그자였습니다."

은산은 무신회가 주시하고 있다는 미 공사관 영사대리가 묵고 있는 글로리 빈관 304호에 직접 잠입했었다. 무신회가 주시하고 있다는 것은 마찬가지로 찾고 있는 황제의 로청은행 예치증서를 가지고 있을 가능성도 높다는 뜻이었다. 그 방에서 은산은 증서 대신 노리개 하나를 발견했다.

추노꾼들을 피해 가마터로 흘러들었던 어린 종이 밥값으로 내밀었던 노리개였다. 어미의 목숨값이라 했던가. 조선인의 외양을 했다는 미국인의 정체를 은산은 알아차렸다. 자신이 선교사 요셉에게 떠맡겨 미국으로 보냈던 그 소년이 자라 조선에 돌아온 것이었다. 그런데 그자가 애신과 함께 있었다고 하니 은산으로서는 달가운 일만은 아니었다. 어찌하여 애신과 함께 있었는지도 쉽게 추측하기 어려웠다.

생각에 빠진 은산을 두고, 소아는 승구에게 인사를 전했다.

"절 알고 도우셨는지는 모르겠지만 애기씨께 감사하다고 전해주십시오. 저는 생전에 못 뵐지도 모르니."

"그간 고생 많았다. 내 꼭…… 전하마."

가슴이 저렸다. 정체가 탄로 난 소아는 이제 도망자의 신세가 되었다. 잠입해 있던 화월루 쪽이나 소아의 정체를 밝혀낸 일본군, 어느 쪽도 가만히 있지 않을 것이다. 다시 조선으로 돌아올 수 있을지, 아니 무사히 조선을 빠져나갈 수 있을지 한 치 앞도 알기 힘들었다.

"한성에서의 활동은 이제 위험해졌으니 상해로 가거라. 배편과 통행증이 마련되는 대로 기별을 하마. 그때까진 자네가 잘 좀 살펴주고."

은산이 의병에게 당부했다. 의병이 굳은 얼굴로 끄덕였다. 홍파가 상해 가서 쓰라며 쌈짓돈을 꺼내 소아의 손에 쥐여주었다.

"예……. 모두 고맙습니다. 부디 몸조심하셔요, 동지들."

소아의 눈가에 물기가 어렸다. 다시 보기 힘들 동지들을 앞에 두고 벌써부터 그리움이 밀려왔다. 고마움과 두려움, 숱한 감정들이 요동쳤다. 그러나 일이 이렇게 되었다고 한들 후회는 없었다. 화월루에서 조선을 노리는 이들과 조선을 팔아넘기는 조선인들을 상대하는 일이라고 녹록했던 것도 아니었다. 신미양요 때 승구와 같이 아비를 잃고, 더는 무언가를 잃지 않기 위해 싸워왔을 뿐이다. 이제는 상해로 떠나 또 싸울 것이었다. 그러기 위해선 살아남아야 했다.

눈물을 흘리는 소아를 은산이 불렀다.

"우린 또 볼 것이다. 하니 이것이 이별이 아님을 명심하거

라. 우리는 우리가 생각하는 것보다 훨씬 강할지도 모르니."

"예. 대장님."

어느덧 날이 밝아 있었다. 주막을 나온 은산과 승구는 주막 앞 나루터에 매어놓은 나룻배로 향했다.

"애기씨와 있었다던 사내 말입니다. 움막에도 왔다간 모양이던데. 애기씨랑 자꾸 얽히는 게 영. 목적이 있나 싶어서요."

승구 역시 유진의 존재가 신경 쓰이는 모양이었다. 은산은 가마터에도 왔다간 이를 떠올렸다. 그가 은산이 아는 소년이 확실하다면 이 조선 땅에 좋은 감정은 아닐 것이다. 아니, 원한이 있겠지. 그리 짐작하면서도 은산은 경무청에 잡혀 들어갔을 유진이 걱정됐다. 좁은 상자에 숨어 떨고 있던 소년이 이제는 창살 아래 갇혀 있을 생각을 하니 더욱 복잡한 심정이었다.

잠시 생각했던 승구가 말했다.

"공사관에 한번 가봐야 할 듯싶습니다. 그자에게 받을 술값도 있고."

"무사히 나오긴 해야 할 텐데. 폐하께서 어찌하실지."

은산에게는 폐하일지 몰라도 승구에게는 아니었다. 승구가 냉랭하게 답했다.

"난 임금 안 믿소, 아재. 양국 공사관에서 나섰다니 멀쩡히 나오겠지요. 일본 눈치에 미국 등살에 또 죄 없는 조선인만

폭도가 되고요. 지 백성도 버린 임금. 나도 버린 지 오래요."

신미양요 때 화상을 입어 얻은 손등의 상처는 아직까지 선명했다. 은산은 안타까워졌다.

"임금도 버렸단 놈이 나라는 왜 구하냐, 이놈아."

"역적이 되려고요. 나라가 남아 있어야 내 손으로 부술 거아니요."

등 돌리며 웃어버리는 은산의 눈이 슬펐다. 승구의 바람대로 복수할 나라가 남아 있기를 바랄 뿐이었다.

급한 대로 셔츠를 찢어 상처를 감싼 채 유진은 날을 새웠다. 경무청을 나서자 문 앞에서는 말과 함께 와 기다리고 있는 카일이 있었다. 카일은 두 팔 벌려 밤사이 고생했을 유진을 맞았다.

카일은 막 미국의 대표로서 경운궁에 다녀온 참이었다. 일본 공사관의 하야시가 그 자리에 있었다. 미국과 일본 그 어느 나라의 편도 들어줄 수 없는 입장이기에 무척이나 곤란했을 황제는 결과적으로 일본을 등지게 되었다. 상황이 너무나 명백했다. 일본 군인은 황제의 무고한 백성을 총으로 난사했다. 조선인 둘이 죽었고, 미군이 상해를 입었다. 황제는 미군을 석방시키고, 일군은 교수형에 처하라 명했다.

말에 올라 빈관으로 향하며 카일은 유진에게 황제와의 만남에 대한 감상을 늘어놓았다. 용이 그려진 곤룡포가 카일을 사로잡은 듯했다. 두 말이 골목을 돌아 나올 때였다.

골목 안쪽에 가마 한 대가 놓여 있었다. 익숙한 가마는 애신의 가마였다. 가마 옆에 작게 달린 쪽창으로 애신의 옆모습이 보였다. 유진은 해쓱해진 애신에게 시선을 두었다. 가슴속에 싹을 틔운 애틋함은 밤사이 달빛에 또 자라나 버렸다. 유진은 고개를 돌렸다.

말발굽 소리가 희미해질 때쯤에야 애신은 시선을 들었다. 멀어지는 유진의 뒷모습이 자그마한 창 사이로 보였다. 그래도 괜찮아 보여서 다행이었다. 아는 체를 할 수도, 부를 수도 없어 애신은 입술만 질끈 깨물었다.

세
남
자

　유도장에서 땀을 흘리며 잡념을 정리하던 동매는 문득 떠
오른 생각에 빠르게 자신의 집으로 돌아왔다. 성큼성큼 커다
란 보폭으로 방 안의 서랍장에 다가섰다. 서랍을 열자 곱게
포개어 놓은 작은 종이가 보였다. 종이에 쓰인 글씨는 모두
같은 필체였다.

　애신과 지물포에서 마주쳤던 날. 동매는 애신이 떠난 지물
포를 다시 찾았다. 그리고 애신이 건넸던 종이들을 주인을 협
박하다시피 해 받아왔다. 애신을 향한 동매의 마음은 그런 사
소한 것이라도 붙들고 싶을 만큼 퍽 깊고, 아련했다. 종이 쪼
가리라도 애신의 필체가 담긴 것이니 동매에겐 그저 소중했
다. 그래서 기뻤고, 그래서 웃었던 것도 같다.

　"귀하와 함께 도모하고자 했던 일에…… 변수가 생겼소. 빠

른 시일 내에 쌍방의 입장을 정리했으면 하오……."

동매는 종이를 보며 유진이 가지고 있던 서신의 내용을 정확히 읊어 나갔다. 내용을 기억해내고, 입 밖으로 소리 내어 말할수록 동매의 얼굴은 험악해져 갔다.

"피할 생각 마시오. 서신을 보는 즉시 답신하시오."

손에 쥔 종이와 기억 속 서신의 필체가 같았다. 서신의 발신인이 애신이라는 이야기였다. 두 사람 사이에 무언가 있는 게 분명했다. 도모하는 것이 무엇이든, 동매는 애신이 알 수 없는 사내와 무언가를 '함께' 한다는 것부터 신경 쓰였다. 종이를 든 동매의 손이 부들부들 떨렸다. 분노라기엔 아팠고, 질투라기엔 가없이 슬퍼졌다. 저는 이것 하나 얻고자 그리 애끓이지 않았는가. 애신에게 정혼자가 있다는 사실만으로도 충분히 가슴 아팠다. 어느 날 나타난 이방인 때문에 애달파지고 싶지는 않았다.

유도복을 벗으며 동매는 이를 악물었다.

마음이 아픈 사낸 또 있었다. 주인을 찾아가지 못한 서신을 보는 희성의 시선은 허탈했다. 히나가 주전자를 들고 와 가배를 따랐다.

"자리도 비었고 잔도 비었군요. 잔은 제가 채워드릴 수 있습니다."

"꽃도, 꽃가마도, 꽃 같은 얼굴도 안 통하니 어찌해야 좋을지 모르겠소. 무엇보다 내 살면서 나 싫다는 여인을 본 일이 없어서."

쓸쓸해지는 희성의 눈을 보며 히나는 흥미로워졌다. 가벼운 사내에게 무거운 진심이 생겨버린 듯했다.

"질투하라 꽃을 주십니까. 꽃처럼 살라 꽃을 주십니까. 여인의 심금을 울리는 것은 한철에 시들 꽃이 아니라, 늘 진심이지요. 오래된 진심일수록 좋고요."

"어쩐다. 내 가진 진심이 새 것밖에 없소. 본 지 얼마 안 되어서. 조선을 떠나기 전부터 품었던 마음이라 하면 어떻겠소. 이 얼굴이면 믿지 않겠소?"

히나는 그저 웃어버렸다.

"한데 희성 상은 뭘 걱정하시는 거죠? 정혼한 사이시니 희성 상이 납채서納采書 한 장만 보내시면, 애기씨는……. 그날로 희성 상의 여인입니다. 그 누구도 갖지 못하는. 그런 쉬운 길을 두고 왜 이리 둘러 가십니까?"

희성만큼이나 히나도 애신이 희성의 여인이 되길 바라고 있었다. 히나는 저도 모르게 드러난 사나운 표정을 곧바로 감췄다. 희성은 그저 잔에 시선을 둔 채 잔을 만지작거렸다. 히나의 말대로 애신과 희성은 이미 정혼한 사이였다. 그러나 애신의 화난 마음부터 달래고 싶었다. 기다리게 한 것이 미안했고, 상대의 마음을 어떻게든 제 마음먹은 대로 해버리는 아비나 조부와 같은 사람이 될까 두려웠다.

희성이 얻고 싶은 건 애신의 마음이지 애신이 아니었다. 제 핏줄들은 돈도 아닌 '마음'이 무슨 소용이냐고 하겠지만. 물끄러미 애신이 오지 않은 빈자리를 보던 희성이 입술을 안타깝게 물었다가 떼었다.

"나도 내가 그 쉽고 나쁜 마음을 먹게 될까, 걱정이오."

히나가 따라주었던 가배가 다시금 식어가고 있었다. 희성의 시름이 깊어졌다. 사실 제게는 나쁜 마음을 먹을 자격조차 없었다. 제 핏줄이 이미 너무 나빴으니까.

가배 잔에 시름을 담던 희성은 제 집안에 원한이 있는 게 분명한 유진을 떠올렸다. 희성더러 집에 들어오지 말라던 어미도 이상했고, 집에 들렀을 때 분위기도 어수선했다. 그리고 누군가를 찾는 듯했다. 그 모든 것들이 수상해 희성은 자신의 집 가노에게 안평이 누구를 찾느냐 물었다.

가노는 순순히 얼마 전 미군이 쳐들어와 집에 난리가 났고, 그자가 다녀간 후 대감이 30여 년 전 강화도 본가에서 일했던 비복들을 수소문하기에 찾아주었다고 답했다. 미군이라면 희성을 경멸에 가득 찬 눈으로 보던 유진일 것이 분명했다. 그런데 왜 유진은 자신의 집에서 노비들을 찾았을까.

머릿속이 복잡해진 희성은 궐련갑을 들고 빈관 뒷문으로 나왔다. 글로리 빈관의 뒷마당에는 빨래를 마친 흰색 침구들이 잔뜩 걸려 있었다. 찬바람이 불며 흰색 천이 펄럭거렸다.

골똘히 생각에 빠진 희성의 앞으로 말이 멈춰 섰다. 유진이 탄 말이었다. 유진을 보는 희성의 얼굴이 굳었다. 유진은 평소와 달리 엉거주춤하며 말에서 내렸다. 왼팔에 감싼 흰 천에는 피가 스며 있었다.

"다치신 모양이오. 어쩌다."

걱정스럽게 나간 희성의 말에 유진은 말뚝에 고삐를 묶으며 여상하게 답했다.

"총 든 이들의 흔한 일상이오."

"혹시 저자에서 일본군과 총격전을 벌였다는 미군이."

"좀 쉬고 싶은데……."

냉한 기운을 뿜으며 유진은 희성을 스쳐 지났다. 심란함에 젖어 고민하던 희성도 예민하게 반응했다.

"고단하시겠소. 여기저기 많이도 등장하느라."

희성의 날 선 반응에 유진은 의외라는 듯 돌아보았다.

"오늘 보는 거요? 안 웃는 얼굴."

"어떻소. 보기에 더 낫소?"

"글쎄. 더 나은 건 모르겠고. 마치, 도련님 같달까?"

건조하고 날카로운 대화였다. 그 사이의 정적을 깨며 자갈 밟는 소리가 들렸다. 마당의 자갈을 눌러 밟고 있는 일본식 나막신을 신은 발이 흰 천 사이로 보였다. 동매였다. 동매는 언제부터 있었는지 둘의 대화를 관람이라도 하듯 느슨하게 앉아 있었다.

"말씀들 계속 나누시지요, 나으리. 그저 바람을 쐬는 중입니다."

"우연히 만난 거요. 다 들어서 알겠지만."

"말이 씨가 되었나. 변수가 생기면 변고를 당하고 뭘 피하면 피를 본다 했더니 총을 맞으셨네?"

동매의 빈정거림에 유진은 찌푸렸다.

"걱정 고맙소."

"다음엔 그냥 죽으라고 해볼까. 몸조심하시라 했더니 그 말도 씨가 됐나 후회가 돼서요, 나으리."

일어서며 동매가 지껄이는 말에 유진도 화가 치솟았다. 보통 시비를 거는 모양새가 아니었다. 평소보다 훨씬 적대적이었다. 유진은 동매와 희성을 번갈아 보았다.

"오늘 무슨, 작정들을 한 게요?"

"꼭 새치기 당한 기분이라. 단 한 번, 가져본 적도 없는데 말입니다."

희성은 그 순간, 동매가 무엇을 가져본 적 없었는지, 그래서 유진이 새치기 했다는 것은 무엇인지 깨달아버렸다. 깨닫고 싶지 않아도 깨달아지는 것들이 있었다. 하늘에 뜬 달을 매일같이 섬세하게 관찰하며 미세하게 달라지는 빛까지도 알아차리는 희성이어서.

정작 유진은 전혀 알아듣지 못한 듯 되물었다.

"무슨 소리요."

"그저 미군으로만 있다 가시지요. 미국인 나으리. 이제 나으리 손에 쥐고 있는 게 무엇인지는 중하지 않습니다. 이미 쥐고 있는 게, 너무 큽니다."

동매의 서늘한 경고였다. 희성이 희미한 얼굴로 중얼거렸다.

"나는 알 것도 같은데……. 그대들이 화가 나 있는 이유를 이제야 알겠구려. 지금 그대들 곁에 서 있는 이가, 내 곁에 선 이와 같소?"

유진과 동매의 눈이 커졌다.

"여기엔 없으나 처음부터 여기 함께 서 있는 그이 말이오. 혹여 그이가, 내 정혼자요?"

세 사람 사이에 긴장감이 팽팽하게 돌았다. 유진이 동매를, 동매가 희성을, 또 희성이 유진을 보았다. 어디서부터 꼬인 것인지 모를 실들이 꼬인 채 세 사람을 단단하게 엮어놓았다. 부드럽던 희성의 목소리가 딱딱해졌다.

"아니어야 할 거요. 나쁜 맘먹기 싫거든, 아직은."

석양이 세 사람을 붉게 물들였다.

침묵하던 유진이 입을 열었다. 중저음의 목소리는 차가웠다.

"역시 도련님인 건가, 오늘은?"

"그게 제일 걸리는 모양인데……."

"충고하는데. 그러지 마시오. 303호 정도로 남으시오. 그리고 우리 사이에, 다시는 그 여인을 세우지 마시오. 다시는 내 앞에서 인내심을 얘기하지도 말고. 다음엔 충고로 안 끝날 것 같아서."

갈무리하는 유진을 보며 동매는 흥미로워졌다. 이러면 누굴 더 미워해야 하나. 정혼자인가, 아니면 애신이 답신을 바라는 자인가. 둘 중 누굴 미워해도 애신이 향하는 곳이 저는 아닐 것이다. 흥미롭고 잔인한 일이었다. 동매는 두 사람의 얼굴을 오늘은 그만 보아야겠다고 생각했다.

"두 분이 좀 힘껏 싸우셔서 한 분만 남으면 참 좋겠는데……."

그러면 조금은 제게도 여지가 있을까 싶어서. 쓰게 중얼거리며 동매는 뒷마당을 벗어났다.

동매와 함께 돌아서 빈관 안으로 들어가려던 유진을 희성이 붙잡았다.

"물을 땐 답을 않더니, 우리 사이에 그 여인을 세우니 이제야 답을 듣는 거요?

"무슨 답. 뭘 들었는데 나한테."

"참고 있다고. 참고 있는 게 대체 무엇이오. 삼십 년 전 내 조부의 가택에서 일했던 이들을 찾는다던데, 그 이들은 또 왜 찾는 거고."

"내가 반가운 사람 찾는 거 같아? 그날 당신도 거기 있었어. 당신 어머니의 태중에."

분노로 유진의 목소리가 조금 떨렸다. 여전히 떠올릴 때마

232

다 악몽 같은 그날. 희성은 안평 부인의 뱃속에 있었다. 유진은 희성을 노려보았다. 순진하다고 할 만큼 아무것도 모르는 희성에게 화를 내서 무엇 하냐고 누군가는 유진을 나무랄 수도 있을 것이다. 그러나 유진은 똑똑히 기억했다.

"그날 당신 조부가 그랬지. 부모의 죄가 곧 자식의 죄다. 아홉 살짜리한테. 부모의 죄가 자식의 죄면, 태중에 있었다고 해서 뭐 다르겠어?"

부모의 신분이 자식의 신분이었고, 부모의 죄가 자식의 죄였다. 조선 땅 위에서의 삶이 그러했다. 그렇다고 부모를 원망하고 싶지도 않았다. 부모의 죄라고 해봤자 그저 신분이 노비여서 살고자 함도 죄가 되었을 뿐이었다. 원망해야 할 것은 살고자 하는 유진과 유진의 부모에게 죄를 씌우고 사지로 내몬 원수들과 조선 땅이었다.

"그러니까 당신 부모와 내 사이에도 서지 마. 없는 죄도 만들고 싶어지니까. 누구나 제 손톱 밑의 가시가 제일 아플 수 있어. 근데 심장이 뜯겨 나가본 사람 앞에서 아프단 말은 말아야지. 그건 부끄러움의 문제거든."

자신의 경솔함이 뼈아팠다. 희성은 차게 일갈하고 돌아서는 유진의 뒷모습을 보았다. 어두워진 뒷마당에 덩그러니 남은 희성은 고개를 숙였다. 너무 어두운 탓인지 발끝이 보이지 않았다.

빈관 직원들이 나와 흰 천들을 거두기 시작했다. 애신을 처음 보던 날 흩날리던 이불 사이로 보이던 그 얼굴이 희성을 괴롭혔다.

"애달파지는 건 나였나……."

애신을 보고 싶었다. 나쁜 맘을 먹지 않기 위해, 보는 것이라도 하고 싶었다.

'해드리오' 가게 앞을 씩씩거리며 나오던 호선은 마침 들어오려던 사내와 부딪쳤다. 그 바람에 들고 있던 무명천 꾸러미와 함께 노리개가 바닥에 떨어졌다.

"어머니! 여긴 어쩐 일이십니까! 저는 지나가던 길인데……."

신경질적으로 고개를 들던 호선은 들려오는 아들의 목소리에 열이 뻗쳤다. 손안에 양복을 든 희성이 '해드리오' 가게 앞을 지나는 것이 그냥일 리가 없었다. 호선은 희성의 등짝과 어깨를 맵게 두드려댔다. 희성은 얼른 바닥에 떨어진 노리개를 주워 호선에게 건넸다.

"어머니, 이거 흘리셨습니다. 아니 아버지께서 이제 하다하다 노리개까지 중고로 사라 하십니까? 정말 지독하십니다."

너스레를 떨어대는 희성에 호선은 빽하니 소리를 질렀다.

"부전자전이다, 이놈아! 넌 하다하다 옷까지 내다 파는 게냐?"

그러나 옷이 문제가 아니었다. 호선은 꾸러미에 들어 있던 시계를 내밀었다. 희성은 굳은 채 시계를 내려다보았다.

"조부님께서 유학길에 사주신 귀한 시계를 전당을 잡혀?! 아이고, 내가 이런 놈을 낳고 미역국을 먹었다, 미역국을 먹었어!"

"……그 미역국 드신 날 말입니다."

난리를 부리는 호선을 두고 희성은 다른 생각에 빠져 있었다.

"제가 태어나던 해에, 혹은 달에, 혹은 날에 말입니다, 어머니."

희성이 태어나던 날. 그날은 희성도, 호선도 죽을 뻔한 날이었다. 정말로 죽은 것은 다른 이들이었지만. 호선은 비단보를 두른 목을 저도 모르게 만지작댔다. 그 안에 상처가 남아 있었다. 마당을 적시던 피와 제 목을 긋던 옥비녀. 호선은 눈앞에 펼쳐지려는 끔찍한 잔상들을 애써 지워냈다. 희성이 태어난 날 벌어진 일은 떠올릴 때마다 섬뜩했지만, 대체로는 잊고 지냈다. 유진만 나타나지 않았다면, 호선과 안평은 그대로 그날의 일을 잊고 발 뻗고 편히 살았을 것이다.

"다른 일은…… 없었습니까? 가령…… 아홉 살짜리 노비에게 생긴 슬픈 일…… 같은 거 말입니다."

점점 흐릿해지는 아들의 목소리에 호선은 다급히 뒤편의 여종을 찾았다.

"내 정신 좀 봐. 대감마님 중반도 안 챙기고 이러고 있다. 기별할 때까지 빈관에서 꼼짝 말고 있어. 꼼짝 말고. 가자."

시계를 희성의 손에 쥐여주며, 호선은 여종을 재촉했다. 정신없이 어미가 떠난 자리에는 팔려던 양복도, 팔았던 시계도 그대로였다. 손안의 시계가 껄끄러웠다. 시계 뚜껑을 열자 시계 초침이 변함없이 틱, 틱 얕은 소리를 내며 돌아가고 있었다. 돌고 도는 시곗바늘처럼 시계는 자신의 업보마냥 다시 희성의 손에 돌아와 있었다.

우두커니 서 있던 희성은 깊은 한숨을 내쉬며 걸었다.

"희성 도련님 아니십니까?"

그때 거리에서 희성을 향해 아는 체를 해오는 이가 있었다.

"편안하셨습니까, 도련님. 저 테라 양복점에서 일하는 신가 종민입니다. 도련님 처음 단발하시고 양복 맞추셨을 때 제가 치수 재어드리고 했었는데, 기억 안 나십니까?"

그제야 희성도 그가 누군지 알아채고 인사를 나눴다. 희성의 팔에 든 양복을 보고는 종민이 서글서글하게 물었다.

"아, 예. 어찌 양복은 잘 맞으십니까? 애기씨께서 치수를 잘 모르셨나 봅니다. 작으셨을 것 같은데……."

"무슨…… 양복……?"

"애기씨께서 해마다 지어 보내드린 도련님 양복 말입니다."

종민은 애신이 지어간 양복들이 희성에게는 너무 작은 듯하여 아쉬워하고 있었다. 당연하게도 희성은 애신에게 양복 한 벌은 물론이고, 정다운 웃음 한 번 받은 적이 없었다. 그러나 희성은 눈치가 빠른 사내였다.

"아. 그, 조선에서 해마다 보내왔던 그 양복 말인가. 내가 그새 좀 컸네. 동경서는 아주 잘 입었어. 자네 솜씬가?"

"스승님 솜씨입니다. 전 여직 치수만 잽니다. 제가 조선인이라. 치수를 다시 재 드릴 테니 한번 들르십시오, 도련님."

희성은 종민에게 잘 가라 인사했다. 종민이 멀어질 무렵, 희성은 혼란스러움에 중얼거렸다.

"정혼을 깰 생각이라던 여인이 해마다 옷을 맞췄다라⋯⋯."

서둘러 변명을 하긴 했으나 애신이 희성의 몸보다 작은 치수의 양장을 맞춰 무엇에 썼을지, 알 수 없었다. 애신에게 묻는 것이 가장 빠르겠으나 애신이 과연 대답을 해줄지 또한 알 수 없었다.

기
다
림

하루가 멀다 하고 애신은 약방을 찾았다. 혹시라도 유진이 약방으로 자신을 만나러 올까 싶어서였다. 그러나 그제도, 어제도, 오늘도 유진은 없었다. 하염없이 유진을 기다리다가 돌아오기를 며칠째, 깊어진 상념에 애신은 수척해져만 갔다.

탕, 애신이 쏘아올린 총소리와 함께 연습터의 사발이 깨어졌다. 동시에 애신은 스스로 왼팔에 총을 쏘던 유진을 떠올렸다. 경무청 앞에서 말을 탄 채 멀어지던 뒷모습이 마지막이었다.

그렇게 가까이서 쐈으니 상처가 생각보다 깊을 텐데 팔은 다 나았는지 걱정됐다. 애신을 도우려 나선 것이니 고맙다고 해야 할까, 일이 이렇게 되어 미안하다고 해야 할까. 유진을 보면 무슨 말을 할지조차 여전히 미궁 속이었지만 만나지도 못하니 애가 탔다. 어쩌면 유진이 더는 자신을 보고 싶어하지 않을지도 모를 일이었다.

연습용 총을 정리해서 들고, 애신은 움막으로 돌아왔다. 비어 있던 움막에는 승구가 아궁이에 솥을 걸어놓고 밥을 끓이는 중이었다.

"그 여인은⋯⋯. 어찌 되었습니까? 거사가 있던 날 창문을 열어 저를 도운 여인이요."

나뭇가지로 아궁이의 불을 뒤적이던 승구가 돌아보았다. 역시나 애신은 소아를 알아본 모양이었다.

"해서 구했습니다. 동지니까요."

"그 미군 사내도 동지라 그날 널 도운 것이냐."

애신은 답하지 못한 채 입을 다물었다. 승구는 표정을 굳혔다.

"그자에 대해 캐묻자는 것이 아니다. 다만, 너는 그날 네 신분을 노출시켰다. 너와 그 여인, 둘 다 위험할 수 있었던 얘기다."

"달리 방도가 없었습니다. 구해야 했으니까요⋯⋯. 혹시 그 여인!"

"살았다."

안도하는 애신을 보며 승구는 씁쓸한 미소를 삼켰다. 소아를 생각하면 걱정과 불안이 앞섰지만, 처음부터 위험한 일에 발을 들인 이상 어쩔 수 없었다. 언제나 죽음을 각오해야만 하는 일이었다.

"네가 살린 그 아이 이름이 소아다. 너에게 고맙다는 말을
전해달라더구나."

"이름도 모를 뻔했습니다."

"듣고 잊어라. 그들은 그저 아무개다. 그 아무개들 모두의
이름이, 의병이다. 이름도 얼굴도 없이 살겠지만 다행히 조선
이 훗날까지 살아남아 유구히 흐른다면, 역사에 그 이름 한
줄이면 된다."

그것은 굳은 다짐이기도 했다. 화상 자국이 남은 승구의 투
박한 손이 애신의 눈에 들어왔다. 자신의 삶도 그렇게 되리라
는 것을 애신은 어렴풋이 짐작했다. 조선을 지키려 손에 총을
쥔 이상 그것은 정해진 수순이었다. 그렇게 남겨진 이름 한
줄에 속할 것이다. 애신은 천천히 고개를 끄덕였다.

승구의 말이 맞았다. 그것이면 되었다. 그것이면 충분했다.

자신의 방에 고고한 자태로 앉아 히나는 조심스럽게 손에
쥔 봉투를 펼쳤다. 봉투 위에는 가운데 그려진 오얏꽃 문양을
둘러싸고 '성충보좌'라 적혀 있었다. 히나는 서신을 펼쳐 내
용을 확인하고는 곁에 켜둔 양촛불에 서신을 태워버렸다. 화
르륵 타들어간 서신은 순식간에 재가 되었다.

채비를 갖춘 히나는 미 공사관 사무실에 도착해 그 문을 두드렸다.

사무실 책상에 앉아서 사무를 보던 유진에게는 뜻밖의 방문이었다. 구두굽을 또각거리며 히나는 사무실 안으로 걸어 들어갔다. 유진이 경계하며 자리에서 일어섰다.

"궁에서 기별이 와 전달합니다. 비공식적으로."

"내게 말이오?"

대한제국의 궁보다는 백악관에서 불렀다고 하는 것이 더 자연스러운 유진이었다. 전혀 그 의도를 짐작할 수 없어 유진이 묻자 히나가 끄덕였다. 히나의 분위기가 평소와 사뭇 달랐다.

"군복은 두시고 양장을 하세요. 허리에 차신 것도 놓고 가셔야 합니다."

"궁에서 나를 보자는 이가 누구요."

"대한제국의 황제 폐하십니다."

놀란 유진을 보며 히나가 싱긋 묘한 미소를 입가에 띠웠다.

"전 전달만 할 뿐 내용은 듣지 못합니다. 대신 한 가지 키를 드리죠. 궁에선 누구를 만나든 영어를 쓰세요. 궁내부 역관을 불러 통변하게 하시고요."

여전히 속뜻을 짐작하기 어려운 내용이었으나 유진은 끄덕였다. 제게 해가 될 것 같진 않았다. 어차피 대외적으로 유진은 미국인이었으니 그렇게 행동하는 것이 이상한 일도 아니

었다. 히나는 유진에게 이 비공식적인 방문이 어떻게 이루어
지게 될지 설명했다.

내용을 전한 후 히나는 유유히 미 공사관을 떠났다.

빈관의 주인이 어째서 황제의 명을 전하는 것인지. 유진은
떠나는 히나의 뒷모습을 보며 턱을 쓸었다. 상당한 정보력의
일환일 수 있었고, 애신과 같이 아무도 모르는 히나의 또 다
른 모습이 있을 수도 있었다. 어쩌면 둘 다일 수도.

어림짐작하며 유진은 책장 앞으로 걸어갔다. 책장에 꽂힌
성경을 유진은 가만히 꺼내 펼쳐보았다. 성경책의 가죽으로
된 겉면 틈새를 열어 얇은 종이를 꺼냈다. 자신은 물론 조선
의 운명이 달린 것일지 모를…….

아홉 살 때부터 유진을 괴롭혀왔던 질문은 여전히 유진의
머릿속을 어지럽히고 있었다. 자신이 하늘인지, 아니면 하늘
을 나는 검은 새인지. 유진은 종이를 다시 성경을 감싼 가죽
틈 사이에 넣었다. 아직은 아무것도 결정하지 말자 그리 생각
하면서…….

늦은 밤, 유진은 빈관 앞에서 히나가 말해준 빨간 띠를 두
른 인력거꾼의 인력거를 타고 경운궁에 도착했다. 황제와, 황
제의 측근이자 궁내부 대신인 정문만이 자리한 비밀스러운
자리였다. 그 자리에 궁내부 역관이 든 것은 유진의 요청 때
문이었다. 황제와 유진의 사이에 역관이 자리했다.

황제는 한 가닥 희망을 가지고 유진을 불렀다. 미 공사관 영사대리이며, 미 해병대 대위의 자리까지 올라간 미국인. 그러나 출신은 조선인일 자. 그를 적절히 쓸 수만 있다면, 예치 증서에 관한 정보를 얻을 수 있을지 몰랐고, 나아가 다른 나라 공사들을 견제할 수도 있었다.

문제는 유진이 조선에 힘을 실어줄 것인가 하는 것이었다.

"어린 나이에 이국으로 건너갔다 들었다. 대국의 요직에 올라 조국으로 돌아와서, 일군의 횡포에 맞서 조국의 안위에 힘쓰니, 참으로 훌륭하다."

유진은 황제가 치하하는 것을 가만히 듣고 있었다. 정문은 유진의 표정을 면밀히 살폈다.

"짐이 오늘 그대를 부른 것은 조선인인 그대에게 미국과의 교류에 대해 조언을 듣고자 함이다. 그대가 보기에 대한제국에 대한 미국의 입장은 어떠한가."

궁에 들어오며 예상했던 내용이었다. 국호를 새로 정하고 스스로 황제의 자리에 앉아 그 의지를 내보였으나 스러져가는 나라였다. 황제에게는 많은 도움이 필요했다. 그러나 황제는 잘못 생각한 것이다. 조선은 유진의 나라가 아니었다.

역관이 통변하자, 유진은 차갑고 건조한 눈빛으로 입을 열었다.

"먼저, 오해가 있으십니다. 저는 군인이지 정치가가 아닙니다. 또한 저는 미국인이지 조선인이 아닙니다. 제 조국은 미

243

국입니다. 제가 한 일은 조선이 아닌, 한 이국의 여인에 대한 도움이었을 뿐입니다. 미국인인 제가 드리는 그 어떤 조언도 조선에 유리할 리 없습니다."

황제의 눈에 기대감이 어려 있었다. 역관이 조아리며 그런 황제에게 아뢰었다.

"폐하, 아뢰옵기 황공하오나, 대한제국은 약소국으로 강국의 도움을 받아들여야 한다는 것이 미국의 입장이라 하옵니다."

유진은 시선은 바로 한 채, 조금 미간을 좁혔다. 황제가 크게 상심하며 되물었으나 역관은 낯빛의 변함조차 없었다.

듣고 있던 정문이 유진을 향해 물었다.

"한데 너는 조선말에 능통하지 않았더냐. 어찌 역관을 통하는 것이냐."

"궁중 예법을 알지 못하여 역관의 도움을 얻고자 함이었습니다."

유진의 유창한 조선말에 역관의 안색이 파리해졌다. 제가 멋대로 말을 전한 것을 유진은 다 안다는 뜻이었다. 이 자리에서 혀를 깨물고 싶은 심정이었다.

"생각이 바르고 옳다. 짐이 감안하겠으니 역관은 물러가라."

황제가 반색하며 역관을 물렸다. 역관은 어쩔 줄 몰라 땅에 닿을 듯 고개를 조아리고는 뒷걸음으로 물러났다. 물러나는 역관을 보는 정문의 표정이 매서웠다.

역관이 물러나자 황제는 더욱 본격적으로 유진에 대해 묻기 시작했다.

"그대의 이력이 보던 중 드물다. 그래, 조선에서 그대의 본은 어디였는가."

그리고 그 물음에 유진은 쓴웃음을 삼켰다.

"……모릅니다."

"네 이놈! 폐하께서 하문하시지 않느냐. 제대로 답을 하지 못할까."

"폐하의 백성 중 꽤 많은 이들은, 제 본이 어딘지 모릅니다."

정문의 호통에 유진이 답했다.

"본이 어딘지 모르는 것은, 노비는 성이 없어 주인의 성을 따르는 경우가 많은데 제 아비의 첫 주인이 최가라 제 아비와 제가 최가입니다. 제 어미는, 그마저도 없이 죽었습니다. 제 아비와 어미는, 노비였습니다."

유진은 담담했으나 황제와 정문은 당황한 기색을 숨기지 못했다. 그런 두 사람을 보며 유진은 그저 눈을 감았다 떴다. 정전에 불편한 침묵이 감돌았다. 유진을 불러 쓰임새가 있을지 보자고 한 것은 정문이었다. 천출을 황제 앞에 부른 것이 송구스러웠다. 정문이 서둘러 황제에게 유진을 물릴 것을 당부했다. 황제가 이만 물러가라 명했다.

궁을 나온 유진은 답답하게 목을 죈 셔츠의 단추를 하나둘 풀었다. 유진은 양복 재킷 안쪽에 손을 넣었다. 조선의 명운이 달린 그것. 황제가 애타게 찾고 있을 로청은행 예치증서의 보관증이 손에 잡혔다. 유진은 제 손에 들린 운명을 펼쳐보곤 헛웃음을 지었다. 무엇을 기대했던 걸까 스스로 질문해도 답할 길이 없었다. 이리 될 줄 몰랐던 것도 아닌데 입이 쓴 건 어찌할 수 없었다.

✦

사홍의 집을 찾은 승구는 엎드린 채 고했다.

"동지 하나가 신분이 노출돼 상해로 보내려 합니다. 정식 배편으론 위험할 듯싶어 밀항 편을 알아보는 중인데, 그자들은 부르는 것이 값이라……. 하여 송구스럽지만, 이리 또 대감마님을 찾아뵈었습니다."

승구의 뒤편에 시선을 둔 사홍은 흰 수염을 쓰다듬었다. 이렇다 할 말 대신 사홍은 애신을 물었다. 승구에게 애신이 제 한 몸 지킬 수 있게 해달라 부탁한 것이 어언 십 년이었다.

상완이 목숨을 잃은 것은 그보다 더 되었다. 상완이 조선을 지키고자 동경으로 떠날 때에도 사홍은 의병들에게 돈을 댔다. 결과적으로 그 돈은 자식을 죽이는 돈이 되었다.

"막아서 막아지는 일이 아님을 알고 있네. 나도 막아서지 못한 것을 자네에게 하라고는 않겠네. 그러니……."

자식들을 앞세운 슬픔을 헤아릴 수 있는 이는 많이 없을

246

것이다. 승구는 그저 사홍의 다음 말을 기다렸다. 세월이 지나 생긴 주름만큼 사홍도 많이 늙어 있었다. 승구의 마음이 무거웠다.

"애신이가 잘 쓰이더라도, 자주는 말고……. 더러는 모르게도 하고……. 그래 주게. 이 돈은 살리고자 하는 이를 살리고."

사홍이 서랍에서 돈뭉치를 꺼내 툭, 승구의 앞에 놓았다. 승구가 돌려줄 수 있는 것은 그저 마음 깊은 곳에서 우러러 나오는 인사였다.

인사를 하고 나오는 승구가 사홍의 집을 나서려 행랑아범의 배웅을 받던 때였다. 마당으로 나온 애신이 승구를 붙잡았다. 연습터에서와 달리 이곳에서 애신은 귀하신 애기씨였고, 승구는 산에서 내려온 포수였다.

"함안댁이 음식을 좀 싸고 있네. 가져가게."

승구가 조아리며 부엌으로 향했다.

부엌에서 함안댁이 곶감과 육포, 명태 등 온갖 음식을 보자기에 싸 담고 있었다. 부엌 문밖에 선 애신이 걱정스럽게 물었다.

"할아버님과 나누신 말씀 들었습니다. 그 여인이 아직 안전하지 못한 겁니까? 그럼 상해로는 언제……."

"이번 일은 소인이 알아서……."

"제가 구한 여인입니다. 안전하길 바랍니다. 마무리도 제가 하겠습니다."

퍽 단호한 애신이다. 직전에 사홍으로부터 당부의 말을 들은 승구였다. 불편한 마음이 가시지도 않은 채였다.

"다음엔 더러 빠지겠습니다. 모른 척도 하겠습니다. 참말입니다."

"……거사 장소는 제물포항입니다."

말린다고 말려지지 않는다는 것을 사홍도 알았고, 승구도 알았다. 위험이라는 어둠은 가슴속에 피어오른 뜨겁고도 환한 열망의 빛에 가려진 지 오래였다.

"예."

"누굴 닮아 이러시는지. 두 번 묻지도 않고 그저, 예."

"예?"

"그 아이 목숨도 달렸지만 애기씨 목숨도 달린 일입니다."

그제야 애신은 승구의 염려에 희미하게 웃음으로 답했다. 이리 보니 새삼 애신은 자그마한 애기씨일 뿐이었다. 지붕 위를 날고, 바닥을 구르는 고생을 할 이유도, 죽음을 각오할 이유도 없고 그저 집안에 앉아 편하게 살 수 있는 귀한 애기씨였다. 누구라도 그랬겠지만, 그런 애신이어서 승구는 더 뭉클해졌다.

✦

궁에서의 일로 인해 유진은 여전히 고심하고 있었다. 제멋대로 통변을 꾸며내던 궁의 역관이 마음에 걸렸고, 자신의 신분을 안 순간 못 들을 것을 들었다는 듯 굴던 정문과 황제의 표정이 발목을 잡았다.

유진은 마당에 티 테이블과 타자기를 놓고 시를 쓰던 카일을 사무실로 불렀다.

"뭐야, 이게?"

유진이 성경을 감싼 가죽에서 꺼낸 전당 증서를 보고 카일이 물었다. 유진은 착잡한 심정으로 답했다.

"전에 말했던 로건의 분실물. 알렌 공사도 찾고 있는 조선 황제의 비자금 행방."

왜 이것이 유진의 손에 들어와 유진을 번뇌하게 하는지 모를 일이었다. 여유롭게 찻잔에서 올라오는 향을 음미하던 카일이 굳었다. 알렌은 그것에 조선의 광산권, 인삼판매권, 철도 부설권이 달렸다고 했었다. 알렌의 손에 들어간다면 최소 그중 하나는 얻어내게 될 것이다. 카일이 설명하자 유진이 쓴웃음을 지었다.

"글쎄. 나도 최소 두 가지 길이 있어. 조선을 망하게 하거나, 조선을 좀 늦게 망하게 하거나."

유진의 답에 카일은 피식 기운 빠진 웃음을 지었다. 유진은 조선이 제 조국이 아니라고 하지만, 어쨌든 그가 태어난 곳이었다. 그리고 기울어가는 이 조선은 어쩐지 카일에게도 애잔했다. 소박한 정취와 순박한 사람들, 동시에 강인한 기운이 조선에 있었다.

"미국은 이 작고 조용한 나라의 운명에 더는 개입해선 안 돼."

카일의 푸른 눈이 투명하게 유진을 비췄다.

"미국은 이 서류가 없어도 어차피 필리핀을 가질 거야. 물론 조선의 운명이 어느 나라의 손에 들어가든 관심도 없을 거고. 그럼 원래 조선의 것은 조선에 돌려줘도 되지 않을까?"

"……미국인이 할 소리는 아냐."

"난 시인이니까. 그러니까 위험해지지 마, 미국인. 내 시의 마지막 문장이 '소풍 같은 파병이었다'로 끝날 수 있도록."

일어선 카일이 유진의 어깨를 가볍게 두드렸다. 유진은 카일이 비운 자리를 바라보다 이내 전당 증서를 챙겼다.

커다란 기와집들 사이에서 너무 단출해 오히려 눈에 띄는 집이 바로 정문의 집이었다. 황제의 최측근이 사는 집이라고 하기엔 초라했다. 거기에 안쪽으로 들어서자 허름한 옷을 입은 채 정문은 직접 장작을 패고 있었다. 의외의 광경이었다. 정문도 놀라기는 마찬가지였다. 두 사람은 차분히 서로를 탐색했다.

"그날 내 말을 통변하던 역관이 통변을 거짓으로 하고 있었소."

거두절미하고 유진은 용건을 꺼냈다.

"미국에도, 조선에도 유리한 통변이 아니었소."

"그걸 왜 이제야 알려주는 것인가. 그날 폐하께 곧장 고할 수도 있었고, 영원히 말하지 않을 수도 있었는데."

정문은 신경을 곤두세웠다. 역관에게 의심적은 구석이 있긴 했으나 유진이 믿을 만한 자라는 확신은 아직 없었다. 오히려 유진은 믿지 못할 자의 목록에 들어야 할 자였다. 날 선 정문을 보며 유진이 한숨처럼 내뱉었다.

"그때와는 마음이 좀 달라졌소."

"마음이 달라졌다. 그간 생각할 시간이 충분했을 터. 본인의 말을 주워 담고자 하는 것은 아닌가. 출신이 노비여서 나라를 떠난 자의 말을 자네라면 믿겠는가."

결국 노비 출신인 유진에게 돌아오는 것은 이러한 질책이었다. 조선에 박힌 신분제의 뿌리는 너무나 깊었다. 유진은 무엇 때문에 여기까지 발걸음했는가 싶어 밀려드는 후회를 삼켰다. 풀어졌던 군복의 단추를 단단히 잠그며 유진은 자리에서 일어섰다.

"믿고 안 믿고는 대감의 마음이오. 하나 내가 대감을 찾아온 건, 총 쏘는 것보다 더 어렵고, 그보다 더 위험하고, 그보다 조금은 뜨거운 마음이었소. 헛걸음인 듯싶소만."

놀라는 빛이 정문의 얼굴에 스쳤다. 유진은 짧게 목례한 후 정문에게서 뒤돌아섰다.

정문의 집을 나섰을 때는 어느덧 밤이 되어 있었다. 심란한 마음 때문인지 걸음이 점점 느려졌다. 순검들이 우르르 유진의 옆으로 달려갔다. 외부대신인 이세훈의 지시로 경무청에서 나온 순검들은 길목이란 길목은 다 막고 수색 중이었다. 세훈이 찾는 자라면, 일본이 찾는 자였다. 그렇다면 알 만했다. 유진은 골목 뒤에 몸을 숨긴 채 검문 중인 순검들을 지켜보았다.

막힌 통행로는 인력거며 가마, 사람들이 줄지어 서 번잡했다. 그사이에 행랑아범과 함안댁이 보였다. 두 사람은 가마를 지키는 중이었다. 그러던 중 애신이 탄 가마의 검문 차례가 되었다. 가마의 문이 열리며 애신이 함안댁의 도움을 받아 가마에서 내렸다.

애신은 제물포항에서의 거사를 앞두고 약방에 다녀오는 길이었다. 약재 창고에 수북이 쌓인 약재 바구니 사이에는 애신이 변복 시 사용하는 양복과 복면들을 두는 곳도 있었다. 유진이 찾아오지 않는 약방에서 애신은 복면이 유진의 손에 있음을 깨달았다. 유진은 잘 지내고 있는지, 그것만이 궁금해 애신은 하루가 다르게 마음이 애틋해졌다.

순검이 가마에서 내린 애신을 확인하고는 깍듯이 말했다.

"확인됐습니다. 타셔도 됩니다. 애기씨."

그러고는 함안댁에게 용모파기를 내보이며 이런 계집을 본 적 없냐 물었다. 용모파기 속 얼굴을 본 애신은 놀라고 말았다. 기모노 차림을 한 여인의 얼굴은 분명히 소아였다.

"하이고, 이쁘기도, 이 얼굴로 뭔 죄를 졌길래 이 밤중에 이 난립니까."

"안 그래도 왜놈들 때문에 민심이 흉흉한데 글쎄 돈 몇 푼 더 벌겠다고 조선인으로서의 긍지를 버리고 왜각시로 일을 했답니다. 이 얼마나 천인공노할 일입니까."

순검의 말에 순간 애신의 가슴은 무너져 내리는 듯했다.

'그들은 그저 아무개다. 그 아무개들 모두의 이름이, 의병이다. 이름도 얼굴도 없이 살겠지만 다행히 조선이 훗날까지 살아남아 유구히 흐른다면, 역사에 그 이름 한 줄이면 된다.'

스승의 말이 아프게 귓가를 울렸다. 그런 애신을 지켜보고 있던 유진 또한 가슴이 아렸다. 애신의 심정이 손에 잡힐 듯했다. 그러나 유진은 골목 밖으로 나서지 못했다.

애신은 정혼자가 있는 몸이었고, 저는 조선을 위하고 싶어도 위할 수 없는 몸이었다. 유진은 더 깊은 어둠 속으로 발길을 돌렸다.

푸른 옷 소매

"망할 조선 계집!"

하야시가 테이블을 내리치는 소리가 거셌다. 창문이 모두 닫힌 화월루 2층의 다다미방. 하야시와 동매가 마주 앉아 있었다. 조선인이 화월루의 게이샤로 지내며 정보를 빼낸 것이 발각된 이후, 화월루의 주인은 그 불똥이 튈까 재빠르게 동매를 찾아왔다. 그날로 화월루는 동매의 관리 구역이 되었다.

"그럼 가서 잡으시지 여긴 어쩐 일이십니까."

동매는 여유롭게 물었다.

"일본 공사관에서 직접 나섰다간 외교 문제로 번질 가능성이 커. 빈대 잡겠다고 초가삼간 태울 수야 없지. 그년 좀 찾아줘야겠어."

"그러기엔 조선 경무청이 이미 요란스레 찾던데?"

"그래야 소문이 나지. 한성의 모든 육로가 막혔다고. 넌 제물포로 가서 항구를 막아. 분명 위조 신분으로 상해에 가려 할 거야. 이건 그년이 사라진 뒤로 발급해준 집조執照 호조護照 명단이야. 일본인 다섯, 청인 아홉, 조선인 여섯. 이 중에 있어."

하야시의 말을 건성으로 들으며 동매는 픽 웃음 지었다.

"뭘 알겠고. 값부터 치르시죠, 공사님. 선금입니다. 자꾸 없는 걸 찾으라 하시는 통에 잔금이 아쉬워서요. 다 먹고살자고 하는 짓인데."

"뭣이 어째?"

"싫으면 딴 놈 알아보시든가."

어깨를 으쓱하며 동매가 배짱을 부렸다. 건방진 동매의 태도에 하야시가 표정을 완전히 구겼으나 다른 수가 있는 것도 아니었다. 분하다는 듯 주먹을 쥔 하야시는 결국 동매에게 두 손을 들고 말았다.

미군들의 총구가 공사관에 찾아온 사내를 향해 가차 없이 겨눠졌다. 어깨에 총을 멘 이는 다름 아닌 승구였다. 총들을 마주하고 선 승구는 지난날의 아픔이 떠올라 가슴이 미어졌다. 이 총에 얼마나 많은 조선인들이 죽어갔던가. 그중에는

승구의 아비도 있었다. 승구는 울분을 가라앉히며 담담히 준
비해온 말을 건넸다.

"조선인 외양의 미군을 만나러 왔소. 안에 전하시오."

물론 미군들이 승구의 말을 알아들을 리는 없었다. 역관을
부르며 미군들은 승구의 어깨에 두른 총기를 빼앗았다. 예상
한 일이었기에 승구는 제 할 말만을 반복했다.

우여곡절 끝에 승구가 유진의 사무실에 들어섰다.

"술값 받으러 왔소."

"포수였소?"

제 앞에 선 승구의 복장을 위아래로 훑으며 유진이 되물었
다. 승구의 눈에는 유진의 왼팔이 보였다. 흰 셔츠 아래로 붕
대가 감겨져 있었다.

"움막에 미군이 왔다 갔다던데. 그쪽일 듯하고, 알고 왔다
간 거 아니었소?"

유진은 그제야 제가 다녀간 움막의 주인인 장 포수가 승구
임을 알았다. 기막히다면 기막힌 우연이었다. 돌무덤 사이에
쓸쓸히 앉아 있던 승구가 생각나 유진은 금세 납득했다. 신미
년의 양요 때 소중한 이들을 잃었으니 미국을 원수로 여길
만했다.

"얼마요, 술값."

"애기씨 주변을 맴도는 이유가 뭐요."

"애기씨라. 나와 있었던 이는 사내였는데. 적어도 외양은."

"이리 다 알고 계시면 내가 나으리를 살려둘 수가 없는데……."

승구는 순식간에 사무실 한편에 놓여 있던 총을 집어 들어 유진을 겨누었다. 몸집과 어울리지 않는 잽싼 놀림이었다. 승구의 갑작스러운 행동에도 유진은 태연했다. 승구가 총을 든 채 유진 쪽으로 다가섰다.

"그 게이샤는 왜 도운 거요."

"스승과 제자가 퍽 닮았소."

"내가 농이라도 치는 것 같소?"

승구는 거침없이 총을 장전했다. 이미 미국식 총에 대해서는 해체까지 마쳐본 상태였다.

"소용없을 거요."

"그건 쏴봐야 아는 것이고."

"안 쏴져서 소용없을 거란 얘기요. 그 총에 총알은 있는데 이 스프링이 없어서."

답하며 유진은 책상에 두었던 스프링을 집어 들어 보였다. 그제야 승구는 자신이 들고 있는 총이 자신이 훔쳐서 해체한 후 대장장이에게 조립을 맡겼던 총과 같은 총이라는 것을 깨달았다. 승구는 총을 던지듯 내려놓았다. 어차피 총 하나 정도로는 유진을 위협할 수 없었을 것이다. 다만 승구는 어떠한 방법을 써서든 유진의 속내를 알고자 했다.

"조선인 외양이라 한들 당신은 미군이요. 난 신미년에 당신들이 조선에 무슨 짓을 했는지 다 본 사람이오. 우리에 대해 다 알고 있는 듯한데 잡아들여 추궁을 하면 모를까 왜 돕고 있느냔 말이오."

"내 맘이오. 도와도 난리요?"

"미군이 조선인을 아무 뜻 없이 도울 리가."

"추궁은 그쪽이 하고 있소, 지금. 술값 받으러 왔으면 술값이나 받아 가시오."

유진의 말에 승구는 그저 유진을 보았다. 정확히 '왜' 그런 속내를 가지게 되었는지는 몰라도, 대충 유진이 '어떠한' 속내를 가졌는지는 보았다.

"주시오."

"얼마요."

"부르는 대로 줄 건가. 꽤 비쌀 것인데."

의아한 눈으로 쳐다보는 유진에게 승구는 모든 것을 털어놓듯 답했다.

"그 게이샤가 아직 괜찮지 않소."

그날의 술값이 생각보다 더 값이 나가겠구나. 유진의 머릿속이 복잡해졌다.

"모든 정황을 제물포에서 상해로 가는 배를 타는 것으로 짜두었소. 제물포가 미끼인 걸 안 순간 무신회는 바로 육로를 타고 쫓을 거요. 다행히 기차는 하루에 두 번밖에 운행되지 않소. 무신회는 제물포에 발이 묶여 기차를 놓칠 거요. 그 사이 우리는 육로로 한성을 빠져나가려 하오."

그럴 듯한 계획이었다. 그러나 유진이 들어서는 안 될 계획이었다.

"그런 계획을 왜 나한테 얘기하는 거요."

"미군과 군속은 수색을 안 할 테니까. 도와주시오. 무사히 한성만 빠져나가게 해주시오."

"날 뭘 믿고. 조선인을 아무 뜻 없이 도울 리가."

그러나 유진의 행동은 승구에게 믿음과 확신을 주고 있었다. 이미 많은 것을 눈감아주고 있는 것이 그 첫째였고, 그다음은.

"스스로 팔을 쏴서라도 그 여인을 구했지 않소."

"틀렸소. 내가 구한 여인은 그 게이샤가 아니오. 고애신이지."

승구가 들고 있던 총이 스르륵 내려갔다. 유진의 이유, 선명하고도 확실한 그 이유는 무엇도 아닌 애신 그 자체였다.

동매는 낭인들과 함께 기차를 타고 제물포항에 때맞춰 도착했다. 뱃고동 소리가 힘차게 울려 퍼지는 가운데 인부들이 곡물 자루부터 시작해 각종 물품이 담긴 상자들과 가축들을 배에 싣고 있었다. 낭인 몇은 배에 올라타는 이들의 얼굴을 일일이 확인 중이었고, 몇은 배 위를 휘젓고 다녔다. 동매는 그 가운데 서 모든 것을 빠짐없이 주시했다.

하야시로부터 소아가 신분을 위조해 배에 오를 것을 전해 들은 후, 동매는 뒷돈을 받고 밀항을 해주는 선원을 잡아다 족쳤다. 결국 선원은 낭인들의 구타를 이기지 못하고 젊은 계집을 실어다 주기로 했다고 자백했다.

그러나 약속한 시각이 다 되도록 소아는 나타나지 않고 있었다. 밀항을 약속한 선원 쪽을 확인했다. 동매와 눈이 마주친 선원은 덜덜 떨며 고개를 저었다. 여인이 오지 않았다는 뜻이었다. 동매는 초조하게 주변을 둘러보았다.

동매는 몸을 잘 쓰고 머리만 좋은 것이 아니었다. 감도 좋았다. 지금의 자리까지 오는 데에는 짐승과 같이 날 선 감각이 많은 도움이 되었다. 예감이 좋지 않았다. 동매는 맘에 들지 않는다는 듯 찌푸렸다. 바닷바람에 머리칼이 휘날렸다.

"그런데 말이야……. 아까 삼등칸에 있었던 장사치들 말이야."

제물포항으로 향하는 기차 안에는 짚신 장수며 비단 장수, 우산 장수까지 장사치들이 우글거리고 있었다. 동매는 뒤편에 있던 낭인 중 하나인 유죠에게 물었다.

"왜 단 한 명도 안 보이지?"

그 산더미 같은 물건 속에는 무기가 숨겨져 있었다. 날카롭게 묻는 것과 동시에 동매는 깨달았다. 순간의 지체함도 없이 동매는 유죠에게 명령했다.

"철수한다. 한 시 기차 타야 돼. 이 기차 놓치면 그년도 놓치는 거야."

"그게 무슨 말씀입니까?"

"정확한 정보. 너무 정확해서 이상한 정보. 여기 아니야. 하야시가 속았어. 그년은 지금 육로로 튀었어."

동매의 말에 유죠가 황급히 낭인들을 향해 외쳤다. 선원을 감시하던 낭인은 물론이고 배 주변에서 수색하던 낭인들이 모여들었다. 배를 타려는 승객들을 밀치며 그 반대 방향으로 동매와 낭인들이 급히 나아갔다. 순식간에 사람이 엉키며 배의 입구는 아수라장이 되었다. 그때, 몸을 숨기고 있던 변복 차림의 지게꾼이 허공에 대고 총을 쏘았다. 놀란 승객들이 그자리에서 엎드렸다. 덕분에 무신회와 심복들만 도드라져 보였다. 유죠가 달려 나가며 총이 울린 쪽으로 향했다.

"저쪽이다! 저 새끼 잡아!"

"그쪽이 아니라니까! 기차부터 타! 발 묶으려는 수작이야!"

유죠를 붙잡으려는 동매의 발 앞으로 탕, 총알이 날아와 박혔다. 이로써 더 확실해졌다. 동매는 주변을 두리번거렸다. 소아를 잡으려면 한성에 먼저 연락을 해야 했다. 전화기를 찾는 동매의 눈에 '대한협동우선회사'의 간판이 보였다. 동매는 날아오는 총알을 뒤로 하고, 건물을 향해 달리기 시작했다.

무신회의 발을 묶으러 직접 제물포항으로 온 애신은 옥상 위에서 달려가는 동매의 모습을 조준경에 담고 있었다.

'대체 어딜 가는 거지……? 전화기!'

동매의 의도를 알아차린 애신도 총을 들고 동매를 쫓아 달리기 시작했다. 항구를 달리는 동매를 보며 애신은 그보다 앞서 지붕과 지붕을 넘었다.

대한협동우선회사 건물의 맞은편 옥상에 착지한 애신은 조준경으로 건물 안을 빠르게 훑었다. 3층의 사무실에도, 2층의 사무실에도 전화기는 없었다. 그러나 1층의 사무실 벽에 전화기가 걸려 있었다. 1층 사무실의 직원이 난데없는 총격전에 놀라 벽으로 달려가 수화기를 집어 들고 있었다.

탕, 애신은 빠르고 정확하게 전화기를 맞췄다. 숫자를 누르는 판이 여러 갈래로 쪼개지며 직원의 손에는 수화기만이 남았다. 뒤늦게 사무실 문을 부술 듯 열고 들어온 동매는 수화기만 든 채 떨고 있는 직원을 보고 욕지기를 내뱉었다. 한 발 늦었다.

휙 고개를 돌려 총알이 날아왔을 하늘을 바라보자 달려가는 저격수의 뒷모습이 보였다. 동매는 이제 그 저격수를 쫓아 달리기 시작했다.

저 멀리 노량진으로 향하는 오늘의 마지막 열차가 경적을 울리고 있었다. 변복한 채 건물 위를 뛰어다니며 애신은 모든 힘을 다해 낭인들을 유인했다. 애신을 뒤따르던 동매는 하야시의 심복에게서 총을 빼앗아 들고 직접 총을 장전했다.

가늠쇠를 통해 저격수의 모습이 보였다. 방아쇠를 당기려던 그 찰나의 순간, 동매의 미간이 좁혀졌다.

코트 깃을 휘날리는 검은 그림자, 애신이었다. 꿈에서도 잊지 못할, 그 어떤 모습이건 알아차릴 수 있을 만큼 수도 없이 그렸던 그 얼굴. 아니길 바랐지만 분명 그 얼굴이었다.

'설마.'

동매는 팔을 움직여 조준점을 내렸다. 동매가 쏘아 올린 총에서 총알이 날아가 저격수의 다리에 박혔다. 코트가 펄럭이며 검은 인영人影이 땅으로 추락했다.

거친 숨을 몰아쉬며 동매는 전력을 다해 저격수를 확인하러 달렸다. 그러나 저격수가 떨어져 있던 자리에는 핏자국만이 선명하게 남았고 저격수는 이미 사라지고 없었다. 동매는 난폭하게 총을 집어 던졌다. 뒤늦게 동매를 따르는 낭인들이 도착했다.

"어떡합니까? 다음 기차는 내일 아침 7시에나 있답니다."

"너희는 말을 구해서 한성으로 가. 목적지는 상해가 맞아. 밀항이 틀린 거야. 북쪽으로 가. 난 남아서 할 일이 있어."

바닥에 남은 핏자국이 동매의 심장을 날뛰게 했다. 혼자 남아 무엇을 할 것이냐 묻는 유죠에게 동매가 서늘하게 답했다.

"확인."

미 공사관 마당에 봇짐을 잔뜩 짊어진 나귀들이 있었다. 유진은 나귀의 털을 부드럽게 쓰다듬었다. 그 옆에 여행 갈 채비를 마친 카일과 관수 그리고 낯선 사내가 서 있었다. 도포에 패랭이를 쓴 이는 남장을 한 소아였다. 유진은 카일에게 이 여행을 부탁했다. 카일은 흔쾌히 유진을 위해 나서주었다. 카일이 유진을 돕는 것이라면, 관수는 조선을 돕고 싶어했다. 경무청이 한성을 빠져나가는 통로를 모두 막고 게이샤를 찾는 시기였다. 눈치 빠른 관수는 이런 시기에 카일이 모르는 사내와 동행하는 여행이 어떤 의미인지 알아차린 상태였다.

눈빛을 주고받는 네 사람 사이로 긴장감이 스쳤다.

"몸조심하시오. 무사히 도착하길 빌겠소."

유진은 떨고 있는 소아를 향해 당부했다. 소아는 작게 고개를 끄덕였다.

"고맙습니다. 그리고…… 일전에 나으리의 방을 뒤진 건 죄송했습니다."

"그쪽이었소?"

"제가 정보를 줘서요. 한데 어찌 저를 도우시는지……."

"조선이 늦게 망하는 쪽으로 걸어볼까 하여."

낮은 목소리로 유진이 말하며 먼 곳을 보았다. 유진은 이제 막 길목에 접어들어 있었다. 일전에 쓴 갓을 쓴 카일이 기분 좋게 흥얼거렸다.

"조선 여행은 신과 함께."

말 위에 오른 카일과 함께 짐을 실은 나귀의 고삐를 끌며
관수와 소아가 공사관 마당을 나섰다. 부디 무사하길 바라며
그 떠나는 길을 지켜보았다.

나루터로 향하는 길목에 카일의 일행이 다다랐을 때는 이
미 해가 져 있었다. 역시나 순검들이 횃불을 밝힌 채 눈을 부
라리며 검문에 열을 올렸다. 봇짐을 멘 선비들이 앞에서 검문
을 당했다. 그다음이 카일이었다.

갓 아래 카일의 선 굵은 얼굴을 본 순검들이 흠칫하며 뒷
걸음질 쳤다. 순검들에게는 여전히 낯설고 두려운 생김새였
다. 미군인 그를 오래 붙잡아 둘 수 있는 순검은 없었다. 순검
들이 길을 터주었다. 그렇게 세 사람은 나루터에 무사히 도착
했다.

소아를 상해로 이끌 배 한 척과 잔뜩 곤두선 채 노를 쥐고
있는 사내가 나루터에서 세 사람을 기다리고 있었다. 소아는
그곳에서 반쯤 얼굴을 가리고 있던 패랭이를 벗었다.

"고맙습니다. 정말 고맙습니다."

몇 번이고 인사하는 소아를 향해 카일은 빙긋 웃으며 자기
가 쓰고 있던 갓을 소아에게 씌워주었다.

"당신의 여정에 갓(god, 신)이 함께하기를."

"행운을 빈답니다. 부디 잘 가시오."

관수가 카일의 말을 소아에게 전했다. 소아의 눈가가 촉촉

하게 젖어들었다. 언제 다시 밟게 될지 모를 조선 땅이었다. 살아 있는 동안에는 돌아올 수 없을지도 몰랐다. 이제 소아는 상해로 가 싸울 것이다. 고향에 돌아올 수 있도록. 두렵고 쓸쓸한 소아의 마음을 뜻밖의 호의가 따스하게 적셔주었다. 눈물을 겨우 참아내며 소아는 배에 올랐다.

제물포항을 벗어나 깊숙한 산으로 들어서면 그곳에 작은 절이 하나 있었다. 절에는 애신의 부모를 기리는 위패가 모셔져 있었다. 명목상 애신은 오늘 이 절에 부모님을 뵈러 온 것이었다.

어두운 숲속에 희미하게 불을 밝힌 절 안에는 무거운 침묵이 감돌았다. 보살이 손을 씻어낸 세숫대야의 물이 벌겠다. 전부 애신의 피였다. 양복바지를 찢어 확인한 애신의 허벅지에는 총알이 깊이 박혀 있었다. 살을 에는 고통을 참아내며 애신이 신음했다. 등에서는 식은땀이 하염없이 흘러내렸다.

함안댁이 사발에 든 탕약을 애신의 입에 댔다. 탕약을 입안에 흘려 넣어주며 함안댁은 애신의 고통이 조금이라도 덜하길 간절히 바랐다. 갓난아이일 때부터 제 손으로 키워온 애신이었다. 애지중지 키워온 애기씨가 아파하는 모습에 함안댁은 손이 다 떨릴 지경이었다.

"상처가 깊어. 꿰매야 해. 난 보기만 했지 해본 적은 없어. 아무래도 의원을……."

보살의 말에 고개를 내젓는 함안댁의 입매가 굳었다. 두려웠지만 저라도 나서야 할 참이었다. 함안댁이 결연하게 마음을 다잡으며 나섰다.

"안 됩니더. 의원한테 갈 줄 몰라가 여로 왔겠습니꺼. 제가 하겠습니더. 침모 30년입니더. 꼬매는 기야 안 같겠습니꺼. 바늘이랑 실 내 오이소."

잠시 후 아궁이의 불길 속에서 애신의 피 묻은 양장이 타올랐다. 애신의 고통도 함께였다.

동이 터 오고 있었다.

고개를 내미는 해를 맞이하며 동매는 인적 없는 기차 선로 위에 책상다리를 틀고 앉아 있었다. 칼집에서 검을 넣었다가 뺐었다가를 반복하며 동매는 제물포역으로 오는 길목을 바라보았다.

"오지 마……. 오지 마라……."

칼집에 칼이 부딪치는 소리가 강박적으로 울려 퍼졌다. 동매는 간절히, 언제나 떠올렸고, 지금도 떠올리는 이가 오지 않기를 바라고 있었다. 검은 코트 깃 속에 보았던 얼굴. 매일 보아도 늘 보고 싶어 자신이 착각한 것이기를 바랐다. 동매가 툭 빼낸 칼날이 빛에 반사되며 반짝였다. 칼날 사이로 인영이 비쳤다. 동매는 뚫어져라 다가오는 인영들을 보았다.

"……오지 말라니까."

함안댁과 행랑아범을 대동한 애신이었다. 상복 차림에 수척한 얼굴을 한 애신이 동매를 보고는 서늘한 얼굴을 했다. 허옇게 일어난 입술이 안타까웠다.

그러나 상대의 얼굴을 확인하고 화가 치미는 것이 이번엔 애신뿐만이 아니었다. 동매는 울컥하며 자리에서 일어섰다. 어제 보았던 그 얼굴이 동매의 착각이 아니었다. 애신이 동매에게 어떤 이인데 동매가 다른 이를 애신으로 착각할 리 없었다. 동매는 칼집에 칼을 집어넣으며 애신의 다리 쪽을 보았다. 자신이 쏜 총알이 박혔을 다리였다. 그러나 애신의 걸음은 꼿꼿했다.

자신은 결국 또 한 번 애신에게 핏자국을 남겼다. 동매는 이를 악물었다.

"이렇게 다시 뵙습니다, 애기씨. 이 새벽, 기차역에서."

"절에 다녀오는 길이네."

얼음장처럼 차게 말하며 비켜서려는 애신을 동매가 막아섰다. 차가운 애신은 익숙했다.

"이자를 어찌해야 할까. 자네 눈엔 내 상복이 안 보이는가. 비키게. 죽여버리기 전에."

그러나 분노와 증오로 이글거리는 애신은 처음이었다. 나라를 저버리는 것도 모자라 나라를 지키려는 이들의 일마저

망치려 드는 동매를 애신은 더는 견디기 힘들었다. 애신의 뜨겁고 매서운 눈빛에 동매는 오히려 웃어버렸다. 제게는 그 어떤 의미 있는 눈길도 주지 않던 이였다. 그래서 이 증오마저 동매에게는 잠시나마 달았다.

"그건 제가 더 빠르지 않겠습니까, 애기씨."

"그런가. 아닌 것 같은데. 난 해도 자넨 못 할 듯싶은데."

냉정한 애신의 판단에 동매의 얼굴에서 웃음기가 가셨다. 동매 앞에 애신만큼 예리한 칼을 가진 이는 없을 것이다. 동매는 그 칼날에 심장이 멎을 듯했다. 애신은 멈춰 선 동매를 두고 흐트러짐 없는 걸음걸이로 역을 향해 걸었다.

"오지 말랬더니 기어이 와서는…… 그것까지 아십니까."

우두커니 선 채 애신의 뒷모습을 지켜보며 동매가 자조했다.

오르골을 다 고쳤다는 기별을 받은 유진이 대장장이를 다시금 찾았다. 못을 두드리고 있던 대장장이가 대장간으로 들어서는 유진에 고개를 들었다.

"기다리시오. 참 구슬픈 가락이더이다."

"정말 고친 거요?"

놀라는 유진을 뒤로 하고 대장장이는 오르골을 가지러 안쪽을 향했다. 그때 대장간 안으로 동매가 들어섰다. 유진을 본 동매가 한결같은 인사를 해왔다. 말은 언제나 반갑다고 하지만, 반가운 기색은 하나 없는 인사였다.

"저는 어제 일하다가 아끼는 칼을 한 자루 해 먹어서요."

묻지도 않은 말에 대답하며 동매가 스윽 칼집에서 칼을 빼 보였다.

"일을 험하게 했나 보오. 칼이 부러질 정도면."

"상대가 총을 든 놈이지 뭡니까. 칼 쓰는 놈이다 보니 총이 서툴러서 죽이진 못하고 다리를 맞추긴 했는데."

유진의 입매가 굳었다. 어제라면 거사가 있었던 날이었고, 동매와 동매의 낭인들은 의병들의 작전에 속아 제물포에서 대기를 하고 있었을 것이다. 그리고 그들의 발을 묶어두려는 의병들에는 애신이 포함되어 있었다. 유진의 굳은 표정을 보며 동매가 낮게 말했다.

"일대에 다리 절고 다니는 놈 있으면 기별을 좀 주시지요, 나으리. 쫓는다고 쫓았는데 놓쳤지 뭡니까."

동매가 속없이 하는 말이 아니었다. 무언가의 암시였다. 유진은 미간을 모았다. 총을 맞은 이가 애신일지도 모른다는 확신이 피어오르고 있었다.

유진은 지금이라도 애신에게 달려가고 싶은 것을 참으며 겨우 그 자리에 버티고 서 있었다.

해가 진 약방 안에 애신이 들어섰다. 약방 안은 비어 있었다. 역시였다. 몇 번이나 유진이 기다리고 있을까 약방을 찾았으나 유진은 없었다. 오늘만은 애신도 유진이 있기를 바랐는지도 모르겠다. 그냥 그런 기분이라. 애신은 애써 실망감을 감추며 자리를 옮겼다. 약초함이 있는 쪽으로 다가서는 애신은 다리를 절뚝이고 있었다. 거리에서 꼿꼿하게 걷느라 무리한 다리가 아파왔다. 이곳에서 유진을 기다리는 것도 이제 그만해야 할 듯싶었다.

"여기서 기다리래서."

뒤편에서 들려오는 목소리에 애신이 천천히 몸을 돌렸다. 마주친 유진의 얼굴에 애신의 심장이 내려앉았다. 팔을 다친 유진을 걱정했었고, 약방에 찾아오지 않는 유진이 서운했었다. 기다렸고, 기다리지 않으려고 했는데. 지금은 놀랐고, 그저 좋았다. 오랜만에 본 얼굴이 그저 반가워서, 저 얼굴이 많이 보고 싶었구나 싶어서 애신은 가만히 유진을 바라보았다.

"오늘도 못 보나 했소."

그리고 애신의 까만 눈동자가 보고 싶었던 것은 유진도 마찬가지여서 유진은 잠시 말을 잃었다.

"……나도. 다친 곳은, 괜찮소?"

"귀하가 다친 곳은, 괜찮소?"

어젯밤 일을 유진이 아는 것에 놀란 애신의 눈이 커졌다.

"구동매가 다리를 다친 사내를 찾던데, 귀하요?"

"그자들에게 총을 맞은 건 맞지만 사내는 아니오. 하니 비밀로 해주시오."

답하며 애신이 작게 미소 지었다. 애신의 미소가 바람 같아서 유진은 마음이 애달파졌다.

"또 내게 신세 지는 거요."

"고맙소. 그때 배 태워준 거 이걸로 이제 퉁칩시다."

"그놈의 배 괜히 탔네. 심지어 노는 내가 저었는데."

가볍게 던져진 농담에 애신은 이제 와 후회해도 늦었다고 말하며 소리 내 웃었다. 웃음이 잦아들면 그 자리에는 너무 쉽게 쓸쓸함이 들어섰다.

"러브가 쉬운 줄 알았더니 꽤 어렵구려. 여러모로…… 미안하오."

"……힘들면 그만해도 되는데."

"그만하는 건 언제든 할 수 있으니, 오늘은 하지 맙시다."

언제나 유진을 놀라게 하는 애신의 거침없는 용기와 결단이었다. 조선은 달라지고 있었고, 눈앞의 여인은 특별했다.

"오늘은 한 걸음 더 가볼 것이오. 그러니 알려주시오. 통성명. 악수. 그다음은 뭘 해야 하는지."

"못 할 거요. 다음은 허그라."

거기까지 배웠을 리 없는 애신에게 유진은 대답하며 쓸쓸히 미소 지었다. 그 순간, 애신은 잠시의 망설임도 없이 유진에게 뛰어들어 그의 가슴팍으로 파고들었다. 놀라 굳은 유진의 가슴팍 위로 애신이 속삭였다.

"H는 내 이미 다 배웠소."

애신이 아무것도 모른다고 했던 건 정말로 거짓이었다. 언제나 너무 빨리 배워 유진이 버거울 정도였다. 이 '허그' 또한 달리 버거운 것이 아니었다. 너무 오랜만의 온기라, 너무 따듯한 온기라 유진은 벅차올랐다. 눈가가 뜨거웠다. 김 판서댁에서 맨몸으로 달려 도망칠 때부터 유진은 혼자였다. 달아나던 모든 길이 혼자였고, 혼자 걷는 무겁고 고단한 생도 유진만의 것이었다.

그런데 그 길에 애신이 있었다. 유진은 이대로 애신에게 맞닿은 제 가슴과 생을 모두 내어주게 될 듯했다. 이미 예전에 내어주었을지도.

애신이 몸을 떼고 한 걸음 뒤로 물러서며 미소 지었다.

"이리 하는 것이 맞소?"

"학당 공부 너무 열심히 하지 말랬는데."

"여기서 잠시만 기다리시오."

웃으며 기다리라는 애신에 유진은 안온하던 기분이 사라지고 덜컥 겁이 났다.

"또 어딜."

"그런 거 아니오. 여긴 오래 있으면 주인에게 방해가 되니

다른 곳으로 갑시다."

애신은 몇 발자국 걸어 약방 안쪽의 문을 열었다. 약재 창고로 가는 문이었다. 문이 열리자 문 안의 어둠 속에서 두 사람이 나타났다. 함안댁과 행랑아범이었다.

"정식으로 소개한 적이 없는 것 같아서. 함안댁과 행랑아범이오. 나의 오른팔과 왼팔이오."

유진은 잠시 놀라다 고개를 끄덕였다. 놀랍긴 해도 이들이 애신을 진심을 다해 아낀다는 것은 이미 유진도 알고 있었다. 애신의 양옆을 버티고 선 함안댁과 행랑아범이 참으로 든든해 보였다.

약재 창고로 들어간 애신은 변복을 하고 나와 유진을 이끌었다. 여타의 질문도 없이 유진도 그저 애신을 따랐다. 두 사람은 마침 약방 앞을 지나는 인력거를 잡아 올라탔다. 인력거꾼의 발소리가 조용한 밤거리를 울리며 앞으로 나아갔다. 나란히 앉은 유진과 애신의 거리가 가까웠다. 드문드문 서 있는 가로등 빛을 지날 때마다 유진은 애신을 힐끗거렸다. 애신의 시선도 다르지 않았다. 스치는 시선 사이로 어깨가 닿았다 떨어졌다. 차가운 밤공기가 무색했다.

골목을 돌던 인력거가 흔들리며 덜컹거렸다. 반사적으로 유진이 애신의 어깨를 잡아 세웠다. 애신은 팔을 들어 유진의 가슴을 막아선 채였다. 애신이 들어 올린 팔을 보며 유진은 픽 웃었다.

"방금 뭐한 거요."

"보호요."

애신이 사내와 같이 목소리를 낮게 깔며 답했다.

"사내 둘을 태우고 가니 인력거꾼이 힘들 만도 하겠소. 근데 우리 어디 가는 거요."

"거기까진 생각을 안 해봤소. 그저 나란히 앉아보고 싶었소. 걷는 건 지난번에 해봐서."

유진이 부드러운 미소를 띠우며 애신을 보았다.

"그럼 글로리 빈관은 어떻소. 내가 맡아둔 복면 가져가시오."

곧 두 사람을 태운 인력거는 빈관 앞에 멈춰 섰다.

두 켤레의 구두가 빈관 내부를 밟았다. 유진의 손에는 약방에서 함안댁에게 받은 약재가 들려 있었다. 다친 팔을 구실로 약방을 오갈 이유를 만들기 위함이었다. 애신은 코트 깃을 잔뜩 올린 채 모자를 푹 눌러 써 얼굴을 가렸다. 유진은 친우를 대하듯 애신에게 키를 받아갈 테니 먼저 올라가 기다리라는 말을 남겼다. 키를 건네는 히나의 얼굴에 궁금증이 어렸다. 유진의 일이라면 늘 궁금한데 미국에서 알고 지내던 친우라니, 더욱 궁금할 수밖에 없었다.

키로 문을 열고 방 안에 들어와서야 애신은 고개를 들며 한숨 돌릴 수 있었다. 빈관의 방이라지만 자신의 극히 개인적인 공간에 들어온 애신을 유진은 미소 띤 얼굴로 바라보았다.

애신은 신기한 듯 방을 한 바퀴 돌아보았다. 유진의 사무실과는 달랐으나 그처럼 화려한 방이었다. 테이블 위에 오르골과 함께 손수건처럼 잘 개어진 복면이 올라와 있었다.

"이렇게 생겼구려, 빈관의 방은. 내 빈관 안은 처음이라."

"나도 누굴 손수 방에 들인 건 처음이오. 매번 뒤져지기만 해서."

"방에 뭔가 중한 게 많은가 보오."

"방금도 들어왔소."

테이블을 보던 애신이 유진을 돌아보며 가볍게 웃었다. 다시 방 안을 살피던 애신이 오르골을 가리키며 무엇이냐 물었다.

"뮤직 박스라는 건데 태엽을 감으면 음악이 나오는 기계요."

"음악?"

"'푸른 옷소매'라는 서양 민요요. 들어보겠소?"

유진이 오르골의 태엽을 감아 호기심에 눈을 빛내는 애신 가까이에 놓았다. 태엽을 손에서 놓자 오르골에서 맑고 고운 소리가 나왔다. 느릿하게 흘러나오는 가락이 구슬펐다. 생각지 못한 슬픈 가락에 애신은 젖어들었다. 아련해진 분위기에 유진이 천천히 입을 열었다.

"처음 미국에 도착했는데……. 말은 낯설고 길은 무섭고 배는 고프고 너무 추워서 손은 얼고 맞은 곳은 아팠는데, 이 노래가 들렸소. 많이 울었던 것 같소."

가본 적도 없는 타지에서 유진이 겪었을 시간들을 애신은 상상조차 쉬이 할 수 없었다. 배고프고, 춥고, 아팠을 유진 때문에 애신은 지금이 아팠다.

"……조선에 와서도 자주 들었소?"

"한동안은 아니었는데, 최근에 다시 들었소."

"또 아팠소?"

"나 말고. 누가 다쳤대서. 겁이 나서."

유진은 애신을 보고 있었다. 총을 맞은 이가 애신이라는 것을 안 순간, 유진은 무언가 무너져 내리는 느낌이었다.

"내 걱정을 한 게요?"

"구동매가 그날 제물포에서 귀하를 알아본 듯하던데."

"알고 있소. 구동매는 그날, 날 알아보고 쐈소. 다음 날 새벽 기차역에서 내가 맞는지 확인까지 했소. 그자가 날 해치고자 했다면 그때가 가장 적절했을 거요. 근데 그러지 않았소. 아마 앞으로도 그러지 않을 것이고."

유진을 안심시키려는 말이었지만, 오히려 유진은 기분이 상했다.

"그자를 믿는 거요?"

"어려서 그자를 한 번 구해준 적이 있소. 한데 그자는 내가 선의로 내민 손을 짐승처럼 할퀴었소. 그때 그렇게 할퀴었으니, 그자도 나를 한 번은 구하지 않겠소?

"그게 믿는 거요."

유진의 말에 애신은 그제야 자신이 동매를 믿고 있었음을 깨달았다. 그 믿음의 이유가 어디에서 비롯됐든 자신을 죽일 수 없을 거라는 믿음이 애신에게는 있었다. '호강에 겨운 양반 계집'이라는 말로 오랜 시간 괴로웠다. 그 괴로움이 가져다 준 기이한 신뢰였다. 어쨌든 애신에게 중요한 것은 동매가 가진, 혹은 동매에게 갖는 감정이 아니었다.

어린 시절 동매가 자신을 할퀸 일은 상관없었다. 그러나 일본의 옷을 입은 동매가 조선을 할퀴려고 한다면 애신은 동매를 절대 내버려두지 않을 것이다.

"분명한 건 내가 이리 양복 입은 사내일 때 그자를 다시 만난다면, 그땐 내가 먼저 그자를 쏠 것이오. 하니 걱정 마시오."

무거워진 분위기를 풀며 애신은 테이블 위에 놓인 복면을 집어 들었다. 유진의 뮤직 박스도 함께였다. 노래를 더 듣고 싶다는 이유였고, 유진을 한 번 더 만날 핑계였다. 그런 애신을 보는 유진의 표정이 안타까웠다.

"안 하면 되지 않소. 양복 입는 일을. 조선은 점점 더 위태해져 갈 거요. 귀하는 점점 더 위험해질 거고."

복면을 쥔 애신의 손에 힘이 들어갔다.

"주목받지 마라, 당분간 움막에 오지 마라, 학당 공부 열심히 하지 마라, 왜 늘 하지 말라고만. 하나쯤은 하라고 해주면 안 되오?"

"러브 하자고 했잖소."

그 말에 애신이 소리 내 웃었다. 그 웃음이 소중해 이미 여러 번 애신의 의병활동에 대한 의지를 확인했으면서도, 유진은 때로 말리고 싶었다. 애가 탔다.

"수나 놓으며 꽃으로만 살아도 될 텐데. 내 기억 속 조선의 사대부 여인들은 다 그리 살던데."

"나도 그렇소. 나도 꽃으로 살고 있소. 다만 나는, 불꽃이오."

단호한 애신의 눈 속에 불꽃이 있었다. 애신은 손에 쥔 복면을 놓치지 않으며 말했다.

"거사에 나갈 때마다 생각하오. 죽음의 무게에 대해. 그래서 정확히 쏘고 빨리 튀지. 봐서 알 텐데."

이미 모든 것을 다 건 후여서 애신은 초연했다. 농담을 섞는 애신에 유진은 애써 웃었다. 누구의 삶에나 죽음이 있겠지만, 군이 불꽃이 되어 죽음 위에 삶을 놓는 이는 흔치 않았다. 불꽃 위에서 뜨거움을 견디며 애신은 쉽게 녹지도, 재가 되지도 않고 계속해서 활활 타오르고 있었다.

"양복을 입고 얼굴을 가리면 우린 이름도 얼굴도 없이 오직 의병이오. 그래서 우린 서로가 꼭 필요하오. 할아버님껜 잔인하나, 그렇게 환하게 뜨거웠다가 지려 하오. 불꽃으로. 죽는 것은 두려우나, 난 그리 선택했소."

애신을 잃을까 두려운 마음은 잠시였다. 애신은 유진에게 뜨겁고, 뜨거운 만큼 잔인한 여인이었다. 애신이 그곳에 있기에, 조선이 천천히 망하는 방향으로 걸으려던 유진은 잠시 멈

쳐 설 수밖에 없었다. 그 길에 끝이 보이지 않아서였다. 더 깊
숙한 곳으로, 더 먼 곳으로 유진은 가게 될 것이다.

가장 뜨거운 불꽃 속으로 한 걸음 더.

애신이 자리에서 일어서자 유진이 붙잡았다.

"303호가 아직 안 들어왔소. 나가다 마주칠지도 모르는데."

"303호가 누구요."

"귀하의 정혼자가 옆방에 있소."

"아직 예서 묵고 있소?"

"내가 더 자주 보는 거요? 그거 하난 맘에 드네."

애신의 정혼자에게 유진이 마음 쓰는 것은 어찌 보면 당연
한 일이었다. 애신도 설명이 필요하다는 것을 알았다. 그러나
긴 이야기가 될 게 분명해서, 애신은 다음을 기약했다. 303호
를 만나서도 안 됐으니 애신은 문보다는 창을 이용하기로 결
정했다.

"여기 3층이오."

"오며가며 보았소. 노대露臺가 층마다 있더이다. 뒤를 부탁
하오. 문단속 잘하시고."

다시 모자를 깊이 눌러쓰고 코트 깃을 세우며, 애신은 테라
스 아래를 확인했다. 그리고 순식간에 가벼운 몸놀림으로 노
대 아래로 뛰어내려 유진의 방 안에서 사라졌다.

　유죠를 비롯한 무신회의 낭인들이 종로의 골목 하나를 가로막고 섰다. 지게를 진 채 길을 오던 지게꾼이 낌새가 심상치 않은 낭인들을 보고는 뒤돌아서려 했다. 그러나 이미 뒤쪽으로도 깔린 낭인들이 지게꾼을 막아선 상태였다. 낭패였다. 머릿속이 하얘진 지게꾼 앞에 동매가 나타났다.

　"어찌 이리 길을 막으시고……."

　작게 항의하며 고개를 숙이는 지게꾼에 동매는 몸을 굽혀 지게꾼의 눈높이에 제 시선을 맞췄다.

　"제가 아는 분 같아서요, 나으리. 지게꾼 벌이가 제법 되나 봅니다. 그 비싼 기차도 타시고."

　"무슨 소리신지……."

　"우리 봤을 텐데. 제물포로 가는 기차 안에서. 총질하던 항구에서도. 거기서 나으리 말고도 여럿 봤는데 내가."

자백을 종용하며 동매가 지게꾼을 조여왔으나 지게꾼은 시종일관 사람을 잘못 보았다 변명할 뿐이었다. 동매의 조소가 진해졌다. 더 이상의 발뺌은 무의미했다. 지게꾼은 빠르게 지게를 벗어던지며 앞을 가로막은 낭인들을 향해 작대기를 휘둘렀다. 놀라 물러나며 틈이 생긴 낭인들을 헤집고 지게꾼이 도망치기 시작했다.

동매는 그저 차가운 얼굴이었다. 도망칠 수 있을 것이라 생각한 지게꾼이 순진하게까지 느껴졌다.

"뭐해. 모셔 와."

동매의 말에 유죠가 고개 숙이며 달려 나갔다.

결국 지게꾼은 얼마 못 가 낭인들에게 붙잡혔다. 골목의 끝에서 지게꾼은 포박당한 채 무릎을 꿇었다. 유죠가 고개 숙인 지게꾼의 목에 칼을 댔다. 도망에 실패한 지게꾼은 모든 것을 포기한 모양새였다.

소아를 놓친 일로 하야시가 난리였다. 그러나 이자가 소아가 속한 의병과 한 무리일 테니 이자만 넘겨도 하야시의 분풀이가 되기에 충분할 것이다. 이자를 넘기고 동매는 돈만 받으면 그만이었다. 물론 많이 잡아낼수록 더 좋긴 했다. 동매는 능글거리며 지게꾼을 회유했다.

"다른 놈 불고 본인이 살 수도 있어요."

지게꾼이 이를 악물며 동매를 노려보았다.

"죽여! 죽이라니까!"

입을 열 생각은 없고, 지게꾼은 그저 동매에게 자신을 죽이라 악을 지르기만 했다. 동매는 악을 지르는 지게꾼을 서늘하게 보았다. 살고자 하는 의지가 없는 것도 아닐 텐데, 배신을 하느니 목숨을 내놓겠다니, 동매의 기분이 거슬렸다.

"그리 되겠지요, 나으리. 헌데 그건 제일 나중 순서라. 그전에 말입니다. 제가 정말 궁금해서 그러는데, 대체 왜 하는 겁니까, 그 일. 목숨 내놓고 살긴 이놈도 매한가진데 그래도 살 궁리를 먼저 하지 죽자고 덤비진 않아봐서. 의병, 그게 돈이 많이 됩니까? 돈 되는 거면 나도 좀 하게."

"너 같은 버러지가 뭘 알까마는 이게 내 유언이면 여기에라도 남겨두려 하니 잘 들어라."

버러지 소리에 미간이 좁혀진 동매였지만, 하루 이틀 듣는 상소리도 아니었다. 더한 얘기도 많이 들었다. 돈을 벌고자 동매는 무슨 일이든 했고, 그러한 동매를 필요로 하는 이들은 대체로 악인이었다. 이 조선을 지키고자 하는 이들과는 반대편에 서 있었고. 사람을 패고 베면서 버러지 소리조차 듣지 않기를 바라는 것은 아니었다. 다만 정말로 궁금했다.

동매는 살고자 목숨을 내놓고 닥치는 대로 일을 한다지만, 이들은 도대체 무엇을 위해 죽고자 하는지. 무엇 때문에 다들 그러는지. 아니, 사실 정말 궁금한 건 곱디고운 애기씨로 살아도 될 애신이 왜 그러는지였을 터였다. 그렇게 조금이라도 알고 싶은 마음이었다.

"작금의 조선이 어떤 줄 아느냐. 작금의 조선엔 조선의 것이 없다. 아라사는 압록강, 두만강의 삼림에 경원 광산, 종성 광산을 수탈해갔다. 미국은 운산 광산에 수도, 전차, 전기, 경인선을! 일본은 직산 광산, 경부선, 경원선을! 영길리는 은산 광산, 법국은 경의선을 수탈해갔다. 그래서 하는 것이다. 이런 나라라도 빼앗기지 않으려고."

한마디, 한마디 뱉어내는 지게꾼은 마치 피를 토하는 이 같았다. 동매는 굳은 채 지게꾼을 보았다.

"나보다 나은 놈들이 그리 많습니까, 조선에."

피식거리는 동매에 지게꾼은 입을 다물었다. 이유를 묻기에 여지가 있는 줄 알았으나 실망스러울 뿐이었다.

"헛일일 줄은 알았다만. 다른 이를 발고하면 살려주겠다 했지. 하나 네놈은 내게 단 한 명의 이름도 듣지 못할 것이다."

그렇게 말한 지게꾼은 무언가를 결심한 듯 눈을 꾹 감았다 떴다. 서늘한 칼날 앞에 스스로 목을 가져다 대 그은 것은 순식간이었다. 놀란 동매가 발로 칼을 확 차냈다. 그러나 이미 칼날에 베인 지게꾼의 목덜미에서 피가 터졌다.

"미쳤어?!

동매가 지게꾼의 멱살을 확 낚아채며 흥분해 소리쳤다.

"들키면 튀고 잡히면 죽는다. 백 번을 잡아봐. 나의 동지들 누구든 이리 할 테니."

지게꾼의 결연한 의지가 담긴 말에 동매는 잡고 있던 멱살을 놓쳤다. 지게꾼의 동지일 애신이 떠올랐기 때문이다.

"이 새끼 끌고 와."

　창백해진 얼굴로 동매는 돌아서 골목 밖으로 향했다. 뒤편의 낭인들이 지게꾼을 일으켜 질질 끌었다.

　낭인들이 지게꾼을 끌고 간 곳은 산속이었다. 해가 다 질 동안 지게꾼은 묶인 채 낭인들의 손에 잡혀 있었다. 그사이 동매는 하야시에게 지게꾼이 아닌 화월루의 주인을 넘겼다. 스스로도 이해할 수 없는 행동이었다. 혼란스러웠다. 그러나 고민하기에는 이미 동매가 그렇게 움직이고 있었다. 유죠가 밧줄에 묶어놓은 지게꾼을 끌어다 동매의 앞에 팽개쳤다. 횃불을 든 낭인들이 동매의 뒤편에 서 있었다. 오래 불안에 떨던 지게꾼은 이제 끝이구나 싶어 질끈 눈을 감았다 떴다.

　그러나 동매의 입에서 나온 말은 예상 밖의 것이었다.

"살고 싶으면 지금부터 힘차게 달려 도망치시는 겁니다. 가능하면 한성 땅에서 멀리. 우리 눈에만 띄진 않았을 겁니다."

"대체 무슨 꿍꿍이야. 지금 날 살려주겠다는 거야?"

　매서운 눈으로 동매는 품 안에서 단도를 꺼내 지게꾼의 상처 난 목에 들이밀었다.

"살려주는 게 아니라 아직 안 죽이는 거야. 한성 바닥에서 숨소리라도 들리면 그땐 꼭 사지를 찢어버릴 거고. 그리 소원이시니."

　그렇게 말하며 동매는 지게꾼의 목 대신 지게꾼이 묶인 밧줄을 단번에 끊어냈다. 줄이 풀리자 자유로워진 지게꾼은 갑작스러운 동매의 행동을 이해하지 못한 채였다. 진심인지 아니면 그저 함정인지 헷갈렸다. 그럼에도 살고자 달아나는 게 우선이었다.

　산속으로 멀어지는 지게꾼을 보며 동매는 돌아섰다. 양옆의 부하들이 든 횃불 사이로 시야가 아른거렸다. 모든 것이 혼란스러웠다.

　큰 보폭으로 성큼성큼 빈관으로 들어선 동매는 홀을 지나 히나의 방문을 열어젖혔다. 히나를 찾던 동매의 발걸음이 멈췄다. 히나는 방 한편에 마련된 욕조에 몸을 담근 채였다. 당황하며 동매가 물러나려고 했으나 히나는 욕조에 기대고 있던 몸을 반쯤 일으켰다.

　"들어와. 끝났어."

　틀어 올린 머리 아래로 뻗은 목선이 고혹적이었다. 그러나 물 밖으로 드러난 히나의 등은 상처투성이였다. 동매의 시선에 힐끗하게 보이는 발목에도 기다란 상처가 선명했다.

　"칼 쓰는 사내보다 상처가 더 많은 건 뭘까."

　"이 풍진세상風塵世上에 일본에서 조선 계집으로 사는 게 뭐 쉬웠을까."

조소하며 히나가 옷매무새를 가다듬었다. 숱한 상처는 히나를 학대하던 남편의 유산이었고, 굴곡진 히나의 생을 고스란히 나타내는 표식이었다. 자신의 몸에 새겨진 상처만큼 깊숙한 상처를 가진 히나를 동매는 퍽 안타깝게 보았다. 아름다운 만큼 독한 여인에게 동매는 이따금 이상한 동지 의식을 느꼈다.

히나는 동매의 앞에 앉아 크리스털 잔을 집어 들었다. 크리스털 잔에 호박색 위스키가 따라졌다.

"어쩐 일이야?"

동매는 히나의 손에 든 술잔을 뺏어 술을 들이켰다.

"기분이 좀 별로라. 의병 한 놈을 놔줬거든."

"놔줬다고? 왜?"

"……죽이면 의병들이 슬퍼할 거 같아서."

의외의 말에 히나는 소리 내 웃고 말았다. 구동매 곧 총 맞겠다고 깔깔대는 히나에 동매는 머쓱해져 옅게 찌푸렸다.

"……이해가 가야 말이지. 한낱 지게꾼이, 나라에 목숨을 건다는 게. 조선 제일가는 부잣집 도련님도 허구한 날 노름판에서 흥청망청인데."

듣고 있던 히나의 표정이 의미심장해졌다.

"또 모르지. 그 도련님 주머니에서 나간 돈으로 그 지게꾼이 기차를 탔을지."

혼란을 털어놓으려 왔던 것인데 오히려 더 혼란스러워질

뿐이었다. 동매의 잘 뻗은 눈썹이 구겨졌다.

↙

　오늘따라 자신을 찾는 이들이 많았다. 유진이 먼저 술을 한 잔하자 히나에게 청한 것이다. 히나는 유진의 옆에 앉아 손바닥으로 술잔을 가만히 감쌌다. 유진이 잔을 들어 목을 축이는 것을 보며 히나가 여유롭게 대화를 이끌었다.
　"오르골은 잘 고쳐진 것 같더군요. 친우분과 들으시던데."
　친우와 오르골 감상이라니 퍽 간지러웠다. 들어오는 것은 보았으나 나가는 것은 볼 수 없었던 유진의 친우가 히나는 의심스러웠다. 유진은 힐끔 히나를 보며 답했다.
　"소개해준 대장장이의 솜씨가 꽤 좋았소. 고맙소."
　"별말씀을요."
　"호텔 사업을 한 지는 얼마나 되었소."
　"짓는 데 2년, 문 연 지는 3년 되어갑니다. 일본에서는 고인이 된 남편 덕에 어려서부터 호텔 경영을 배웠고요. 한데 그건 왜 궁금하십니까?"
　가만히 히나를 살피며 유진은 애신을 떠올렸다. 양복을 입고 얼굴을 가리면 이름도 얼굴도 없이 자신은 의병이라고 했었다. 눈앞의 화려한 차림의 히나도 얼굴을 가리면 '쿠도 히나'라는 이름은 지워져 있을까 싶었다.

"혹시 나랏일을 하나 해서."

"……저야 그저 장사꾼이지요."

"그저 장사꾼이 내게 역관을 쓰라는 키는 왜 준 거요."

"그자의 통변이 일본에 유리하던가요?"

이미 알고 있었던 모양이었다. 놀라울 정도로 기막힌 정보력이었다.

"날 통해 확인을 한 거요?"

"글로리엔 정보가 많답니다. 저는 호기심이 많고요. 그래서 어떤 선택을 하셨습니까?"

"그 많은 정보 중에 혹시 내가 조만간 시체로 발견된단 정보도 있소?"

"그런 선택을 하셨나요?"

매혹적인 미소를 띠우며 히나가 흥미로워했다.

"모르겠소. 나도 내 선택의 결과가 궁금할 뿐이오."

유진은 조선에 온 이후, 애신을 만난 이후, 궁에 다녀온 이후에 한 선택들을 떠올리며 손에 잡은 술잔을 둥그렇게 돌렸다. 과연 정문이 노비 출신에 미국인인 자신의 말을 믿어줄지 확신할 수 없었다. 정문이 유진의 말을 믿었다면, 유진의 다음 선택은 조선을 구할 수는 없을지언정 적어도 망하게는 하지 않을 그런 선택이 될 것이다.

빈관의 문이 열리며 종소리가 명쾌하게 울려 퍼졌다. 자연스레 손님을 맞이하려 고개를 돌린 히나는 의외의 방문에 눈을 커다랗게 떴다. 고매하신 애기씨라 다시는 빈관에 발 디디지 않을 줄 알았던 애신이 홀 안을 살피고 있었다. 히나는 미묘하게 웃으며 애신에게로 다가갔다.

"애기씨께서 이 시간에 어쩐 일이십니까?"

"정혼자를 만나러 왔소."

오늘도 화사한 얼굴을 한 히나를 보며 애신은 사무적으로 답했다.

"도련님은 아직 기침 전이신 듯합니다. 곧 모닝 가배 드시러 내려오실 시간이긴 합니다만."

애신은 옅게 찌푸렸다. 한시라도 빨리 희성과 이야기를 정리하고, 이곳을 떠나고 싶었다. 그러나 어쩔 수 없이 애신은 희성을 기다리기 위해 히나와 마주 앉았다. 가배를 앞에 두고 애신은 불편한 기색을 숨기지 않았다. 붉은 입술의 히나도, 맛 모를 가배도 못마땅했다.

"이 쓴 걸 왜 마시는 거요."

"처음엔 쓴맛만 나던 것이 어느 순간 시고 고소하고 달콤해지지요. 심장을 뛰게 하고, 잠 못 들게 하고 무엇보다, 아주 비싸답니다. 마치 헛된 희망 같달까요."

"하면 귀하는 헛된 희망을 파는 거요? 그것도 비싸게?"

"헛될수록 비싸고 달콤하지요. 그 찰나의 희망에 사람들은 돈을 많이 쓴답니다. 나라를 팔아 부자가 되겠단 불순한 희망, 애를 쓰면 나라가 안 팔릴 거란 안쓰러운 희망, 정혼을 깰 수 있겠단 나약한 희망. 그런 헛된 것들이요."

치맛자락을 쥐며 애신이 히나를 바로 보았다. 마치 어떻게 다 알고 있느냐 따져 묻는 듯한 애신의 눈에 히나는 입꼬리를 내렸다.

"여인이 빈관에 손수 발걸음을, 것도 대가댁 애기씨께서, 혼인이 물 흐르듯 흘러갈 것이면 없어도 되는 순서라."

"내게 아주 관심이 많은가 보오."

"제가 쏟는 관심에 방해가 돼서요."

어젯밤 바에서 고심에 빠져 있던 유진의 옆얼굴을 그리며 히나가 속삭였다. 도무지 속내를 알 수 없는 히나가 애신은 당황스러웠다.

"꿈속이 내내 꽃밭이더니. 날 보러 와주신 게요."

나른한 목소리를 내며 어느새 다가온 희성이 애신에게 인사했다. 단추가 풀린 셔츠 차림에 평소와 달리 부스스한 모습의 희성은 편안해 보였고, 미소는 꾸밈이 없었다. 정말로 애신을 많이 기다린 사람처럼 반가워하는 희성에 천성이 모질지 못한 애신은 순간이나마 마음이 약해졌다.

그러나 그 마음이 어떠했든 십 년을 기다린 것은 희성이 아니라 애신이었다. 다시금 단단히 마음을 먹으며 애신은 자리에서 일어섰다.

그러나 애신이 입을 열기도 전에 희성은 돌아서 한편의 당구대를 가리켰다.

"당구라는 놀이요. 배워보겠소? 내가 가르쳐주겠소. 서양 사내들은 동무들끼리 이 놀이를 하오."

뜬금없는 이야기였다. 다만 애신의 이야기를 듣고 싶지 않을 뿐이었다. 희성도 눈치가 없지 않았다. 더구나 여인의 마음에 대해서라면 희성의 전공 분야라 할 수 있었다. 애신이 반가운 것은 사실이었으나, 저를 보고서도 웃음기 하나 없는 여인이 이제 와 저를 찾아 이곳까지 올 이유는 자명했다.

"미안하지만 거두절미하고 본론만……."

"이미 하셨소. 찾아온 것만으로도."

이해하지 못한 듯 눈을 깜박이는 애신을 보는 희성의 표정이 애달팠다. 더는 평소처럼 가볍게 웃을 수도 없었고, 울고는 싶었으나 애신에게 구차한 눈물을 보일 수도 없었다.

"그대가 나를 먼저 찾아올 이유는 하나뿐이지 않소. 정혼을 깨자는 얘기."

"맞소. 온갖 추문에 시달렸단 얘기 기억하시오? 이미 잡힐 흉은 다 잡혔단 뜻이오. 내 평생 혼자 산들 문제없단 뜻이고."

"물러날 이유가 없소. 이건 전적으로 내가 유리한 싸움이라."

시선을 피하는 희성에 애신은 입술을 꾹 물었다 놓았다.

"내게 시간 낭비하지 말란 거요. 귀하에게도 꿈이 있을 것 아니오."

"없소."

"사내로 태어나 대의가 없단 말이오?"

"꼭 있어야 하오?"

애신은 말을 잃었다. 희성은 안타까웠다. 이 모든 상황이. 자신은 무거운 것을 견디지 못했고, 애신은 가벼운 것을 참을 수 없을 것이다. 서로 참고자, 견디고자 하는 것이 달랐다. 그럼에도 희성은 애신이 좋았다. 자신과 달리 애신은 하찮지 않고 몹시 귀했다.

"관직에 나가는 건 질색이오. 아침잠이 많아서. 항일을 하자니 몸이 고단할 것 같고, 친일을 하자니 마음이 고단할 것 같고. 난 원체 무용한 걸 좋아하오. 달, 별, 꽃, 바람, 웃음, 농담, 그런 것들. 그렇게 흘러가는 대로 살다 멎는 곳에서 죽는 것이 나의 꿈이라면 꿈이요."

희성은 저가 태어나 좋아하게 된 것 중 무용하지 않은 것은 애신뿐이리라 생각했다. 제 곁을 떠나고자 하는 이 아름다운 이를 희성은 어떻게든 자기 곁에 붙들어두고만 싶었다. 가져본 적 없는 마음이었다. 제 조부가, 부친이 남의 것을 탐하고 취할 때 애써 외면하며 스스로 아무것도 취하지 않기로 했던 터였다. 하지만 지금 제 눈앞의 이 여인은 어떻게든 머물러 있게 하고 싶었다. 애신은 꿈처럼 중얼거리는 희성을 보았다.

"그럴 수 있을 것 같소. 하나 나는 응원할 수 없소. 서로 멎는 곳이 다를 듯하니."

"이미 누구도 응원하지 않는 생이니, 괜찮소. 혼인을 할 수도 없고 정혼을 깰 수도 없으니 서로 다그치지 맙시다. 그냥 오늘은 날 동무 정도로 남겨주면 안 되겠소?"

희성이 쓸쓸하게 물었다. 누구도 응원하지 않는 생을, 애신도 응원하지 않을 예정이었다. 그리 묻는 희성이 어쩐지 고단해 보여서 애신은 오늘은 이만하기로 했다. 애신이 당구대를 가리키며 나아갔다.

"가르쳐주시오. 동무끼리 하는 거라며."

그래도 동무는 되는 듯하여 기뻐해야 할지, 결국에는 동무까지라 슬퍼해야 할지 모른 채로 희성은 고개를 끄덕였다. 희성을 따라 당구대 끝으로 걷는 애신의 걸음이 불편했다.

쓸쓸한 마음을 달래려 희성은 일상처럼 선술집을 찾았으나 평소와 달리 혼자였다. 홀로 앉은 희성의 눈가가 애수에 젖어 있었다. 희성은 술잔에 술을 따라 마시며 홀짝였다.

그 앞에 동매가 와 앉았다. 비어 있는 자리가 희성의 앞자리뿐이었으니 동매로서도 어쩔 수 없는 선택이었다. 동매에게 희성은 언제나 사람을 반가워하는 가벼운 사내였다. 예상대로 희성은 동매의 술잔에 자신의 술잔을 부딪치며 동매를 반겼다.

"하시는 일은 잘 되시오?"

"내가 무슨 일을 하고 있는지는 아시고?"

"자세히는 모르나 사람을 잡거나, 잡아서 패거나, 죽이는 일을 하지 않소."

애신의 정혼자. 동매에게 희성은 거슬릴 수밖에 없는 존재였다. 희성이 진중한 사내였다고 해도 싫었을 것이다. 말이 많은 사내라 더 싫어졌을 뿐이고.

"그렇다면 일이 잘 안 풀리는 듯합니다."

동매는 술을 단번에 털어 넣었다. 기분은 더러워도 희성이 틀린 말을 한 것은 아니었다. 사람을 잡고, 잡아서 패고, 죽이는 일이 자신의 일이었다. 그러나 사람을 잡아서 풀어주고, 살려주었다. 자신이 하던 일은 확실히 아니었다. 희성이 찌푸리는 동매를 빤히 보다 물었다.

"……왜 그런 일을 선택한 거요."

"왜 아무 일도 선택하지 않는 거요."

"내 요즘 그 질문을 자주 받소. 고국에 돌아오니 나의 그릇이 티가 나는 모양이오. 내가 무언가를 한다면, 나는 아주 큰 사람이 될 거요. 그래서 그러오."

희성이 비실비실 웃으며 답했다. 동매는 금세 희성에게 되물은 것을 후회했다. 그러나 희성은 제가 큰 사람이 될 거라

확신에 차 중얼거렸다. 그때 술집의 문이 열리며 유진이 들어왔다. 유진을 본 희성의 눈빛이 가라앉았다.

'부모의 죄가 곧 자식의 죄다.'

유진을 할퀴고 간 김 판서의 말은, 그 후손인 희성에게 되돌아와 있었다. 역시나 자리는 희성과 동매가 앉은 자리뿐이었다. 동매의 옆에 앉은 유진을 가만히 보던 희성이 한 박자 늦게 유진을 반겼다. 평소와는 다른 긴장감이 희성과 유진 사이에 감돌았다. 동매는 그런 두 사람을 묘하게 보았다. 정혼자라는 이름표조차 달지 않았는데 동매는 유진이 거슬렸다. 오히려 이쪽이 더 동매를 조급하게 만들었다.

동매가 자신과 희성의 사이를 살피는 것을 눈치챈 유진이 화제를 돌리며 물었다.

"찾는다던 사내는 찾았소? 다리 저는 사내."

"……이걸 찾았다고 해야 하나, 못 찾았다고 해야 하나."

말을 흐리며 동매는 유진의 표정을 면밀히 살폈다. 유진이 어디까지 알고 있는지 알아내고 싶었다. 그러나 속으로 놀란 것은 유진이 아니라 희성이었다. 다리를 전다는 말에 사내도 아닌 애신이 떠오른 것은 낮에 본 애신이 다리를 절고 있었기 때문이었다.

"난 한 놈 봤는데."

유진의 말에 동매의 눈이 매섭게 빛났다.

"이완익 그자가 다리를 절던데. 그자와 꽤 친밀했던 듯하고."

"이완익 대감과는 결별한 지 오랩니다. 그리고 내가 찾는 건 젊은 놈이라."

신경을 곤두세우던 동매는 미간을 구기며 답했다. 두 사람은 분명히 한 사람을 염두에 두고 대화를 나누고 있었다. 희성은 설마 애신일까 싶으면서도, 스치는 강한 예감에 등골이 서늘할 지경이었다. 세 사람 사이로 술집 주인이 다가와 빈 술병을 치웠다.

"세 분이 동무이신가 봅니다. 술이 금방 동이 나네요."

주인이 무안할 정도로 세 사람은 동시에 주인에게 동무가 아니라 정색했다. 당황해하는 주인에게 희성이 자연스럽게 자신들을 소개했다.

"우리는 그저 우연히 합석한 미국인인 조선인, 일본인인 조선인, 잘생긴 조선인. 그게 우리 사이요."

"아……."

주인은 어물쩍 희성에게 답을 하곤 자리를 벗어났다. 유진과 동매가 짜증이 인 얼굴로 희성을 노려보고 있었다. 희성은 어설픈 자세로 자리에서 일어섰다.

"하면 잘생긴 조선인은 먼저 가오. 나오지들 마시오."

돌아서 문을 향해 가는 희성은 다리를 절고 있었다. 일부러 절뚝거리며 걷는 희성을 보며 동매는 인상을 더욱 찌푸렸다.

"그쪽 다리 아닌데."

동매의 말을 들은 희성이 반대쪽 다리를 절뚝거리며 문을

나섰다. 우습다고 해야 할지, 가상하다고 해야 할지 가늠하기
어려웠다. 동매는 혀를 차며 중얼거렸다.

"뭘 알고 저러는 건지."

"알고 저러는 거요. 저자는 늘 진심이라."

유진의 목소리에 그늘이 졌다. 동매의 시선이 유진을 향했다.

"이자도 아는 것 같은데. 늘 진심이고."

"안다니까. 이완익. 숨겨주는 거요? 달리 추정이 안 돼서."

술잔을 기울이며 유진이 능청스럽게 받아쳤다.

"그러시는 나으리는 누굴 숨기시는데 이러시는지."

"나도 이완익을 숨기는 거요. 다리 저는 놈은 이완익이어야
지. 그렇게 결론이 나야지. 우리 둘 다. 아니 우리 셋 다. 안
그렇소?"

어느새 유진의 표정은 총이라도 든 것처럼 서늘했다. 애신
을 지키고자 하는 유진의 마음이 이미 단호했다. 동매도 지키
지 않으려던 게 아니었다. 지키려고 다리를 쏘았다. 그런데도
늦은 것 같아서, 가장 먼저 시작했을 텐데도 가장 늦어버린
것 같아서 입안이 썼다. 술잔을 털어 넣은 가슴에 남은 건 깊
은 패배감이었다.

"어찌 이리 사람을 오라 가라 불러대는 것이야. 내 경을 칠

것이야."

애신의 준엄한 목소리가 미 공사관 마당을 울렸다. 도미를 앞에 두고 애신은 유진을 찾고 있었다. 공사관 건물 안으로 들어서던 유진은 그런 애신을 보고는 걸음을 멈췄다. 애신에게 괜한 꾸짖음을 받고 있던 도미가 유진을 발견하고는 나으리, 하고 불렀다. 도미의 부름에 애신이 돌아서며 유진과 마주했다. 유진과 눈이 마주친 애신이 아이처럼 웃었다. 그 웃음에 유진도 동화되었다.

"부른 기억이 없는데."

유진을 따라 사무실로 들어선 애신에게 유진이 짐짓 진지하게 중얼거렸다.

"머리를 좀 썼소. 한밤중까지 기다리기엔 하루가 너무 길어서."

"뮤직 박스를 돌려주러 온 것이오?"

애신은 고개를 저었다. 뮤직 박스를 돌려주는 일은 유진을 볼 또 다른 핑계가 될 것이다. 그 핑계는 아껴두고 싶었다. 애신은 당연하다는 듯이 유진의 책상 앞에 앉아 겉면에 'Ae Shin Go'라 적힌 선장본을 펼쳤다.

"공부하다 모르는 게 있어서."

선장본을 넘기는 애신을 유진은 미소 띤 채 바라보았다. 자신을 보러 핑계를 만들어 온 애신이 유진의 가슴을 설레게 하고, 따뜻하게 했다.

"이건 영어로 어찌 쓰는가 해서."

애신이 내민 선장본에는 한글이 쓰여 있었다. 당황한 유진의 눈이 흔들렸다. 애신은 부끄러움에 고개를 조금 내렸다가 들었다. 영어를 모르는 것이 부끄러운 게 아니었다. '보고 싶었소' 하고 적은 글은 애신의 진심이었다. 제가 적어내린 진심이 쑥스럽고, 간지러웠다. 유진이 그 진심에 무어라 답해줄지 기대가 되기도 했다.

그러나 돌아온 유진의 반응은 애신의 상상과는 달랐다.

"스스로 해야지 내가 도와주면 그게 무슨 의미인지……. 어떻게 이 쉬운 걸……."

무척이나 곤란하다는 듯 중얼대는 유진에 애신은 펼쳐져 있던 선장본을 소리 나게 덮었다. 얼굴이 다 화끈거렸다. 자리에서 일어나 그만 가보겠다고 하는 애신에 유진은 서둘러 말을 돌렸다. 애신을 보내고 싶은 것이 아니었다. 다만 한글을 읽을 수 없음이었고, 그 사실을 애신에게 알리고 싶지 않았다.

"사발은 또 언제 필요할 것 같소."

"그건 왜 묻소."

"노꾼 안 필요한가 해서."

"초닷새 점심 나절……."

마음이 상해 차게 대꾸하던 애신이었으나 결국에는 미소가 흘러 나왔다. 나루터에 가는 날을 답하던 애신이 불현듯 말을 멈췄다. 지난 기억들이 차례로 지나갔다. 빤히 유진을 보던 애신이 다시금 선장본을 펼쳤다. 유진은 안에 쓰인 글자를 보고도 아무런 반응이 없었다.

"혹시 글을……."

이전에 보낸 서신을 손에 쥐고도 아직 못 읽었다고 했던 유진이었다. 유진의 당황스러움과 별개로 애신은 사실을 깨닫게 되어 개운해졌다. 서신에 답하지 않은 것도, 보고 싶었다는 애신의 진심도, 유진이 무시한 게 아니었다. 애신만 영어를 모르는 게 아니라, 유진도 국문을 몰랐으니 어쩌면 같은 입장이기도 했다. 민망함에 딴청을 부리는 유진을 보며 애신은 웃음을 꾹 참았다.

"외부대신 이세훈 대감 행차시다!"

대낮부터 세훈의 행차로 거리가 요란스러웠다. 양옆으로 길을 터주며 조아리는 행인들을 내려다보면서도 세훈은 심기가 불편한 표정이었다. 어젯밤 궁의 역관 하나가 죽임을 당했다. 미국의 말을 통역하는 자였다. 그 일로 각국의 역관들이 모두 모여 후일을 논했다. 세훈의 집으로 와 일을 논한 이는 법국 역관뿐이었다. 죄다 이등박문을 뒤에 업은 완익에게로 몰려갔기 때문이었다. 권력이 어디로 기울고 있는지 알 수 있는 대목이었다.

세훈으로서는 침통하기까지 한 일이었다. 역관 출신의 중인인 완익에게 양반인 자신이 밀린다는 것은 용납하기가 힘들었다. 그러나 이미 권세가 그곳에 있었다. 세훈 또한 그곳에 가 무릎을 꿇는 수밖에 없었다.

가마꾼들이 주춤거리며 세훈이 탄 가마가 흔들렸다. 안 그래도 언짢았던 기분이 더욱 언짢아졌다.

"왜 이러는 것이야!"

소리를 지르는 세훈의 앞으로 말을 탄 유진이 서 있었다. 이전에도 이렇게 길 한복판에서 맞닥뜨렸던 두 사람이다.

"저런 미친놈……. 저놈은 그때 그……!"

가마꾼들은 놀라 세훈의 가마를 내려놓고 도망치기 바빴다. 세훈은 가마에서 벌떡 일어섰다.

"옳아, 네놈이 그 황군과 총질을 한 조선인 외양의 미국인이란 그놈이구나."

"나에 대해 아는 게 그게 다면 곤란한데."

"뭐라 지껄이는 것이냐! 네놈 때문에 내가 어떤 꼴을 당했는데!"

길길이 날뛰는 세훈에 유진은 차게 비웃었다.

"그건 잊으시오. 지금부터 당할 거에 비하면 그건 꽃길이었을 테니."

"뭐가 어째? 혓바닥을 뽑아버릴라! 뭣들 하는 게야! 저놈을 당장 말에서 끌어 내리지 않고!"

세훈이 호위들을 향해 소리 질렀으나 호위들은 주춤거리며 물러설 뿐이었다. 미군인 유진에게 함부로 칼을 들이밀 수 있는 조선인은 많지 않았다. 그러나 세훈은 막무가내였다. 삯을 내는 게 누구냐 호위들을 들볶았다.

어쩔 수 없이 호위들이 칼을 뽑아 유진을 향해 달려들었다. 유진은 말에서 내려와 그중 하나의 칼을 집어 들었다. 호위들을 한 명씩 제압해나가는 유진의 움직임에는 망설임이 없었다. 그러던 중 호위의 칼이 유진의 볼을 스쳤다. 붉은 피가 볼 위로 찐득하게 흘러내렸다. 날카로운 통증을 느끼며 유진은 더욱 호위들을 몰아붙이기 시작했다. 밀리는 호위들에 세훈은 긴장하며 악착같이 몸을 피했다.

결국 세훈의 목에 유진의 칼날이 들이밀어졌다.

세훈을 코앞에 두고 유진은 참담한 심정을 억눌렀다. 마주 보고 있기도 끔찍했다. 유진의 칼이 세훈의 목을 짓누르자 세훈은 그 자리에 주저앉듯 무릎을 꿇었다. 그러면서도 세훈의 입은 호기로웠다.

"네 이놈! 내가 누군지 아느냐! 네놈이 이러고도 살기를……."

"내 걱정은 됐으니까 네 걱정이나 해. 오늘, 내가 널 죽일 거거든."

"네놈이 정녕 미치지 않고서야, 미군이, 조선 땅에서, 감히 조선의 외부대신을 죽이겠다고 겁박을 하는 것이냐."

당장 바지에 소피라도 지릴 듯 세훈의 목소리가 덜덜 떨렸다. 미국 역관을 베어버린 자는 정문이었다. 그 사실을 안 유진은 정문을 찾았다. 다음 선택을 위해서였다. 유진의 말소리가 더더욱 가라앉았다.

"넌 미군의 손에 죽지 않아. 넌 오늘 조선인의 손에 죽을 거야."

"감히 조선 땅에서 어떤 놈이……."

"네놈을 피해 우물에 뛰어든 내 어미야."

칼을 쥔 유진의 손이 희게 질렸다. 유진은 모든 힘을 참아내는 데 쓰고 있었다. 이대로 세훈의 목을 베어버리지 않기 위해. 하얗게 질린 세훈이 유진을 보았다.

"매 맞아 죽어가던 내 아비야. 죄인처럼 조선을 도망쳤던 어린 노비야."

오래도록 유진의 가슴속에서 웅어리져 있던 과거는 그렇게 유진의 입에서 피를 토하듯 토해내졌다. 유진의 원한은 세훈이 감당할 수 있는 것이 아니었다. 밀려드는 두려움에 세훈이 손을 모아 빌기 시작했다. 살려달라, 목숨만은 구해달라, 발버둥치는 세훈이 역겨워 유진은 구역질이 올라올 듯했다. 벌레와 같은 인간 때문에 아비와 어미가 세상을 등졌다. 제 부모가 가여워 눈시울이 뜨거워졌다.

"빌지 마. 여기서 죽이고 싶어지니까. 네가 죽을 곳은 여기가 아니거든."

유진이 칼을 거뒀다. 유진이 칼을 거두기 무섭게 세훈은 유진의 앞에서 달아났다.

목에서 핏물을 뚝뚝 흘리며 세훈은 겨우 제집의 문을 열고 들어섰다. 어느덧 해가 지고 밤이 찾아와 있었다. 어둠이 세훈의 정신을 더욱 혼미하게 만들었다. 흙투성이를 하고 덜덜 떨면서도 세훈은 이를 갈았다.

"그 미친놈을 내가 아주 찢어죽일 것이야!"

이를 갈며 방문을 연 세훈은 방 안의 광경에 넋을 잃을 뻔했다. 금을 넣어놓았던 문갑이 활짝 열려 있었고 안은 텅텅 비어 있었다. 세훈이 애지중지 모은 금괴가 모두 없어져 버렸다. 세훈의 눈이 뒤집혔다. 이런 짓을 벌일 인물은 뻔했다. 세훈은 자신의 소실인 계향을 찾았다. 그러나 대답을 하는 이는 없었다. 대신 병풍을 뚫고 총알이 날아와 박혔다.

탕, 하는 총소리에 놀라는 것보다 구멍이 뚫린 병풍에 놀라 숨을 멈춘 것이 먼저였다. 세훈은 그 자리에 죽은 듯 멈춰섰다. 그때 또 한 번의 총성과 함께 세훈의 방에 있던 도자기가 와장창 깨져나갔다. 세훈은 혼비백산하여 나뒹굴다 겨우 정신을 차리고는 허겁지겁 병풍 뒤에 숨겨두었던 상자를 찾았다.

상자를 꺼내 열자 총 두 자루가 들어 있었다. 세훈은 총 한 자루를 들고서는 정신없이 문밖으로 나섰다.

유진과 승구였다. 두 사람은 서로 반대 방향으로 달려 나갔다. 유진은 세훈이 비운 방 안으로 들어와 품 안에서 문서를 꺼냈다. 도자기 안에 유진은 미련 없이 그 문서를 집어넣었다.

"여봐라! 폭도다! 경무청을 불러라!"

마당은 세훈의 외침으로 어수선했다. 무슨 일이냐 물어도 세훈은 폭도라고 난리를 부렸다. 겁에 질린 세훈은 사용법도 제대로 모르는 총을 마구잡이로 움직였다. 세훈이 쥔 총에서 총알이 발사되었다. 총알은 여종 순심을 관통했다. 가노가 기겁하며 세훈에게 고하였으나 세훈은 눈 하나 깜박하지 않았다. 제 방으로 총알이 날아든 상황이었다. 세훈에게 문제란 오직 자신의 안위뿐, 여종의 목숨 같은 게 아니었다.

"뭘 하고 섰어! 경무청을 부르라니까! 네놈들은 계향이 그년 잡아와. 잡아와! 나머지는 나를 호위해라! 나를 에워싸서 지키란 말이다!"

호위와 가노들에게 질러대는 악다구니가 마당을 쩌렁쩌렁하게 울렸다. 신음하는 순심을 가노 중 하나가 들쳐 업었다. 난리였다. 순심을 데리고 의원에 다녀오겠다는 이에게 세훈은 호통을 쳐댔다. 그때 세훈의 팔로 총알이 날아왔다. 스치는 고통에 세훈이 들고 있던 총을 놓쳤다. 총알이 날아온 곳은 지붕 위였다. 지붕 위에 승구가 세훈을 향해 총구를 겨누고 있었다.

대문이 커다란 소리를 내며 열렸다. 순검들을 비롯한 군인들이 횃불을 들고 문 안으로 들어섰다. 총알에 스친 팔을 붙잡고 이제야 의원을 부르라고 난리를 치던 세훈이 반색했다.

"아, 드디어 왔……, 대감께서 여긴 어쩐 일이시오."

순검과 군인들의 선두에 정문이 있었다. 무언가 좋지 않은 예감에 세훈이 경계하며 물었다. 정문은 근엄한 표정으로 뒤편의 무장한 이들에게 명령했다.

"샅샅이 뒤져라! 궤짝 하나, 화병 하나 놓치지 말고 뒤져라! 죄인 이세훈은 포박하여 꿇려라!"

순검들이 우르르 흩어지며 세훈을 포박했다. 세훈이 몸부림쳤으나 턱없었다.

일본도, 아라사도, 조선도 찾고 있던 로청은행 예치증서는 세훈의 집에서 발견되기로 예정되어 있었다. 유진이 그리하기로 정문과 거래했다. 음도불궤죄陰圖不軌罪, 역모라는 조선에서 가장 무거운 죄를 지은 세훈은 역적으로 죽을 것이다.

세훈은 정문의 앞에 무릎 꿇은 채 넋이 나가 있었다. 세훈의 방을 뒤지기 시작한 지 얼마 안 되어 순검이 도자기를 들고 나왔다. 도자기 사이로 문서가 보였다. 정문은 그대로 도자기를 바닥으로 던졌다. 산산조각 난 도자기 조각 속에 예치증서가 함께 있었다. 세훈은 혼이 나간 채 그 도자기 조각들과 예치증서를 바라보았다.

"도적이 들었다 했더냐. 조선의 것을 사사로이 훔쳤으니, 네 놈이 바로 도적이다."

"아니오. 모함이오! 보시오, 이렇게 총을 맞은 건 나라고, 나!"

"황제폐하 납시오!"

세훈이 더 변명을 하기도 전에 황제가 세훈의 집 마당을 밟고 있었다. 호위들의 엄호를 받으며 들어서는 황제에게서는 그 어느 때보다 위엄이 넘쳐흘렀다. 세훈이 이마를 바닥에 대고 바짝 엎드렸다. 집을 수색하던 이들도 일제히 경례하며 예를 갖췄다.

현장에서 발견된 증좌, 그리고 황제. 세훈이 살아날 방도는 이 밤처럼 깜깜했다. 권세를 누리며 누군가의 피와 땀으로 호위호식하는 삶도 모두 끝이었다. 남은 건 죽음뿐이었다.

지붕 위에서 유진은 그 끝을 바라보고 있었다. 기쁘지도, 슬프지도 않았다. 허무했다. 세훈의 죽음은 유진에게 복수 외에 어떠한 이름도 남기지 않을 것이었다.

"내 나라 임금이 저리 생겼구나."

유진의 옆에 선 승구가 총을 들어 마당에 선 황제를 조준경에 겨누고 있었다. 신미년에 변고를 당했던 때 포로로 잡혀 있던 승구를, 백성들을 버렸던 왕이다. 사정이 어찌 되었든 승구에게만은 원수와 같았다. 유진이 승구가 든 총구를 살며시 밀어냈다.

"사연은 모르겠으나 오늘 밤 역적은 한 명이면 족할 듯한데."

승구의 손이 부들부들 떨렸다. 원수라 여기며 살아왔으나, 여전히 자신이 살며 지키고자 하는 땅의 왕이었다. 황제였다.

작
별
인
사

저벅저벅 자갈 밟는 소리에 얼어붙은 강을 바라보고 있던
유진이 고개를 돌렸다. 칼바람이 유진의 상처 난 뺨을 스쳤
다. 나루터의 초입에서 유진에게 다가오는 애신의 발걸음 소
리에는 미묘한 설렘이 있었다. 미소 지으며 다가오던 애신이
유진의 뺨을 보곤 놀라 물었다.

"다친 게요? 어쩌다."

"훈련 중에……. 강이 얼었소. 노꾼이 필요 없어졌소."

얼버무리며 말을 돌리는 유진에 애신은 미소 지었다.

"대신 나란히 걸을 수 있겠구려."

유진도 그 미소에 조용히 걸음을 옮기는 것으로 답했다. 미
끄러운 얼음 위를 두 사람이 소리 없이 걸어 나갔다. 이렇게
또 한 번 나란히 걸을 수 있는 시간이 두 사람에게는 소중하

기만 했다.

"간밤에 사대문 안이 시끄러웠던 모양이오. 저자에 사람이 많아 돌아오느라 조금 늦었소."

"들었소. 외부대신 이세훈의 역보로 밝혀졌다고. 혹…… 교류가 있던 양반이오? 조선의 관료들은 잘 몰라서."

"친일하는 자라 주시하고만 있었소. 로건이 죽을 때도 그자가 함께였고. 누구 하나 슬퍼하지 않는 죽음이오."

애신의 답에 유진은 그제야 조금 안심했다. 같은 양반이니 혹시라도 인연이 있어 애신이 세훈의 죽음을 저어할까 하던 염려가 사그라들었다. 위험하니 조심히 걸으라고 다정한 걱정을 건네던 유진이 휘청였다. 뒤로 빠지는 유진의 팔목을 애신이 잡아주었다.

"그러셔야겠소."

이 여인에게는 질 수밖에 없구나 싶어져 유진은 멋쩍게 웃어버렸다. 그렇게 두 사람은 적당히 걸음을 맞춰 걸었다. 너무 빠르면 이 시간이 짧을까 아쉬웠고, 너무 느리면 겨울바람에 살이 에일까 걱정이었다.

"미국엔 아주 어릴 때 갔나 보오. 글도 떼기 전이니……."

애신의 말이 채 끝나기도 전에 유진이 헛기침을 했다. 유진의 민망함을 아는지 애신이 덧붙였다.

"신기해서. 조선에서 태어나 어찌 그 먼 땅까지 갔는지."

"……듣고 싶소?"

"궁금하오. 귀하의 긴 얘기가."

두 사람은 강 한가운데에서 멈춰 섰다. 들뜬 애신의 눈동자가 매끈했다. 가만히 애신을 바라보던 유진의 목소리가 가라앉았다.

"아마 내 긴 이야기가 끝나면, 우린 따로 떠나게 될 거요."

"어째서 그렇소."

만남은 변복한 사내였으나, 결국 제 앞에 선 것은 아무것도 모르는 그림 같은 애기씨였다. 그러니 유진은 결심해야만 했다. 애신이 어느덧 L을 알아버렸으니 Z까지 아는 날은 그리 멀지 않았다. 그러니 이때에. 애신이 Z까지 알아버린 그날에는 너무 늦어버려 돌이킬 수 없을 것이다. 유진은 피할 수 없다는 생각에 낮은 목소리로 제 이야기를 시작했다. 기대하지 말자, 그리 마음을 다잡으며.

"조선을 떠난 건 아홉 살 때였소. 그저 달렸소. 조선 밖으로. 조선에서 제일 먼 곳으로. 그런 내 앞에 파란 눈의 금발머리 선교사가 구세주처럼 나타났소. 그의 도움으로 미국 군함에 몰래 숨어들었고 한 열흘 가면 되겠지 했는데 한 달을 갔소."

"하하. 한데 아홉 살 아이가 무슨 연유로……."

흥미롭고 신비로운 이야기가 펼쳐질 듯하여 애신은 눈을 빛냈다. 아끼는 이의 이야기에 귀를 쫑긋거리게 되는 것은 애신이 특별히 호기심이 넘쳐서가 아니었다. 유진은 눈을 빛내는 애신에 선뜻 입을 떼지 못했다. 조선은 변하였으나 변하지 않았고, 애신은 특별하였으나 유진은 눈앞의 여인이 걱정됐다.

'감당할 수 있을까?'

애신을 걱정하는 것인지, 아니면 저 자신을 걱정하는 것인지 모를 일이었다. 유진의 고심이 깊어졌다. 애신이 감당하지 못한다면 유진은 분명히 상처받을 것이다. 어제 스친 볼 정도는, 자신이 팔에 쏜 총의 고통 정도는 전쟁에서 이미 숱하게 겪어왔다. 그러나 이번의 상처는 아마 가슴 깊이 박힐 것이다.

"죽여라. 재산이 축나는 건 아까우나 종놈들에게 좋은 본을 보였으니 손해는 아닐 것이다. 그게, 내가 기억하는 마지막 조선이오."

"누가 그런 말을 했단 말이오."

"상전이었던 양반이."

놀란 애신이 굳었다. 칼바람이 차갑게 두 사람을 스치고 지났다. 유진은 상처가 될 줄 알았으면서도 모든 것을 털어놓았다.

"뭐에 놀란 거요. 양반의 말에? 아님 내 신분에?"

애신은 충격을 받아 멍한 얼굴이었다.

"맞소. 조선에서 나는, 노비였소."

미국인이 되었어도, 조선에 돌아온 유진은 노비의 자식이었다. 그것은 변하지 않는 사실이었다. 애신도 어쩔 수 없는 조선의 애기씨였다. 유진은 괴로워졌다. 유진은 괴로움을 삼키며 낮게 신음했다.

"조선은 내 부모를 죽인 나라였고, 내가 도망쳐 나온 나라였소. 그래서 모질게 조선을 밟고, 조선을 건너, 내 조국 미국으로 다시 돌아갈 생각이었소. 그러다 한 여인을 만났고, 자주 흔들렸소. 내 긴 얘기 끝에, 그런 표정일 줄 알았으면서도. 알고도, 마음은 아프오."

애신의 눈동자가 정신없이 흔들렸다. 그러나 충격이 앞서 아무런 아픔도, 슬픔도 느끼지 못하는 상태였다. 유진이 사대부 가문의 자손이어서 러브를 하자고 한 것도 아니고, 미국인이라고 하더라도 러브를 하자고 했던 애신이었다. 그러니 애신 스스로도 영문을 알 수 없었다. 자신이 왜 이렇게 혼란스러운지. 유진의 신분을 따로 생각했던 적도 없었다. 그럼에도 어째서인지, 유진이 양반일 거라 여겼다.

"귀하가 구하려는 조선엔 누가 사는 거요. 백정은 살 수 있소? 노비는 살 수 있소?"

모질고 세찬 바람이 강 위로 불고 있었다. 애신은 유진의 눈을 피할 생각조차 하지 못했다. 그저 쓸쓸한 표정의 유진을 보고 서 있을 뿐이었다.

그림 같은 풍경 속, 손을 뻗으면 닿을 만큼 가까이에 서 있으면서도 마음만은 멀다는 것이 무엇인지 두 사람은 깨달아가고 있었다. 애신은 그제야 아팠다. 그러나 아파할 자격이 제게는 없었다.

"사발은 내가 가져가는 걸로 합시다. 귀하는 먼저 가시오.

더는 나란히 걸을 수 없을 것 같으니.”

결국 유진의 말대로 되어버렸다. 쏟아지는 생각들 속에서 애신은 유진의 말에 끄덕였다. 애신은 돌아서 가까스로 다리를 움직여 한 걸음, 한 걸음 내디뎠다. 유진은 그런 애신을 돌아보지 못한 채 그저 그 자리에 서 있었다.

그러던 중 쿵, 하고 넘어지는 소리가 들렸다. 뒤를 돌아보니 얼어붙은 강 위로 애신의 치맛자락이 꽃잎처럼 퍼졌다. 다리에 힘이 풀린 애신이 그 자리에 쓰러져 있었다.

멍하게 주저앉은 애신에게 유진이 손을 내밀었다. 애신은 그 손을 잡고 일어섰다. 그러나 차마 유진을 쳐다보지 못했다. 그저 맞잡은 손만을 가만히 쳐다보다가 애신은 천천히 손을 뺐다. 손안에서 빠져나가는 모래알과 같았다.

“……신세 졌소.”

더는 아무 말도 할 수 없었다. 그저 신세를 졌다. 처음부터 지금까지. 애신은 발끝에 힘을 준 채 유진을 두고 걸어 나갔다. 유진은 강 위에 다시 홀로 남겨져 있었다.

어둠이 무겁게 내리깔린 침전에 황제는 백의 차림으로 보료에 앉아 있었다. 근심 가득한 표정으로 황제가 가배가 든 잔을 내려놓았다.

"증서가 돌아왔으니 잠시나마 대국들이 잡으려던 약점에서 놓여났음이야. 참으로 기뻐."

정문은 침소에 들어야 하는 늦은 밤, 가배를 마시는 일이 적당치 않다고 여겼지만 황제는 가배의 각성 효과에 정신을 의지하고 있는 것이 분명했다. 그 심정이 이해가 가지 않는 것도 아니어서 정문은 말을 아꼈다.

"예치금을 되찾아 어떤 일에 쓰면 합당하겠는가."

정문은 가배가 든 잔을 슬쩍 확인하며 답했다.

"아뢰옵기 황공하오나, 일본이 아라사와 전쟁을 하도록 부추기고 있사옵니다. 하루속히 무관학교를 재정비하심이 옳은 줄 아뢰옵니다."

"짐의 생각도 같다. 그 일을 맡아 해낼 만한 자가 있겠는가. 일본에 매수되지 않을 자. 제 잇속 때문에 일을 그르치지 않을 자."

정문은 황제가 지칭하고 있는 이를 단박에 알아차렸다.

"혹, 이번 일을 도모한 그자를 염두에 두시는 것이옵니까."

"이번 일로 쓰임을 보였다. 믿어봄 직하겠는가."

"그자가 조선의 편을 들긴 하였으나 그 목적이 조선을 위함이 아니었을지도 모릅니다, 폐하."

정문의 부정적인 견해에 황제의 낯빛이 어두워졌다.

"어찌 그리 생각하는가."

"신, 그자를 잘 짚고 있다 여겼사온데, 되돌아 생각해보니 그자가 신을 짚고 있었사옵니다. 그자에 대해 알 만한 자가 있으니 신중히 더 알아보겠사옵니다."

신중에 신중을 가하자는 정문의 의견이었다. 하지만 황제의 마음은 이미 유진에게 기울어 있었다.

"신중히 하되 신속히 하라. 희한하게도 자꾸 담기는구나, 그자가."

정문은 그런 황제가 걱정스러웠다. 한 잔의 가배와는 무게가 다른 걱정이었다.

역적의 집은 도적이 든 듯 문이란 문은 죄 열린 채 텅 비어 있었다. 이전의 속된 영광은 흔적조차 찾아볼 수 없었다. 보스턴백을 든 하나가 높은 굽의 구두를 신고 이세훈의 집 마당을 밟았다. 먼저 와 기다리던 정문이 그런 하나를 맞았다.

"어찌 여기서 보자 한 것이냐."

"바람도 쏠 겸. 집도 둘러볼 겸. 일종의 투자지요. 이 집을 제가 살까 합니다."

이세훈의 집에 피바람이 불던 그 밤, 세훈의 소실인 계향이 하나를 찾아왔다. 일이 터지기 직전 금을 들고 도망쳤으나 달리 방도가 없었다. 이세훈이 역적으로 몰렸으니 그 소실인 계향도 죽은 목숨이었다. 계향은 신분을 숨기기 위해 하나에게 양장을 빌리려 들었다. 히나는 계향에게 선뜻 양장을 빌려주었다. 양장 한 벌에 금덩이 하나였다. 거기에 남은 금덩이 또한 모두 받아냈다. 세훈의 집에서 나온 금덩이라면 어떻게 모은 금일지 그 출처가 뻔했다. 누군가의 피와 땀, 눈물일 것이다. 계향은 날뛰었으나 히나는 역적의 소실을 살려주는 대가라 코웃음 치며 답했다.

그리고 계향에게서 받아낸 금으로 히나는 이 저택을 살 예정이었다.

"역적의 가택이니 국고로 환수될 테고, 조선은 늘 돈이 없으니 어차피 누군가에게 팔릴 테고, 제가 사겠습니다."

히나가 금덩이가 빼곡히 쌓인 보스턴백을 열었다. 정문의 대답은 늦지 않게 돌아왔다. 정문은 가쾌家儈(부동산 중개인)를 보내라 했고, 히나는 웃으며 그리하겠다고 답했다.

"네 아비는 만났느냐. 조선 땅에 들어왔으니 한 번은 널 찾았을 법도 한데."

"아실 텐데요. 저는 아비가 없습니다."

아비라는 말에 히나의 입가에 있던 미소는 순식간에 사라졌다. 정문은 잠시 말을 잃었다.

"네 어미는 백방으로 찾고 있다."

"압니다. 매번 같은 말씀이시니."

"혹여 내가 네게 거짓으로 찾고 있다고 하는 것 같으냐."

어느새 미소와 함께 여유를 되찾은 히나가 대답했다.

"그런들 전 방법이 없습니다. 하니 그저 믿어야지요. 헛된 희망이라도…… 가져야지요. 제게 어미가 귀한 만큼 대감께도 제가 가진 정보가 귀할 테니까요. 그럼 이제 하문하시지요."

과연 만만찮았다. 정문은 내심 감탄했다. 그렇기에 더욱 히나를 믿고 물을 수 있었다.

"그 검은 머리의 미국인 사내 말이다. 네가 보기에 어떠하더냐."

확실히 유진은 황제에게 그 쓸모를 두고 고심할 만한 존재였다. 히나는 유진의 모습을 머릿속에 되새겼다.

"이미 대감께서 말씀하셨지 않습니까. 검은 머리의 미국인이라고. 미국은 일이 틀어지면 그를 조선인이라 할 테고, 조선은 일이 틀어지면 그를 미국인이라 할 테니…… 그는 그저 쓸쓸한 이방인입니다."

유진을 떠올리는 히나의 눈마저 쓸쓸해졌다. 저 역시 '이양화'가 아닌 '쿠도 히나'이기에 히나는 유진의 옆얼굴에 담긴 애달픔을 때때로 읽어낼 수 있었다.

텅 빈 이세훈의 집 마당을 걸어 나오며 정문이 캐물었다.

"하면 그자에겐 미국에 두고 온 식솔조차 없느냐. 혹 빈관으로 찾아오는 이들은 없었고?"

"함경도에서 온 선교사의 서신이 있었고, 격의 없이 지내는 미군 동료 하나가 빈관에 함께 머물고 있고, 며칠 전엔 미국에서 친우가 한 명 왔는데, 그 외엔 정식 방문은 없고 주로 몰래 숨어듭니다. 그의 방이 여러 번 뒤져졌습니다."

정문은 그 이유를 알 듯 싶어 고개를 끄덕였다. 예치증서가 유진의 손에 있었으니 그 방을 뒤지는 자가 하나뿐이었을까.

"그의 옆방에 김안평 댁 도련님이 묵고 계신데, 묵은 인연이 있는 듯 보였습니다. 좋은 연은 아닌 듯싶었고요."

말을 이어나가던 히나가 뜻 모를 얼굴로 덧붙였다.

"그리고, 고사홍 대감댁의 애기씨와 교류가 있습니다."

장 포수의 움막 안에서 연습복 차림의 애신이 바지를 걷어 올렸다. 절구에 갈아놓은 약초를 떼어 붙이며 상처를 확인했다. 제법 아물었으나 흉이 깊었다. 흉이 깊은 상처에서 떠오르는 건 과거의 기억이었다.

'귀하가 구하려는 조선엔 누가 사는 거요. 백정은 살 수 있소? 노비는 살 수 있소?'

'호강에 겨운 양반 계집.'

가까운 과거, 먼 과거. 마치 깊은 흉처럼 두 과거는 놀랍게도 어딘가 닮아 있었다. 애신은 스스로를 벌주듯 붕대를 꽉 묶었다. 다리로 전해지는 아픔은 애신이 참아내야만 하는 것이었다. 조선이 변하고 있다고 했는가, 남들과는 다른 낭만을 꿈꾸고 있다고 생각했는가. 아니었다. 틀렸다. 그날부터 지금까지 자신은 여전히 가마 속에서만 살고 있었음을 애신은 아프게 자각했다. 가마 속 세상에서 한순간도 밖으로 벗어난 적 없었던 자신이었다.

굳은 표정으로 움막에서 나오던 애신이 승구와 마주쳤다. 애신은 굳은 표정을 지우고 그 위로 애써 밝은 표정을 덧그렸다.

"스승님!"

"어찌 온 것이냐. 다친 곳은 괜찮은 게냐?"

"몹시 아프지만 연습을 게을리할 순 없어서요."

애신은 이렇게 말하며 갑자기 절뚝거리기 시작했다. 그런 애신을 가만히 보다가 승구는 한 손에 들고 있던 수통을 휙, 던졌다. 애신이 기다렸다는 듯 그 수통을 잡아챘다.

"내 이래서 널 못 믿는 것이다. 금세 다 나았구만."

승구의 핀잔을 들으며 흘리는 웃음마저 쓸쓸한 애신이었다. 애신이 조심스럽게 물었다.

"헌데요, 스승님. 여쭐 것이 있습니다. 스승님께서 우리 동지들의 총대장이십니까?"

"뭐가 궁금한 것이냐."

"그분은…… 양반입니까……? 그분이 지키려는 조선엔, 누가 살 수 있습니까?"

"그저 묻지도 않고 예, 하더니 이제 와서 갑자기 왜."

"어떤 이에게 질문을 받았는데, 그는 그저 제게 물었을 뿐인데, 물은 이도 물음을 받은 저도…… 다쳐서요."

다 알았구나. 승구는 멍한 표정의 애신을 보았다. 그래서 걱정했던 것이다. 미국인인 유진도, 노비 출생의 유진도 애신이 가까이 하기에는 너무 멀었다.

"네가 동지라고 했던 널 도운 미군 말이다. 그자가 항간에 떠돌던 임금의 증서를 조선에 돌려주었다."

애신은 잠시 말을 잃었다. 유진은 또 한 번 강렬하게 애신의 머릿속을 휘젓고 지났다.

"이세훈을 처단한 것도, 소아가 한성 밖으로 나갈 수 있도록 육로를 터준 것도 그자의 도움이었다."

"……늘 모르는 게 좋다 하시더니 왜 얘기해주십니까."

"네가 아는 건 그자에게 중요한 거 같아서. 혹여 그게 너에게도 중요한 것이냐."

"……예."

애신의 눈에 눈물이 핑 돌았다. 젖어드는 눈가는 숨길 수 없는 것이었다. 승구가 애신을 보며 안타까워 물었다.

"혹시 알았느냐. 그자의 출신을."

"스승님은 알고 계셨습니까……?"

"내가 처음 너를 이곳에 데려왔을 때 하대를 했던 이유는, 이 험한 길 며칠 오가다 제풀에 지쳐 나가떨어지겠지 해서였다. 한데 넌 십 년을 오갔다. 네가 무슨 질문을 어떻게 받았든, 너는 그 십 년으로 이미 답해왔다."

"하면…… 저는……."

제가 꼭꼭 숨어든 가마의 쪽창 안으로 빛이 드는 듯도 했다. 누군가 부르면 그 문을 열고 나갈 수도 있을 것만 같아 애신은 찰나에 희망을 품었다. 그러나 승구의 부름이 어느 때보다 무거웠다.

"하나…… 애기씨."

승구의 갑작스러운 존대와 함께 애신의 눈에 다시금 눈물이 새어나왔다. 무너지지 않는 하늘을 향한 눈물이었다.

"소인이 애기씨와 이리 지내는 것이 세간에 알려지면 소인은 반상의 법도를 능멸한 죄인입니다. 강상죄로 소인은, 죽음을 면치 못합니다."

"스승님……!"

"애기씨의 뜻과는 상관이 없지요. 법이 그러합니다. 세상이 그러합니다. 하니, 안 될 일입니다. 그자와의 인연도, 그만 놓으셔야 합니다."

하늘은 하늘이었고, 무너지지 않는다. 그 말이었다. 총을 쥔 애신의 눈에서 굵은 눈물이 소리 없이 떨어졌다.

미 공사관 사무실로 출근한 유진이 코트를 벗자 뒤따라 사무실로 들어온 도미가 얼른 코트를 받아 한쪽에 걸었다. 어린 나이였으나 어려운 형편에 온갖 궂은일을 해온 도미는 공사관에서의 잡일은 식은 죽 먹기라는 듯 척척 해내고 있었다.

"네 누이 말이야. 아직도 친척집에서 지내?"

"……예. 막내 요 백일도 안 된 놈이 제법 자리를 차지해서 어디 발 뻗을 데가 없습니다."

"누이에게 글로리 빈관에 가보라고 해. 여급을 구하는 모양이야. 숙식도 제공하고."

빈관에서는 귀단을 대신할 이를 찾고 있었다. 동매에게 유진의 정보를 물어다 주었던 귀단이 문서를 찾아 직접 유진의 방을 뒤지다 히나에게 발각되어 잘린 탓이었다.

유진의 말에 도미의 입이 함지박만 하게 벌어졌다.

"참말입니까? 예, 그러겠습니다. 감사합니다, 나으리."

도미가 연신 고개를 숙였다. 그런 도미를 바라보며 유진이 슬쩍 물었다.

"그럼 내 부탁 하나 들어 줄래?"

영사대리 나으리가 제게 부탁할 일이 무엇일까 짐작하기 어려워 도미는 맑은 눈을 끔벅거렸다.

잠시 후 미 공사관에서는 진풍경이 펼쳐졌다. 유진은 구부정하게 등을 굽히고 앉아 무언가 열심히 써 내려 나갔다. 도미는 옆에 서서 엄한 표정을 지었다. 어쩐지 유진과 도미의 모습이 뒤바뀌어 있었다.

유진의 한글 선생이 된 도미는 집중해 글씨를 쓰는 유진의 모습을 지켜보다 종이에 뭔가를 적었다.

"이것이 나으리 존함입니다."

유진이 고개를 들어보니 '유진 초이'라는 글자가 세로로 적혀 있었다.

한글로 쓰인 이름은 처음이었다. 이렇게 생겼구나, 생각하며 유진은 물끄러미 자신의 이름을 바라보았다. 매일 듣는 제 이름인데도 이따금 슬픈 기분이 들 때가 있었다. 제 이름은 어미의 유언이었으므로.

"그럼 이건 어떻게 읽어?"

잠시 떠올리던 유진이 종이에 정체불명의 글씨를 그림처럼 그려냈다. 도미의 얼굴에 난감한 기색이 떠올랐다.

"이것이 뭡니까?"

당황스럽기는 유진도 마찬가지였다. 한참을 고민하던 도미가 소리쳤다.

"아! 보고 싶었소! 보고 싶었소, 맞지요?"

유진은 아연해졌다. 애신이 선장본에 또박또박한 글씨로 써 물었던 말이 '보고 싶었소'였다. 그날 강가에서 '신세 졌소' 하고 당황해 자리를 피하던 애신은 벌써 잊힌 듯했다. 유진은 어느 날엔가 애신이 서 있던 창가를 바라보며 중얼거렸다.

"나도."

애신이 보고 싶었다.

동매는 뒷마당을 통해 글로리 빈관으로 들어서려다 멈춰
섰다. 뒷마당 빨랫줄에 비단보를 널고 있는 누군가가 보였던
탓이다. 로건이 죽은 이후, 문서를 찾기 위해 로건의 집을 찾
았다 만난 아이가 오늘은 빈관의 여급으로 일하고 있었다. 행
복한 얼굴로 비단보를 널고 있던 수미가 동매를 발견하고는
화들짝 놀라며 굳었다.

"여기서 일하나 봐?"

"예……. 취직……되었습니다……. 나으리께선 여길 어
찌……."

"내가 이 호텔 뒤를 봐주고 있거든. 그래서 난 주로 뒤로
다녀."

"……예?"

수미는 동매의 말뜻을 이해하지 못하고 그저 떨고 있었다.
딱히 동매가 수미에게 해를 가한 적은 없지만, 수미에게는 그
저 두려운 존재였다. 동매는 아랑곳하지 않고 빙긋 웃어 보
였다.

"웃으라고 한 말인데 안 웃으면 나라도 웃어야겠네."

뒷맛이 씁쓸한 웃음이었다. 동매가 수미가 널고 있던 비단
에 턱짓을 했다.

"좋은 비단이네."

"아까워서…… 동생 조끼나 만들어줄까 하고……."

더 있다가는 수미를 울리기라도 할 것 같아 돌아서려던 동매의 머릿속에 무언가 갑자기 떠올랐다. 처음 수미를 봤던 날, 수미가 가지고 있던 포대기였다. 동매는 뒷마당에 널린 비단보들을 날카롭게 살폈다. 비단보를 한 번, 여전히 긴장한 채로 서 있는 수미를 한 번 본 동매는 기가 찬 듯 웃었다.

"그때 우리 애들이 일을 못했네. 엉망진창으로 다 뒤졌어야 했는데. 한 군데도 빠짐없이 다. 그럼 저기 있었을 것 같은데."

동매의 말에 수미는 숨을 멈췄다.

"늦었지 뭐. 그게 지금 어디 있는지는 세상천지가 다 아니. 내가 궁금한 건 네가 그걸 누구한테 줬는지야. 말해주면 안 잡아가고, 말 안 해주면 잡아가고. 어떡할래?"

말하라고 물은 것인데 수미의 입은 오히려 꾹 다물려져 있었다.

동매는 앞서서 가는 유죠와 낭인 둘 사이에 수미를 세우고 휘적휘적 거리를 걸었다. 덜덜 떨며 기회를 엿보던 수미가 지나던 상점으로 달려가 그 문을 내리쳤다.

"살려주세요! 도와주십시오!"

낭인이 그런 수미의 뒷덜미를 잡아 내팽개쳤다. 그와 동시에 상점 유리문 안에서 돌아보던 애신과 눈이 마주쳤다. 동매와 애신이 굳은 채 서로를 쳐다보았다. 그사이 낭인들에게 잡힌 수미를 보며 행인들이 수군댔다. 걱정 어린 표정들이었으나 그들도 동매의 패거리 앞에서는 파리 목숨이나 다름없으니 쉽사리 나서지 못하고 있었다.

잠시 놀랐던 애신은 어느새 서늘한 얼굴을 한 채 거칠게 상점 문을 열고 나왔다. 동매를 향한 걸음에도 거침이 없었다. 동매는 다가오는 애신의 발걸음을 내려다보다 얼굴을 정면으로 마주했다. 애신이 동매를 향해 호통을 치듯 말했다.

"어찌 이러는가. 같은 조선인끼리 돕지는 못할망정 어찌 이리 사납게. 아직 아이인데."

"애고 어른이고 조선인들끼리 돕고 사는 걸 보고 배운 적이 없어서요, 애기씨. 애기씨가 끼어드실 자리가 아닙니다."

"내가 이런 순간에만 보는 것인가, 자네가 이런 순간으로만 사는 것인가."

냉랭한 물음이었다. 동매의 눈이 사나워졌다.

"어떤 순간을 말씀하시는 건지."

애신을 만나는 순간마다 동매는 상처를 받았다. 그러나 그 상처마저 애신이 준 것이어서 동매는 기꺼웠다. 낭인에게 잡혀 있던 수미가 소리치며 애원했다.

"살려주십시오, 애기씨!"

동매는 애신에게 매달리는 수미의 머리채를 확 잡아끌었다.

"이런 순간을 말씀하시는 겁니까."

짝!

애신이 동매의 뺨을 올려 치는 소리가 거리에 울려 퍼졌다.

"이런 순간도 살길 바라네."

놀란 동매가 얼얼한 볼에 손을 가져다 댔다. 일순간 정적이 감돌았다. 애신은 동매를 노려보다 뒤편에 입을 벌리고 선 함안댁에게 수미를 데려가라 명했다. 함안댁이 서둘러 수미를 챙겼다. 그러는 와중에도 애신은 동매에게 한시도 눈을 떼지 않은 채 물었다.

"이유가 무엇인가. 아이에게 이러는 이유가 무엇이야."

"큰돈을 날렸습니다, 애기씨. 이 아이가 제가 찾는 걸 다른 이에게 주는 바람에요."

고작 돈 때문에 이 모든 일이 일어났다는 사실에 애신은 다시 한 번 분노했지만 애써 그것을 속에만 담아두었다.

"날린 돈이 얼만가. 내가 내겠네. 그러면 되겠는가."

"그러시면 됩니다."

"얼만가."

"되는대로 들고 오시지요. 들고 오시는 것 보고 흥정을 해보겠습니다. 내달 보름까지 직접 오십시오. 애기씨가 직접 말입니다."

"얼만지나 얘기해."

애신이 한 번 더 다그치며 물었지만 동매의 표정은 서늘했다.

"얼만지는 와서 들으시는 겁니다. 그래야 내달 보름까진 저

아이의 안전이 보장되지 않겠습니까."

동매의 말 속에 담긴 뜻을 읽고 애신이 멈칫했다.

"하면 그때 뵙겠습니다."

동매는 떠나기 전 수미에게 비아냥거리듯 당부했다.

"동생 조끼 잘 만들어 입혀. 좋은 비단이던데."

낭인들과 함께 떠나는 동매의 뒷모습을 애신은 분노에 차
바라보았다.

애신은 수미와 동행하며 글로리 빈관으로 향했다. 그 뒤로
가마와 함안댁이 뒤따랐다. 수미는 이제야 조금 안심이 됐는
지 입을 열었다.

"구해주셔서 감사합니다……. 한데 저 때문에……. 송구합
니다, 애기씨……."

애신은 곧장 고개를 저었다. 수미에게 괜한 죄책감을 심어
주고 싶지 않았다. 수미가 아니었어도 애신은 그리했을 것이
다. 죄송해야 할 이가 있다면, 수미가 아니라 동매였다. 부끄
러움을 모르는 자였다.

"너 때문이 아니다. 다친 데가 없으니 다행이야. 하나, 한 가
지는 물어야겠다. 네가 무언가 중요한 걸 갖고 있었던 건 맞
는 것이냐?"

수미는 잠시 대답을 망설였다. 하지만 은인에게 사정을 전
부 숨길 수는 없는 일이었다.

"……자세히는 모르오나 조선의 운명이라 하셨는데……."

"조선의 운명? 누가."

"죄송합니다, 애기씨. 그건 말씀 못 드립니다."

수미는 더는 말하지 않겠다는 의지를 보였다. 애신은 그 자리에 멈춰 서서 픽하니 웃었다. 강단 있는 아이의 모습이 귀엽기도 하고, 대견하기도 했다.

"네가 지금 누군가를 지키고 있는 것이냐. 그래. 알았다. 난 괜찮으니……!"

순간 애신의 머릿속에서 유진, 승구와의 대화가 차례로 떠올랐다. 방이 뒤져졌다는 얘기와 황제에게 증서를 돌려주었다는 내용. 동매가 찾는 것이 그 증서였다는 결론이었다.

"내 하나만 더 묻고 싶은데. 그 중한 걸 너는 어찌 가지고 있었던 것이냐."

"그것이……."

수미는 말을 끊고 주변을 두리번거렸다. 그런 후 작은 목소리로 설명했다.

"전에 제가 어떤 미국 나으리 댁에서 일을 했는데 바깥 나으리께서 아기 포대기에 뭔가를 숨겨놓으셨습니다. 한데 나으리가 돌아가셔서 어찌하지 못하다가 은혜를 입은 분께 드린 겁니다……."

"……그리된 것이구나. 알았다. 대신 나와 약조 하나만 하자. 내가 널 도운 걸 네가 지키는 그분께는 말씀드리지 말아

라. 이건 너와 나, 둘만의 비밀로 하자꾸나."

애신은 수미의 마음을 더는 어지럽게 하고 싶지 않았다. 어느새 글로리 빈관 앞이었다. 수미는 거듭 감사 인사를 전하고는 빈관 안으로 들어갔다. 애신은 수미가 사라진 입구 쪽을 바라보며 그 자리를 서성였다. 이 빈관에 유진이 있을 것이다.

애신은 겨우 고개를 들었다. 혹시나 하는 마음일 뿐이었는데, 간절한 마음이기도 했던 모양이었다. 테라스에서 아래를 내려다보던 유진의 눈이 그곳에 있었다. 두 사람은 그리웠던 서로의 얼굴에서 눈을 떼지 못했다. 피할 수도, 이렇게 계속 마주할 수도 없는 사이라는 것이 두 사람의 시선을 더욱 애틋하게 만들었다.

"애기씨."

함안댁이 가마 문을 열어놓고 기다리고 있었다. 애신은 뒤늦게 정신을 차리고 고개를 돌렸다. 뒤돌아보았다가는 영영 가마에 올라탈 수 없을 것 같아서, 애신은 서둘러 가마에 올랐다. 가마 안이 어두웠다. 가마의 창을 열어보고 싶지만 차마 열어보지 못하고 애신은 가늘게 손을 떨었다.

볕이 내리쬐는 공사관 담벼락 앞에 서 유진은 애신을 떠올렸다. 홀연히 나타나 담벼락을 넘던 애신이어서 오늘도 어느 순간 갑자기 나타날 것만 같았다. 그렇게 나타날 애신이 기다려지기도, 두렵기도 한 유진이었다. 막상 만나면 나눌 수 있는 대화는 또 한 번의 상처뿐일 것이다. 쓸쓸해진 유진의 뒤로 왁자지껄한 소리가 들려왔다. 돌아보자 카일과 관수가 나귀를 탄 채 마당 안으로 들어서고 있었다. 소아를 무사히 데려다주고 여행을 하고 돌아온 두 사람이었다. 자신을 향해 손을 흔드는 카일을 발견한 유진이 드물게 활짝 미소 지었다.

글로리 빈관의 텅 빈 복도에 술에 취한 두 그림자가 비틀거렸다. 유진과 카일은 서로 기대고 부축하며 계단을 올라 복도로 들어섰다. 그러다가 동시에 우뚝 멈춰 섰다. 구슬픈 선율이 희미하게 복도 밖으로 퍼져 나오고 있었다. 어두운 복도에 울려 퍼지는 선율은 공포스럽게 느껴지기도 했다. 카일이 두려움에 떨며 물었다.

"이게 무슨 소리야……?"

"여기 잠깐 있어."

카일을 복도에 세워두고, 유진은 슬픈 예감 속을 걸었다. 유진은 재빨리 열쇠를 돌려 자신의 방문을 열었다. 그 순간, 얼어붙은 강 위에 불던 바람이 유진의 몸을 훑고 지나갔다. 열려 있는 창문 사이로 날아다니듯 커튼이 펄럭였다.

테이블에 놓인 오르골이 돌아가며 '푸른 옷소매'의 멜로디가 빈방을 떠돌고 있었다. 유진은 천천히 다가가 오르골을 내려다봤다.

　방 안으로 온 카일이 조심스럽게 물었다.

　"무슨 소리였어?"

　"누가 작별 인사를 하나 봐. 이게…… 내 질문의 대답인
가 봐."

　어느새 유진의 목소리는 오르골에서 흘러나오는 '푸른 옷
소매'만큼 구슬펐다.

미
스
터
션
샤
인

총소리와 함께 새 떼들이 후드득, 하늘로 날아올랐다. 그 아래에 애신은 총을 든 채 어두운 표정으로 서 있었다. 애신이 쏜 총알에 산산조각이 난 사발 조각들이 바닥을 구르고 있었다. 깨진 조각들이 마치 애신의 마음과 같았다. 얼굴도 보지 못한 채 작별 인사를 했고, 종친들이 조부인 사홍에게 양손을 들이라 청하는 것을 모른 척해야만 했다. 그런 일들이 있었다. 오르골은 무사히 전해졌고 사홍은 양손을 들이지 않는다고 말했지만, 애신의 마음은 여전히 무겁기만 했다. 애신은 총을 내려놓고 가만히 고개를 들었다. 어느 곳을 보아도 유진이 보였다.

"아껴둔 핑계였는데……. 하니 아프지 마시오."

오르골만이라도 유진의 곁에 남아 유진을 위로하기를 애신은 바랐다. 하늘은 금세 또 어두워져 밤이 올 것만 같았다. 겨울의 낮은 짧고, 밤은 유난히 길었다. 애신의 눈에서 다시금 눈물이 터졌다.

✦

유진은 말을 타고 황량한 들판을 내달렸다. 끝없이 펼쳐진 곳을 달려가는 유진의 모습이 흐릿했다. 골짜기에 다다라 유진은 군홧발을 멈췄다. 유진의 손에는 술이 한 병 들려 있었다. 부모가 묻힌 자리를 찾아 골짜기를 휘 돌아보지만 어딘지 알 수 없었다. 유진은 모자를 벗어 예를 갖춘 채 여기저기 술을 흩뿌렸다. 어디든 스쳐서라도 부모에게 제 마음이 닿기를 간절히 바랐다. 유진의 얼굴에 오랜 그리움이 스며들어 있었다. 유진은 자연스레 요셉에게 쓸 편지를 떠올렸다.

디어 요셉.

다시 조선으로 걸으며 저는 기대라는 걸 했는지도 모르겠습니다. 내가 달라졌다는 기대. 조선이 달라졌으리란 기대.

하여 이 땅에서 만난 한 여인의 곁에 서서 나란히 걷고 싶다는 기대를 했던 것 같습니다. 처음 본 순간부터 말입니다.

하나 저는 아직도 그 작은 상자 속을 벗어나지 못한 듯싶습니다.

제 긴 이야기의 끝에 그 여인의 표정이 그럴 것임을 알았음에도, 솔직한 진심에, 저는 다시 조선을 달려 달아납니다. 조선 밖으로 말입니다.

요셉. 못 뵙고 떠날 것 같습니다. 내내 건강하십시오.

유진은 들꽃이 핀 골짜기를 유유히 지났다. 그리고 온 힘을 다해 이 땅, 조선을 떠나야겠다 마음먹었다. 쉬이 떨어질 발걸음이 아닐지라도 그러자고, 그리하자고 애써 자신을 달랬다.

가마터 일각에 앉아 은산은 유진이 가져온 서양 술을 병째로 꼴깍꼴깍 마셨다. 그 옆엔 빈 병들이 잔뜩 널려 있었다. 유진도 옆에 앉아 맥주를 한 병 들고 멀리 지는 석양을 바라보았다. 은산이 기분 좋은 소리를 내며 소매로 입을 닦았다.

"밍밍하니 별로네."

말과 행동이 달랐다. 유진은 힘없이 웃으며 은산이 따고 있는 새로운 맥주병을 보았다.

"해서 재워주실 겁니까?"

"왜 자꾸 재워달라 지랄이야, 지랄이. 신소리 말고 꺼져라, 이놈아."

밤중에 갑작스레 가방 한가득 맥주를 들고 와 은산에게 하룻밤 재워달라 청한 유진이었다. 마치 아홉 살의 소년처럼 유진은 고단한 얼굴을 하고 있었다.

"비싼 술 자시고 왜 말은 반 토막이신지. 하면 맥주 값으로 깨진 사발이나 주십시오. 안 재워주신다 하니 해 지기 전에 그만 가야겠습니다."

유진이 자리에서 일어났다.

"삐졌냐?"

"예. 삐져서 갈랍니다. 계속 성질껏 사십시오. 늙지 마시고. 뵐 수 있어서 다행이었습니다."

은산은 괜히 맥주병을 바라보며 무슨 말인지 모르겠다는 표정을 지었다.

"그렇게 모르겠단 얼굴 마십시오. 다 보신 거죠? 제 방 뒤지셨을 때."

"산속에서 사발 굽기도 바쁜데 뭔 헛소릴."

"노리개 같은 거 보셨을 거 같은데. 쌀 서 말은 받아야 할 거 같은 거."

"봤음 내다 팔았지, 이놈아."

"그러십시오. 그렇게 계속 시침 떼고 사셔야 합니다. 저는, 살아서 미국에 잘 도착했고, 은혜는 크게 못 갚아 죄송합니다."

그리 말하는 유진의 코끝이 시큰했다. 눈가가 붉어졌다.

"그때 그 어린 종놈이 접니다. 많이 늦은 인사지만…… 감사했습니다."

진심을 다한 인사였다. 유진이 자리를 떠나려고 할 때였다.
은산이 툭, 내던지듯 말했다.

"나는 다 받았다."

그 자리에 유진이 우뚝 섰다.

"소아를 살리고, 그 증서를 조선에 돌려주고, 이세훈을 처단
하고. 넌 크게 다 갚았다."

은산이 빈 맥주병을 탈탈, 털었다.

"은혜는 크게 갚고 손은 작구만. 이왕 들고 올 거 양손에 좀
그득하게 들고 오지 한 손을 놀려 왔네. 자고 가든가. 재워줄
테니."

은산의 능청에 유진은 처음으로 큰 소리를 내 웃었다. 한가
득 웃음이 유진의 얼굴에 퍼졌다. 활짝 핀 얼굴에서 회한 가
득한 눈물이 흘러내렸다. 비로소 오랜 시간이 흐르고 나서야
제대로 재회한 유진과 은산이었다.

학우들이 하교하고 몇몇만 남은 목화학당의 교실에서 남종
이 애신에게 영어 단어를 하나씩 짚으며 읽었다.

"미스, 미스터, 문라이트, 미라클……."

그러나 애신은 눈 내리는 창밖을 물끄러미 보고 앉아 있었
다. 한눈을 팔고 있는 애신에 남종이 핀잔을 주었다.

"애기씨 영어 공부는 복습을 철저히 하셔야⋯⋯."

애신은 여전히 창밖으로 시선을 둔 채 입을 열었다.

"여인은 미스. 사내는 미스터. 달빛은 문라이트. 기적은 미라클."

그제야 애신은 남종을 돌아보며 말했다.

"내 다 외웠다."

남종이 고개를 숙였다.

"송구합니다. 굿 잡. 그럼 오늘은 S, U, V를 공부하겠습니다."

칭찬을 들은 애신이지만 눈빛이 금세 흐려졌다.

"S에는⋯⋯ 새드 엔딩sad ending이 있지⋯⋯. 슬픈 끝맺음 말이다."

남종이 손뼉을 쳤다.

"아, 맞다. 애기씨께서 처음부터 알고 계신 말이었지요?"

"⋯⋯그랬지. 이방의 사내⋯⋯. 이리될 줄 처음부터 알고 있었지⋯⋯."

"예?"

남종이 되묻자 애신은 서둘러 표정을 수습했다.

"질문이다. 이방인은 영어로 무엇이냐고 물은 것이야."

"신기합니다. 이방인도 S에 있습니다. 스트레인저stranger."

"스트레인저⋯⋯ S에는 온통 슬픈 단어들뿐이구나."

애신이 다시 눈빛이 흐려지면서 이렇게 말하자 남종이 밝게 웃으며 고개를 저었다.

"아닙니다. S에는 스노우snow도 있습니다. 눈이요."

남종의 손이 창밖을 가리켰다. 다시 한 번 애신이 눈이 창밖에 내리고 있는 눈을 바라봤다. 그사이 남종이 계속 말을 이었다.

"또 션샤인sunshine도 있고 스타star도 있습니다. 햇살과 별입니다."

애신이 고개를 끄덕였다.

"눈과 햇살과 별이라. 다 하늘에서 빛나는 것들이구나."

"그 하늘도 S에 있습니다. 스카이sky. 애기씨는 이 중 어떤 단어가 제일 좋으십니까?"

"……글쎄."

애신은 남종이 선장본에 적어놓은 단어들을 내려다보았다.

학당을 나와 해가 진 밤거리를 애신의 가마가 지나갔다. 눈 때문에 미끄러워 가마꾼들이 휘청였다. 가마가 흔들리자 함안댁이 가마꾼들을 단속하며 가마를 지휘했다. 그때 가마의 창이 열렸다.

"와예. 멀미 나십니까?"

"가마를 내려주게. 걷겠네. 자네들도 위험하고."

"어데예. 신이 다 젖으면 발 시려우실 낀데요."

애신이 다시 한 번 걷겠다고 말했다. 함안댁은 망설이다가 애신을 내려주었다. 그렇게 빈 가마와 함안댁이 뽀득뽀득 눈을 밟으며 걷는 애신의 뒤를 따랐다. 거리에는 나풀거리며 눈이 내리고 있었다. 나뭇가지에서 막 떨어지는 흰 꽃잎과 같은 눈 사이로 애신은 넘어지지 않으려 발끝에 힘을 주며 천천히 걸었다.

"스노우…… 스카이……."

저 멀리 딸랑딸랑, 자전거 오는 소리가 들렸다.

"문라이트…… 미스터…… 미라클……."

어느 단어 하나, 애신의 마음을 흔들지 않는 것이 없었다. 전부 유진이었다. 그런 표정일 줄 알았으면서도, 알고도, 마음이 아프던 사내.

"스트레인저…… 션샤인……."

애신은 걸음을 멈췄다.

"미스터…… 션샤인……."

눈물이 왈칵 애신의 얼굴에 흘러내렸다. 찬 공기 속 흘러내리는 눈물만이 데일 듯 뜨거웠다. 그 순간 가로등 불이 켜지며 거리를 밝혔다. 가로등 아래로 걷던 발 하나가 더 멎었다. 유진이었다. 가로등 불빛을 향해 한 걸음 더 내딛던 애신이 다시금 멈춰 섰다. 두 사람의 시선 사이로 불빛에 반사된 눈송이들이 반짝거렸다. 오가는 사람들 속, 처음 만났던 그날 그때처럼 두 사람은 다시 그렇게 마주쳤다.

불완전한 전력에 가로등 불빛이 불안하게 깜박였다. 가로등이 깜빡일 때마다 유진이 보였다 안 보였다 했다. 딸랑거리는 자전거 소리가 옆으로 지나며 가까워졌다. 곧 가로등이 완전히 꺼져버렸다. 두 사람의 인영이 어둠 속에서 희미했다.

"쇠당나구만 지나가면 이 지랄이여."

"가세."

지나던 이들이 불만을 토하며 멀어졌다. 어둠 속에서 애신은 유진도 떠났을까, 나를 본 게 편치 않아 저들처럼 어둠 속에서 멀어졌을까 싶어 불안해졌다. 마주쳐도 할 수 있는 말이 아무것도 없는데도. 어쩌면 거기 그 자리에 아직 서 있을 수도 있었다. 그래, 어쩌면. 아주 어쩌면. 애신은 발걸음을 떼지 못한 채 우두커니 서 있었다.

전차 한 대가 밝은 빛을 뿜으며 애신의 앞으로 지나갔다. 그 불빛에 시야가 다시 밝아졌다. 애신의 앞에는 여전히 애신을 보며 서 있는 유진이 있었다.

가로등의 불빛이 돌아온 후에도 애신과 유진은 어둠이 가로등의 불빛을 손에 쥐었을 때와 같이 거리를 두고 서 있었다. 먼저 입을 연 것은 유진이었다.

"길이 다 진창이오. 그칠 눈도 아니고. 걷기엔 나쁜 날이오."

애신의 눈에 눈물이 맺혀 반짝거렸다.

"……우연에 기대보다가."

유진은 그런 애신을 어찌해야 할지 몰라 바라보았다. 바라보는 것만이 유진이 할 수 있는 일이었다. 이곳 조선을 떠나면 그마저도 할 수 없을 테니.

"부탁이 있소. 여긴 눈에 뜨이니……. 이쪽으로."

유진이 등을 돌려 가까운 골목 안으로 향했다. 애신은 함안 댁에게 작게 손짓했다. 저만치 떨어져 서 있던 함안댁이 가마 꾼들을 불러 멈췄다. 그 모습을 확인한 뒤 애신은 유진을 따라갔다.

그렇게 얼마나 걸었을까. 유진이 적당한 처마 밑에서 걸음을 멈췄다. 애신이 자박자박 처마로 들어와 거리를 두고 섰다. 치맛자락을 꼭 잡은 애신의 손이 빨갛게 얼어 있었다. 유진은 끼고 있던 장갑을 벗어 내밀었다. 애신이 불쑥 눈앞으로 다가온 장갑을 놀라 가만히 내려다보다가 받았다. 하지만 낄 생각은 하지 못하고 그저 들고만 있었다.

"들고 있으라고 준 게 아닌데."

얼어붙은 강 위에서 놓친 유진의 손을 잡듯 애신은 장갑을 꼭 쥐었다.

"그날은…… 미안했소."

유진은 사과하는 애신을 가만히 봤다. 애신은 힘겹게 마음 속의 얘길 꺼냈다.

"귀하의 그 긴 이야기 끝에 내 표정이 어땠을지 짐작이 가오. 귀하에겐 상처가 되었을 것이오. 미안했소."

미안함에 애신의 눈가가 붉어졌다. 목이 메어왔다.

"나는, 투사로 살고자 했소. 할아버님을 속이고 큰어머님을 걱정시키고 식솔들에게 마음의 빚을 지면서도 나는, 옳은 쪽으로 걷고 있으니 괜찮다, 스스로를 다독였소. 한데 귀하의 긴 이야기 끝에, 내가 품었던 세상이 다 무너졌소."

유진은 애신에게 귀를 기울였다.

"귀하를 만나면서 난 단 한 번도 귀하의 신분을 염두에 두지 않았소. 돌이켜보니 막연히 난, 귀하도 양반일 거라고 생각했던 거요."

애신은 침통했다. 가마 안에서 살아가고 있던 자신이 실망스러웠고, 실망스러운 자신에게 더욱 실망하고 상처받았을 유진에게 죄스러웠다.

"난 내가 다른 양반들과 조금은 다른 줄 알았소. 한데 아니었소. 내가 품었던 대의는 모순이었고, 난 여직 가마 안에서 한 걸음도 나아가지 못한 호강에 겨운 양반 계집일 뿐이었소. 하여 부탁이니 부디…… 상처받지 마시오."

그렇게 어렵게 말을 끝맺었을 때 애신의 눈에서는 결국 눈물 한 방울이 툭, 떨어졌다. 유진의 차가운 눈밭에 떨어뜨리어진 뜨거운 눈송이였다. 유진은 애신의 곁으로 한 걸음 다가가 애신이 꼭 쥔 장갑을 당겨 들었다. 애신의 손목을 잡아 오른손에, 또 왼손에 한 짝씩 아이에게 하듯 장갑을 끼워주었다. 잡힌 손이 따듯했고, 유진의 다정함에 애신은 심장이 터질 듯했다. 그럼에도 눈물은 쏟아낸 진심처럼 계속해서 떨어졌다. 장갑을 다 끼워준 유진이 애신의 손을 가만히 놓았다.

"그대는 이미 나아가고 있소. 나아가던 중에 한 번 덜컹인 거요."

유진은 제 할 일을 다한 듯 한 걸음, 다시 뒤로 물러났다.

"그대는 계속 나아가시오. 나는 한 걸음 물러나니."

눈물로 시야가 흐려진 채 애신은 유진을 바라보았다.

"그대가 높이 있어 물러나는 것이 아니라, 침묵을 선택해도 되었을 텐데. 무시를 선택해도 되었을 텐데. 이렇게 울고 있으니, 물러나는 거요."

애신의 눈가에 맺혀 있던 눈물이 볼 아래로 떨어지며 흐릿하던 유진의 얼굴이 또렷해졌다.

"이 세상에 차이는 분명 존재하오. 힘의 차이. 견해 차이. 신분의 차이."

유진은 손에 장갑을 끼워주듯 애신을 다독였다.

"그건 그대의 잘못이 아니오. 물론 나의 잘못도 아니고. 그런 세상에서 우리가, 만나진 것뿐이오."

유진의 그 말이 애신의 가슴속에 얼음 송곳처럼 박혔다.

"그대의 조선엔 행랑 어르신도, 함안댁도 살고 있소. 추노꾼도, 도공도, 역관도, 심부름 소년도 살고 있소. 그러니 투사로 사시오. 물론 애기씨로도 살아야 하오. 영리하고 안전한 선택이오. 부디 살아남아요. 오래오래. 살아남아서, 당신의 조선을 지키시오."

애신이 유진을 바로 보았다. 유진은 시선을 내려 장갑을 가리켰다.

"그건 끼고 가시오. 또 넘어지지 말고."

유진이 돌아섰다. 이번에는 유진이 먼저였다. 이것이 마지막인 건가 싶어 애신은 차마 잡을 수도 없는 유진의 뒷모습을 오래도록 지키고 서 있었다.

✦

애신과 유진을 밝히며 지나간 전차 안에는 히나가 타고 있었다. 문가에 선 히나의 시선은 가로등 아래의 두 사람에게 고정되어 있었다. 전차가 달리며 땅에 못 박힌 듯 선 두 사람과 멀어졌다. 히나는 한 손의 장갑을 벗더니 전차 밖으로 가만히 내밀었다. 장갑이 바람에 위태롭게 펄럭거렸다.

"이 겨울 마지막 눈인가……."

히나의 손바닥 위로 꽃잎처럼 눈송이가 떨어졌다. 그때 손님 태우려는 듯 전차가 서서히 멎었다. 전차의 바깥쪽에 선 히나의 손을 누군가가 확 잡아당겼다. 당겨지는 대로 이끌려 히나는 잡아당긴 이의 품 안에 안겼다. 넓고 단단한 가슴은 동매의 것이었다. 히나의 커다란 눈이 더욱 커다래졌다.

"손이 차 보여서."

씨익 웃으며 농담을 던지던 동매가 흠칫하며 양손을 들고 물러났다. 히나의 다른 한 손이 코트 주머니 속에서 권총을

346

꺼냈기 때문이었다. 가슴께에 닿은 권총의 입구가 차가웠다.

"말로 하자."

"여인의 손을 잡을 땐 조심해야지. 늘상 고운 것만 들렸을까."

히나는 그렇게 말하며 싱긋 웃었다. 언제나 매혹적이고 위험하게 웃는 여인이었다. 동매는 신세를 한탄하듯 고개를 저었다.

"근간엔 어찌 이리 위험한 여인들만 맞닥뜨리는지."

"유유상종이란 말이 있지."

"나 요새 착하게 살아. 어디 다녀오는 거야?"

잠깐 자신의 옷매무새를 돌아본 히나가 답했다.

"그냥. 무작정. 눈도 오고, 호텔은 북적이고, 코트도 새로 맞췄고."

"어디서 그대 같은 걸 잘도 지어 입었네."

"예쁘단 얘기지?"

"주머니에 총을 감춘 여인이 안 예쁘면 어떡해."

뾰족하게 구는 히나에 동매는 능글맞게 대꾸했다. 동매의 칭찬에도 히나는 기쁜 기색이 없었다. 대신 히나의 시선이 애신과 유진이 있는 쪽으로 향했다. 두 사람이 멈춰 선 곳에 모두가 멈춰 있는 기분이었다.

"빈관으로 갈 거면 바래다주고."

"이쪽으로 걷자. 그쪽은 풍경이 별로야."

그렇게 말하며 히나는 시선을 두었던 곳의 반대쪽으로 걸기 시작했다. 동매는 앞서나가는 히나를 뒤따랐다.

히나와 동매는 장명등이 내걸린 거리를 나란히 걸었다. 어느새 하늘을 가득 메우며 내려오던 눈이 그쳤다.

"아직 뺨이 붙어 있네? 꽤 세게 맞았다던데."

"때려만 봤지 안 맞아 버릇했더니 꽤 아프더라고."

"맞을 짓 뭐 했는데?"

동매의 머릿속에 검은 새처럼 날아오르던 애신이 떠올랐다. 그런 애신의 다리를 동매가 꺾었다. 동매의 입에서는 저절로 쓸쓸한 말투가 나왔다.

"검은 새 한 마리를 쏘았지. 다신 날지 말라고."

"검은 새?"

동매가 분위기를 바꾸려는 듯 다른 말을 꺼냈다.

"보탤 거면 그대도 얼른 보태. 귀단이가 들켰다던데."

"무슨 그런 아름다운 소릴 해. 뺨 한 대로 끝낼 리가. 달아났으니까 알아둬."

동매가 억울하다는 듯 능청을 피웠다.

"어미가 아프대잖아. 어미 살리겠단 마음이 얼마나 갸륵해. 나 울었어."

히나는 그런 동매를 노려보았다.

"진짜 울고 싶지 않으면 다시는 내 식솔들 건드리지 마."

"하래도 못해, 이젠. 사내놈들은 일을 못 하고 새로 들어온 애는 아무래도 다른 나으리 편인 것 같거든."

동매의 시선이 먼 곳을 향해 닿았다.

"섭섭하네. 내가 동생 걱정도 해주고 그랬는데."

찬바람이 동매와 히나의 옷자락을 스치고 지났다.

빈관으로 돌아온 히나는 눈에 젖은 외투를 털어내며 프런트로 갔다. 가배를 들고 오는 웨이터와 눈을 맞추며 히나는 도도하게 겨울바람을 잔뜩 맞은 장갑 또한 벗어냈다.

"별일 없었어?"

"예. 눈이 와서 그런지 가배가 꽤 잘 나갑니다."

웨이터는 그렇게 말하며 테이블로 향했다. 그때 출입문에 달린 종이 흔들리며 인텔리 느낌의 양복 차림을 한 남자가 들어섰다. 히나가 반사적으로 돌아서며 미소 띤 얼굴로 손님을 맞았다.

"어서오……. 씨발."

순식간에 히나의 얼굴이 구겨졌다. 닥터 백을 든 사내가 여유 있게 웃으며 쓰고 있던 모자를 벗었다.

"오랜만이네요, 닥터 와타나베. 조선에서 뵐 줄은 몰랐네요."

히나의 가시 돋친 인사에도 와타나베는 싱긋 웃어 보였다.

"리노이에 상 덕분이지요. 리노이에 상께서 저를 한성병원의 외과 전문의로 추천해주셨지 뭡니까. 한번 들르세요. 아. 아프길 바라는 건 아니고요."

히나는 애써 침착을 가장했다.

"그렇군요. 한데, 리노이에 상이 무엇에 움직였을까요?"

"제 사체검안서死體檢案書지요. 고인이 되신 부인의 남편, 쿠도 사장님의 진짜 사인死因이 적힌 검안서 말입니다."

와타나베의 이어진 말은 히나가 애써 감춘 마음을 그대로 꺼내 버렸다.

"그러니 리노이에 상은 진실에 움직인 거지요. 쿠도 부인."

"제가 참 애달파졌네요."

중얼거리며 히나는 입꼬리를 올렸다. 그러나 와타나베를 향한 눈빛만은 무척이나 사나웠다.

움막 앞에서 유진은 바람을 맞으며 황량한 땅을 바라보았다. 한쪽엔 말 한 필이 묶여 있었고 깨진 사발이 담긴 상자도 놓여 있었다. 유진이 찬바람을 맞고 서 있을 때 터벅터벅 무거운 발소리와 함께 승구가 언덕을 넘어왔다. 사냥을 다녀온 승구의 한 손엔 꿩이, 다른 한 손엔 총이 들려 있었다.

"움막에 또 미군이 왔네."

"배달할 것이 있어 왔소."

유진은 발치의 상자를 가리켰다.

"금 간 사발들이오."

승구는 흘깃, 상자에 시선을 줬다.

"사발만 갖다 주자고 온 건 아닐 테고."

유진이 피식 웃었다.

"사발만 갖다 주자고 온 거요. 그간 고마웠단 말도 하고."

"피차 술값 낼 거 내고 받을 거 받았으니 고마울 것 없소. 혹 다른 목적이 있어 온 거면 허탕이오. 오늘은 안 오실 모양이니."

다물린 유진의 입매가 고독했다.

"다행이오. 비껴가려 애쓰는 중이라."

"나는 애기씨가 그쪽과 미래를 도모하겠다 하시면 도울 것이오."

툭하니 던져진 승구의 진심에 유진의 눈이 커졌다.

"죽여달라 하시면 죽일 것이고."

"뭐라 하시던가요."

"직접 하실 모양이오. 근래에 연습터에 부쩍 자주 오셨거든. 사발 열 개 중 열한 개가 명중이오."

유진은 결국 웃음을 참지 못하고 소리 내 웃었다.

"혹여 애기씨께서 그쪽과 동행하고자 많은 것을 각오한다 한들, 안 될 일이오. 조선에선."

"알고 있소, 나도. 내가 있어 우는 것보다야 나 없이 웃길 바라오."

가볍게 오가는 대화들이 무거웠다. 승구의 눈빛을 받으며 유진은 먼 곳을 바라보며 물었다.

"사발 열 개 중 열한 개를 맞추는 총이 어떤 거요. 좀 빌립
시다. 오랜만에 쏘아보고 싶어서."

망설이던 승구는 이내 자신이 들고 있던 총을 건넸다.

잠시 후 적막한 산자락에 총성이 울렸다. 푸드덕거리며 총
성에 놀란 새들이 하늘 위로 날아올랐다. 총성이 산울림처럼
맴돌다 멎으며 적막이 찾아올 때쯤 유진은 애신과의 한때를
떠올렸다.

'반갑소.'

'사발 필요하면 얘기하시오. 이리 가까이 동지가 있을 줄
몰랐소.'

'혹시 아오. 내가 그날 밤 귀하에게 들킨 게 내 낭만이었
을지.'

애신의 낭만이, 애신의 미소가 유진의 가슴속에 던져졌다.
잠시 일다 사그라질 파문일 줄 알았으나 파도처럼, 해일처럼
유진에게 애신은 매일 더 크게 밀려들었다. 유진은 애신의 손
때가 묻은 총을 가만히 쓸었다. 소중한 애신의 낭만이었다.

"……나도. 반가웠소."

그날 애신에게는 하지 못했던 인사가 허공에 울려 퍼지다
점점이 사라졌다.

선물

양복점 전신거울 앞에 선 희성의 입꼬리가 그린 듯 올라갔다. 희성이 입은 옷은 애신이 양복점에서 맞춰갔다던 것과 같은 모양새의 옷이었다.

"옷이 이리 근사하니 어떤 이들이 날 알아보고 눈을 못 떼는지, 한번 볼까."

중얼거리며 희성은 장명등이 환히 밝혀진 거리로 나섰다. 양장을 차려 입은 '모던 걸'과 '모던 보이'들, 상인들과 외국인들 사이에서도 희성은 단연 돋보였다. 지나가던 게이샤들이 희성에게 추파를 던졌다. 사내들은 헛기침을 하며 희성의 위아래를 훑었다. 희성은 여기저기 눈인사를 하며 경쾌하게 걸었다.

그런 희성의 양옆으로 유진과 동매가 다가오고 있었다. 희성을 발견한 두 사람의 눈이 커졌다. 공사관 담을 넘던 애신과 제물포항의 애신의 차림이 정확히 희성의 차림새와 같았다. 두 사람이 희성을 향해 뛰듯이 다가왔다. 두 사람이 눈알을 부라리며 희성의 옷을 가리려 들었다. 희성은 확인할 수 있었다. 두 사람 다 이 양복을 알고 있는 것이다. 그리고 이제는 세 사람이 이 차림새에 대해 알고 있는 셈이었다. 세 사람이 빠르게 시선을 교환했다.

그렇게 유진과 동매가 희성을 잡아채 빈관으로 향했다. 희성의 방으로 들어서는 세 사람을 히나는 한쪽 입꼬리만 올린 채 지켜보았다.

문이 잠긴 방 안에서 희성은 유진과 동매에게 물었다.

"혹시 내가 이걸 입고 다리를 절면, 완벽해지는 이야기요?"

유진과 동매의 같은 반응을 확인한 희성이 씁쓸하게 중얼거렸다.

"아, 이것도 내가 제일 늦었구려."

희성은 테이블 위에 놓인 술병을 집어 들며 말했다.

"옷 걱정은 마시오. 오늘 내가 입었으니 보름 안에 한성에 대유행일 거요."

세 남자가 모인 방의 창가를 바라보며 뒷마당의 계단에 걸터앉아 히나는 궐련을 입에 물었다 뗐다.

"남보다 못한 사내 셋이 한 방에 모였다라."

뿌연 연기가 히나의 주변으로 피어올랐다. 그 셋의 접점은 단 하나였다. 고애신. 히나가 뱉어낸 연기 사이로 304호에서 흘러나오던 오르골 소리가 퍼졌다. 조금 전 희성이 입고 있던 옷은 유진의 친우가 입고 있던 옷이었다. 친우인 줄 알았던 사내는 친우도 사내도 아니었던 듯싶었다.

"바보."

호텔 밖에서 애신과 마주 서 있던 동매의 애절한 얼굴 또한 다시 머금은 연기 사이로 떠올랐다가 사라졌다.

"등신."

애신과 마주 앉아 가배를 들고 있던 희성의 모습 또한 히나로서는 우스웠다. 동시에 기분이 상했다. 히나의 미간이 확 찌푸려졌다.

"쪼다. 그 계집이 뭐라고."

목화학당의 빈 교정에 희성과 애신이 마주 서 있었다. 애신과 함께 학당을 다니는 이들이 옹기종기 모여 담장 너머로 그런 둘을 구경하기 바빴다. 한창 남녀 간의 일에 관심 많을 소녀들이 많았던 탓이다. 애신은 자신을 훔쳐보는 학당 동무들은 아랑곳하지 않고 날카롭게 희성의 양복을 훑었다. 애신이 거사에 나가기 위해 희성의 핑계를 대고 맞췄던 양복이었다. 이름뿐인 주인이 진짜로 이 양복을 입고 있을 이유는 없었다.

"이리 반겨주시니 몸 둘 바를 모르겠소. 아. 이 양복을 반기시는 건가."

애신이 놀라지 않은 척 침착하게 대꾸했다.

"내가 해마다 맞춰 보낸 양복 아니오. 잘 받았단 기별이 없어 서운하던 찬데 지금이라도 이리 기별을 주니 반갑소."

희성은 애신의 시치미에 큰 소리를 내 웃었다.

"그런 작전이었소?"

"무슨 소린지 모르겠소."

"나는 아오. 내가 또 뭘 아는지 궁금하진 않소?"

뻔뻔하게 고개를 들던 애신의 눈매가 날카로워졌다. 장난을 치는 듯한 태도도 희성의 알 수 없는 속내도 애신을 불편하게 만들었다.

"궁금하면 전차를 타러 오시오. 기다리고 있겠소."

떠나려는 희성의 옷자락을 애신이 쥐었다. 애신이 낮은 목소리로 넌지시 경고했다.

"이 옷을 입고 나다니지 마시오."

애신의 얼굴이 가까워져 있었다. 희성은 바보처럼 이런 순간에도 코앞의 애신에 심장이 내려앉음을 느꼈다. 애써 표정을 갈무리하며 희성이 빙글거렸다.

"이 옷으로 나다녀야 하오. 무슨 소린지는 전차 타러 오는 길에 알게 될 거요."

그렇게 말하고 희성은 훌쩍 교정을 벗어났다.

전차를 타러 가기 위해 가마에 올라 거리로 나선 애신은
곧 희성의 말뜻을 이해했다. 거리를 지나는 양복 차림의 사내
들 서넛 중 하나는 희성과 같은 양복을 입고 있었다. 함안댁
이 슬그머니 다가와 걱정스럽게 이게 무슨 일인지 모르겠다
고 물었다. '모던 보이'를 자처하는 이들에게 희성이 어떠한
존재인지는 알 만했다. 그러나 애신에게 희성이 전하고자 하
는 내용이 무엇인지는 확언하기 힘들었다. 애신이 신경을 곤
두세우며 중얼거렸다.

"정혼자께서 내게 선물을 하시는 겐가, 경고를 하시는 겐
가……"

역에 도착해 전차에 오른 애신은 더욱 당황스러울 수밖에
없었다. 볼 때마다 사람들로 인산인해를 이루던 전차 안이 텅
텅 비어 있었기 때문이었다.

"내가 이리했소. 우리 둘뿐이게."

의문스러워하는 애신에게 희성이 답했다. 애신과의 만남을
위해 표를 모두 다 산 것이다. 애신은 경악을 금치 못했으나
둘만의 비밀스러운 시간을 위해 이 정도 자리는 마련할 수
있는 게 희성이었다. 이것이 희성의 낭만이라면 낭만이었다.

그러니 뜻밖의 불청객이 무임승차를 한 것이었다. 희성이

애신과의 만남을 위해 전차의 표를 모두 산 것을 안 동매가 성이 나 멋대로 전차에 올라 있었다. 동매는 대화를 나누는 희성과 애신을 불만스럽게 쳐다보다 불쑥 애신에게 시비를 걸었다.

"돈은 마련하셨습니까, 애기씨."

"걱정 말게. 약조는 약조이니."

동매 쪽으로는 시선도 주지 않은 채 애신은 차갑게 답했다.

"곧 보름입니다. 빚쟁이들 말이야 매양 똑같아서요, 애기씨."

하다못해 빚쟁이 취급을 하는 동매에 발끈한 애신이 동매를 노려보았다. 왜 동매와 애신 사이에 돈 이야기가 오가는지는 알 수 없었으나 희성은 자리에서 일어서며 동매를 막아섰다.

"이 여인이 얼마를 빚졌든 다그치지 마시오. 조선의 산이야 임금의 것이나 논과 밭은 거의가 다 내 것이니."

"다행입니다. 어디든 묻어드려도 돼서. 전차 잘 타고 갑니다, 나으리."

그런 희성이 눈꼴사나워 동매는 더는 참지 못하고 일어섰다. 운전수가 있는 벽을 탕탕 내리치며 전차를 세우라 소리치는 동매에 전차가 급하게 정차했다.

동매가 내린 후 희성은 멋쩍은 웃음과 함께 애신을 마주 보고 앉았다.

"구동매와는 무슨 일이오. 어째서 빚을 졌소. 큰돈이오?"

"그럴 일이 있었소. 내 알아서 할 것이오. 오늘 나는 왜 찾아온 것이오."

"전차 타자고. 이렇게 둘이."

애신이 어처구니가 없다는 표정을 지었다.

"그래서 표를 다 산 거요?"

"나만 듣고 싶어서. 그대의 얘기를. '조신한 여인이 다리를 다칠 일이 뭐가 있지?' 하는 그런 얘기들 말이오."

검디검은 동공이 크게 흔들렸다. 거리에 뿌리고 다니는 웃음만큼 가볍게만 보이던 애신의 정혼자는 때로 애신을 크게 당황시켰다.

"'그동안 맞춘 내 옷은 다 어디 있소' 하는 얘기도. '앞으로 그대가 입는 옷은 내가 다 입는 걸로 하면 되겠소?' 하는 질문도."

애신의 눈빛이 날카로워졌다.

"이미 설명한 것 같소만. 일본으로 보냈다고."

"잘 입었단 얘기 이리 하는 거요."

갑자기 바뀌는 희성의 태도에 애신은 더욱 미심쩍게 희성을 바라보았다. 그사이에도 희성은 말을 이었다. 전차는 계속해서 덜컥거리며 나아가고 있었다.

"전차는 탔으니 다음엔 박래품 구경 갑시다."

"관심 없소."

"하면 뱃놀이는 어떻소."

"강이 얼었소."

희성의 능청스러움에 애신은 순간적으로 짜증이 일었다.

"혹시 사냥 좋아하시오?"

"안 좋아하는데. 왜, 산에 가면 그대가 좀 유리해지오? 날 죽일 거요?"

희성은 결코 쉽지 않은 상대였다. 자신을 죽일 거냐 물으면서도 웃고 있었다. 웃으면서도 쓸쓸했다. 꾸욱 치맛자락을 쥐는 애신을 살피며 희성이 제안했다.

"그리할 게 아니면 이리 합시다. 나를 그냥 정혼자로 두시오. 그대가 내 양복을 입고 애국을 하든 매국을 하든 난 그대의 그림자가 될 것이오. 하니 위험하면 달려와 숨으시오. 그게 내가 조선에 온 이유가 된다면, 영광이오."

희성의 목소리가 진중했다. 자신이 입었던 양복, 희성이 입고 있는 양복, 그리고 거리의 사내들이 입은 양복들. 그제야 애신은 희성의 뜻을 제대로 알아차렸다.

"선물이었구려."

뜻이 통했다는 것을 안 희성이 빙긋 미소 지었다. 그 미소가 무척이나 부드러웠다.

"받겠소?"

"산에 가는 것보다야 나아서. 산에 가면 내가 많이 유리해진단 소리요."

애신의 은근한 협박에도 희성은 웃을 뿐이었다.

"영광이오."

도착지에 다다른 전차의 속도가 점차 느려졌다. 도착을 알리는 신호가 높게 울려 퍼졌다. 혼약을 깨자 하면 동무를 하자고 하고, 협박을 하면 영광이라 답하는 희성 때문에 애신의 마음 한구석이 버석거렸다.

비워진 진고개 거리의 밥집 앞을 낭인들이 지켜 섰다. 식탁에 앉은 동매의 앞에는 애신의 집에서 종노릇을 하는 돌쇠가 찾아와 있었다. 돌쇠는 돈을 받고 동매에게 애신의 집 소식을 동매에게 물어다 주었다.

"얼마 전에 저희 댁 앞에서 영 수상한 사내를 보아서요. 영 찜찜해서."

"영 수상하고 영 찜찜하기만 해선 돈이 안 되는데?"

"저도 이것만 가지곤 말씀 안 드리지요. 그자가 저한테 여기가 고사홍 어르신 댁이 맞느냐 묻는 겁니다. 한성 바닥서 그걸 모르는 이가 없는데."

확실히 수상한 일이었다. 동매가 더 말해보라는 듯 눈짓했다.

"그래서 수상하다 여기던 차에 좀 전에 다시 보았지 뭡니까. 빈관 앞에서요. 첫대를 받아 올라가는 걸 보고 바로 달려

왔는데……. 이러면 돈이 됩니까?"

"얼굴은 확실히 기억해? 그럼 돈이 좀 되고."

"물론입니다."

끄덕이는 돌쇠를 바라보는 동매의 눈이 불안했다. 불길한 예감이 동매를 스쳤다. 동매는 망설임 없이 글로리 빈관 앞으로 향했다.

밤이 찾아든 빈관의 문 앞에는 인력거꾼들이 여럿 모여 손님을 기다리며 불을 쬐고 있었다. 그 사이에 동매와 유죠가 험악한 분위기를 풍기며 섞여 들었다. 지루한 대기 시간을 보내기 위해 이런저런 이야기들을 나누던 평소와 달리 인력거꾼들은 그저 서로 눈치만 보았다. 괜히 동매의 심기를 거스르지 않기 위해 숨소리도 낮췄다. 뒤편에 세워놓은 장막이 드리워진 인력거에는 돌쇠가 타고 있었다.

잠시간의 시간이 지난 후, 인력거의 장막을 들추며 돌쇠가 조용히 손가락으로 누군가를 가리켰다. 돌쇠가 가리킨 곳에는 추레한 행색의 사내가 빈관에서 나오고 있었다. 동매는 유죠에게 눈짓했다. 유죠가 사내의 뒤를 밟았다. 남아 있던 동매는 돌쇠가 탄 인력거 안으로 툭 돈을 던져 넣었다. 돈을 받은 돌쇠가 인력거를 타고 빈관에서 멀어졌다. 유죠가 향한 곳과 인력거가 가는 길을 휘 둘러본 동매가 돌아섰다.

홀 안으로 들어선 동매가 히나에게 방금 나간 손님에 대해 물었다.

"방금 나간 손님? 그 손님은 왜?"

"몹쓸 호기심이지. 몇 호에 묵어? 303호, 304호는 알고, 102호인가? 205호인가?"

동매의 시선이 205호 열쇠에 가 있었다. 히나가 몸을 움직여 동매의 시선을 살짝 가렸다.

"손님방을 또 뒤지게? 그럼 나 이 호텔 문 닫아야 할걸?"

동매는 못 들은 척 숙박부를 자신의 쪽으로 당겼다.

"알면서 이러는 마음은 오죽할까. 긍휼히 좀 여겨봐."

히나는 숙박부를 자신의 쪽으로 당기며 대꾸했다.

"손님 정보는 알려줄 수 없는 거 몰라?"

"그럼 직접 보지, 뭐."

동매가 사정없이 히나를 밀치고는 숙박부를 제 쪽으로 당겼다. 정신없이 숙박부를 넘기던 동매의 손이 한순간 멈췄다.

"이덕문? 이자가 여기 묵을 리는 없고. 205호에 묵고 있는 자의 정체가 뭐야?"

밀쳐진 히나의 표정이 서늘했다. 안 그래도 히나 또한 수상하게 생각했던 자였다. 그렇다고 하더라도 동매와 모든 것을 공유할 생각은 없었다. 여인에 눈이 멀어 자신을 밀치는 자라면 더더욱.

"이렇게 물불 안 가릴 땐 꼭 그 계집의 일이던데."

동매의 표정 또한 서늘했다.

"그 고운 입에 그리 미운 소릴 담으면 쓰나."

"기껏해야 비단옷 휘감은 화초 같은 계집일 뿐이야. 약점 만들지 마."

동매는 그런 히나를 가만히 보다가 히나의 양쪽 어깨를 두 팔로 감쌌다. 원래의 자리로 히나를 세우며 동매가 낮게 말했다.

"걱정은 고마운데, 이미 늦었어."

손에서 힘을 빼며 동매가 히나를 놓았다. 히나는 분해져 입술을 물었다. 돌아서 나가는 동매의 너른 어깨가 초라해 보였다. 그래서 더욱 분하고, 슬퍼졌다. 초라한 것이 동매인지, 자신인지 알 수 없었다.

가운 차림으로 밥상 앞에 앉아 있는 완익을 덕문이 급히 찾았다.

"신새박부터 무슨 지랄인가?"

"송구합니다. 함경도 쪽 소식이 왔는데 급히 보셔야 할 듯싶어서요."

완익은 국을 뜨며 궁금한 기색을 내비쳤다.

"떠들어보라."

"예상하신 대로 황제가 밀서를 전달할 모양입니다."

도와주는 척 차관을 빌려주며 결국에는 제 잇속만 차리고,

나아가서는 조선을 집어삼키려는 일본으로부터 조선을 지켜내기 위해 황제는 다른 손을 붙잡으려 했다. 그중 하나가 미국이었다. 그러나 미국이 일본과 등지며 조선을 도울 이유는 없었다. 알렌 공사가 황제와의 만남을 피하며 청에 간 것도 그러한 연유였다. 조선에 온 알렌이 그런 상태이니 황제로서는 민간인 선교사에게라도 도움을 요청할 수밖에 없었다.

"함경도에 있는 선교사 하나가 한성으로 오는 중이고요. 요셉이라는 자인데, 그자가 한성에 서신을 보낸 기록이 있어 중간에 우체물을 낚아채봤더니, 수신인이 좀 묘합니다."

덕문이 품에서 서신을 꺼내 완익에게 건넸다. 완익은 수저를 놓고 서신을 받아들었다. 서신의 겉면에는 'Eugene Choi(유진 초이)'라는 글자가 적혀 있었다. 덕문이 설명했다.

"현재 미 공사관 영사대리이자 해병대 장교인 자입니다."

완익이 거침없이 편지를 뜯었다.

"혹시 이 새끼래 이세훈이 가마 넘었다는 그 미국 놈이 아인가?"

"예. 맞습니다. 더 흥미로운 것은 얼마 전 황제가 은밀히 글로리 호텔에 직접 행차를 했다는데, 이자가 그 호텔에 오래 묵고 있습니다."

완익은 서신을 빠르게 훑었다.

"신의 은총 같은 소리하고 자빠졌니. 선교사가 기도나 하지 남의 나라 일에 무스기 간섭인가? 이 미군 간나새끼 방 한번 뒤져봐라. 이 아새끼가 미국을 지키는지 뭐 다른 걸 지키는지 누가 알겠는가 말이. 간 김에 팔다리 하나씩 꺾어놓고. 과연 신이 조선 편인지 어떤지 한번 보겠다."

이런 일을 위해서 용주를 조선으로 불러 글로리 빈관 205호에 묵게 한 완익이었다. 용주는 한때 동경에서 의병으로 활동하던 자였다. 그러나 이제는 아편을 구하기 위해 돈에 목매는 아편쟁이일 뿐이었다.

"예, 대감마님."

고개를 숙이며 덕문이 기꺼이 답했다.

객실의 수건들을 정리하고 홀로 내려온 수미는 프런트 앞을 지나다 무심코 선반에 걸려 있는 304호 키를 발견하고는 의아해졌다. 장부를 정리하던 히나가 수미의 의아한 시선을 눈치채고는 물었다.

"뭘 그리 보니?"

"이상해서요. 제가 방금 3층에서 오는 길인데, 분명 304호에 누가 계신 듯했는데 여기에 키가 걸려 있어서요."

"……그래?"

히나는 태연하게 지나가던 웨이터를 손짓으로 불러 세웠다. 웨이터가 들고 있는 트레이에는 맥주 몇 병이 놓여 있었다. 히나는 맥주 하나를 집어 수미에게 들려줬다.

"205호에 프리 드링크 좀 갖다 드리럼."

"네, 아씨."

수미가 계단을 올라가는 모습을 지켜보던 히나는 시선을 돌려 키가 걸린 선반을 보았다. 304호의 키는 걸려 있었고, 205호의 키는 걸려 있지 않았다. 마침 호텔 창밖으로 유진이 들어오고 있었다. 205호로 올라간 수미는 아직이었다. 딸랑, 종소리와 함께 호텔 문을 열고 들어온 유진이 열쇠를 받으러 다가왔다. 히나는 다시 한 번 어깨너머로 계단 쪽을 바라봤다. 수미의 손에는 맥주가 그대로 들려 있었다. 키가 없으니 205호 방에는 사람이 있어야 했는데도 말이다. 히나는 선반에서 키를 꺼내 건넸다. 유진은 히나에게서 키를 받아 돌아서다가 멈칫했다. 304호가 아닌 303호 키였다.

"또 부러 잘못 주는 거요?"

히나는 유진과 눈을 마주친 채 고개를 끄덕였다. 두 사람 사이에 무언의 시선이 오갔다. 유진은 굳은 얼굴로 걸음 소리를 낮춘 채 계단을 오르기 시작했다.

유진은 303호의 키를 돌려 비어 있는 희성의 방문을 열었다. 다른 한 손에는 총이 들려 있었다. 방을 가로질러 테라스로 나간 유진은 난간에 붙어 304호의 동태를 살폈다. 방 안으로 누군가의 인영이 스쳐 지나갔다. 방 안의 인영이 하나라는 것을 확인한 유진은 지체 없이 난간을 휙 넘어 304호 방 안으로 뛰어들었다.

문에 귀를 대고 복도 쪽의 동정을 살피던 인영이 딱딱하게 굳었다. 뒤통수에 닿은 차가운 것은 유진이 든 총구였다.

"천천히 돌아서."

낮은 목소리로 유진이 지시했다. 205호에 머물다가 완익의 명령에 따라 유진의 방을 뒤지러 온 이는 용주였다. 용주는 식은땀을 흘리며 고개를 돌렸다. 누구인지, 어느 쪽인지 싶어 유진의 눈매가 가늘어졌다. 그 순간을 놓치지 않고 용주는 칼을 뽑아 유진을 공격했다. 유진이 아슬아슬하게 칼날을 피해 뒷걸음질 쳤다. 그 틈을 파고들며 용주는 테이블 위에 놓인 책을 던져 유진을 공격했다.

그렇게 두 사람의 몸싸움이 거칠어졌다. 깨지고, 박살나고, 넘어지고, 베이고, 피가 흘러내리는 혈전이었다. 치고받으며 몸을 점점 테라스 쪽으로 움직인 용주가 별안간 테라스 밖으로 몸을 던졌다. 용주는 곧장 아래층 테라스를 통해 손님이 묵던 방 안을 뚫고 들어갔다. 방으로 들어온 용주는 손님들의 비명도 개의치 않고 그대로 방을 가로질러 문을 열고 복도로 나갔다. 곧바로 뒤따라온 유진이 용주를 끈질기게 쫓았다. 용주의 뒷모습을 겨누며 자세를 잡는 유진의 시야가 가려졌다. 갑작스러운 소란에 방 안에 있던 손님들이 복도를 확인하려 문을 연 탓이었다. 결국 유진은 총을 내린 채 문들을 밀치며 용주를 쫓았다.

　간신히 용주를 놓치지 않으며 추격을 이어가던 그 끝에 용주가 칼로 수미를 겁박한 채 모습을 드러냈다. 유진이 곧장 총을 들었다. 어린 수미의 눈에 눈물이 그렁그렁 매달려 있었다. 칼을 앞에 둔 두려움에 수미의 몸이 덜덜 떨렸다. 칼을 들이민 용주의 눈이 반쯤 뒤집어져 있었다.

　"쏴봐. 난 예쁜 방패가 생겼거든."

　수미를 질질 끌며 용주는 복도 끝으로 걸어갔다. 유진은 용주의 어깨 쪽을 조준했다. 그러나 수미의 머리도 함께 가늠쇠의 작은 구멍 안으로 들어와 있었다. 정확히 수미의 머리 쪽을 조준한 채 유진이 외쳤다.

　"수미야. 눈 감고, 턴 레프트!"

　동시에 유진은 망설임 없이 총을 발사시켰다. 수미가 고개를 왼쪽으로 꺾었다. 발사된 총알은 정확히 용주의 어깨에 꽂혔다. 용주와 수미의 비명이 복도에 함께 울려 퍼졌다. 총을 맞은 용주와 놀란 수미가 그 자리에 무너지듯 쓰러졌다. 이내 정신을 차린 수미가 일어나 유진의 뒤쪽으로 달려와 몸을 피했다. 유진은 수미를 보호하며 총을 겨눈 채 경계하며 쓰러진 용주 쪽으로 향했다.

용주는 의자에 포박당한 상태였다. 유진은 용주를 똑바로 보았다. 어깨의 총상에는 천 하나가 대충 묶여 있었다. 약 기운이 떨어져 정신이 없는지, 피를 흘려 정신이 없는지 자리에 앉아서도 용주는 이리저리 휘청거렸다.

머리가 하얗게 센 볼품없는 사내의 숙박을 잡아준 이가 덕문이라 했다. 히나가 유진에게 전한 정보였다. 황제의 측근인 정문의 종형제이면서 정문과는 반대로 완익을 보좌한다고 했다. 게다가 덕문의 처가 애신의 사촌인 애순이었다.

"주머니에 있는 거 다 꺼내."

용주와 덕문, 그리고 완익의 관계를 짚어보며 유진은 옆에 선 미군에게 명령했다. 미군이 용주의 주머니를 뒤져 바닥에 부려놓았다. 담배, 지포라이터, 낡아빠진 지폐 등 자질구레한 것들 사이로 사진 한 장이 팔랑이며 떨어졌다. 유진이 사진을 집어 들었다. 젊은 시절의 용주가 누군가와 함께 찍은 사진이었다. 유진은 눈을 흐리며 사진을 뒷면으로 돌렸다. 사진 뒷면에 적힌 글자는 일어였다.

'오얏꽃李花 피던 날에 송영宋領, 고상완高相完, 김용주金鎔朱, 전승재全承才 함께하다. 1874년 봄, 동경東京.'

유진이 용주를 향해 사진을 내밀었다.

"이 사진은 뭐야."

용주의 시선이 사진 속 상완에 가 닿았다가 떨어졌다. 애신의 아비인 상완은 한때 용주의 동지였고, 용주에게 배신을 당했다. 완익의 꾐에 넘어가 상완을 밀고한 이가 용주였다. 상완은 일본인의 손도, 친일파라 불리는 악랄한 이의 손도 아닌 자신이 믿던 의병 동지의 배신으로 비참한 죽음을 맞이했다.

"약……, 약 좀 줘……. 아편……. 죽을 것 같아……."

살아보겠다고 신념도, 동지도 등졌으나 결국 용주는 이러한 꼴이었다. 용주의 죄책감마저 약에 절어 있는 상태였다.

이 상태로는 어떠한 정보도 알아내기 힘들 듯하여 유진은 미간을 찌푸렸다.

바
람
개
비

숨을 몰아쉬며 애신은 총을 손에 든 채 산을 올랐다. 걷기
에도 험준한 산을 뛰어 오르니 한겨울임에도 땀이 비 오듯
쏟아졌다. 그러나 멈출 수 없었다. 애신은 스스로를 다그치고
있었다. 유진과의 일들이 호흡마다 뱉어졌다. 맞잡았던 손의
감촉이 여전히 잊히지 않았다. 나룻배 위에서 노을에 젖어 슬
퍼하던 얼굴을 또다시 쓸쓸하게 만든 건 애신이었다. 마지막
의 가파른 언덕을 넘어 산 정상에 도착했을 때 애신은 다리
에 힘이 풀려 풀썩 주저앉았다. 해가 산 너머로 지고 있었다.

노을의 붉은 빛이 애신에게로 쏟아지는 듯했다. 애신은 지
친 걸음으로 옷을 갈아입기 위해 움막을 향해 걸었다.

'푸른 옷소매'의 구슬픈 선율이 애신을 사로잡았다. 애신의
심장이 조금 전 산을 뛰어다닐 때처럼 빠르게 뛰었다. 유진의

방에 오르골을 두고 왔었다. 오르골의 주인인 유진이 다시 자신을 찾아온 것인지, 본다고 무엇이 달라지는 것도 아닌데 마음이 앞섰다.

그러나 움막 안에서 오르골을 이리저리 만져보고 있는 이는 함안댁이었다. 애신은 허탈해하며 함안댁이 만지는 오르골을 보았다.

"그게 왜 자네 손에 있어."

"그니까는 이기……. 애기씨한테 전해주라 카면서 그 미국 나으리가 주싰는데……."

"그를 만났어? 언제."

난처함에 함안댁의 이마에 주름이 졌다. 주저하던 함안댁이 변명할 말도 없다는 듯 사실대로 털어놓았다.

"그게 벌써로 쫌 됐는데……. 아무래도 떠날 모양입니다."

"떠난대? 언제!"

"그거는 못 물었지요. 오늘 떠나는지, 내일 떠나는지……. 아니면 벌써로 떠났는지……. 그때 배 태워준 값, 이리 갚는 기라고 전해달라 카데예……."

아껴두었던 핑계들이 점점 사라져가고 있었다. 피하고 싶다가도 마주치고 싶고, 마주치고 싶다가도 피하고 싶었던 며칠도 애신에게는 분에 넘치는 며칠이었다. 오르골 상자를 닫으면 구슬픈 소리도 뚝 끊기기 마련이었다. 기어이 이렇게 끝나는구나 싶어 애신은 침음했다.

아니다. 이렇게 끝낼 수는 없었다. 애신은 오르골을 집어 들었다. 움막 밖으로 뛰어나가는 애신을 함안댁이 잡아 세웠다.

막 움막을 나서는 애신의 앞에 승구가 서 있었다.

"옷도 안 갈아입고. 어딜 그리 급히."

떨리는 눈으로 애신은 승구를 보았다. 유진에게 가고 있었다고, 차마 입이 떨어지지 않았다. 애신을 쫓아 나선 함안댁의 손에는 애신의 치마저고리가 들려 있었다. 승구의 눈이 애신의 손에 들린 오르골을 보았다.

"……손 보탤 자가 필요하다. 보태겠느냐."

바람에 애신의 머리카락이 날렸다. 승구가, 함안댁이 애신을 보고 있었다. 애신은 의병이었고, 애기씨였다. 유진은 애신에게 지키던 것들을 지키라고 했다. 나아가라고 했다. 애신이 굳게 고개를 끄덕였다.

"예."

대답과 함께 떨어진 건 결연한 눈물 한 방울이었다.

음산하게 내리기 시작한 겨울비가 한성 거리를 축축하게 적셔 놓았다. 세찬 빗줄기 사이를 중절모를 눌러쓴 사내 차림을 하고 애신은 걸었다. 코트 깃을 단단히 여미며 애신은 무사히 목표를 이룰 수 있기를 바랐다. 영국 공사의 생일, 완익도 초대를 받았으니 완익의 집은 비어 있을 것이다. 애신은 완익의 집에 잠입해 완익에게 건네진 역관들의 보고서를 빼내올 참이었다.

세훈이 죽은 후 외부대신 자리를 노리고 있는 완익이었지만, 황제는 그의 뜻대로 움직여주지 않았다. 이등박문과 여러 대신들을 등에 업고도 완익은 농상공부의 대신이 되었다. 그리고 며칠 전 새로이 외부대신으로 올랐던 자가 살해당했다. 뻔하다면 뻔한 일이었다. 완익은 여우 같고, 뱀 같은 자였다. 역관들을 매수해 어떠한 일을 꾀하고 있을지 몰랐다.

그러한 자의 집에 잠입한 것이니 제 아무리 애신이라 해도 긴장이 될 수밖에 없었다. 마른침을 삼키며 서재를 샅샅이 수색하던 중 애신은 문건들과 함께 서랍에서 뜯겨진 서신 봉투를 발견했다. 봉투의 겉면에는 어둠 속에서도 익숙한 이름이 쓰여 있었다.

'Eugene Choi(유진 초이).'

애신은 조용히 서신을 챙겨 넣었다. 그리고 빠져나오며 문을 닫는 순간, 느껴지는 인기척에 애신의 신경이 곤두섰다. 정적은 잠시뿐이었다. 상대는 벽에 걸린 일본 가면과 일본도를 빼어들었다. 애신도 저격용 총을 재빠르게 장전해 상대에게 겨누었다. 상대의 칼이 예리하게 애신의 모자를 스쳤다. 애신은 총으로 칼날을 받아쳤다. 숨 쉴 틈도 없이 칼날이 애신을 향해 찔러졌다. 눈에 잘 익지 않을 정도로 날렵했다. 정신없이 애신은 총의 개머리판으로 검을 막으며 방어했다. 칼과 총이 부딪치는 소리가 묵직했다.

그렇게 앞으로 나아갔다 뒤로 물러서기를 반복하던 때에 상대의 칼이 애신의 복면을 베었다. 동시에 애신의 총이 상대의 가면을 가격했다. 창문으로 들이치는 천둥소리가 과격했다. 복면과 가면이 벗겨지며 얼굴이 서로에게 드러났다. 칼과 총을 겨눈 채 애신은 얼이 빠졌다. 상대도 마찬가지였다. 상대는 히나였다.

숨 막히는 고요 속에서 애신과 히나는 서로의 동태를 살폈다. 애신의 코트 자락 사이로 애신이 품고 있던 문건이 살짝 내비쳐졌다. 그것을 본 히나의 눈이 매서워졌다. 히나는 애신의 심장을 향해 칼을 휘둘렀다. 애신이 몸을 한껏 뒤로 젖히며 칼을 피했다. 애신의 움직임과 함께 문건들이 빠져나와 흩어졌다. 흩어진 문건들을 히나와 애신이 되는 대로 주워들었다.

애신의 손에는 사체검안서가, 히나의 손에는 역관들이 보낸 보고서가 들려 있었다.

"내가 찾던 건 그건데."

히나가 애신의 손에 들린 사체검안서를 눈짓하며 말했다. 사체검안서의 필요를 알 수 없었으나 어쨌든 급박한 상황이었다.

"내가 필요한 건 그것이오. 교환하겠소?"

"옥신각신하는 것보단 나은 듯싶습니다."

두 사람은 동시에 각자 든 것을 바닥에 내려놓으며 문건을 교환했다.

"피차 상황이 급박하니 이 일을 추후에 마무리하죠. 빈관으로 오세요."

"사흘 뒤 오시 진고개 제빵소로 오시오."

히나의 말에 애신이 다시 답하고는 재빠르게 보고서를 챙겨 달려 나갔다. 다시 담장을 넘는 애신의 모습이 마치 검은 새와 같았다.

치파오 차림의 히나는 우산을 펼친 채 들어왔던 것과 같이 비 오는 마당을 가로질렀다. 동매와 은밀히 약조한 것이 있었기에 가능한 일이었다. 반 시진. 완익의 집을 지키는 무신회의 낭인들은 히나의 방문을 위해 자리를 비웠다.

"게 누구냐! 어찌 거기서 나오는 것이야!"

빠르게 대문을 나서던 히나가 멈칫하며 굳었다. 문 앞에서 소리를 치는 것은 생각보다 빠르게 집으로 돌아온 덕문이었다.

"지키던 놈들은 다 어딜 가고! 웬 계집이, 누구냐고 묻지 않느냐!"

히나의 곁으로 다가온 덕문이 소리쳤다. 덕문이 히나를 붙잡으려던 그 순간, 큼지막한 손이 덕문의 머리를 가격했다. 기절한 채 쓰러진 덕문에 놀란 히나의 어깨를 그 손이 당겨

안았다. 히나의 우산 속으로 성큼 들어온 동매였다.

놀라 굳은 채 동매를 바라보자 동매가 어깨를 감싼 손을 더욱 단단히 했다.

"이쪽으로. 쫓길 땐 환하고 북적이는 데가 안전해."

낮은 목소리에 이끌려 히나는 동매와 함께 골목을 돌아 불빛이 비치는 거리로 나왔다.

"좀 전에 거긴 왜 있었는데?"

"영 마음에 걸려서. 그대에게 진 빚도, 그대에게 산 미움도. 눈에 넣어도 안 아플 내가 요새 그대 눈 밖에 났잖아."

동매가 입꼬리를 올리며 답했다. 동매의 유순한 답에도 히나는 의심을 풀지 않고 동매를 새침하게 올려다보았다. 동매가 히나의 어깨에서 손을 내리며 인사했다.

"이걸로 셈은 넘치게 치른 거다. 이쯤 왔으면 혼자 가도 되겠다. 가."

"그냥 놔주는 거야?"

"내가 그댈 잡아서 뭐 해. 가던 길이나 마저 갈래."

히나가 의심을 거두지 않고 슬쩍 떠봤다.

"어디 가는데. 경무청?"

경계를 풀지 않고 계속해 떠보는 히나에 동매가 소리 내 웃었다. 누구도 믿지 않는 것이 글로리 빈관의 주인다웠다. 여태까지 쌓아온 시간이 히나를 이렇게 만들었으리라. 대단하면서도 한편으로는 씁쓸한 일이었다.

"술 마시러. 시간은 안 가고 보름은 멀었고 해서."

동매는 그대로 우산 밖으로 나가 빗속으로 걸어갔다. 히나는 그런 동매의 뒷모습을 보다가 이내 반대 방향으로 걸어 재빨리 인파 속에 섞였다.

진고개의 술집은 드문드문 자리가 차 있었다. 약방 처마에서 빙글빙글 붉은 바람개비가 돌아가는 것을 보고 온 유진은 제일 구석 자리에 홀로 앉아 근심에 잠겨 있었다. 문밖으로 쏟아지는 빗줄기조차 불안했다. 이유 없이 그랬다. 그때 동매가 불쑥 가게 안으로 들어왔다. 동매는 몸에 고인 빗물을 털어냈다.

"한성에 술집이 여기밖에 없나."

구석 자리의 유진을 대번에 발견한 동매가 불편한 심기를 드러냈다.

"늦게까지 하는 술집이 여기뿐이라."

답하는 유진의 맞은편에 동매가 자리를 잡았다.

"자리가 여기뿐이라."

"빈자리 많은데."

"구석 자리가."

그사이 주인이 술을 들고 다가왔다. 주인은 살벌한 분위기의 동매에게 애써 살갑게 미소를 지었다.

"오야붕. 안주는 늘 드시던 걸로 갖다 드릴까요?"

"안주 필요 없으니까 부를 때까지 오지 마."

주인은 동매의 싸늘한 기색에 놀라 서둘러 알겠다는 대답을 남기고 사라졌다. 유진은 그 모습을 보며 동매에게 할 이야기가 있다는 걸 알았다.

"호텔에서 소란이 있었다던데. 방이 뒤져지다 못해 뒤지실 뻔했다고."

"기대하던 결과가 아니라 실망한 모양이오."

"섭섭은 합니다. 운이 좋으신가."

"실력이 좋소."

동매는 유진을 흘겨봤다.

"이유가 뭔지는 알아내셨습니까. 뒤질 뻔한 이유."

"조사 중이오."

"서두르셔야 할 겁니다. 알렌인지 알맹인지 나으리네 공사님이 지금 이완익 대감이랑 둘이 오붓하게 술을 처먹고 있거든."

동매는 그렇게 말한 뒤 술잔을 들이켰다. 유진은 복잡한 심경이 되었다.

"이완익 대감이랑은 되도록 얽히지 마시고. 그 작자는 조선인이 아니라 일본인이니."

"그쪽이 그런 얘길 하니 퍽 진정성이 있소."

"제가 하필 최근에 미국인 철도 기술자의 의뢰를 받고 달러를 받았지 뭡니까. 소인 한동안 미국인이라."

유진은 피식 웃었다. 어떠한 여인을 두고는 분명히 적인 듯도 하나, 그 여인을 두고 두 사람은 공조를 해야 할 때도 있을 것이다. 어차피 곧 유진은 떠날 테지만.

"정보 고맙소."

술집을 나온 유진은 다시 약방 근처의 거리를 걷고 있었다. 애신과의 기억들이 자연스레 걸음마다 묻어나왔다. 어느새 빗줄기는 가늘어져 있었고, 처마에 걸려 있던 붉은 바람개비는 멎어 있었다. 비에 젖은 탓이었다. 멍하니 그 모습을 유진이 지켜보던 때에 붉은 바람개비가 지는 꽃잎처럼 나풀나풀 바닥 아래로 떨어졌다.

'나도 그렇소. 나도 꽃으로 살고 있소. 다만 나는, 불꽃이오.'

빗물이 고인 웅덩이 속에 바람개비가 꽃처럼 잠겼다. 그것이 마치 애신이 남긴 불꽃 같아서 유진은 축축하게 젖은 바람개비를 집어 들었다.

물끄러미 그것을 보다 유진은 다시 무심히 걷기 시작했다. 손안에서 바람개비를 빙그르르 돌려 보았다. 애신을 보고 싶은 마음도 돌려보려 했으나 돌려지지 않았다. 유진의 걸음이 서서히 느려졌다. 심장도, 걸음도 동시에 같이 멎었다. 저만치서 마주 걸어오는 익숙한 사내의 모습에 유진은 숨을 들이켰다.

반대편에서 걸어오던 변복 차림의 애신 또한 유진을 보고
선 멈춰 섰다. 다시 볼 수 없을지도 모른다고 생각했는데, 아
직은 아닌 모양이었다. 깊은 안도감이 애신을 감쌌다. 애신은
잠시 멎었던 발걸음을 다시 옮겼다. 유진을 향해 한 걸음, 두
걸음…… 그렇게 계속 걸었다. 유진은 애신에게서 눈을 떼지
못했다. 애신은 처음과 같이, 서로를 모르던 그때처럼 유진을
스쳐 지나갔다.

유진은 자신의 옷깃을 스치고 가는 애신의 입가에서 붉은
피가 번진 상처를 발견했다. 애신은 살아 있는 불꽃이었다.

유진을 지나친 애신 또한 유진이 손에 쥔 붉은 바람개비를
보았다. 유진이 약방을 지나왔다는 사실에 애신의 가슴이 미
어졌다. 그러나 누구 하나 섣불리 서로를 붙잡지 않았다. 붙
잡아야 할 이유도 핑계도 이제는 모두 사라져버리고 말았다.

두 사람의 뒷모습이 서로에게서 점점 더 멀어졌다.

주막을 찾은 애신은 장지문 사이로 손을 내밀어 옆방에 앉
은 승구에게 문건을 내밀었다. 승구의 거칠고 두툼한 손이 역
관들의 보고서를 받아 들었다.

"혹 섞여 온 다른 것들은 없었고?"

승구의 물음에 애신은 잠시 멈칫했다. 유진에게 온 서신이 생각난 탓이다.

"없었습니다."

답하는 애신을 장지문 너머로 살핀 승구의 얼굴에 근심이 어렸다. 애신의 상처가 아직 다 아물지 않은 상태였다. 승구의 부탁에 애신은 가던 길을 멈춘 채 거사를 준비했다. 그것이 못내 승구의 마음을 불편하게 했다.

"손 보태주어 고맙다. 혹……, 내가 원망스러우냐."

"제 선택입니다. 걱정 마십시오. 그때 말려주셔서 외려 제 마음을 정확히 알았습니다."

초연한 애신에 승구의 속은 오히려 답답해졌다.

"한데 멈추었고, 걸음을 멈춘 덕분에 생각을 할 수 있었습니다. 그를 만났던 모든 순간을. 그의 선택들과 나의 선택들을."

지붕 위에서 처음 만나 애신을 구하기 위해 스스로 팔을 쏘았던 유진이다. 유진이 한 선택들이 애신의 마음을 얼마나 뒤흔들었는지 유진은 알까, 아마 다 알지는 못할 것이다. 선명히 지나는 유진의 모습들에 애신은 천천히 눈을 감았다가 다시 떴다.

"그의 선택들은 늘 조용했고 무거웠고 이기적으로 보였고 차갑게도 보였는데, 그의 걸음은 언제나 옳은 쪽으로 걷고 있었습니다. 그래서 그에게 가졌던 제 모든 마음이, 후회되지 않았습니다. 전 이제 돌아갈 수가 없습니다. 그를 만나기 전으로."

놀란 눈으로 승구는 애신을 보았다. 애신이 총을 들기 시작
했을 때와 같이 애신은 또 한 번 달라져 있었다.

"그러니 놓치는 것이 맞습니다. 놓치지 않으면 전, 아주 많
은 걸 걸게 될 것 같습니다."

그것은 고백이었다. 차마 유진에게는 전하지 못할 애신의
뜨겁고 절절한 고백.

🍃

손님 하나 없이 비워진 불란서 제빵소의 테이블에는 카스
텔라가 올라와 있었다. 부드러운 카스텔라를 나이프로 스윽
썰어 히나가 애신의 앞으로 내밀었다. 애신은 그런 히나를 힐
끗 보고는 포크를 들어 카스텔라를 입에 넣었다.

"칼을 잘 쓰던데."

"펜싱이란 검술을 배우고 있습니다. 총에 익숙하시던데."

"총이 가까이 있었을 뿐이오. 검술은 왜 배우는 거요."

"절 지키려고요. 애기씨는 무엇을 지키십니까?"

히나가 물었으나 애신은 딱딱한 표정으로 되물을 뿐이었다.

"그 집엔 왜 간 거요."

"같은 이유지요. 저 하나 지키려고요. 애기씨는 왜 가셨습
니까?"

애신은 모른 척 카스텔라를 한 조각 더 집어 들었다.

"일절 대답을 않으시네. 귀한 애기씨 입술이 터진 건 뭐라 둘러대시려나."

비아냥대는 히나에 애신의 눈빛이 서늘해졌다.

"아무도 내게 묻지 않소. 감히."

"제가 묻지 않습니까. 지금."

애신의 '감히'라는 말에 차가워진 것은 히나 역시 마찬가지였다. 눈앞의 애기씨를 귀히 여기는 건 세 사내면 충분했다. 한성 땅의 모든 이들이 귀한 집 여식인 애신을 우러러보니 비단 세 사내만도 아닐 터였다. 히나까지 보탤 필요는 없었다.

"약점을 잡았다 생각지 마시오. 언제 터질지 모를 폭탄을 잡았을 수도 있으니."

"제가 드리고 싶은 말씀입니다. 애기씨도 저도 양날의 검을 잡고 있거든요."

"그럼 됐소. 그날 일은 묻읍시다."

"바라는 바입니다."

두 사람은 빠르게 상황을 정리했다. 피차 세상에 떠들어 봐야 좋을 것 없는 한밤중의 만남이었다. 애신이 카스텔라를 입에 넣고 우물거리다 히나의 얼굴에 든 멍을 힐긋 보았다.

"빈관 주인 얼굴에 멍이 든 건 어찌 둘러대는 거요."

"저야 치정 싸움에 휘말렸다 한들. 소문이 나면 날수록 제 멍든 얼굴을 구경하러 사내들이 더 몰릴 테니 저는 돈을 더 벌겠지요."

　뻔뻔하게 대꾸하는 히나에 애신은 찌푸릴 뻔한 것을 참았다. 대신 돈을 벌어 어디다 쓰냐고 되물었다. 그 밤에 히나가 무슨 일로 완익의 집을 찾은 것인지 도무지 알 수가 없었으니 히나의 면면이 궁금해진 것이다. 히나가 여우같이 웃으며 카스텔라를 가리켰다.

　"이런 거 사 먹습니다."

　속내를 알 수 없는 여인이었다. 그래서 더 이 여인에게는 무언가 있을 듯했다. 애신은 가만히 여유를 부리는 히나를 보았다.

고
백

　다음 날, 바삐 출근한 유진은 관수를 찾았다. 조선의 사정
에는 그리 밝지 않은 편이니 조선 정세에 밝은 관수에게 완
익에 대해 묻기 위해서였다. 완익에 대해 묻자 관수의 눈이
번뜩였다.

　"역시 이완익 대감이 나으리를 죽이려 한 겁니까?"

　"어째서 김용주에서 이완익까지 간 거요."

　"그 아편쟁이 뒤를 이덕문이 봐주고 있고 이덕문의 뒤엔 이
완익 대감이 있으니 따로 떼어놓기 어렵지요. 한데 이완익 대
감이 왜 나으리를 죽이려 한 겁니까?"

　"죽이려던 건 아니었던 것 같소. 죽이는 게 목적이었다면
멀리서 저격을 했겠지. 굳이 내 방에서 나를 직접 마주쳐야
할 수 있는 게 뭐가 있겠소."

유진도 고민을 했던 부분이었다. 죽으려고 했다면 왜인지, 당장 죽일 생각이 없었다면 그것은 또 왜인지.

"아마 날 겁주려 했던 것 같소. 이유는 모르겠지만. 일단 그들의 다음 행보가 뭔지 기다려보는 중이오. 근데 이완익에 대해 잘 몰라서."

"예······. 이완익 대감은 저희 역관들 사이에서는 전설이지요. 선교사들한테 영어를 배워 신미년 때 역관으로 일하기 시작했는데, 조선 쪽은 아니고 미군 제독의 통역을 했다 합니다. 그때 포로로 잡힌 조선인에게 총을 맞아 평생 다리를 절게 됐고요."

잠자코 관수의 말을 듣고 있던 유진은 어떤 깨달음에 잠시 놀랐다. 조선으로 오기 전 보았던 신미년의 사진 속에는 미군 제독과 장교들 속에 조선인 역관과 포로들도 함께였다. 완익과 신미양요 때 죽은 이들의 돌무덤을 지키고 있던 승구가 함께 있었겠구나 싶었다.

"제가 이번에 카일 나으리와 함경도를 다녀오지 않았겠습니까? 거기선 아주 영웅입니다. 가난한 소작농의 아들이 외국어 하나로 일본 주재 한국 공사까지 하더니 출세를 하다하다 이번엔 농상공부대신까지 되지 않았습니까? 중인 신분으로요. 곧 외부대신이 될 거란 흉한 소문도 돌고요."

"그게 어째서 흉한 소문이요."

"이완익 대감의 뒷배가 이등박문이란 소문이 있거든요. 하니 조선 조정에서는 이완익 대감을 궁에 들이면 이등박문이 조선의 궁에 든 것이나 마찬가지니 죽어도 안 들이려고 했는데 글쎄, 뭔 조홧속인지 외부대신이 줄줄이 죽어나가지 않았겠습니까?"

그 뒤에 완익이 있겠구나 싶어 유진은 눈살을 찌푸렸다. 유진에게 한참 완익에 대해 설명을 하던 관수가 문득 생각났다는 듯 덧붙였다.

"실은 제가 함경도에서 이상한 걸 보긴 봤습니다. 이완익 대감의 부인을 찾는 방이 붙었더라고요? 아마 본처일 겁니다."

"본처?"

"예. 제가 알기론 일본인 여자한테 새장가를 들었거든요."

"그럼, 이완익이 본처를 찾는 건 아닐 테고, 누가 찾는단 말이오."

관수가 목소리를 낮추며 소곤댔다. 이완익의 본처를 찾는 자가 글로리 빈관의 사장이라는 이야기였다. 유진은 미간을 모았다. 도무지 연결고리를 찾아내기 힘든 조합이었다.

어두침침한 광 안에서 유진은 용주와 마주 앉아 있었다. 뒤편으로 무장한 미군들이 자리를 지키고 서 있었다. 약 기운에서 빠져나와 용주는 어느 정도 정신이 돌아온 상태였다. 유진이 용주를 쳐다보자 용주는 눈동자를 굴려 시선을 피했다.

"내 방은 왜 뒤졌어."

차분히 묻는 유진에 용주는 물과 약을 찾으며 딴청을 피웠다. 완익과의 관계 또한 밝힐 생각이 없는 듯했다. 대답 않던 용주가 문득 물었다.

"……내가 여기 온 지 얼마나 됐지?"

"자신이 나갈 걸 알고 있네? 손발을 여러 해 맞췄단 얘긴가?"

날카로운 유진의 추리에 그제야 용주도 유진을 다시 보았다. 유진은 품에서 용주의 소지품 중 하나였던 사진을 꺼냈다. 유진의 손에 들린 사진을 보는 용주의 눈이 세차게 흔들렸다.

"오래된 사진이던데. 동경에서 찍은 듯하고. 이 사람들 누구야."

유진이 사진을 들어 용주의 눈앞에 갖다 댄 덕에 용주는 사진 속 상완과 눈을 마주치고 말았다. 용주의 머릿속에 상완의 아내, 희진의 목소리가 재생되었다. 다른 조직원들을 색출하려 캐묻던 완익에게 희진은 피를 토하며 말했다.

'당신을 죽이러 갔지. 오래 걸려도……. 꼭 갈 거야, 그들이…….'

그것이 희진의 마지막 말이었다. 이후로 용주는 죄책감과 두려움을 망령처럼 뒤집어쓰고 살았다. 텅 빈 눈으로 용주가 중얼거렸다.

"하나는 내가 죽인 사람. 둘은 나를 죽일 사람."

청나라 말이었다. 유진은 미간을 찌푸렸다. 노크 소리가 들리며 병사가 들어와 유진에게 경례했다.

"대위님. 알렌 공사님께서 찾으십니다."

소식을 들은 유진의 표정을 더할 수 없이 구겨졌다. 빨라도 너무 빨랐다. 알렌이 결국 완익과 제대로 손을 잡은 모양이었다.

예상대로 유진을 찾은 알렌은 미군이 조선 땅에서 조선인을 억류하고 있는 것이 보기 좋지 않다는 이유로 용주를 풀어주라 명했다. 유진이 항의했으나 완익에게 뒷돈을 받은 알렌은 오히려 큰소리를 쳤다.

미군에게서 풀려나는 용주를 데리러 온 것은 경무청 순검들과 덕문이었다. 덕문은 간밤에 봉변을 당해 목에 부목을 대고 있었다. 그 꼴이 우스꽝스러웠다. 유진은 덕문에게 언짢은 심기를 여과 없이 드러냈다. 그러자 덕문이 비실거리며 유진의 기분을 풀어주는 척했다.

"경무청에서 조사를 더 받게 해야지요. 미군을 공격했는데. 조선의 법이 엄중함을 보일 것이니 걱정 마십시오."

"어떤 자가 짜는 판인지는 모르겠지만 머리가 좋소. 지금 이 자가 갈 수 있는 가장 안전한 곳은 조선 경무청 감옥일 테니."

유진은 차게 답하며 병사를 향해 고갯짓했다. 병사가 용주가 가지고 있던 소지품들을 모두 돌려주었다.

"사진…… 사진은 어딨어……"

용주가 홀린 사람처럼 사진을 찾으며 중얼거렸다. 물론 사진은 제외였다.

✦

물을 것이 있다고 유진이 말했을 때, 히나는 꽤 나쁘지 않은 기분이었다. 사적인 질문이기를 바랐지만, 그것은 여인으로서였다.

"이완익의 부인을 찾고 있다 들었소, 왜 찾는 거요."

당구대 앞에 서 생긋거리던 히나의 얼굴에서 단번에 웃음기가 가셨다. 유진은 히나의 안색을 살폈다. 히나가 차분히 입을 뗐다.

"제가 찾는 건 이완익의 부인이 아닙니다. 내 어머니. 달리 말하면 제가 이완익의 딸이란 얘기도 됩니다."

차가운 분노가 여실히 느껴지는 답이었다. 유진은 여전히 미묘한 표정이었다.

"그럼, 그날 내게 왜 키를 바꿔 준 거요."

"지금 제가 그자와 한패인지 물으시는 건가요?"

"아니란 증거는 없는데."

유진의 의심이 히나에게는 상처가 되었다. 완익의 딸로서 살아가는 삶은 이런 것이었다. 천륜이라고 하는 것을 칼로 베

392

어낼 수 있다면 좋을 텐데 그러지 못하니 분했다. 차라리 살에 찍힌 낙인이라면 도려내어 버리면 그만일 것이다.

"그러네요. 한패가 아니란 유일한 증거는 그 순간 당신이 살길 바랐던 제 마음 하나뿐이라."

자조하며 히나는 유진을 올려다보았다.

"남보다 못한 피붙이도 있는 법입니다. 한패였으면 키를 제대로 드렸겠지요. 죽길 바랐다면 다른 방법도 많았고. 낭인들을 돈으로 사거나, 드실 음식에 독을 탄다거나."

말을 표독스러웠으나 표정은 애처로웠다. 유진은 어설픈 말을 덧붙이는 대신 침묵했다.

애신의 가마가 향한 곳은 미 공사관이었다. 그날 밤의 일들 중 아직 정리되지 않은 것이 남았다. 미 공사관 마당으로 들어서는 애신의 가마를 유진이 눈을 깜박이며 쳐다보았다. 언젠가 또 한 번 찾아올까 그려보았으나, 그 일이 실제로 일어날 줄은 몰랐던 유진이다. 남보다 못한 사이처럼 지나쳤던 애신이 자신을 찾아온 것이 믿기지 않았다.

"거두절미하겠소. 물을 것이 있어 왔소."

사무실로 들어선 애신은 대뜸 유진을 보고 선 채 소매 품에서 봉투를 꺼냈다.

"이 서신의 내용이 무엇인지 알아야 하오."

"……잘 있었소?"

애신의 입가에 맺힌 피멍울을 보는 유진의 눈이 안타까웠다. 물어오는 안부에 애신은 답할 수 없었다. 애신은 애써 침착하며 평정을 잃지 않으려 노력했다.

"지금 읽고 무슨 내용인지 말해주시오."

"다른 곳은 다친 곳이 없소?"

"읽으시오."

단호한 애신에 유진은 어쩔 수 없이 애신이 내민 서신을 집어 들었다. 서신을 펼친 유진은 그 내용을 확인하고는 놀랐다. 유진에게 온 요셉의 서신이었다.

"보다시피 받는 이가 귀하오. 물을 수 있는 이도 귀하뿐이고."

"이 서신을 왜 귀하가 가지고 있는 거요."

"출처는 말할 수 없소. 그리고 서신도 다시 가져갈 것이오. 무슨 내용이오."

"내가 거짓으로 읽으면 어쩌려고."

"나는 방법이 없소. 믿어야지."

믿는 것 외에 방법이 없다는 말에 유진은 웃어버렸다. 유진의 웃음이 아프게 애신을 찔렀다. 애신은 풀어지려는 표정을 애써 단단히 했다. 더욱 목소리를 낮췄다.

"보낸 이가 누구요."

"요셉 스텐슨. 내게 아버지 같은 사람이요."

"뭐하는 이요."

"선교사요."

유진의 앞에 구세주처럼 나타난 파란 눈의 선교사, 그 사람이겠구나 싶어 애신은 안타까워졌다. 유진이 고백한 유진의 어린 시절이 빠르게 스쳐 지나갔기 때문이었다. 안타까워진 애신의 마음을 아는지 모르는지 유진은 천천히 서신을 천천히 읽어내려갔다.

"잘 있냐고, 날이 춥다고. 곧 한성에 온다고……. 보고 싶다고. 탁주 담는 법을 배웠다고. 신이 늘 함께하길 바란다……. 지난번 편지에 언급한 그 여인과는…… 잘 지내느냐고."

틈 사이로 한숨이 섞여 들었다. 애신은 심장이 내려앉는 기분이었다. 피로 멍울진 곳이 입이 아니라 심장인 듯했다. 유진은 서신을 접고 가만히 애신을 보았다. 애신의 떨리는 눈을 마주 보았다. 이렇게 마주할 날이 얼마 남지 않은 것 같아 더욱 소중한 찰나였다.

"내게도 하나쯤 대답해줘도 될 것 같은데. 이 서신을 왜 귀하가 갖고 있소."

"이제 주시오. 가봐야 하오."

애신은 끝까지 유진에게 답을 해주지 않았다. 손을 내미는 애신을 이기지 못하고 유진은 들고 있던 서신을 잘 접어 돌려주었다. 서신을 주고받는 손끝이 닿을락 말락 아슬아슬했다. 그 손끝마저 닿을까 조심스러웠다.

서신을 건네받은 애신은 주저하다 인사했다.

"일이 해결되면 추후에 돌려주겠소. 귀하가 그때까지……
한성에 있다면 말이오."

사무실 밖으로 나가던 애신이 걸음을 멈췄다. 유진은 애신
의 뒷모습을 막연히 바라보고 있었다. 애신이 유진을 향해 다
시 돌아섰다. 진한 아쉬움이 두 사람 사이에 들러붙어 있었다.

"하나만 더 묻겠소. 황제의 예치증서 말이요. 조선을 망하게
하는 쪽으로 걸겠다더니, 그걸 왜 조선에 돌려주는 거요."

"……그렇게 한 번 더 돌아보게 하려고 그랬나 보오."

쌓아 올리고, 더 단단히 만들려 애썼던 성벽은 유진의 절절
한 한마디에 무너지고 말았다. 애신은 울컥하고 올라오는 눈
물을 들키지 않으려 급히 돌아서 사무실을 빠져나갔다.

작은 상자를 열자 희성의 조부인 김 판서에게 받은 회중시
계가 들어 있었다. 희성은 그것을 꺼내들었다.

"그럼 이제 감당을 해볼까."

중얼거리며 희성은 회중시계를 양복 주머니에 넣었다. 그
리고 낡은 치부책을 집었다. 김 판서가 살아 있을 때 희성에
게 물려주었던 치부책이었다. 어려운 일이 생기면 치부책에
적힌 이들에게 찾아가라 했었다. 어려운 일이라면, 무척이나

어려운 일이었다. 그러니 이제 이 치부책을 쓸 때가 된 것이다.

희성이 빈관을 나와 처음으로 찾아간 곳은 경무사 사무실이었다. 경무청에서 가장 높은 이도 희성을 보고는 그저 '도련님' 하고 외치며 반기기 바빴다. 희성은 빙긋이 웃으며 치부책을 펼쳐 보였다. 치부책에는 분명하게 경무사의 이름이 적혀 있었다. 경무사는 아연실색했다. 역시나 조부의 말대로였다. 치부책만 있다면, 돈을 빌려달라는 말은 더 할 필요도 없을 듯했다.

다음은 우체사 총판이었다. 희성은 조부의 덕이 하늘을 찌르는 듯해 웃으면서도 씁쓸한 마음을 숨길 수 없었다. 이대로라면 한성 땅에 있는 권력가들의 돈을 모조리 다 해 먹을 수도 있을 듯했다.

그렇게 돈을 받아든 희성은 잠시 쉬며 끼니를 해결하기 위해 국밥집에 들렀다. 국밥을 한 그릇 시켜놓고 앉아 희성은 주머니에 넣어두었던 회중시계를 꺼냈다.

다니는 내내 주머니가 무거웠다. 손에 든 회중시계의 초침이 째깍거리며 열심히 움직였다.

"넌 참 천둥처럼 시끄럽구나……."

중얼거리던 그때에 희성의 머리 위로 차가운 물이 쏟아졌다.

"에구머니! 저걸 어째……."

"왜 저러는겨? 미친겨?"

주변에 있던 이들이 놀라 수군거렸다. 희성은 물에 젖은 채 앞을 바라보았다. 눈앞으로 물이 뚝, 뚝 떨어졌다. 희성에게 물벼락을 뒤집어씌운 것은 머리가 희끗한 물장수였다. 물지게를 지고 국밥집에 들어오던 이가 희성을 발견하고는 분함을 이기지 못한 것이다. 물장수가 씩씩거리며 희성을 노려보았다. 희성은 손으로 슥 젖은 얼굴을 대강 닦아내며 차분하게 물었다.

"어찌 이러는가."

희성의 집안에 원한이 있는 이들은 치부책에 적힌 이들의 배, 아니 수십 배는 될 것이다. 그렇게 이룩해낸 권세였다. 희성은 그 권세를 누리며 사는 이였다. 물세례 정도는 담담히 받아내야만 했다. 그것 또한 희성이 물려받은 유산이었다.

"유학에서 잘 돌아오셨나 봅니다. 도련님. 어디 그 잘난 시계는 십 년이 지나도 째깍째깍 자알 가십니까?"

예상했던 바이지만 역시나였다. 시계 이야기에 희성은 조부가 쫓아내던 소작농의 얼굴을 기억해냈다. 희성이 천천히 눈을 깜박였다. 기다란 속눈썹이 미미하게 떨렸다. 소란에 국밥집 주인이 달려와 물장수를 밀쳤다.

"이 인간이 미쳤나! 이분이 누군 줄 알고! 나가! 오늘부터 물 끊을 거니까! 아이고, 도련님. 죄송합니다. 정말 죄송합니다."

희성이 조용히 국밥집 주인에게 부탁했다.

"물 끊지 말게. 저 집이 물을 참 잘하네."

봉변을 당한 희성이 할 말이 아니었다. 놀란 국밥집 주인을 뒤로 하고 희성은 자리에서 일어났다. 끼니를 해결하기는 그른 모양이었다. 쓰러져 뒹구는 물통을 잘 세워둔 채 희성은 쓸쓸히 국밥집을 나섰다.

희성의 걸음마다 물이 떨어졌다. 물에 젖은 살이 찬바람에 스칠 때마다 따끔거렸다. 움츠러드는 희성의 앞으로 손수건이 내밀어졌다.

"언제부터 서 계셨소."

유진은 덤덤한 눈으로 희성을 보았다.

"아. 다 보신 모양이오. 괜찮소. 익숙한 일이라."

"익숙해질 추위가 아니오. 닦으시오."

"그래도 저리 하고 나면 마음들이 좀 풀리는지 셋 중 하나는 동정합디다. 동정도 정 아니겠소?"

희성의 웃음이 공허하게 퍼졌다. 희성이 손수건을 내민 유진의 손을 밀어냈다.

"하나, 304호의 마음은 안 받겠소. 못 본 걸로 해주면 더 좋고."

자존심이라면 자존심이었다. 애신을 마음에 둔 사내로서의 자존심. 거리로 향하는 희성의 어깨가 처져 있었다.

깊은 생각에 빠진 채 유진은 '해드리오'를 향해 걸었다. 관수와 나눴던 대화가 유진의 머릿속을 맴돌았다. 애신의 집안에 관한 이야기였다.

'큰아드님은 천주학 박해 때 희생되셨고. 마을 사람들 구하다가요. 작은아드님은 운양함 난리 때 일본서 유골함에 담겨 오셨고요. 애기씨 부친 되시고요. 어르신께서 여직 버텨주시는 것만으로도 감사하지요.'

기구한 일이었다. 누굴 안타까워할 처지가 아니었음에도 유진은 안타까워졌다. 애신의 이야기라 그럴 것이다. 안타까움이 불안이 된 것은 그 뒤였다. 애신의 아버지의 이름이 고상완이라는 것을 알게 되었을 때였다. 고상완은 용주가 가지고 있던 사진의 뒷면에 적혀 있던 이름이었다. 용주를 제외한 세 명의 사내 중 하나는 애신의 아버지일 것이었다.

그렇다면, 용주와 애신의 아버지, 그리고 애신의 사이에는 무언가 인연이 있다는 뜻이었다. 약에 절은 아편쟁이와의 인연이 좋은 인연일 가능성은 없어 보였다. 심지어 그의 뒤에 완익이 서 있었다.

유진은 불길함에 입술을 깨물었다.

애신을 위해, 아니 자신을 위해 떠나고자 했다. 어차피 이 '러브'는 이루어질 수 없는 '러브'였다. 그걸 알아서 서글펐고,

확인받아서 아팠고, 조선 땅에서 하루빨리 벗어나고 싶었다. 그러나 제 욕심보다 중요한 게 있었다. 애신이었다. 애신이 오래오래 살아남기를 진심으로 유진은 바랐다. 떠날 수 없을지도 모르겠다고, 할 수 있는 동안에는 옆에 남아 애신이 위험해지지 않게, 살아남을 수 있게 지켜보기라도 해야겠다고. 유진은 다시금 마음먹은 채였다.

연이어진 총소리 끝에 애신은 총을 내리고, 사발이 깨진 곳을 향했다. 산산조각 난 사발들을 한쪽으로 치우고 또다시 연습을 위해 새 사발들을 올려놓을 때였다. 어딘가에서 바스락거리는 인기척 소리가 들렸다. 애신은 굳은 채 귀를 기울였다. 총을 쥔 손에 긴장이 어렸다. 다시금 무언가 움직이는 소리가 들리자마자 애신은 소리 나는 쪽을 향해 재빨리 총구를 겨누었다. 그리고 그 총구의 끝에서 유진이 걸어 나왔다.

총을 든 채 그렇게 유진을 보고 있던 애신이 천천히 총을 내렸다. 승구에게 했던 말은 모두 하나도 틀림이 없는 진심이었다. 유진을 놓치지 않으면, 애신은 너무 많은 것을 유진에게 걸게 될 것 같았다. 그래서 유진을 여러 번 놓쳤다. 그런데 유진이 스스로 저에게 걸어오고 있었다. 그 걸음을 또 한 번 놓칠 수 있을까, 애신은 이제 자신이 없었다.

"서신을 돌려달라 온 것이오."

애신은 괜스레 또 다른 핑계를 만들어 물었다. 유진은 대답

대신 들고 있던 물건을 내밀었다. 천에 둘둘 말린 물건이었다.

"선물이오. 들어보지 않았던 총일 거 같아서."

'해드리오'에 의뢰해 구한 '모신나강'이었다. 총이라는 말에 애신은 유진의 의중을 파악하기 위해 그저 바라보았다. 유진은 천을 걷어내며 다시금 애신의 앞쪽으로 총을 내밀었다. 전에 유진이 애신에게 추천했던 러시아제 볼트액션이었다. 미국에서는 명중률이 높은 저격수를 '스나이퍼'라 불렀다. 작고 빠른 도요새(Snipe)의 머리를 명중시켜 맞추던 사냥꾼에서 유래한 말이었다. 유진은 애신이 멋진 스나이퍼가 되길 바랐다. 그리하여 살아남기를, 살아남아 자신이 꿈꾸는 낭만을 온전히 만끽하기를 바랐다.

"이걸 왜 내게 주는 것이오."

"난 귀하가 이 총과 함께 계속 나아가서 어딘가에 가 닿기를 바라오. 그곳이 어디든. 그 길 끝에 누구와 함께든."

그것은 마지막 인사와 같아서 애신은 불안해졌다. 심장이 빠르게 뛰고 있었다.

"귀하는……. 어디로……."

"일단 오늘은 여기였소."

유진과 애신의 시선이 뜨겁게 마주쳤다. 명명백백한 감정이었다. 이제는 인정해야만 했다.

애신은 유진을 놓칠 자신이 없었다.

"전에도 말했지만 제대로 드는 법부터 익혀야 할 거요. 혹

배워보겠다면 귀하가 배우는 동안은 조선에 더 머물까 하는데. 배워보겠소?"

그랬다. 상처받았다 하여도, 앞으로 더 큰 상처를 받을 것이라 하여도 애신을 놓칠 수 없는 것은 유진도 마찬가지였다. 유진은 그렇게 머무르고 싶었다. 애신만 괜찮다면. 하늘이 허락하는 한까지. 오래. 순간을, 찰나를, 영원처럼 느끼길 바라며.

"배움이 빠르지 않을 거요."

"그럼 더 좋고."

"나는 죽는 순간까지 고가 애신일 거요."

"그래야 하오."

무엇이든 애신이 옳다고 하는 유진의 마음에 애신의 눈가에 눈물이 돌았다. 쏟아지는 감정들이 먹먹해 애신은 목이 메었다. 잔인한 말들은 제 입에서 나오는 말들이었다.

"귀하와 도모할 수 있는 그 어떤 미래도 없을 거요."

"어제는 귀하가 내 삶에 없었는데 오늘은 있소. 그거면 됐소."

애신의 눈에서 눈물이 후드득 떨어졌다.

"가르치시오. 그 총."

애신의 허락에 유진이 고개를 끄덕였다.

동매는 제물포의 어느 건물 앞에 걸터앉아 물끄러미 맞은 편 건물의 옥상을 바라보았다. 지금이라도 검은 새와 같은 모습의 애신이 건물 위를 지날 것만 같았다. 탕, 총소리와 함께 풀썩 쓰러지던 검은 코트의 애신을 동매는 선명히 떠올렸다.

"꽤 높네. 이제 보니……."

아팠을 것 같다. 애신을 상처 입혔다는 사실은 다시금 동매에게 상처가 되었다. 동매의 눈이 허공에 오랫동안 머물렀다.

한참을 그런 동매의 옆을 지키고 섰던 유죠가 동매에게 이곳에 온 연유를 물었으나 동매는 힘없이 입꼬리를 올렸다가 내릴 뿐이었다. 안 그래도 얼마 전 하야시의 심복이 호타루를 건드리는 일이 있어 무신회의 분위기가 뒤숭숭했다. 호타루를 건드린 하야시의 심복을 동매가 가차 없이 베어냈기 때문이었다. 이런 때에 동매마저 알 수 없는 곳만을 바라보고 있으니 유죠는 걱정스러웠다.

"니들은 여기 있어. 절에 갔다 해 지기 전에 올 테니까."

동매는 자리에서 일어나며 유죠와 낭인 무리로부터 멀어졌다.

산기슭에 위치한 절은 애신이 그날 밤 다녀왔다고 한 절이었다. 절 마당에 들어서자 초라한 복색의 사내가 동매의 옆을 지났다. 동매는 무심히 그를 지나쳐 절의 마당을 둘러보았다. 유카타를 입은 동매에 보살이 눈을 찌푸리며 혼잣말을 중얼거렸다.

"일본 놈이 여긴 뭔 일이래……."

"절에 오는 사연이야 다들 여러 가지 아니겠습니까."

그제야 동매가 조선인이라는 것을 안 보살이 서둘러 수습했다.

"일전에 여기 고사홍 어르신 댁 애기씨가 왔었다 들었는데."

"예. 일전에. 가끔 그리 오셔서 시주도 해주시고 일도 도우시고요."

"그러기엔 상복을 입고 계시던데. 누구 상이라도 난 건가."

떠보듯 묻는 동매에 보살이 경계하며 답했다. 그날 애신의 행적을 쫓고자 하는 이라면 더욱 의심을 풀 대답을 내놓아야 했다.

"상이 났다기보단 애기씨 부모님 위패를 여기서 모시고 있어서……."

보살의 답에 동매는 충격에 빠졌다. 단지 둘러대려 상복을 입고 있을 것이라 생각했다. 그래서 어찌 대답하는지 보려 물었던 것뿐이었다. 정말로 애신의 부모님의 위패가 이곳에 있을 것이라는 생각은 하지 못했다. 양반 댁 애기씨라 동매도 잊고 있었다. 부모를 잃은 것은 애신이나 저나 마찬가지였다.

동매는 보살에게 물어 애신 부모님의 위패가 모셔진 전殿

안으로 들어섰다. 나란히 모셔진 위패 앞에 놓인 촛불이 바람에 흔들렸다. 동매는 물끄러미 보다 허리에 찬 칼을 풀러 바닥에 놓았다. 위패 앞에 가까이 다가가 동매는 무릎을 꿇었다. 동매는 차마 떼지지 않는 입을 천천히 열었다.

"제가……. 애기씨 뒤를 밟다가 예까지 왔습니다. 그렇게 온 걸음인데, 진짜 이렇게 계시면 어쩝니까. 반갑다 안 하시겠으나……. 인사는 드리고 싶어서……. 애기씨가 무슨 일을 하는지 아십니까. 그런 얘기도 하고 그러시려나……. 그럼 왜 하는지도 아십니까? 이놈은……. 모르겠습니다."

가슴에서 웅어리진 무언가가 치밀어 오르는 기분이었다. 자신을 사람 취급조차 하지 않는 조선이었다. 그런 조선을 애신은 온몸을 바쳐 지키고 있었다. 문득 옆에 놓인 칼이 마음에 걸렸다. 동매는 손을 꾸욱 쥐었다 피었다.

"이렇게 뵐 줄 몰라서……. 이놈 칼을 씁니다. 제가 제일 처음으로 벤 이가 누구였는지 아십니까? 애기씨였습니다. 고르고 골라, 제일 날카로운 말로, 애기씨를 베었습니다. 아프셨을까요……. 여직 아프시길 바라다가도……. 아주 잊으셨길 바라다가도……."

상처라도 되고 싶은 마음은, 증오라도 되고 싶은 마음은 너무 깊이 애신을 귀애하여서였다. 그러나 상처도, 증오도 결국에는 아무 의미 없을 것이다. 그것을 동매도 알았다.

"……안 되겠지요, 나으리. 제가 다 숨겨주고…… 모른 척

해도…… 안 되는 거겠지요, 이놈은."

호강에 겨운 양반 계집을 마음에 두기에는 동매는 백정이
었고, 총을 들고 하늘을 나는 검은 새를 마음에 두기에는 동
매는 변절자였다. 위패 앞의 촛불이 더욱 거세게 흔들렸다.
그것이 마치 안 된다는 대답 같았다. 절 안으로 불그스름한
어둠이 스미고 있었다.

약재 창고에 있는 약장 중 어성초 함에 애신이 남겨놓은
서신이 들어 있었다. 장날이면 애신이 약방으로 와 함에 서신
을 넣어두었다. 서신을 통해 만날 약속을 정한 유진과 애신은
나루터에서 강변을 보며 섰다. 애신의 의병 활동 거점인 약방
과 나루터는 어느덧 두 사람의 접점이 되어 있었다.

강물은 이전보다도 더 단단하게 얼었다. 하염없이 멈춰 있
는 강물을 보고 있는 것만으로도 유진은 이 시간이 퍽 좋았
다. 그래서 더 애틋한 시간이었다. 유진이 문득 애신에게 물
었다.

"뮤직 박스는 왜 가져다 놨소. 내 생각 다신 안 하겠단……
작별 인사였소?"

"그저 인사였소. 내가 다녀갔다는. 그러는 귀하야말로 뮤직
박스를 왜 다시 돌려주었소."

"나 떠나는 거 알라고."

유진의 솔직한 심정에 애신이 찌푸렸다.

"망나니가 따로 없소. 떠난다는 말에 난 하루하루……."

"울었소?"

"욕했소."

솔직하면서도 솔직하지 못한 애신이 귀여워 유진은 소리 내어 웃었다.

"한데 내가 그날 하루만 간 것 같소? 글을 못 읽으니 서신을 쓸 수도 없고 해서."

민망함에 헛기침을 하던 유진이 허공에 손가락을 들어 무언가를 그려나가기 시작했다. 그림이 아닌 글자였다.

'고애신.'

허공에 쓰여진 자신의 이름에 애신이 놀랐다. 유진이 어깨를 으쓱했다.

"참고로 영문, 일문, 한문 다 가능하오. 국문만 못 하는 거요."

"잘됐소. 하면 앞으로는 한자로 쓰겠소."

"……보고 싶었소."

그 말 하나에 애신은 가슴이 벅차올랐다. 애신도 보고 싶었다. 어딘가 고장난 것처럼 아플 만큼. 물끄러미 유진을 보자 유진이 말을 이었다.

"그것도 쓸 수 있소. 보겠소?"

자신에게 한 말이 아니었다는 것에 당황해하는 애신을 모르는지 유진은 그저 애신에게 보여주고 싶었다. 자랑하고 싶었다. 자신이 '보고 싶었소'라는 말을 쓸 수 있다는 것을. 그렇게 허공에 몇 글자 적어 내려가다 곧 받침이 있는 글자에서 멈춰 서고 말았다. 아직 '보고 싶었소'를 쓰기에는 부족한 실력이었다. 유진이 말을 돌렸다.

"바다는 본 적 있소?"

"있소. 제물포항."

"총 쏘느라 잘 못 봤을 듯한데."

"맞소. 그래도 내 글로는 다 배웠소. 씨, 선라이즈, 선셋, 션샤인."

애신이 나열하는 단어들이 아름다웠다. 유진에게 애신이 그러했다.

"……바다에 해 뜨는 건. 본 적 있소?"

"보고 싶소. 쉽진 않겠지만, 언젠가 보러 갑시다."

언젠가를 기약하는 애신의 말에 유진은 끄덕였다. 푸른 바다를 뒤덮는 붉은 해는 아름답고도 낭만적인 광경일 것이다. 애신과 함께라면 더욱. 아무것도 가진 것이 없어, 심지어는 어느 곳에 가도 이방인이라 스스로를 누구라 정확히 칭할 말도 없는 유진에게, 낭만은 애신이었다.

(2권에 계속)

미스터 션샤인 1

1판 1쇄 발행 2018년 9월 17일
1판 13쇄 발행 2024년 7월 30일

극본 김은숙
소설 스토리컬쳐 김수연

발행인 양원석
펴낸 곳 ㈜알에이치코리아
주소 서울시 금천구 가산디지털2로 53, 20층 (가산동, 한라시그마밸리)
편집문의 02-6443-8842 **도서문의** 02-6443-8800
홈페이지 http://rhk.co.kr
등록 2004년 1월 15일 제2-3726호

ISBN 978-89-255-6468-5 (03810) | 978-89-255-6470-8 (세트)